GOLDMANN

Magdalena, Tochter eines Viehtreibers und seiner Frau Anna, wächst in der Kargheit und Armut eines sumpfigen Landstriches in der Toskana auf. Schon früh wird ihr aufgrund ihres unbeugsamen Wesens und ihrer irritierenden Schönheit eine Außenseiterrolle zuteil. Irritierend deshalb, weil ihre Augen von unterschiedlicher Farbe sind – eines ist blau, das andere braun. Sie wird daher Bella, die Schöne, genannt. Das junge Mädchen sucht oft Zuflucht bei ihrer Großtante, die als Köchin beim Conte di Cavalli in Diensten steht, und entwickelt ein außergewöhnliches Talent für die Küchenkunst. Als sie nach einem längeren Aufenthalt zu ihrer Familie zurückkehrt, findet sie ihre Mutter sterbend vor. In einem letzten Gespräch offenbart Anna ihr ein Geheimnis: Bella ist nicht ihre leibliche Tochter, sondern ein illegitimes Kind der Contessa di Cavalli, Spross einer unglücklichen Liebe mit einem unbekannten Adligen. Um sich an seiner Frau zu rächen, ließ der Conte das Mädchen mit einer Totgeburt austauschen und gab das Kind fort.
Bei Nacht und Nebel flieht Bella daraufhin nach Siena, wo sie eine Anstellung am Hofe des menschenscheuen Fürsten Andrea di Nanini findet. Es folgt ein triumphaler Aufstieg in der Küche von di Nanini, und das junge Mädchen erringt die Gunst des Fürsten, dem sie bald mehr Ratgeber als Koch ist. Doch Bella muss das Geheimnis ihrer Herkunft lüften. Denn ihr ist eine andere Zukunft und eine große Liebe bestimmt ...

Autorin

Anke Bracht, geboren 1962, ist gelernte Marketingfachfrau und schreibt für diverse Fachmagazine. Sie lebt und arbeitet seit vielen Jahren in Hamburg.

Anke Bracht

Das Geheimnis der Contessa

Historischer Roman

GOLDMANN

Verlagsgruppe Random House FSC-DEU-0100
Das FSC®-zertifizierte Papier *München Super* für dieses Buch
liefert Arctic Paper Mochenwangen GmbH.

1. Auflage
Originalausgabe Februar 2013
Copyright © 2013 by Wilhelm Goldmann Verlag, München,
in der Verlagsgruppe Random House GmbH
Umschlaggestaltung: UNO Werbeagentur, München
Umschlagmotiv:
© akg-images / Electa; Bridgeman, Archives Charmet
MR · Herstellung: Str.
Satz: omnisatz GmbH, Berlin
Druck und Bindung: GGP Media GmbH, Pößneck
Printed in Germany
ISBN: 978-3-442-47606-0

www.goldmann-verlag.de

Für Mathilda.

IM JAHRE DES HERRN 1497

*A*m Ende des Pinienwaldes wurde die Ebene weit, und sanfte Hügel bestimmten die Landschaft, zunächst aus schwarzer fetter Erde, dann aus feinem weichem Sand. Hinter der Düne war das Meer. Ganz nah kam der Gesang der Wellen; sie hörten das Wasser, wie es sich an den vorgelagerten Gesteinsbrocken brach. Vögel stoben auf, kreisten über der Ebene. Sie hob die Hand gegen die Sonne und erkannte, dass es Kraniche waren. Von der Schönheit des Augenblicks berührt atmete sie tief aus. Ihr Geliebter empfand genauso. Sie musste ihn nicht anblicken, um das zu wissen. Seine Hand lag in ihrem Nacken. Sie wandte sich ihm zu und lächelte. Die Luft war heiß, und der Wind ließ die Blätter der uralten Olivenbäume in silbrigem Schimmer vibrieren. Ein Geräusch aus den Zweigen. Sie regten sich nicht. Lagen im Gras hinter den Dünen, sahen einander an. Ihre Augen sagten sich alles. Versprachen sich alles. Und beide wussten, sie würden ihre Versprechen halten. Jenseits von Schicksal und Zeit.

Ihr Gefährte setzte sich auf und nahm ihre Hand, hielt sie einen Moment lang ganz fest. Dann erhob er sich, wie einer plötzlichen Eingebung gehorchend, und sie folgte ihm über die Dünen zum Strand. Die Sonne stand schon tief, und der kühle Wind, den das Meer nun mit sich brachte, ließ den Herbst erahnen. Sie zog ihre Schuhe aus – zierliche kalbslederne Florentiner Schläppchen – und warf sie von sich. Ihre

Augen blitzten ihn an, dann lief sie jauchzend wie ein Kind der Brandung entgegen und blieb im ersten Wellenschaum stehen, um das Wasser zu betrachten, wie es zwischen ihren Zehen perlte und sich dann wieder zurückzog, kraftvoll, kühl, seinen eigenen Gesetzen folgend. Mare Tirreno. Tyrrhenisches Meer. Für sie war der Küstenstreifen der Cala di Forno der schönste Platz auf der ganzen Welt. Hier, nahe der Grenze zum Latium, verloren sich feinsandige Strände in weichen runden Bögen unter hellgrünen Wellen. Hinter den Dünen erhoben sich schroffe, steile Felsen, die Bergkämme der Monti dell'Uccellina, auf denen die Türme kühner Burganlagen hochmütig dem Himmel entgegenstrebten. Und darunter, an den Hügeln, die Olivenhaine. Wie ein aus Silberfäden gewirktes, fein wisperndes Meer an lebendigem Grün ergossen sich die Blätter der jahrhundertealten Bäume über die Hänge und wichen endlich, zur Ebene hin, den stark duftenden Pinien, in deren Schatten Wildschweine und Dachse den Boden nach den nahrhaften Samen der Zapfen absuchten. So viele Tiere hatte sie hier schon beobachtet. Zarte Rehe. Damwild. Greifvögel. Und dann gab es die wilden Pferde. Sie hatte sie noch niemals erblickt, aber oft genug ihre Gegenwart gespürt, Fabelwesen gleich lebten sie im Schutz des Waldes, und nur den Butteri gelang es, einzelne von ihnen aus den Schatten der Pinien hervorzulocken und zu zähmen. Sie, diese eingeschworene Gemeinschaft der maremmanischen Viehhüter, tief in den Gebräuchen ihrer toskanischen Heimat verwurzelt, schienen Wanderer zwischen den Welten zu sein, verstanden sie doch die Sprache dieser herrlichen Tiere und konnten aus einem Wildpferd in drei Sommern ein folgsames Ross formen. Einer der Ältesten hatte ihr einmal erzählt, es sei möglich, ein wildes Pferd gehorsam zu machen, ohne seinen Willen zu brechen.

»Es ist wie bei einem Menschen«, hatte er mit vor Hingabe bebender Stimme gesagt. »Du musst Zeit haben, du musst Geduld haben, und du musst Liebe geben. Und du wirst sehen – es kommt alles zurück. Alles kommt zu dir zurück.«

Er hatte mit seinem Hirtenstab aufgestampft, zweimal, wie um seiner Rede Nachdruck zu verleihen, und sie glaubte ihm. Nein, sie wusste, dieser einfache Mann sprach die Wahrheit. Und sie spürte Zuversicht, als sie sich an seine Worte erinnerte. Das Edle in einem Wesen war immer gegenwärtig, wenn auch zuweilen verborgen. Irgendwann kam der Moment, und es wurde sichtbar. Bei einem wilden Maremmenpferd genauso wie … sie wollte nicht daran denken. Nicht jetzt. Sie vertraute auf einen gnädigen Gott, er würde ihnen beistehen. Mit einem Ruck drehte sie sich um und ging ihrem Geliebten entgegen; er stand dort, wo sie ihn vermutet hatte, und lächelte ihr zu. Sie beschleunigte ihren Schritt, doch ihre kostbar bestickten Röcke hatten sich mit Meerwasser vollgesogen und hingen nun schwer und hinderlich an ihr herab. Sie raffte die Stoffe bis zu den Knien hoch, natürlich schickte sich das nicht, aber wenn einer sie so sehen durfte, dann er, ihr Gefährte für die Unendlichkeit. Wie gut es war, hier zu sein, in den Dünen – am Meer. Keine Maremma mit ihrem Elend, kein Sumpfland, kein Fieber. All das Grauen, mit dem sie sonst tagtäglich in Berührung kam, schien verbannt zu sein in ein anderes Land, in ein anderes Zeitalter. Hier gab es nur sie beide und ihre Liebe. Jedes Ding hat seinen Preis, hatte ihr Vater einmal gesagt, und sie fragte sich, welchen Preis sie für diesen Moment unaussprechlichen Glücks würde zahlen müssen. Jeden, mein Gott, jeden will ich zahlen, sagte sie zu sich selbst und sah ihren Geliebten an. Er hat den schönsten Mund der Welt, dachte sie noch. Da wurden die Olivenbäume lebendig.

Aus dem schimmernden Gefieder der Zweige lösten sich schwarze Schatten; unzählige kleine Silhouetten stoben schreiend aus den knorrigen Wipfeln und sammelten sich in einer dunklen Wolke über ihren Köpfen. Durch das laute Kreischen des Vogelschwarms erschreckt blieb sie abrupt stehen. Ein leichter Schwindel erfasste sie. Doch ihr Begleiter war schon da und fing sie auf, bevor sie strauchelte. Langsam ließ er sie in den Sand gleiten und legte sich still neben sie, strich ihr die Haare aus der Stirn, legte seine Hand auf ihre Wange, atmete, wenn sie atmete, und blickte sie an. Und verlor sich in ihren Augen. Wieder einmal. Träge und mit dem Ausdruck tiefster Geborgenheit lächelte sie. Ihre Lider flatterten, die Stirn wurde kurz kraus wie vor Unwillen über die Müdigkeit, dann entspannte sich ihr Leib an seiner Seite, und sie war eingeschlafen. Ihr Atem ging ruhig. Er nahm ihre Hand, betrachtete jeden Finger, koste einen wie den anderen und drückte ihre Hand an seine Brust. Sein Blick schweifte über das Wasser bis zum Horizont.

Wieder betrachtete er sie. Unersättlich. Nie zuvor hatte er eine Frau wie sie gekannt, nie zuvor war er einem Menschen begegnet, bei dem das Äußere so sehr dem Inneren entsprach. Eine schöne Seele … Er liebte ihre Anmut, ihren wachen Verstand, ihr großes Herz. Und diesen Blick aus Augen, so hell und klar wie zartgrauer Alabaster, zu fein und zu licht, um Farbe zu sein. Und er liebte das Kind, das sie in sich trug, sie hatte es ihm gesagt, heute, und er hatte laut aufgeheult vor Freude. Er war Fürst, Nobile, und er konnte alles haben, denn die Zeiten waren schlecht für das einfache Volk, und er bekam einen Ochsen zum Preis eines Kalbs.

Aber ein Kind von ihr – das hätte er nie zu hoffen gewagt. Er wusste nur zu gut, was sie mit dieser Entscheidung aufs Spiel setzte, und für diesen Mut liebte er sie noch mehr. Wenn er nur einen Weg fände, um sie aus Lucca fortzubringen! Sie konnten sich nicht ewig in Wäldern und Dünen verstecken. Diese heimlichen Treffen waren einfach zu gefährlich. Eine Entdeckung würde den sicheren Tod für sie beide bedeuten. Aber es musste doch eine Möglichkeit geben, gerade jetzt, wo sie das Kind haben würden ... Er spürte einen Schmerz in sich, den Schmerz eines Mannes, der liebt und keinen Ausweg weiß. Da schlug sie die Augen auf und fragte verwirrt:

»Wo sind wir?«

Er drückte sie sacht, atmete den Duft ihrer Haare ein und sagte leise an ihrem Ohr:

»Im Paradies, Liebste. Wir sind im Paradies.«

1. KAPITEL

*E*s wurde langsam Tag. Die hellen Augen der jungen Frau, die mit schweißnassem Haar von Kissen gestützt im Bett lag, blickten fragend in das faltendurchfurchte Gesicht, das sich zu ihr herabbeugte. Ihr war kalt, und ihr Herz raste. Sie spürte die warme, harte Hand der alten Hebamme, die ihr beruhigend und mütterlich über die Wange strich, und hörte sie leise sagen:

»Ein Mädchen, meine Contessa. Es ist ein Mädchen.«

»Dem Herrn sei Dank ... zeig sie mir, Maria.«

Ein Mädchen. Die Frau schlug das Kreuzzeichen und küsste das Amulett, das sie um den Hals trug. Dann schloss sie die müden Augen und drehte ihr Gesicht zur Seite. Da, wo eben noch Schmerzen gewesen waren, spürte sie nun nichts mehr. Doch das Herz schlug ihr immer noch bis zum Hals. Schwer ruhte ihr Kopf in den aufwendig gearbeiteten Kissen. Die trockene Seide war angenehm kühl, und Donata erinnerte sich, wie sie dieses Kissen hier im letzten Winter genäht und verziert hatte. Da hatte sie schon die Bewegungen des Kindes gespürt, das sie unter dem Herzen trug. Sie lächelte beim Gedanken daran.

Donna Donata, Contessa di Cavalli, Gräfin der Seidenstadt Lucca, hatte soeben eine kleine Tochter zur Welt gebracht. Sie schlug die Augen wieder auf und versuchte, gegen die Schwäche anzukämpfen. Ihre Beine zitterten, und das Gefühl der Kälte nahm zu. Sie sah, dass die Hebamme immer noch an ihrem Bett stand und sie aufmerksam beobachtete. Der Blick der alten Frau war unergründlich und ließ Donata stärker frösteln. Welche Gedanken sich wohl gerade hinter dieser runzligen Stirn ein Stelldichein gaben? Donata senkte die Lider und faltete die Hände. Sie wollte Gott danken, dass ihr Kind geboren war. Doch nun fiel ihr vor Müdigkeit nicht einmal das Vaterunser ein. Sie suchte nach den richtigen Worten und spürte die Blicke der Alten weiter auf sich ruhen. Warum gab sie ihr nicht das Kind? Wie versteinert stand die Frau an ihrem Lager, die Augen jetzt starr auf einen Punkt hinter ihrem Kopf gerichtet. Nicht ansprechbar. Die junge Gräfin versuchte sich aufzusetzen, aber es wollte ihr nicht gelingen. Bleigewichte schienen sie an die Laken zu ketten, und sie fühlte, dass irgendetwas hier nicht so war, wie es sein sollte. Sie leckte über ihre ausgedörrten Lippen und schmeckte das Blut, das aus den aufgeplatzten Stellen gesickert war.

»Maria. Bring mir etwas zu trinken. Und bring mir endlich mein Kind.«

Die Hebamme löste sich aus ihrer Erstarrung und verschwand fast lautlos im hinteren Teil des Gemachs. Donata hörte, wie ein Kelch gefüllt wurde. Dann sah sie Maria wieder an ihr Lager treten. Ohne ein Wort, doch mit bebenden Lippen reichte ihr die Frau mit der einen Hand den Kristallkelch, mit der anderen stützte sie ihr den Kopf, damit sie besser trinken konnte. Im Licht der Kandelaber funkelte der Wein schwarz. Die Alte schien Kräuter hineingemischt zu haben, denn schon der erste Schluck ließ Farben und Formen um sie herum ineinanderfließen und sich vereinen, und alles rückte weit fort. Was sie sah, was sie spürte. Wie durch einen dichten Nebel hörte die Contessa die alte Frau im Singsang leise vor sich hin reden. Ein Zauberspruch, dachte sie entsetzt, ich bin hier allein – mit einer Hexe. Mit weit aufgerissenen Augen sah sie die Hebamme an. Diese nickte ihr zu, rätselhaft. Dann sagte sie: »Das ist gut«, und nahm der Gräfin den Kelch aus den Händen. »Vertraut mir, meine Herrin. Alles ist gut.«

Donata war unfähig zu sprechen, sich zu bewegen. Sie spürte die Anwesenheit der Alten wie einen warmen, schweren Schatten neben ihrer Bettstatt und blickte dorthin, wo die Wiege stand. Sie vernahm keinen Laut, und Marias Blick lag wie Stein auf ihrer Seele.

Dann, irgendwann, wandte sich die Alte jäh ab, und Donata hörte sie beten; es war vielmehr eine hohe, halb geweinte, halb geseufzte Bitte an den Allmächtigen, und es schien eine Ewigkeit zu vergehen, bis die Hebamme an ihr Bett zurückkehrte, ein Kissen an sich gepresst. Als die alte Frau ihr das Kind darin in den Arm legte, erhaschte die Gräfin für einen kurzen Moment ihren tränennassen Blick. Marias Augen sprachen zu ihr, und sie verstand die Botschaft, trotz aller Benommenheit.

Zitternd vor Aufregung neigte sie sich dem Neugeborenen zu. Das also war sie, ihre Tochter, so klein und fein und wunderschön. Sie blickte voll tiefer Liebe in das rote Gesichtchen, dessen Augen noch fest verschlossen waren, und strich sacht, ganz sacht über die Nase und den Mund. Unter ihrer Berührung regte sich die Kleine und griff instinktiv nach dem Finger der Mutter. So zart, die winzige Hand. So fest der Griff. Die Contessa stöhnte auf vor Glück und presste den Säugling an sich. Ihre Sinne schienen zu erwachen, und etwas wie neue Lebensenergie durchströmte ihren matten Leib.

Donata war den falschen Weg gegangen, das wusste sie, doch sie würde die Konsequenzen tragen. Nun hatte sie dieses Kind und war fest entschlossen, alles dafür zu tun, damit es ihrer Tochter gutginge. Sie streichelte über den dunklen Haarflaum des Mädchens und fühlte wieder diese bleierne Müdigkeit in sich aufsteigen. Die Schmerzen und die Anstrengung der letzten Stunden forderten ihren Tribut, und sie war mehr und mehr benommen von dem Wein, den die Hebamme ihr gereicht hatte. Ihr Arm erlahmte, und sie ließ es geschehen, dass die Alte ihr den Säugling abnahm. Noch einmal berührte sie das Kind, dann glitt sie in einen Dämmerschlaf. Sie wollte alles bedenken, morgen, wenn sie geschlafen hatte.

Als sie wieder zu sich kam, war die Sonne noch nicht aufgegangen. Maria hatte die schweren Vorhänge etwas zur Seite gezogen und die Läden geöffnet. Die Gräfin hörte sie geschäftig ihre Instrumente reinigen. Sie schien es eilig zu haben. Verwirrt, weil sie nicht wusste, wie viel Zeit vergangen war, richtete sich Donata so weit wie möglich auf und rief der Frau zu:

»Hast du den Conte verständigen lassen, Maria? Weiß er schon von – seiner – Tochter?«

Donata konnte nicht sehen, wie die Alte sich bekreuzigte, bevor sie sich zu ihrer Herrin umwandte und mit fester Stimme sagte:

»Ja, meine Contessa. Der Graf wird gleich hier sein.«

»Das ist gut.«

Donata fühlte sich immer noch vollkommen erschöpft, und es hatte Momente in den letzten Stunden gegeben, da wünschte sie sich, tot zu sein, um die Schmerzen nicht mehr ertragen zu müssen. Aber dann, wenn es schwarz um sie herum wurde, wenn sie glaubte, den Verstand zu verlieren, weil es sie inwendig zerriss, dann dachte sie an ihren Liebsten und daran, wie tief und echt ihre Gefühle füreinander waren. Und dieses Kind war ein Pfand ihrer Liebe, so viel war gewiss. Ihr Liebster ... Gefährte für die Ewigkeit ... sie vermisste ihn so sehr.

»Ich bin der glücklichste Mann auf Erden, mia cara«, hatte er ihr bei ihrem letzten Beisammensein ins Ohr geflüstert und seine Hand auf ihren geschwollenen Leib gelegt. Zärtlich küsste er ihre schweren Brüste und drückte seine Geliebte stumm an sich. Dann hielt er sie von sich, betrachtete sie eindringlich, als wollte er sich ihr schönes Gesicht für immer einprägen. Alles, was die Liebe einer Menschenstimme an Glanz verleihen kann, lag in seinen Worten, als er leise und bestimmt zu ihr sagte:

»Du bist mein Weib, Donata, so wie ich dein Mann bin. Daran kann niemand im Himmel oder auf Erden etwas ändern. Wir sind füreinander geschaffen. Und dieses Kind«, wieder strich er liebevoll über ihren Leib, »dieses Kind ist ein Unterpfand unserer Liebe, meine Blume. Denk immer daran. Nichts wird uns je trennen.«

Die Erinnerung an diese Worte gab der jungen Frau Trost, und sie wurde ruhiger. Wie gern würde sie ihm, dem Gemahl ihres Herzens, jetzt das Kind zeigen ... Maria unterbrach die Gedanken der Wöchnerin, als sie an ihr Bett trat und energisch die Kissen in ihrem Rücken aufschüttelte. Donata glaubte zu hören, wie sie schluchzte. Sie ließ sich in die kühle Seide zurückfallen und spürte, wie etwas Blut aus ihr herausfloss. Sie hätte sich gern wieder aufgesetzt, um nach der Wiege zu schauen, die hinten in ihrem Schlafgemach am Kamin stand, aber ihr Körper lag wie ein Bleigewicht in den Laken und schien nicht ihr selbst zu gehören. Sie konnte denken und sprechen, aber ihre Glieder waren immer noch erstaunlich taub und irgendwie fremd. Ihre Augen suchten den Raum nach neuen, unbekannten Details ab, die es natürlich nicht gab. Sie wollte wach bleiben, sie wollte sich ablenken, nicht daran denken müssen, wie schwach und hilflos sie jetzt war.

Kein Laut drang durch die nun wieder zugezogenen, bunt durchwirkten Vorhänge in das Zimmer, und jeder Schritt Marias wurde durch dicke Teppiche gedämpft. Die beiden großen Kandelaber, die aus ihrer Mitgift stammten, erfüllten den Raum mit einem gespenstischen Licht und warfen züngelnde Schatten auf die prächtigen Gemälde an den Wänden und auf die hohe, schwere Tür, die zur Galerie des Palazzo führte. Wie sehr sie das alles hier hasste. Donata fühlte sich lebendig begraben in all dieser dunklen Pracht, und sie hatte das Gefühl zu ersticken. Sie sehnte sich zurück in ihre Heimat, nach Como, sie vermisste die Berge und den See und die Fischer mit ihren kleinen Booten, und sie vermisste ihre Eltern. Sie waren eine glückliche Familie gewesen; ihr Vater, ein berühmter Dottore, hatte sich hervorragend mit Heilkräutern und den daraus herzustellenden Essenzen ausgekannt. Sein Ruf war ihm vorausgeeilt, bis nach Mailand und Lucca. Hier ereignete sich auch jener furchtbare Unfall, bei dem er und die Mutter starben. Aus dem Nichts tauchten zwei reiterlose Pferde in der belebten Gasse auf und begruben wahllos Menschen unter wütenden Huftritten.

Beim Gedanken an ihre Eltern kamen ihr die Tränen. Sie hatten sie viel zu früh verlassen. Da sie sonst ganz allein und überdies zu jung war, um verheiratet zu werden, hatte ihr Vormund sie bei sich aufgenommen: Ascanio. Sie dachte mit Bitterkeit daran, wie dankbar sie gewesen war, dass er sie nicht in die Obhut von Klosterschwestern gegeben, sondern zu sich genommen hatte, ihr sogar ermöglichte, ihr gewohntes freies Leben weiterzuführen. Wenn sie geahnt hätte, mit welcher Absicht dies geschah, hätte sie sich nach dem Begräbnis der Eltern in den See gestürzt oder aus einer der Giftphiolen getrunken, die ihr Vater immer für den Fall bereithielt, dass Räuber oder wildernde Soldaten das Haus überfielen und die Familie Folter und Tod zu befürchten hätte. Ihr Vater war Christ gewesen, und ein guter dazu, aber er besaß auch eine außerordentlich praktische Ader. Sie lächelte in Erinnerung an ihn und versuchte, sich seine Züge und die ihrer Mutter vorzustellen. Es gelang ihr nicht. Die Gesichter der Eltern blieben schemenhaft, und abermals fühlte sich Donata schutzlos und allein. Ein Schauer durchzog ihren Körper.

»Ihr habt viel Blut verloren, meine Contessa. Ihr müsst Euch ausruhen.«

Die Hebamme stand jetzt wieder neben ihrem Lager. Sie strich der jungen Frau die Haare aus dem schmalen Gesicht und gab ihrer Stimme einen betont unbekümmerten Klang, als sie sagte:

»Will sich die Contessa noch etwas hübsch machen, bevor der Herr Gemahl kommt? Ich bin sicher, er wird gleich da sein.«

Donata nickte. Maria deckte das Bett auf, wechselte das Laken und zog ihrer Herrin das nasse Hemd aus. Mit geübten Griffen wusch sie den weißen Leib und wickelte die Gräfin stramm in feuchte Leinentücher. Sie holte ein sauberes Hemd mit kostbaren Florentiner Spitzen aus der Truhe neben der Tür und half der Contessa beim Anziehen. Das Hemd hatte Donata auch in der Hochzeitsnacht getragen. Danach nie wieder. Sie wollte nicht an diese Stunden erinnert werden. War es ein schlechtes Omen, dass sie es nun erneut trug? Sie schob ihre bösen Ahnungen zur Seite.

Maria eilte indes mit raschelnden Leinenröcken zu dem asiatischen Schränkchen, das zwischen den beiden hohen, noch verhangenen Fenstern stand. Sie zog eine kleine Flasche mit Blütenessenz aus einer der reich verzierten Schubladen. Mit der milchigen Flüssigkeit besprengte die Alte das Bett, und ein paar Tropfen tupfte sie der Gräfin auf den Puls. Sie bemühte sich um einen aufmunternden Blick und lächelte Donata zu. Im Zimmer war es still. Das Kind schlief anscheinend. Nachdem Maria ihre Herrin wieder in die Kissen zurückgelehnt hatte, kämmte sie ihr mit zärtlicher Langsamkeit das glatte Haar, dessen Farbe am ehesten mit dem Gefieder eines Raben zu vergleichen war. Dieses lange Haar, mehr blau als schwarz, war der schönste Schmuck der jungen Contessa. Es bildete einen herrlichen Kontrast zu den großen hellgrauen Augen und der feinen, ebenso hellen Haut. Maria konnte ein Schluchzen kaum unterdrücken. Ihre Herrin war eine schöne, von ihren Gefühlen geleitete, doch fehlgeleitete Frau. Und sie, Maria, trug Mitschuld an dem, was nun folgen würde.

»Mein Kind, Maria.«

Donata klang schläfrig und bestimmt zugleich. Der Wein mit den Kräutergaben wirkte offenbar immer noch. Die Alte bekreuzigte sich. Ich bitte Dich, oh Herr, betete sie stumm, lass sie nicht so leiden.

»So gib mir meine Tochter.«

Die Hebamme wollte gerade zur Antwort ansetzen, da ertönten Schritte vor der Tür. Schnell waren sie und hart, und sie kündeten davon, in welcher Erregung sich ihr Verursacher befand. Ein Stoß gegen die Tür ließ die Frauen zusammenschrecken. Er war da. Ascanio di Cavalli hatte das Schlafgemach seiner Gemahlin betreten.

Donata blickte ihrem Mann entgegen. Sie fürchtete sich vor ihm, so wie jedes einzelne Mal seit ihrer ersten Begegnung. Was würde er dazu sagen, dass sie ihm eine Tochter geboren hatte? Es konnte ihm egal sein, er hatte ja bereits zwei Söhne. Schnell und zielstrebig eilte er durch das schwach erleuchtete Gemach und blieb an ihrer Bettseite stehen. Das flackernde Licht der Kerzen malte Schatten auf sein Gesicht. Sein Blick war nicht zu deuten. Di Cavallis dunkle Augen funkelten vor ungezügelter Leidenschaft, und Donata spürte überdeutlich, dass etwas nicht stimmte. Er betrachtete sie, wie man einen Schmetterling betrachtet, bevor man ihn aufspießt – mit dieser eigenartigen Mischung zwischen Wehmut und Glück. Sie wartete. Darauf, dass er an ihrem Bett knien, ihre Hand ergreifen werde. Nichts dergleichen geschah. Der Conte stand unbeweglich da und sah auf seine Frau herab. Sie hatte das Licht seiner Tage und Nächte sein sollen. Er hätte sein Leben für sie gegeben, er hätte alles für sie getan. Doch dafür war es nun zu spät. Sie sollte seine Rache spüren, jetzt, und dann sollte sie der Teufel holen. Er sah Maria an, und sein Blick duldete keinen Widerspruch.

»Geh, Weib, lass mich mit der Contessa allein.«

Er zog einen kleinen Lederbeutel aus seinem Wams und warf ihn der alten Frau zu. Die Silbermünzen darin klingelten hell.

»So geh endlich.«

Maria verbeugte sich, raffte ihre Röcke und griff nach der Tasche, in der sie ihre Instrumente und Heilkräuter mit sich führte. An der Tür angelangt bekreuzigte sie sich und verbeugte sich ein letztes Mal gegen den Conte und die junge Mutter. Sie hatte das Schicksal ihrer Herrin verkauft – für zwanzig jämmerliche Scudos. Die Hebamme fürchtete, sich nicht losreißen zu können. Durch den Tränenschleier hindurch sah sie, wie der hochgewachsene Mann an die Wiege trat, dann schloss sie mit einem verzweifelten Ruck die schwere Tür hinter sich und lief, so schnell es ihre alten Beine erlaubten. An den Wachen vorbei, an den Stallungen, immer weiter, in den Morgen hinein. Als sie glaubte, für jedermann außer Sichtweite zu sein, ließ sie sich am Wegrand in das hohe Gras fallen. Die Tränen rannen unaufhörlich über ihr faltiges, gutes Gesicht. Sie hatte schwere Schuld auf sich geladen. Nie mehr würde sie einen Fuß in diesen verfluchten Palazzo setzen, nie mehr.

Mit unruhigem Blick verfolgte Donata die Bewegungen des Conte. Er war an der Wiege stehen geblieben und hatte die Decke fortgezogen. Mit einem Stöhnen sank sie zurück. Sie schloss die Augen. Der Graf gab keinen Laut von sich. Die Sekunden der Stille kamen ihr vor wie eine einzige schwarze Unendlichkeit.

Di Cavalli verharrte regungslos und blickte auf das Kind. Er hatte seiner Frau den Rücken zugewandt und zog etwas aus seiner goldverbrämten Jacke.

Donata fühlte ihr Herz hart pochen, und instinktiv spürte sie die Gefahr, die von diesem gutgewachsenen Mann mit den tiefliegenden dunklen Augen ausging. Sie liebte ihn nicht, sie hatte ihm nie vertraut. Angst schnürte ihr die Kehle zu. Ihre Hände krallten sich in die frischen Laken, und sie richtete sich mühsam auf, um die Szene an der Wiege zu verfolgen. Ihre Angst geriet zur Panik, als sie eine Klinge in seiner Hand aufblitzen sah. Er beugte sich über das Bettchen, stach das Messer hinein, holte aus, stach nochmals zu. Für Donata zerriss die Zeit. Und da hörte sie das Schreien ihres Mannes. Es war laut und kehlig, ein Heulen aus tiefster Seele, der Ausdruck entsetzlicher Pein. Die Wiege schwankte.

Di Cavalli griff mit der Linken hinein und schleuderte einen leblosen kleinen Körper vor das Bett seiner Gemahlin. Das Messer warf er hinterher. Sein Gesicht war zu einer Fratze verzerrt, als er einen Schritt auf ihr Lager zuging. Dann entspannten sich plötzlich seine Züge, die Arme sanken schlaff an seinem Körper herab, und er blickte auf das blutige Bündel vor dem großen, seidenbezogenen Bett. Er packte eine Decke, kam näher. Langsam hob er den Leichnam auf, wickelte ihn fast zärtlich ein und ging ruhig damit zur Tür. Dort wandte er sich noch einmal zu Donata um.

»Du hast das sechste Gebot gebrochen, hast das heilige Sakrament der Ehe verraten. Hast mich betrogen. Doch niemand betrügt den Conte von Lucca ungestraft, Weib. Dein Kind ist tot. Dein Geliebter wird sterben, falls du ihn jemals wiedersiehst. Aber du, du sollst leben. Mit der Erinnerung an diesen Tag.«

2. KAPITEL

Giacomo blickte in den Himmel und schaute dem Kranich nach, der in tiefem Flug über seinen Kopf hinwegzog. Die Sonne stand wie eine gleißende weiße Scheibe über der Ebene, die er mit seinem Pferd langsam durchquerte. Die Luft flirrte, und die brütende Hitze ließ die kleinen Steine am Wegesrand wie Glasscherben blitzen. Er war hier zu Hause, hier in der Maremma, in diesem Land, das nur aus Sumpf und Armut zu bestehen schien. Und er war ein Buttero, genau wie sein Vater und wie der Sohn, den er irgendwann einmal haben würde.

Der Viehhüter lenkte sein Pferd den ausgetretenen Pfad entlang. Er tat es aus Gewohnheit, nötig gewesen wäre es nicht, denn das Pferd eines Buttero findet seinen Weg allein. Ein Maremmenpferd weiß, wo die Macchia weniger dicht wächst, wo der Sumpfboden gefahrlos durchwatet werden kann. Es scheut nicht, wenn es auf wilde Tiere trifft, und es bringt seinen Reiter immer sicher ans Ziel ... Giacomo klopfte seinem Pferd den stämmigen kurzen Hals. Er hatte die Stute selbst gezähmt. Es hatte fast drei Jahre gedauert, Jahre voll des Wartens und Verstehens. Und irgendwann war es so weit gewesen. Seither waren sie unzertrennlich. Das Pferd blähte die Nüstern und schüttelte seinen Kopf, als wollte es ihm Recht geben. Giacomo lachte auf.

Sie würden bald daheim sein, und er freute sich auf das Essen mit seiner Familie. Er dachte an seine Frau. Anna war nicht mehr ganz jung, aber sie war immer noch schön mit ihren hellbraunen Augen, die so spitzbübisch lachen konnten. Er liebte es, wenn sie sich nach dem Essen an ihn schmiegte und ihn ansah mit diesem Blick, den sie nur ihm schenkte. Und dann wusste er, sie würden sich halten, die ganze Nacht hindurch, sie würden sich küssen und einander zärtliche Worte ins Ohr flüstern, und sie würden für eine Nacht ihre Sorgen und ihre Armut vergessen. Anna … Er war noch in Gedanken versunken, als ihn eine Stimme in die Gegenwart zurückholte.

»Vater!«

Das war Marina, seine Älteste. Die wollenen Röcke hochgerafft, um schneller laufen zu können, kam sie ihm entgegengeeilt. Ihr langes braunes Haar war zu einem Zopf gebunden, der bei jeder Bewegung hin und her wippte. Sie winkte ihm fröhlich zu.

Marina verlangsamte ihren Schritt, außer Atem, anscheinend war sie den ganzen Weg vom Haus bis hierher gerannt. Ihr junges Gesicht glühte. Wie sie beim Lachen die Nase krauszieht, dachte der Buttero, und ihre Sommersprossen, genau wie bei meiner Anna … Marina strahlte ihren Vater an und tätschelte dem Pferd, das inzwischen stehen geblieben war, den staubigen Hals. Sie war ein bezauberndes Mädchen, und sie würde eine bezaubernde Frau sein, schon bald. Viel zu bald.

»Nimmst du mich mit zum Markt, Vater? Bitte.« Marina klatschte aufgeregt in die Hände.

»Um mich das zu fragen, bist du den weiten Weg gelaufen?« Giacomo schüttelte belustigt den Kopf. »Was willst du auf dem Markt, Tochter? Etwa Zuckerzeug kaufen?«

Er sah sie herausfordernd an und lachte dabei. Das Kind blickte ihm offen ins Gesicht.

»Nein, Vater. Kein … Zuckerzeug. Die Gaukler. Die Gaukler sind wieder da. Sie können Kunststücke, die man noch nie gesehen hat. Und einer von ihnen kann zaubern. Er kann sogar Menschen verschwinden lassen, wird erzählt.« Das Mädchen schluckte.

»… wird erzählt.« Giacomo schaute das Kind mit gespieltem Ernst an. »Was meinst du, was mich dazu bewegen könnte, dich mitzunehmen? Nenn mir einen Grund. Nur einen guten Grund, Marina.«

Das Mädchen hatte die Hände vor der Schürze gefaltet und schenkte ihrem Vater einen tiefen Blick. Genau wie ihre Mutter, dachte Giacomo und war entzückt, ob er wollte oder nicht. Seine Älteste verstand es immer wieder, ihn um den Finger zu wickeln. Er hob sie zu sich aufs Pferd.

»Erzähl mir, Tochter. Erzähl mir, was man über die Gaukler sagt. Und dann sehen wir weiter.«

Marina strahlte. Sie wusste, sie würde die Gaukler sehen.

Anna stand an der Feuerstelle, die den Mittelpunkt des kleinen Steinhauses bildete, und versuchte, mit ein paar frischen Kräutern die Zuppa vom Vortag genießbarer zu machen. Sie freute sich auf das Essen mit ihren Kindern und mit Giacomo, und sie hoffte, Marina und ihr Vater würden bald zurück sein. Zärtlich wanderte ihr Blick durch den dunklen Raum, in dem sie alle lebten: sie, die Eltern, mit ihren Töchtern Marina, Lucilla und Magdalena. Sie hatte nie mehr gewollt als ein Heim und eine Familie, und sie war dankbar dafür, ja. Und sie liebte Giacomo, so wie er sie liebte. Dabei hatte sie einst gar keine andere Wahl gehabt. Sie waren einander versprochen gewesen, von Kindertagen an, und sie hatte bis zu ihrem vierzehnten Lebensjahr nicht gewusst, wer dieser Sohn eines Buttero war, den ihre Eltern für sie ausgesucht hatten. Ihr graute vor dem ersten Kontakt; sie war ein scheues Mädchen und hatte nur widerliche Sachen darüber gehört, was Männer mit Frauen tun, damit sie Kinder haben, und sie wollte eher in ein Sumpfloch springen, als sich einem Mann hinzugeben. Und dann kam Giacomo. Er sah sie an und blickte in ihre Seele. Und sie erwiderte seinen Blick. So wurden sie lange vor dem ersten Wort und dem ersten Kuss ein Paar. Und das waren sie noch heute. Anna seufzte und fasste sich unwillkürlich an die Brust. Sie war prall und spannte. Wenn sie wieder guter Hoffnung war … Lieber Gott, dachte sie, lass es einen Sohn sein dieses Mal. Lass es einen Sohn sein für Giacomo.

»Mama!«

Das Rufen der jüngsten Tochter schreckte sie auf. Magdalena hatte eine energische Stimme, und auch wenn sie erst zwei Jahre alt war, wusste sie genau, was sie wollte. Und zwar Aufmerksamkeit. Ungeteilte Aufmerksamkeit.

Anna ging vor die Tür, die Hand immer noch an ihre Brust gedrückt, und sah Magdalena an der Tür zum Viehstall stehen. Die Kleine versuchte erfolglos, den Riegel beiseitezuschieben, und erhoffte sich wohl Hilfe von ihrer Mutter. Anna musste lächeln. Dieses Mädchen war wirklich sonderbar. Sie war zielstrebig, ihre kleine Magdalena, und sie gab nie auf. Und sie war eine echte Schönheit. Die Männer würden sich ihretwegen einmal Schwerter in den Leib rammen, so viel war sicher.

»Du willst in den Stall? Ich helfe dir.«

Das war Lucilla, die mittlere der Schwestern. Sie war vernarrt in die kleinste der Familie und ließ keine Gelegenheit ungenutzt, mit ihr zusammen zu sein. Als Lucilla die Tür zum Stall öffnen wollte, nahm sie jedoch ihre Mutter wahr, die gedankenversunken an der Hausmauer lehnte. Einem plötzlichen Verlangen nach Nähe folgend ergriff das Mädchen die Hand der jüngeren Schwester und lief mit ihr zu Anna hinüber. Beide schmiegten sich kichernd an die warme, nach Kräutern duftende Schürze und genossen es, wie Annas Hände ihnen über den Kopf strichen.

Anna fühlte sich innig verbunden mit ihren Kindern und zog daraus die Kraft, das harte Leben hier draußen durchzustehen. Hoffentlich würden es ihre Kinder einmal besser haben. Sie blickte ruhig der kleinen Staubwolke entgegen, die sich auf ihr Haus zubewegte. Es waren, wie erwartet, Giacomo und Marina, die sich ohne Hast auf dem Heimweg befanden.

Als sie den Hof des kleinen Anwesens erreichten, löste sich Magdalena aus der Umarmung der Mutter und lief Vater und Schwester entgegen. Hatte der Viehhüter gerade noch mit seiner Ältesten gescherzt, verdunkelte sich seine strahlende Miene schlagartig beim Anblick der Kleinen, und er drehte sich weg, um das Kind nicht berühren zu müssen. Im selben Moment schien er zu bemerken, wie befremdlich sein Verhalten auf das Mädchen wirken musste, und so wandte er sich dem Kind wieder zu und klatschte aufmunternd in die Hände. Aber zu spät. Magdalena hatte sich bereits umgedreht und lief zu Marina, die sie fröhlich lachend in die Arme nahm. Giacomo schaute seine Frau an, mit diesem verwundeten Ausdruck, den er immer hatte, wenn es um Magdalena ging. Er liebt sie einfach nicht, dachte Anna betroffen. Er gibt sich Mühe, aber er liebt sie nicht, und er wird sie niemals lieben. Gott möge ihm vergeben. Sie lächelte ihrem Mann zu, wissend und traurig. Dann drehte sie sich langsam um und ging ins Haus zurück.

In dieser Nacht fiel es Anna schwer, Schlaf zu finden. Sie hatte Giacomo diesen Blick geschenkt am Abend, hatte auffordernd ihr Hemd vor ihm fallen lassen und mit einem Lächeln die Reaktion seines Körpers quittiert. Erschaudernd zog er sie zu sich heran, vergrub sein Gesicht zwischen ihren schmerzenden Brüsten. Sie schenkten sich alles, was sie sich schenken konnten, verloren sich in einem Taumel aus Seligkeit und Rausch, und dann, endlich, fanden sie sich wieder, keuchend, lachend, verliebt wie am ersten Tag ihres gemeinsamen Lebens. Giacomo küsste ihr den Schweiß vom Bauch, liebkoste ihre vollen Brüste noch zärtlicher als sonst und murmelte: »Carissima. Meine Liebste. Ohne dich bin ich nichts. Verlass mich nicht. Niemals. Versprich es mir, anima mia, meine Seele. Mein Leben. Du …«

Weinte er? Später lag Anna noch lange wach und lauschte den Atemzügen ihres Mannes. Sie war voller Traurigkeit, weil sie es nicht vermocht hatte, ihn zu trösten. Vorsichtig schob sie seinen Kopf von ihrem Bauch, um besser atmen zu können. Auch jetzt, in den unwirklichen Stunden zwischen Tag und Traum, war es noch stickig und heiß, und die Maremma zeigte sich von ihrer ungnädigsten Seite. Das Sumpfland wimmelte in diesem Sommer nur so von Fliegen und Mücken, und der leise Nachtwind trieb die Insekten in Schwärmen zu den Häusern der Menschen. Sie brachten das Fieber, an dem viele starben, besonders unter den Kindern. Anna hatte Angst um ihre Töchter. Sie waren so dünn, was sollten sie der Krankheit entgegensetzen?

Sie würde nach Lucca gehen, morgen schon, und ihre alte Tante besuchen, die bei Ascanio di Cavalli als Wirtschafterin in Diensten stand. Vielleicht konnte sie dort ein paar Tage in der Küche arbeiten und ein paar Eier und ein paar Libbre Weizen verdienen. Anna rollte sich zusammen und strich

Giacomo über das lockige, von grauen Fäden durchzogene Haar. Er war ein guter Mann. Und der beste Gefährte, den sie sich wünschen konnte. Sie wollte ihn so gern glücklich machen, ihm einen Sohn schenken, einen kleinen Buttero. Aber ihr Körper hatte es ihr bisher versagt; einige Male war sie schwanger geworden, aber nur kurz darauf verlor sie das Kind unter Krämpfen. Auch eine Totgeburt musste sie erleiden. Wenn sie an den Moment dachte, an dem dieses blaurote leblose Wesen aus ihr herausgeschlüpft war, grauste sie sich immer noch. Diesmal würde es bestimmt gutgehen, diesmal würde sie ein lebendes Kind zur Welt bringen. Und morgen, dachte Anna, bevor sie einschlief, morgen gehe ich nach Lucca. Dann wird alles gut.

3. KAPITEL

*O*bwohl es früh am Morgen war, herrschte in dem Marktflecken Grosseto schon reges Treiben. Die Sonne stand noch tief, doch der Tau war getrocknet, und wer in den wolkenlosen Himmel sah und die Zeichen deuten konnte, der wusste, es würde ein heißer Tag werden. Hinter den verschlossenen Läden der aneinandergedrängten Häuser waren laute Stimmen zu hören, blechernes Kochgeschirr klapperte in den Händen der schrill keifenden Weiber, kleine Kinder plärrten, und die wenigen Hunde, die es hier gab, streunten unruhig in den engen, schmutzigen Gassen umher. Allgemeine Erregung schwebte über Grosseto, alles schien in bienenartiger Betriebsamkeit zu sein, Vorfreude und Zuversicht lagen in der Luft. Aus einem einfachen Grund. Die Gaukler waren wieder in der Stadt.

Erst am Vorabend hatten sie am Stadttor um Einlass gebeten, und nun, über Nacht, war der Platz hinter der Kirche in einen bunten, fröhlichen Ort der Geselligkeit und des Lachens verwandelt. Die Marketender ließen sich die Aussicht auf gute Geschäfte nicht entgehen und bauten ihre Stände dicht bei der Wagenburg der Fremden auf. Für die nächsten Tage würde Grosseto der Mittelpunkt der gesamten Umgegend sein, viele Besucher würden sich hier einfinden, um zu handeln, um Freunde zu treffen und um die Gaukler zu sehen. Die Menschen würden für wenige Stunden ihr hartes Leben in der Maremma vergessen und sich amüsieren. Die

Scudos würden nur so klingeln in den Lederbeuteln, und da vergaßen die Handwerker und Kaufleute gern ihre Verachtung für diese Menschen, die sich selbst genug waren und nicht daran dachten, sich in das Leben der hiesigen Gemeinschaft einzufügen. Im Gegenteil. Kaum ein Aufenthalt der Gaukler war bislang ohne einen Vorfall vergangen, und nur die Tatsache, dass fast jeder angesehene Bürger in Grosseto schon einmal die Bekanntschaft der Liebeskunst ihrer glutäugigen Hexenweiber gemacht hatte, ließ sie alle wie unter einem unausgesprochenen Pakt darüber schweigen.

Der Stadtvogt, an solchen Tagen immer früh auf den Beinen, um nichts zu verpassen und sich als Autorität zur Schau zu stellen, schritt energisch und kraftvoll den Marktflecken ab. Seit ihrem letzten Halt schien sich die Zahl der Gauklerwagen fast verdoppelt zu haben, und dieses Mal waren auch viel mehr Tiere im Tross. Sogar zwei Pferde waren darunter. Martini nahm sich vor, in einem unbemerkten Moment nach Brandzeichen oder anderen Malen zu suchen, die über den wahren Besitzer dieser zugegeben schönen Tiere Auskunft gaben, denn das war klar: Keiner von ihnen konnte ein edles Pferd wie diese beiden hier bezahlen. Da reichte die Gaunerei eines ganzen Zigeunerlebens nicht aus, um so viele Silberlinge zusammenzuraffen.

Der Vogt blickte sich um, hatte er doch gerade hinter sich ein knackendes Geräusch vernommen. Doch da war nichts. Über seine eigene Furchtsamkeit belustigt trat er gut gelaunt nach einem Stein und schritt weiter. Diese Gaukler waren ihm nicht ganz geheuer. Ein merkwürdiges Völkchen, kleine flinke Menschen mit dunklen gescheiten Augen und dickem schwarzen Haar, schienen sie alle wieselgleich überall und nirgends zu sein und die Sinne zu narren. Da hieß es, sich in Acht zu nehmen und den vielen Reizen – auch der Lust –

zu widerstehen. Wie oft war es schon geschehen, dass ein hoher Würdenträger der Stadt nach einer Liebesnacht ohne Wams und ohne einen einzigen verdammten Scudo wieder aufgewacht war. Selbst dem armen Pfarrer war es vor zwei Jahren passiert. Bei der Erinnerung daran, wie der fromme Mann nackt, wie Gott ihn schuf, und besinnungslos vor Trunkenheit am Altar seiner Kirche aufgefunden worden war, musste der Stadtvogt breit grinsen. Immer diese Doppelmoral. Auch Priester waren nur Männer, und wer konnte besser verstehen als er, Pietro Martini, dass diese glutäugigen Zigeunerweiber mit ihren schmalen Hüften und den vollen, fordernden Lippen jeden Mann um den Verstand bringen konnten, wenn sie nur wollten. Der arme Pfarrer war zwar schnell wieder nüchtern geworden, aber die Male an seinem Körper hatten lange und unmissverständlich von einer wilden Umarmung gezeugt. Erst ein Bittgang nach Rom im Büßergewand konnte den sündigen Gottesmann von seiner Schuld reinwaschen. Die Geschichte machte in der Stadt allerdings weiterhin die Runde, und das Ansehen des Priesters hatte nachhaltig gewaltigen Schaden genommen. Über den Prete wurde immer noch gelacht.

Martini befand sich nun in der Mitte des Marktplatzes und drehte sich wohlgefällig um die eigene Achse. Ein kleines Städtchen war sein Grosseto, gewiss, ein blühendes zartes Pflänzchen, aber auf dem besten Wege, ein bedeutender Knotenpunkt für Reisende nach Lucca zu werden. Der toskanische Stadtstaat entwickelte sich gerade zu einem wichtigen Umschlagplatz für Seide und Seidenstoffe, und das brachte Reichtum mit sich. Reichtum wiederum versprach Arbeit und bescheidenen Wohlstand für das einfache Volk, und das zog die Menschen aus den Sumpfgebieten in die Stadt. Und sie alle mussten Steuern zahlen. Unwillkürlich machte der Vogt ein schmatzendes Geräusch. Das tat er immer, wenn die Gier ihn überkam. Geld, so viel Geld würde er einnehmen! Seine Stadt würde stetig wachsen, und irgendwann, davon träumte Martini, würde man ihm das Münzprägerecht verleihen und dann …

»Pietro, komm mal rüber! Hier, die beiden Burschen!«

Unwillig drehte sich der Stadtvogt um und entsagte seinen Tagträumen. Er seufzte. Die Sonne war kaum aufgegangen, und schon gab es offenbar Reibereien. Er setzte eine offizielle Miene auf und steuerte geradewegs auf die beiden Streithähne zu, die sich unter einem farbigen Vorzelt am Rande der Piazza auf das Wüsteste beschimpften. Es war immer dasselbe. Die besten Stellen waren schnell vergeben, und es gab kein Anrecht auf einen Stammplatz. Der frühe Vogel fängt den Wurm, lautete die Devise, und der Händler, der seinen Stand als Erster aufstellte, hatte das Recht auf seiner Seite. Während sich Martini mit strengem Blick auf die beiden jungen Männer zubewegte, schweiften seine Gedanken wieder ab.

Eine wahre Zauberin war sie gewesen, diese kleine Hexe, die erst den armen Priester und dann ihn verführt hatte – in derselben Nacht. Martini dachte mit Wonne an die Stunden ungehemmter Leidenschaft und schnalzte unwillkürlich wieder mit der Zunge. Er wusste nicht mehr, wie dieser Liebesengel hieß, ob es überhaupt einen Namen hatte, dieses großäugige Mädchen, das nur aus Duft und Verlockung zu bestehen schien. Sie hatte ihn spüren lassen, dass er ein Mann war, ein Mann, wie er sein sollte. Groß. Stattlich. Voller Glut. Einem unbewussten Impuls folgend suchten seine Augen den Platz ab, suchten diese Eine in jeder Frau, die er sah. Und es waren schöne dabei, oh ja. Martini hatte einen Sinn für diese Frauen, die nur sie selbst waren, egal, ob sie

Wäsche aufhängten, einen Säugling an die Brust legten oder sich demjenigen hingaben, der sie nahm, wie ein Mann sein Weib nimmt. Martini seufzte wieder. Es war eine wundervolle Nacht gewesen, er mit diesem Mädchen, eine Nacht mit zu viel Gier, um wirklich wahr zu sein. Erst hatte sie ihn in ihrem verheißungsvollen Blick ertrinken lassen, dann war sie über ihn gekommen wie ein süßer Traum, ohne Fragen und ohne Antworten. Sie hatten sich ihrer Lust ergeben, Stunde um Stunde. Der Duft von Weihrauch und Myrrhe klebte noch an ihren Händen und an ihren Lippen, als sie sich fanden, und er wusste, bevor sie es ihm sagte, von wo sie kam. Und sie schrie in seinen Armen und bat um den Gnadenstoß. Und er verströmte sich in ihr, in ihrem knabenhaft schlanken Leib, und ihre Brustwarzen waren rot wie reife Erdbeeren, so fest hatte er an ihnen gesaugt. Sie wand sich unter ihm und drehte sich über ihm und hielt ihn gefangen zwischen ihren Schenkeln, und als sich seine Furcht vor ihrem Teufelswerk gelegt hatte und er es genoss, wie sie ihn ritt und sich von ihm reiten ließ, wurde ihm bewusst, dass er noch nie zuvor eine Frau dermaßen begehrt hatte. Und dann, als er kam, als sie kam, als sie beide ihre Lust laut hinausschrien in die dunkle sternenlose Sommernacht, hatte er sich geschworen, sie wiederzufinden, egal wo sie war auf Erden, er wollte sie wiederhaben, diese Schöne mit den schwarzen Glutaugen und der knabenhaften Brust. Sie würde nie ein Kind säugen können bei dieser Statur, war sein erster Gedanke gewesen, als sie ihr durchscheinendes Hemd vor ihm abgelegt hatte, aber gerade darin lag ja der Reiz. Ich bin ihr verfallen, dachte der Vogt, ich denke immerzu an sie, an mein kleines namenloses Zigeunermädchen, wie gern hätte ich dich für immer bei mir ... Martini hielt inne und versuchte, sich zu sammeln. Dann stemmte er beide Hände in die Seiten, wippte herausfordernd auf seinen Schuhspitzen hin und her und sprach in herrischem Ton:

»Ruhe da, ihr Burschen. Was ist hier los?«

Die beiden Raufbolde ließen auf der Stelle voneinander ab. Fast erschrocken stoben sie auseinander. Es waren zwei junge Kerle; dem einen blutete die Nase, der andere hatte seine Kopfbedeckung bei der Rangelei im Sand verloren und bemühte sich sichtlich angestrengt, sie wieder sauber zu klopfen. Beide vermieden es, dem Stadtvogt in die Augen zu blicken. Martini spitzte die Lippen und sog langsam die Luft ein, was einen leisen Pfeifton erzeugte. Den einen der Jungen kannte er, es war der Sohn des Bäckers. Wahrscheinlich hatte ihm sein Vater mit Prügeln gedroht, wenn er keinen guten Platz für seinen Stand bekäme. Wäre ja nicht das erste Mal, dachte Martini und erinnerte sich daran, dass er Rocco schon oft mit blauen Striemen auf Armen und Beinen gesehen hatte. Er schaute den Halbwüchsigen streng an, und dieser zuckte unter dem Blick zusammen wie ein Hund, der Angst hat vor dem nächsten Schlag. Er nickte dem Bäckersohn zu, dann wandte er sich an den anderen Burschen, der immer noch den Staub von seiner schäbigen Wollkappe klopfte.

»Wie heißt du?«, dröhnte Martinis Stimme.

»Benedetto«, war die Antwort. Dann schwieg der junge Mund, und Martini sah die dunklen Augen unter den schwarzen Stirnfransen aufblitzen. Stolz reckte der Junge dem Vogt sein Kinn entgegen. Aber er sagte nichts mehr. Die Mütze hielt er mit beiden Händen vor seinem Bauch und drehte sie unablässig.

»Gehörst du zu den Gauklern?«

»Nein.«

Wieder Schweigen.

»Pass auf, Bürschchen.«

Martini machte einen Schritt auf Benedetto zu, der nicht vom Fleck wich. Drohend zeigte er auf den Jungen und sagte gefährlich leise, dass nur der Angesprochene es hören konnte:

»Ich bin der Stadtvogt, und ich kenne dich nicht. Wenn du mir nicht auf der Stelle sagst, was das hier eben sollte, wer du bist und woher du kommst, dann lasse ich dich von meinem Diener so lange durchprügeln, bis die Gaukler weiterziehen. Haben wir uns verstanden?«

Martini trat ein Stück zurück und wartete auf eine Reaktion. Er wunderte sich, wie ruhig und unerschrocken dieser Junge war. Fünfzehn Jahre mochte er alt sein, wenn überhaupt. Seine Haut hatte nur einen leichten Bronzeton, wie bei Menschen, die wenig an der frischen Luft sind. Seine Hände aber, die noch immer die Mütze drehten, zeugten von harter Arbeit. Er ging einen Schritt zur Seite, um sich diesen jungen Kerl genau anzusehen. Aus dem Augenwinkel heraus beobachtete er Rocco, der immer noch an derselben Stelle stand, die Schultern eingezogen, den Blick auf ihn geheftet.

»Ich komme aus Lucca. Ich arbeite in der Küche des Conte. Ich bin … Küchenjunge. Und ich bin hier, weil ein Mädchen unter den Gauklern ist, das ich wiedersehen wollte. Sie ist wunderschön, Herr.«

Benedettos Augen leuchteten, und Martini sah die wohlgeformten Lippen des Burschen vor Erregung zittern. Ein verliebter Narr. Dabei war er – genau wie Rocco – immer noch mehr Kind als Mann.

»Und um sie zu sehen, hast du den weiten Weg gemacht? Was sagt deine Herrschaft dazu?«

Der Stadtvogt war verblüfft. Sein Ärger verflog langsam. Immer diese Frauen, dachte er. Benedetto grinste breit.

»Die merken nichts. Alles gut geplant.«

Er schien stolz auf sich zu sein.

Dieser selbstgefällige Ausdruck machte den Vogt wütend, denn wenn Martini eines nicht ausstehen konnte, dann Hoffärtigkeit.

»Ach. Gut geplant. Und den Sohn des Bäckers zu verprügeln gehörte auch zu deinem Plan, he?«

Benedetto schüttelte das ungekämmte schwarze Haar. Dann zischte er in Martinis Richtung:

»Die kleine Kröte geht mir nicht vom Leib. Er winselt hinter mir her, seit ich hier angekommen bin. Er liegt mir in den Ohren, ihn mitzunehmen, mit nach Lucca. Einen wie ihn – pah!«

Martini blickte fragend zu Rocco, der über und über errötete. Er konnte sich denken, warum der Bäckersohn von hier fortwollte, und er wusste instinktiv, dass der fremde Junge die Wahrheit sprach. In Roccos Augen sammelten sich Tränen. Der Stadtvogt überlegte nicht lange. Entschlossen blickte er von einem Burschen zum anderen.

»Lass uns ein Geschäft machen, Benedetto«, sagte er leise und trat wieder auf den Küchenjungen zu. »Ich lasse dich gewähren, solange du magst. Such dein Mädchen. Aber wenn du gehst, nimmst du Rocco mit. An den Hof. In die Küche. Und wenn ich erfahren sollte, dass du es nicht getan hast, dann komme ich persönlich nach Lucca und reiße dir beide Ohren ab. Und nun geh, du Heißsporn!«

Er versetzte dem verblüfften Jungen einen Stupser und wandte sich an Rocco. Martini sah den verschreckten Bäckersohn freundlich an und sagte ruhig, als spräche er zu einem scheuenden Pferd:

»Es wird Zeit, dass du dein eigenes Leben führst. Nutze diese Chance, mein Junge, und lass dich nicht erwischen, sonst schlägt dein Vater dich wirklich noch tot. Ich werde ihm sagen, du seist in eine Wildererfalle geraten, mein Diener habe dich gefunden … den Rest von dir … ich hätte dich nur an deinem Wams erkannt … aber dafür habe ich etwas bei dir gut, Rocco. Verstehst du? Irgendwann werde ich kommen und dich um einen Gefallen bitten, und dann musst du mir helfen, so wie ich dir jetzt helfe.«

Bestürzt sah der Vogt, wie Rocco mehr und mehr in sich zusammenfiel. Er schien sich kaum noch auf den Beinen halten zu können. Und nun begann der Junge vor ihm auch noch zu weinen. Er versuchte, sich die Tränen aus dem Gesicht zu reiben, und verteilte damit das Blut, das aus seiner Nase sickerte, über beide Wangen. Ein schrecklicher Anblick. Dann griff er mit einer katzenhaft schnellen Bewegung nach Martinis Hand und fiel vor dem stattlichen Mann auf die Knie. Er presste die Lippen fest auf den haarigen Handrücken, ließ dann ab und schluchzte mit tränenerstickter Stimme:

»Danke, Herr. Ich werde niemals vergessen, was Ihr für mich getan habt. Das schwöre ich bei Gott.«

Mit einer geschickten Drehung sprang er auf die Beine und schien auf einmal seine Umgebung wieder wahrzunehmen. Ob jemand die Szene beobachtet hatte? Rocco blickte sich scheu um und sah in Benedettos Richtung. Der seufzte tief, ging auf seinen früheren Gegner zu und klopfte ihm nunmehr kameradschaftlich auf die Schulter.

»Lass uns den Stand aufbauen, bevor dein Vater kommt. Und dann suchen wir mein Mädchen, ja?«

Rocco nickte und machte sich an die Arbeit. Auch Benedetto ging wieder zum Tagewerk über, und der Vogt war zufrieden. Der Junge hatte ihm schon lange leidgetan, nicht dass er sich irgendetwas aus der Brut anderer Menschen machte, aber dieses Leid musste ein Ende haben. Und – konnte es schaden, zwei Ohren und zwei Augen am Hof von Lucca zu haben, womöglich viele Jahre lang? Beseelt von seiner guten Tat drehte sich Martini schwungvoll auf den Schuhspitzen um die eigene Achse und schnalzte zufrieden mit der Zunge. Ein guter Tag, ein herrlicher Tag. Dann verließ er den Markt und machte sich auf den Heimweg. Er freute sich auf sein Haus, wo Francesca, seine Schwester, bereits mit dampfender Hirsegrütze auf ihn wartete.

4. KAPITEL

*D*er Conte lehnte am Fenster seines Gemachs, von wo aus er den Blick über das weitläufige Anwesen mit den angrenzenden Feldern hinweg bis zum Horizont schweifen lassen konnte. Die Sonne stand schon tief; es war ein heißer Tag gewesen. Doch jetzt, wo die eben noch weiße Scheibe schnell zu einem glutroten Ball schmolz, war die Kühle des nahenden Herbstes zu ahnen. Es lag etwas Bedrückendes in der Luft. Manchmal fragte er sich, ob nur er die Traurigkeit spürte, die von der Natur da draußen ausging, oder ob ihn dieses Gefühl einfach nur mehr berührte als die anderen Menschen um ihn herum.

Er war auf der Jagd gewesen, den ganzen Tag lang. Sein Ältester, Paolo, hatte ihn begleitet. Obgleich noch ein Knabe, verstand er sich gut auf das Reiten und Jagen. Er war furchtlos und flink, und wenn er lachte, konnte sich nicht einmal er, Ascanio, dieser Fröhlichkeit entziehen. Er war gern mit Paolo zusammen. Das Kind erinnerte ihn an Vivica, seine erste Frau. Wenn er in die Augen seines Sohnes blickte, fand er sie darin. Er zog auf dieselbe Art die Mundwinkel nach unten, wenn er etwas bei Tisch nicht essen wollte, und er hatte wie Vivica die Angewohnheit zu singen, wenn ihm etwas besonders gefiel. Er war ernsthaft und wissbegierig, und jeder zweite an seinen Vater gerichtete Satz begann mit dem Wort »warum«.

Ascanio gab sich alle Mühe, dieses Warum zu beantworten; er wollte es nicht allein den Lehrern bei Hofe überlassen. Hinter jeder Antwort verbirgt sich eine Absicht, hatte sein eigener Vater ihn einst gelehrt, und er hatte sich vorgenommen, seine Söhne so zu erziehen, dass sie auf jede Frage nur eine gültige Antwort kannten. Irgendwann würde Paolo ihm nachfolgen, und dann durfte er nicht zaudern, abschätzen, sich beeinflussen lassen. Nein. Ein Conte von Lucca musste handeln. Mit Instinkt und der Sicherheit, das Richtige zu tun.

Vivica hätte das auch gewollt, dachte Ascanio und atmete tief ein. Er hatte sie so sehr geliebt. Und dann starb sie, kurz nach der Geburt des zweiten Sohnes. Carlo. Sie verließ ihn, nach sieben gemeinsamen Jahren. Es war das Fieber aus den Sümpfen. Nach wenigen Wochen, in denen sie immer schwächer und stiller wurde, verlor er sie. Ihr Herz hörte auf zu schlagen – einfach so –, und als er eines Morgens aufwachte, lag Vivica kalt und weiß in den Kissen.

Di Cavalli ballte in schmerzhafter Erinnerung die Hände zu Fäusten und drückte sie gegen seine pochenden Schläfen. Er würde sie nie vergessen können, niemals. Was nützte all der Reichtum, die Pracht seines Palazzos, die Gewänder aus gefärbter Seide, die kostbaren Möbel aus fernen Ländern, die feurigen Pferde, die Jagdausflüge ... er war einsam. Das war die Strafe des Herrn, er fühlte es bis ins Mark.

Er hätte sich nicht wieder vermählen dürfen. Sein Leibdiener Mahmut, den Vivica einst mit nach Lucca gebracht hatte, war bei der Nachricht über die bevorstehende Hochzeit zusammengebrochen. Das hätte ihn warnen sollen, doch er war verrückt gewesen nach Donata. Die erste Frau nach Vivicas Tod, die den Schimmer einer Hoffnung auf neues Glück in ihm geweckt hatte. Sie war noch sehr jung gewesen, als er sie in sein Haus holte, und er hatte Geduld mit der Waise bewiesen und gewartet, bis sie so weit war. Er

lachte leise, es klang wie ein heiseres Knurren. Und dann …
In Gedanken an diese Demütigung entfuhr dem Conte ein
klagender Laut, und sein Gesicht rötete sich. Dann hatte
diese kleine Hure ihren Leib an einen anderen verschenkt,
und nicht nur das, sie hatte ein Kind empfangen und versucht, ihm den Bastard unterzuschieben. Als ob er, Ascanio
di Cavalli, so leicht zu blenden wäre! Er schüttelte heftig
den Kopf. Wie hatte er sich in ihr nur so täuschen können.
Sie würde im Fegefeuer brennen für diesen Frevel, so viel
war gewiss, und er, ihr Gatte, würde weiterhin alles tun, um
ihr auch im Diesseits Höllenqualen zu bereiten. Sie hatte
sich versündigt, er hatte sich versündigt – doch es gab keinen Weg zurück. Er musste sein Werk an ihr vollenden, und
wenn es all seine Kraft kostete.

Donata war ein scheues Mädchen gewesen, sie hatte sich
ihm nie richtig geöffnet, gewiss aus Angst. Und er hatte es
in der Zeit, als er sie freite, nicht geschafft, ihr diese Angst
zu nehmen. Natürlich hatte sie ihn dennoch geheiratet,
schließlich war sie sein Mündel, und er allein bestimmte,
wer sie zum Weib nehmen durfte. Donata, so weiße Haut
und so helle Augen, von klarem Grau wie nasse Bachkiesel.
Da unten im Innenhof sah er sie gehen, sie schritt langsam,
wie ein Mensch, der keinen Wert darauf legt, irgendwo anzukommen, weil es doch überall gleich trostlos ist. Abwesend strich sie mit ihren Händen an den Zweigen der Sträu-
cher entlang, und ihre blauschwarzen Haare, zu einem losen
Zopf gewunden, glänzten im letzten Licht der roten Sonne.
Dann war sie hinter der hohen Steinmauer des Cortile bei
den Stallungen verschwunden.

Was hätte er nicht für sie getan, damals … Aber sie hatte
ihn betrogen, gedemütigt, ihm Hörner aufgesetzt. Und er
hatte ihr das Kind genommen. Er war an ihr Lager geeilt, um

das Schreckliche zu tun. In diesem Moment hatte er nicht nur ihre Seele getötet, sondern seine mit dazu.

Seitdem richtete er nicht mehr das Wort an sie, er zählte die Monate nicht mehr seit jenem Tag. Und sie, die Contessa, trug ihr Schicksal mit erhobenem Haupt und traurigem Blick. Doch manchmal, wenn sie sich unbeobachtet glaubte, betrachtete er sie und fühlte, dass er sie noch immer liebte. Aber sein Stolz verbot ihm, das Schweigen zu brechen, sie zu berühren. Seinen Söhnen war sie eine gute Mutter, und die beiden Kinder hatten sich damit arrangiert, dass die Eltern nicht miteinander sprachen.

»Es ist ein böser Zauber, der nicht aufgehoben werden kann«, hatte Donata dem fragenden Paolo einmal erklärt und ihm dabei sanft über das Haar gestrichen. Am Blick des Kindes sah sie, dass diese Antwort seine Wissbegier nicht befriedigte, aber sie fühlte auch das Gespür des Knaben für ihre eigene Verletztheit, denn er nickte verständig und wandte sich wieder seinem Spiel zu.

»Es ist Zeit, mein Conte.«

Er hatte seinen Leibdiener nicht eintreten hören. Der Araber war lautlos wie ein Schatten, und diese Lautlosigkeit war schon manchem von Ascanios Widersachern zum Verhängnis geworden. Jetzt löste sich Mahmut aus dem Halbdunkel des prächtigen Gemachs und trat einen Schritt auf seinen Herrn zu, der ihm noch immer den Rücken zuwandte. Di Cavalli war unter den leisen Worten zusammengezuckt. Ohne sich umzusehen, winkte er dem Bediensteten zu.

»Ich komme gleich.«

Für einen weiteren Moment verharrte er still am offenen Fenster, und sein Blick verlor sich in der Weite des rotglühenden Horizonts. Er seufzte. Am heutigen Abend stand ihm nicht der Sinn nach Feiern, aber seine Jagdgesellschaft wollte unterhalten sein. Es waren wichtige Männer in der Gästeschar, aus Florenz und Siena und Lucca. Unter ihnen, und darauf war er besonders stolz, befand sich sogar Pandolfo Petrucci, reichster Bürger und einer der einflussreichsten Männer Sienas.

Lagen die drei Städte auch in ständigem Konkurrenzkampf, sowohl in wirtschaftlicher als auch in kultureller Hinsicht, so war es doch unabdingbar, den Kontakt untereinander nicht nur aufrechtzuerhalten, sondern im Gegenteil sogar zu vertiefen. Man musste sich ab und zu der Loyalität der anderen Nobili versichern, denn es konnte jederzeit ein Angriff von außen stattfinden. Die prosperierenden Stadtrepubliken waren den rivalisierenden Franzosen und Spaniern ein Dorn im Auge, und man neidete Ascanio und den anderen Edlen den stetig wachsenden Wohlstand und die damit verbundene Macht.

Vor einigen Wochen erst war Ferdinand II. von Aragonien zum König von Neapel gekrönt worden, und weder der Conte noch die Herrscher der anderen toskanischen Städte gaben sich der Illusion hin, einer friedvollen Zukunft entgegenzusehen. Wenn es doch nur eine Möglichkeit gäbe, seine Stadt zu schützen, vielleicht durch eine Mauer, so hoch und so breit, dass sie jedem Angriff standhalten könnte. Er wollte mit seinen Baumeistern sprechen, sobald die Gäste wieder fort waren. Di Cavalli warf einen letzten Blick in den nun violetten Abendhimmel, dann drehte er sich um, und nur wenige Augenblicke später sahen seine Gäste einen beeindruckenden Grafen in vollem Ornat die reich geschmückte Halle betreten. Ascanio nickte ihnen lächelnd zu. Seine Seele aber war bei Vivica.

Zur selben Zeit herrschte in der Küche des Palazzo buntes Treiben. Hier wurde nicht nur viel gearbeitet, sondern auch viel gelacht. Anna konnte sich nicht erinnern, inmitten dieser Menschen jemals schlechte Stunden verlebt zu haben. Gabriella, ihre alte Tante, stand seit vielen Jahren im Dienst des Conte und seiner Familie. Sie hatte ihm, als er noch ein kleiner Junge war, die Nase geputzt und ihm beigebracht, die Bänder an seinem Hemd zu binden. Gabriella war die Schwester von Annas Mutter und hatte sich nach dem Tod der Eltern um Anna und ihre Brüder gekümmert. Anna war die jüngste der Familie gewesen, ein zartes, lebhaftes Kind, das viel zu früh ohne Nestwärme auskommen musste. Gabriella freute sich darüber, dass ihre Nichte in Giacomo einen liebevollen, guten Ehemann gefunden hatte, und wenn man davon absah, dass Anna darunter litt, ihrem Mann noch immer keinen Sohn geboren zu haben, erschien ihr die Nichte glücklich.

Aufmerksam beobachtete die Alte, während sie einen Apfel schälte, wie sich Anna mit ihrer Tochter beschäftigte. Früher hatte sie die Familie nahe Grosseto ab und an besucht, heute war der Weg zu beschwerlich für Gabriella. Umso mehr genoss sie es, ihre Kleine, wie sie Anna liebevoll nannte, nach mehr als zwei Jahren endlich wieder bei sich zu haben. Wenn auch nur für wenige Tage. Außerdem war sie auf das Töchterchen gespannt gewesen, auf Magdalena. Bei ihrem letzten Besuch war Anna hochschwanger und fühlte sich nicht wohl. Und nun konnte Magdalena schon laufen und sprechen. Sie war wirklich eine Schönheit, soweit man das von einem kleinen Kind sagen konnte. Sie hatte das lebendige Wesen ihrer Mutter, und in ihren Zügen lag schon jetzt tiefe Empfindsamkeit. Das verlieh dem jungen Gesicht einen besonderen Zauber, der von dem wachen Blick der runden Augen noch verstärkt wurde. Allein, irgendetwas irritierte sie an diesen Augen, aber Gabriella vermochte nicht zu sagen, was es war. Sie klatschte in die Hände, um die Aufmerksamkeit des Mädchens einzufangen, und zog das Kind, das ihr mit vertrauensvoll ausgestreckten Ärmchen entgegengelaufen kam, auf ihren Schoß.

»Sieh mich an, Magdalena. Sieh deine alte Tante an.«

»Es sind ihre Augen, die dich verwundern, habe ich Recht?«, hörte die alte Frau Anna sagen. »Eines ist braun, und eines ist blau. Weiß der Himmel, wieso das so ist.« Und die Mutter bekreuzigte sich.

Gabriella setzte das Kind wieder auf den Boden und wandte sich ihrer Nichte zu. Sie nickte wie abwesend. Dann stand sie langsam auf, nahm ihren Stock und sagte:

»Was hältst du davon, meine Kleine, mit mir in den Kräutergarten zu gehen? Meine Augen sind schon trübe, und ich kann mich nicht tief genug bücken – wenn du mir helfen könntest …«

Mit ergebener Miene stand auch Anna auf, übergab ihre Tochter an eines der Küchenmädchen und begleitete die Tante hinaus in das würzige Grün. Sie wusste, was nun folgen würde.

Ascanio betrachtete voller Stolz die Tafel, an der sie nun alle saßen und die Köstlichkeiten seiner Küche genießen würden. Er hatte einen der besten Köche weit und breit nach Lucca holen können und war stolz auf die Fertigkeiten dieses kleinen, fröhlichen Mannes mit dem lockigen roten Schopf, an dem man ihn schon von Weitem erkannte. Der Conte erhob seinen Trinkbecher und prostete seinen Gästen zu. Der schwere lucchesische Wein funkelte in dem reich verzierten Pokal. Dann wandte er sich an die Contessa und hob abermals den Kelch. Sie erwiderte seine Geste mit einer gewissen Schüchternheit, die sie auffallend jung und zerbrechlich wirken ließ. Ihre hellen grauen Augen fanden seinen Blick und ließen ihn nicht mehr los. Wieder stand sein Herz in Flammen. Ascanio spürte, wie etwas in ihm kämpfte. Vivica war eine Göttin gewesen. In Donata wohnte der Teufel. Er rang mit seiner Empfindung für die Frau mit den Alabasterblicken. Dann gewann seine Verletztheit erneut die Oberhand. Es war ihm unmöglich, ihr zu vergeben. Seine Hand krallte sich um den Kelch, und er zitterte leicht, als er das Gefäß absetzte. Vorsichtig blickte er sich um. Außer ihm schien es niemand bemerkt zu haben – bis auf seine Frau. Donata sah ihn noch immer an, traurig, wartend. Er wandte die Augen ab. Noch einen Moment länger, und er wäre zu ihr geeilt und hätte sie an seine Brust gerissen.

»Vater.«

Carlos Stimme ließ ihn aus seinen Gedanken hochschrecken. Der Junge hatte sich breitbeinig neben seinem Vater aufgebaut. Die eine Hand in die Hüfte gestemmt, wie um seiner Tat mehr Nachdruck zu verleihen, zupfte er ihn mit der anderen am Ärmel, um seine ganze Aufmerksamkeit zu erlangen. Die Tischgesellschaft lachte amüsiert.

»Was willst du, Sohn?«

Ascanio sah den Kleinen streng an. Kinder hatten an dieser Tafel nichts verloren.

»In der Küche wird gerade der Schwan gefüllt. Darf ich zusehen, Vater? Bitte. Paolo hat gesagt, sie nähen ihn zu und ziehen ihm seine Federn wieder an …«

»Geh nur.«

Der Conte wusste, dass sich seine Söhne in der Küche des Palazzo besonders wohl fühlten. In dem Küchenmeister und den Dienern dort hatten die beiden Jungen Menschen gefunden, denen sie vertrauten und von denen sie das bekamen, was er und Donata ihnen nicht genügend zu geben vermochten: Liebe und Geborgenheit. Ascanio dachte kurz an seine eigene Kindheit zurück und fühlte für die Dauer eines Wimpernschlags das Glück, das er gespürt hatte, damals, wenn er bei Gabriella auf dem Schoß saß und ihren Geschichten lauschte. Es waren Geschichten von den guten und bösen Geistern der Maremma gewesen, und er wusste, Gabriella würde heute Abend seinen jüngeren Sohn auf den Knien halten und ihm dieselben Geschichten erzählen. Er nahm sich vor, selbst wieder einmal in der Küche vorbeizusehen. Wie um diesen Entschluss zu besiegeln, trank er einen tiefen Schluck aus seinem Kelch und stand auf. Zwei Dutzend Augenpaare blickten ihn erwartungsvoll an. Das war das Zeichen. Der Conte würde nun einen Trinkspruch ausbringen und damit das Mahl feierlich eröffnen. Es wurde still im Saal. Die edlen Gäste griffen nach ihren Pokalen und warteten darauf, dem Hausherrn zuzuprosten.

Ascanio bedachte jeden Einzelnen von ihnen mit einem Blick, einem Lächeln, einem wissenden Kopfnicken. Es war gut, sie alle hier versammelt zu haben, geeint an seiner Tafel. Das Bild, das sich ihm bot, war wirklich beeindruckend. Im Kamin loderte das Feuer hell, und über die erwartungsvollen Gesichter leckten schwarze Schatten. Die goldenen Schnallen der Umhänge und der Schmuck der Damen warfen den Feuerschein dutzendfach zurück, die Muster der seidenen Gewänder führten ein Eigenleben. Welch eine Pracht, dachte der Graf und ergriff das Wort.

Carlo stand staunend an der großen Feuerstelle und wich dem eifrigen Küchenmeister keinen Moment von der Seite. Gianni, der rotgelockte Koch, seufzte und schob den kleinen Kerl ein weiteres Mal energisch von sich weg. Er mochte diesen pausbäckigen Jungen mit den wachen grünen Augen, aber heute hatte er weder Zeit noch Geduld, um sich mit den Fragen des Fünfjährigen zu befassen. Der Herr gab eine wichtige Gesellschaft, die Nobelsten der Toskana waren für ein paar Tage hier im Palazzo des Conte di Cavalli versammelt. Und da hieß es nicht nur ausgezeichnet sein, nein, sein Ehrgeiz war es, seinem Grafen das beste Mahl zu bereiten, das dieser je im Kreise seiner Freunde genossen hatte. Mit einer Kopfbewegung bedeutete er dem Küchenmädchen, noch mehr von dem zerkleinerten, mit Zimt und Muskatnuss gewürzten Schweinefleisch in den Schwan zu stopfen. Carlo verharrte wie angewurzelt neben dem Mädchen, das emsig den Vogelleib füllte, ohne dabei die Form des Tieres außer Acht zu lassen.

Der Koch blickte sich um. Wo nur Benedetto wieder blieb. Sein Sohn war erst fünfzehn Jahre alt und bartlos, aber bereits mehr Mann als Knabe. Gianni hatte ihn neulich dabei überrascht, wie er mit einer Zigeunerin hinter den Bäumen bei den Stallungen lag. In Gedanken daran schüttelte er halb ärgerlich, halb verständnisvoll den Kopf. Dass sein Sohn erwachsen wurde, war die eine Sache, und wenn ihn eine reife Frau in die Wonnen der Liebeskunst einwies, umso besser, aber Gianni wurde das Gefühl nicht los, sein Sohn sei diesem Gauklerpack nachgelaufen, das bis vor wenigen Tagen in Lucca gelagert hatte. Wenn er wirklich bis Grosseto gelaufen war – der Bengel konnte etwas erleben bei seiner Rückkehr!

Seit über einem Tag hatte er Benedetto nicht mehr gesehen, und aus seiner Tochter war dazu nichts herauszubringen. Wie auch. Die Kleine war stumm, und außer ihr konnte niemand wissen, wo der Junge war, denn der Koch lebte seit dem Tod seiner Frau mit den beiden Kindern allein. In einem plötzlich aufwallenden Gefühl von Zärtlichkeit wandte er sich der niedrigen Holztür zu, die in den kleinen Kräutergarten führte. Sie war offen. Er gönnte sich diesen Moment der Ruhe und betrachtete seine Tochter, wie sie mit der kleinen Magdalena fröhlich zwischen den Sträuchern im Garten umherlief. Kinder brauchen keine Sprache, dachte er. Sie reden mit den Augen und mit ihrem Lachen. Es war entzückend, ihnen zuzuschauen.

Josepha, seine Tochter, hatte ebenso helle Haut und rote Locken wie er. Auch von der Statur her war sie ihm ähnlich. Seine Stirn legte sich in Falten. Benedetto dagegen … Der Koch wehrte sich gegen die Einsicht, dass Benedetto ihm mit keiner Faser seines Körpers ähnelte. Auch nicht seiner Frau. Und je älter Benedetto wurde, desto offensichtlicher wurde es. Dunkle Haut, dunkles Haar, dunkle Augen, ein hitziges Temperament und diese Zuneigung für das Volk der Gaukler – Benedetto hatte schon als kleiner Junge kreischend vor Freude bei ihnen am Lagerfeuer gestanden und sich summend zur Musik ihrer Instrumente bewegt – doch wie konnte etwas wahr sein, was nicht wahr sein durfte? Er schüttelte sich, um diesen hässlichen Gedanken loszuwerden. Aber Gianni spürte: Etwas war in ihm erwacht, und er sah Benedetto bereits mit anderen Augen.

»Das Schweinenetz, Koch.«

Anna hielt Gianni den gewässerten Tiermagen hin. Lächelnd nickte er ihr zu. Anfangs war er nicht begeistert gewesen, dass sie mit ihrem kleinen Wirbelwind in seiner Küche aufgetaucht war, schon gar nicht in diesen so wichtigen Tagen. Aber nun, wo sein Sohn wie vom Erdboden verschluckt schien und die Jagdgesellschaft einen äußerst gesunden Appetit zeigte, war er für jede helfende Hand dankbar. Er prüfte das Netz auf seine Unversehrtheit und reichte es der Küchenmagd. Gemeinsam steckten sie den gefüllten Vogel hinein und befestigten das nasse Gewebe mit Holznägeln auf der Bauchseite des Tieres. Gianni überzeugte sich kurz davon, dass das Wasser im großen Kessel die passende Temperatur hatte – es musste warm sein, nicht heiß –, dann hoben sie den Schwan vorsichtig hinein. Das Mädchen legte Holzscheite nach. Der Vogel würde langsam kochen, und genauso langsam würde sich das Schweinenetz um ihn herum zusammenziehen. Danach würden sie ihn auf einen Spieß stecken und braten. Er seufzte. Es würde noch Stunden dauern, bis sie den großen Vogel zur Tafel bringen konnten. Der Koch blickte auf die Hände des Küchenmädchens. Sie war ungeschickt, die Kleine, fast so ungeschickt wie Benedetto ... zum Henker mit ihm. Er konnte sich auf etwas gefasst machen, wenn er wieder auftauchte!

Gianni wischte sich mit einem Tuch den Schweiß von der Stirn und schaute in die Runde. Alle um ihn herum waren beschäftigt. Die gute alte Gabriella und Anna zupften Kräuter, das Küchenmädchen achtete auf den Schwan, Carlo hatte sich den spielenden Mädchen angeschlossen, und seine beiden Gesellen standen draußen im Hof und zogen den Hasen, die heute erlegt worden waren, das Fell über die Ohren.

»Gib mir einen Schluck Wein, Weib.«

Er bedeutete Gabriella, seinen Holzkrug zu füllen. Dann wandte er sich an seine Helfer.

»Nehmt euch. Ihr alle, trinkt und esst etwas. Wir müssen bei Kräften bleiben. Die nächsten Tage wird es kaum Schlaf für uns geben. Trinkt. Auf unseren Conte, Sua Nobiltà Ascanio di Cavalli. Salute.«

Der Küchenmeister hob seinen Becher und leerte ihn in einem Zug. Jetzt sah die Welt schon anders aus. Er gab der Alten ein Zeichen, ihm nachzuschenken, griff nach einer Zwiebel und einem Stück Brot und schnitt beides mit eleganten Bewegungen, die gar nicht so recht zu seiner etwas grobschlächtigen Erscheinung passen wollten, in mundgerechte Stücke. Er kaute bedächtig, genoss den scharfen Geschmack der Zwiebel und dachte nun mit väterlichem Stolz an Benedetto, den er wohl als Mann wiedersehen würde. Gianni spürte einen Moment der Wehmut, dann hörte er schnelle Schritte, die sich der Küche näherten. Schon bevor sich die schwere Tür öffnete, wusste er, wer nun hereinkommen würde. Es gab nur einen Menschen in Lucca mit diesem energischen, harten Schritt: Ascanio di Cavalli.

»Der Koch! Wo ist der Koch?«

Die laute Stimme des Conte ließ die kleine Schar der Bediensteten zusammenschrecken. Der Graf zeigte sich hier nicht oft. Er kam nur, wenn ihm etwas besonders am Herzen lag. Di Cavalli blieb an der Feuerstelle stehen und blickte sich im Raum um. Er sah Gianni an, der die Hände über seinem dicken Bauch zusammengelegt hatte und mit gesenktem Blick auf ihn zuging.

»Herr!?«

Dem Koch klopfte das Herz heftiger. Er traute sich nicht, di Cavalli in die Augen zu schauen. Er hatte neue Rezepturen ausprobiert, andere Gewürze verwendet, was war, wenn es den Nobili nicht gefiel, wenn seinen Herrn diese Eigenmächtigkeit erboste? Der Zweifel an seinem eigenen Können trieb dem Küchenmeister die Tränen in die Augen. Die Befürchtung, an den ersten beiden Tagen der Jagd versagt zu haben, war ihm unerträglich.

»Sieh mich an, Koch.«

Der Conte sprach mit ruhiger Stimme, die sogar eine Spur Herzlichkeit enthielt. Gianni hob den Blick. Die schwarzen Augen seines Herrn funkelten.

»Ich komme nicht meinetwegen, Koch. Meine Gäste sind der Grund. Sie lassen dir Dank sagen für das, was du uns an den letzten beiden Tagen zubereitet hast, und sie sind gespannt, was noch kommt. Ich habe ihnen versprochen, dass es noch köstlicher sein wird. Enttäusch mich nicht, Koch. Und ihr anderen, enttäuscht auch ihr mich nicht. Wenn ihr mich überrascht, wenn ihr meine Gäste zum Strahlen bringt, soll es euer Schaden nicht sein. Und nun an die Arbeit. Wir haben Hunger.«

Die Anspannung in Giannis Gesicht wich einem Lächeln, sein Herz hüpfte. Er verbeugte sich vor dem Grafen und nickte. Sprechen konnte er nicht. Vor Stolz und Freude brachte er kein Wort heraus, doch seine Augen sprachen Bände. Di Cavalli nickte seinem Küchenmeister noch einmal kurz zu, dann wandte er sich zum Gehen. Seine Gedanken waren bei Vivica, bei Donata … da fiel sein Blick auf die offene Tür zum Garten.

Unter den Stimmen der spielenden Kinder war die seines Sohnes die lauteste. Kaum hatte der Junge ihn gesehen, lief er jauchzend in die Küche. Magdalena folgte ihm, so schnell sie nur konnte, und wurde dabei, bevor sie den Grafen erreichte, von Anna abgefangen. Der Conte, von seiner guten Laune beschwingt, betrachtete die unbekannte Frau mit dem Kind und ging auf Anna zu.

»Ich kenne dich nicht, Weib. Arbeitest du hier?«

Anna schüttelte den Kopf und versuchte, ihre Tochter zu bändigen, die wieder auf die Erde gesetzt werden und weiterspielen wollte.

»Sie ist meine Nichte, Herr«, erklärte Gabriella mit ruhiger Selbstverständlichkeit. Sie war neben Anna getreten und durfte als Einzige in der Dienerschaft unaufgefordert das Wort an den Conte richten. »Sie besucht mich für ein paar Tage und hilft mir im Garten.«

Der Graf nickte.

»Du hast eine schöne Tochter«, richtete er sich noch einmal an Anna und gab ihr ein Zeichen, das Kind auf den Boden zu setzen. Daraufhin gesellte sich Magdalena sofort wieder zu Carlo. Sein Sohn war inmitten dieser Menschen gut aufgehoben, das spürte di Cavalli. Er ging auf die beiden Kinder zu, die nun direkt an der Feuerstelle saßen. Es war schön, sie dort zu sehen, so glücklich in ihr Spiel vertieft. Er beugte sich zu den Kindern hinab. So etwas machte er sonst nie vor seinen Dienern, aber heute war ein besonderer Tag und was scherte ihn da seine Grafenwürde. Er war ein Vater, und in diesem Moment fühlte er tiefe Zuneigung für seinen jüngeren Sohn. Er wollte ihm nahe sein. Carlo, sichtlich erfreut über die unverhoffte Aufmerksamkeit, streckte ihm sein Spielzeug entgegen, ein Holzscheit, und Annas Tochter machte es ihm nach. Strahlend blickte sie den Conte an und quietschte vergnügt.

Da geschah es. Ein heiserer Laut entfuhr der Kehle des Grafen. Blitzartig zog di Cavalli das kleine Mädchen an sich heran und musterte das junge Gesicht eingehend. Dann hob er die Kleine hoch, noch immer in ihre Augen vertieft. In der Küche war es still geworden. Alle betrachteten den Conte, aus dessen Gesicht auf einmal alle Freude und Gelassenheit gewichen war. Seine Züge schienen zu einer Maske gefroren, und seine Augen leuchteten in schmerzlichem Erkennen. Gabriella bekreuzigte sich. Anna blickte irritiert von einem zum anderen.

Magdalena erwiderte den Blick des Mannes vollkommen

unerschrocken. Doch auch sie gab keinen Laut mehr von sich. Schließlich fand di Cavalli die Sprache wieder.

»Wie alt ist dein Kind?«

Der Graf ließ die Kleine langsam zu Boden sinken, als hätte er keine Kraft mehr, sie noch länger zu halten. Seine Kiefer mahlten. Er wartete auf die Antwort.

»Sie ist zwei Jahre alt, Herr.«

Anna konnte vor Aufregung kaum reden. Sie spürte die Bestürzung dieses großgewachsenen, so kriegerisch aussehenden Mannes, aber sie fühlte sich vollkommen hilflos und unschuldig an dem, was hier gerade vor sich ging.

Der Blick des Conte ging durch sie hindurch, er nickte langsam, dann öffnete er die Tür und trat in den Hof hinaus, ohne sich noch einmal umzusehen.

In der Küche blieb es still. Niemand verlor ein Wort. Gabriella war es schließlich, die sich als Erste fasste. Sie zog das Mädchen zu sich auf den Schoß, drückte es fest an sich und sagte leise zu Anna:

»Es sind die Augen, meine Kleine. Er hat ihre Augen gesehen.«

5. KAPITEL

*A*nna nahm den Conditoio vom Haken und wickelte ihn in ein frisches Leinentuch. Der große Schinkenknochen wurde von Familie zu Familie in der ganzen Umgegend weitergegeben. Die Frauen in der Maremma hängten ihn in die Zuppa, um dem ärmlichen Gericht etwas mehr Würze zu verleihen, und brachten ihn dann zum Nachbarn. Anna probierte die Suppe und gab noch etwas Knoblauch und Salbei hinzu. Dann trat sie vor die Tür, um ihre Töchter und Giacomo zum Essen zu rufen. Der Buttero war in Grosseto gewesen und hatte sich dort mit dem Vogt unterhalten.

Die Zeiten waren hart, und das Leben in der Maremma war noch schwerer zu meistern als gewöhnlich. Die hohen Steuern ließen den einfachen Menschen kaum etwas zum Leben übrig.

»Was erzählt man sich in der Stadt?«, fragte Anna, während sie ihrem Mann die Holzschale füllte. Er sah sie sorgenvoll an. Seine schöne Anna mit den bernsteinfarbenen Augen. Sie hatte gelitten in den letzten Jahren. Der Sumpf forderte seinen Tribut. Feine Fältchen umringten ihren dichtbewimperten Blick, und ihre Wangenknochen traten schärfer hervor als früher. Wie sehr er sie liebte. Ein Leben ohne Anna – unvorstellbar. Der Viehtreiber räusperte sich. Er konzentrierte sich auf sein Gespräch mit dem Stadtvogt und begann zu erzählen.

»Martini sagt, Papst Alexander ist ein Lump. Sein Sohn Cesare, den er zum Kardinal gemacht hat, ist wohl mehr auf dem Schlachtfeld als hinter dem Altar anzutreffen. Er paktiert. Mal mit dem einen, dann mit dem nächsten. Es ist nur eine Frage der Zeit, wann dieser Hurensohn Lucca angreifen wird. Natürlich unter dem Vorwand, Geld für die heilige Mutter Kirche einzusammeln. Auf dass die spanische Rattenbrut noch feister und mächtiger werde! Diese Meinung teilen auch die Kaufleute.«

Die Mädchen blickten ihren Vater verständnislos an. Sie sahen ihn selten so aufgebracht.

»Die Borgia sind eine Plage.«

Anna seufzte und strich sich gedankenverloren eine Haarsträhne aus dem Gesicht. Es ist schon Grau darin, dachte Giacomo zärtlich und redete weiter.

»Aber nicht nur für die Romagna. Ich sage dir, Cesare wird auch vor der Toskana nicht haltmachen. Und die ganze Last ruht auf unseren Schultern. Die Abgaben, die Arbeit. Der Bau der Stadtmauer in Lucca kostet Unmengen an Silber. Die Steuern werden steigen, sagt der Vogt. Und wer nicht zahlen kann, wird zur Zwangsarbeit verpflichtet.«

Giacomo stöhnte bei dem Gedanken daran leise auf. Wer sollte die Familie versorgen, falls er in Lucca wirklich Frondienste leisten müsste? Und was war mit der Mitgift der Mädchen? Marina kam bald ins heiratsfähige Alter. Er musste einen Mann für sie suchen, einen, der gut zu ihr war. Aber ohne einen einzigen silbernen Scudo würde sein großes Mädchen wohl eine alte Jungfer werden.

»Lucca ist weit«, sagte Anna tröstend und griff zum Brot. Sie genoss den Duft des frischen Laibes, brach etwas davon ab und tauchte das Stück tief in ihre Suppe. Von ihrem letzten Besuch bei Gabriella hatte sie wieder einige Libbre

Weizen mitgebracht, die sie in den vergangenen Tagen gemahlen und zu Brot verbacken hatte. Sie überlegte, wie oft es ihr wohl noch vergönnt sein würde, in der Hofküche von Lucca auszuhelfen. Die Jahre gingen dahin, und Gabriella würde nicht ewig leben.

In Erinnerung an die letzte Begegnung mit ihrer Tante lächelte sie. Die Alte war immer so gut zu ihr und zu Magdalena. Die kleinste in der Familie blühte jedes Mal auf, wenn sie in der Küche des Palazzo eine neue Aufgabe bekam. Sie schien ein Talent für alles zu haben, was die Küchenarbeit betraf, und Gianni, der ein hohes Ansehen beim Conte genoss, förderte die Geschicklichkeit und den Ideenreichtum des Kindes auf jede erdenkliche Art. Außerdem verstand sich das Mädchen auf wundervolle, natürliche Weise sowohl mit den Kindern der Dienerschaft als auch mit den Söhnen des Grafen. Anna sah ihre Tochter nachdenklich an. Magdalena hatte ihr Essen noch nicht angerührt. Still saß sie auf ihrem Platz und blickte regungslos auf den Tisch.

»Warum isst du nicht, Tochter?«, fragte Giacomo streng.

Kurz traf sein Blick die bittenden Augen seiner Frau. Es tat ihm leid, er hatte nicht so schroff sein wollen, aber er fand einfach keinen Zugang zu Magdalena. Sie war klug und verständig für ihr Alter und bildhübsch. Aber er konnte sein Herz für sie nicht öffnen. Sie war ihm nie richtig nah gewesen und würde es wohl auch nie sein. Er schämte sich für seine Gefühle und legte bewusst so viel Wärme wie möglich in seine Stimme, als er erneut fragte:

»Warum isst du nicht, Bella? Die Suppe ist gut, wirklich.«

Das Kind sah ihn an. Sie schien zu überlegen, ob sie die Wahrheit sagen oder besser schweigen sollte.

»Ich habe Heimweh, Vater«, sagte seine Tochter endlich, und in den irritierend zweifarbigen Augen glitzerten Tränen.

»Heimweh?« Giacomo war fassungslos. »Hier ist dein Zuhause, Kind.«

Magdalena schüttelte den Kopf. Sie musste sich zusammenreißen, um nicht zu weinen. Doch dann nahm sie ihren Mut zusammen und blickte den Vater offen an.

»Verzeih mir, Vater, nein, daheim bin ich bei Gabriella und Gianni.«

»Sie hat Recht, Liebster.«

Nachdenklich strich Anna ihrem Mann durch das nun fast vollkommen ergraute Haar. Sie hatte ihm wieder einmal diesen Blick geschenkt, und sie hatten sich geliebt, wie sie sich immer liebten: mit der zärtlichen Unbeschwertheit vertrauter Seelen. Sie schmiegte sich an ihn und spürte sein Herz klopfen. Anna legte vorsichtig den Kopf an seine Brust, um es besser hören zu können, und genoss die feuchte Wärme, die Giacomos Haut entstieg. Seine Hand, die eben noch ruhig auf ihrem Bauch gelegen hatte, fing bereits wieder an, sich zu bewegen. Er streichelte sacht über ihren Leib, ihren Hals, ihre Arme. Fest drückte der Viehtreiber seine Frau an sich.

»Sie ist noch ein Kind, Anna. Wer weiß, was ihr am Hof di Cavallis alles Schlimmes widerfahren wird. Du weißt, was man sich über den Conte erzählt.«

Anna schüttelte den Kopf.

»Nein, Giacomo. Magdalena steht unter Gabriellas Schutz. Der Graf achtet meine Tante. Und er achtet den Koch, von dem sie so viel lernen kann. Sie hat eine Gabe. Ich habe es selbst gesehen.«

Giacomos Antwort war ein langer Kuss. Anna ließ sich von dem Gefühl aufsteigenden Verlangens forttragen, sie erwartete voll Ungeduld seine suchenden, streichelnden

Hände, seinen erregten Körper, der für sie in all den gemeinsamen Jahren nie seinen Reiz verloren hatte. Als sie die Liebkosungen nicht mehr ertrug, setzte sie sich mit einer Langsamkeit, mit der sie ihn jedes Mal wahnsinnig machte, auf ihn, beugte sich lachend zu ihm hinab, küsste und neckte ihn und zwang ihn dabei in ihren Rhythmus hinein. Giacomo sah in der Dunkelheit der Kammer nur die weichen, weiblichen Umrisse seiner Frau, spürte ihre Bewegungen, schmeckte die salzige Nässe ihrer Haut. Sie war ein herrliches Weib, sie gab ihm alles, was er sich von einer Frau wünschen konnte. Gott hatte es gut mit ihnen gemeint. Wieder suchten ihre Lippen seinen Mund, sie war voll Verlangen, seine Anna, und Giacomo gab ihr alles zurück, was sie ihm gab, und dann kam der köstlichste Augenblick. Die Liebste wurde stumm in seiner Umarmung, ihr Atem ging so schnell, sie versteifte sich auf ihm, und er fühlte, wieder und wieder, dieses heftige innerliche Pulsieren, es erregte ihn unglaublich, ihren Höhepunkt zu spüren, und er ließ sich selbst mitreißen in diesem Strudel der Lust. Anna!

»Ich werde Magdalena nach Lucca bringen.«

Giacomo hielt seine Frau fest umschlungen. Es war eine merkwürdige Nacht. Sie redeten, sie liebten sich, aber sie schliefen nicht. Er konnte dieses Kind nicht ins Herz schließen, aber war es richtig, es fortzugeben? Erschöpft von der Leidenschaft und vom Reden wandte sich Anna ihm zu. Sie nickte nur. Sie wusste, auch sie konnte dem Mädchen nicht die Liebe geben, die es brauchte, um glücklich zu sein. Vielleicht war es ja ein Wink des Schicksals, vielleicht war es dem Kind bestimmt, in Lucca zu leben, am Hof des Conte. Gabriella würde schon dafür sorgen, dass ihr nichts geschah, würde sie von den Herrschaften fernhalten. Ascanio hatte das Mädchen erkannt, damals, aber danach hatte er das Kind nie wieder beachtet … Wie schnell die Zeit vergangen war, dachte Anna, sie erinnerte sich genau an den Moment, als sie Magdalena zum ersten Mal im Arm gehalten hatte. Fast neun Jahre war das her. In dem Alter hatte sie selbst ihre Eltern verloren. Anna wusste, wie es sich anfühlte, mit neun Jahren ganz allein zu sein. Ob sich ihre Tochter auch so allein fühlte wie sie damals? Sie legte wieder den Kopf auf Giacomos Brust und lauschte seinem Herzschlag. Sein Atem ging ruhig und regelmäßig. Sie lächelte. Er war eingeschlafen. Sie drängte sich noch näher an ihn heran und genoss die Wärme seines Körpers. Vielleicht würde sie auch noch etwas Schlaf finden.

»Nein, nein und nochmals nein!«

Gianni war außer sich. Diese beiden Burschen hatten alles Mögliche im Sinn, aber zu guter Arbeit taugten sie nicht. Er betrachtete Rocco, der sich gerade mit einer Zuckerspeise abmühte. Er musste sich auf die Knöchel beißen, um ihm nicht die Schüssel mit den Eiern, die er verschlagen sollte, abzunehmen. Und das war noch gar nichts gegen diesen Nichtsnutz Benedetto, für den es nichts Wichtigeres gab, als mit irgendeiner streunenden Katze im Gebüsch zu liegen. Der Bengel hatte es vorgezogen, heute überhaupt nicht in der Küche zu erscheinen. Was soll nur werden?, dachte der Koch bestürzt. Was sollte nur werden, wenn er, Gianni, eines Tages seine feine Nase für die richtige Kräutermischung und das treffliche Auge für die knusprigste Bratenkruste verlieren würde? Er war ein alter Mann, die tägliche Arbeit machte ihm zunehmend Mühe, und es war nur eine Frage der Zeit, wann der Conte das Nachlassen seiner Kräfte bemerken und ihn davonjagen würde. Er brauchte dringend einen Nachfolger. Es musste doch möglich sein, die beiden jungen Kerle für sein Handwerk zu begeistern! Gianni schüttelte seinen inzwischen schütter gewordenen, aber immer noch feuerrot leuchtenden Lockenkopf und nickte der Küchenmagd, die gerade eine Soße bereitete, aufmunternd zu. Er musste mit Benedetto und Rocco sprechen. So ging es einfach nicht weiter.

Ein Geräusch ließ ihn aufschrecken. Rocco hatte die Schüssel fallen lassen. Ein zäher Brei aus Eiern, Sahne und Gewürzen ergoss sich über den festgetretenen Boden der Küche. Gianni wurde langsam zornig. Dieser junge Mann war ein Trampeltier. Wütend trat der Koch gegen den Tisch, an dem sein erster Geselle einen großen Fisch ausnahm und den Ausbruch seines Meisters geflissentlich übersah.

»Rocco! Zur Hölle mit dir!«

Er trat auf den Burschen zu, der sichtlich erschrocken die Scherben der Schüssel zusammenklaubte. Von der Eierspeise war indes nichts mehr übrig. Die Katzen hatten die Gunst des Augenblicks genutzt und sich in Windeseile darüber hergemacht.

»Bella ...«, wollte sich der Koch ereifern, doch der Jüngere sprang wie auf Kommando hoch und fiel ihm ins Wort. Erschrocken über diese heftige Reaktion wich Gianni einen Schritt zurück. Rocco, dieser sonst eher schüchterne Junge, war außer sich.

»Bella wäre das nicht passiert! Bella kann alles! Bella ist die Beste! Bella hier, Bella da!«, schrie er, verdrehte die Augen und warf die Scherben voller Wut unter den Tisch.

Er ist eifersüchtig, erkannte der Küchenmeister und sagte:

»Ganz recht, Bürschchen. Bella wäre das nicht passiert. Auch wenn sie noch ein kleines Mädchen ist. Und weißt du, warum ihr das nicht passiert wäre? Weil sie Gefühl hat. Und

Verstand. Und zwar zu gleichen Teilen. Und genug von beidem. Darum.« Er blickte Rocco strafend an.

»Und nun«, jetzt war es Gianni, der schrie, »und nun verlange ich, dass du dir Mühe gibst! Du willst dich doch nicht vor einem Kind verstecken müssen, oder?«

Rocco ließ die Schultern hängen. Er war gern hier, er fühlte sich wohl bei Gianni und Benedetto und bei der alten Gabriella. Und er mochte Bella, dieses gescheite Mädchen, die so oft in Begleitung ihrer Mutter hier war. Und er gab sich wirklich Mühe. Er wollte mehr als ein guter Koch werden. Ein ganz ausgezeichneter Koch. Aber sein Geschmack war nicht fein genug, und seine Nase tat ihm nicht den Dienst, den er von ihr verlangte. Wenn er träumte, dachte er an großartige Speisen, und er stellte sich vor, wie es wäre, sie an einer Tafel zu präsentieren. Er liebte Gianni, wie er einen Vater geliebt hätte, und er wollte ihn nicht enttäuschen. Aber er war nur in seiner Fantasie ein wahrhaft guter Koch. Er brauchte jemanden an der Seite, mit dem er seine Ideen für ausgefallene Rezepturen teilen konnte, er brauchte einen Menschen nahe bei sich, der das umsetzen und zur Perfektion bringen konnte, was nur in seinem Geiste lebendig war. Rocco dachte kurz an Benedetto. Sicher, sein Freund hatte ihn hierhergebracht. Aber Benedetto war ein Luftikus, ein Tausendsassa, ein Spieler und Träumer. Benedetto liebte das Leben und vor allem die Liebe. Es gab kaum ein Weib zwischen Lucca und Siena, dem er nicht das Mal seiner Lust eingebrannt hatte. Doch egal. Hier ging es nicht um Tändelei. Rocco wusste um die Angst seines Ziehvaters, und er wusste auch – sie war berechtigt. Er ging einen Schritt auf den erbosten Koch zu und sagte leise:

»Verzeih mir, Gianni. Du hast Recht. Ich werde mir alle Mühe geben, der beste Koch zu werden, den du dir wünschen kannst. Und ich werde dich nicht enttäuschen, dich nicht und den Conte nicht, das schwöre ich bei meiner Seele. Aber vorher muss ich dich um etwas bitten.«

Neugierig sah der Koch den Jungen an. Rocco hatte ihn noch nie um etwas gebeten. Es musste ihm sehr wichtig sein. Beschwichtigend legte er dem Burschen die Hand auf die Schulter.

»Später, mein Junge. Der Conte erwartet Gäste. Es gibt viel zu tun.«

Rocco nickte, enttäuscht und erleichtert zugleich. Vielleicht war es wirklich nicht der richtige Moment, um so etwas zu besprechen. Er fegte die Scherben unter dem Tisch zusammen und nahm dem Gesellen die ausgenommenen Fische ab. Da ließen ihn Geräusche im Hof innehalten. Auch die anderen lauschten. Es war eine fremde Männerstimme, laut und freundlich. Sie sprach mit Gabriella, doch worüber, das war nicht zu verstehen durch die geschlossene Tür. Dann verstummten die Stimmen, und das leiser werdende Getrappel von Pferdehufen verlor sich bald im Pfeifen des Herbststurms, der über das Land hinwegzog.

Die Tür zum Hof öffnete sich, und Gabriella kam herein, Magdalena an der Hand. Das Kind strahlte und eilte jauchzend an Giannis Brust.

Der Küchenmeister warf der Alten einen fragenden Blick zu, und als Antwort nickte sie zustimmend.

»Meine Bella.«

Gianni war sichtlich gerührt. Er drückte das Mädchen fest an sich und hielt es dann von sich weg, um es besser betrachten zu können.

»Es gibt viel zu lernen, mein Kind. Lass uns gleich anfangen. Und du, Weib«, er winkte Gabriella heran, »gib mir einen Becher Wein.«

Die Küchendiener wechselten Blicke. Ihr Meister war auf einmal in Hochstimmung, das war nicht zu übersehen. Dass die Ursache dafür in der kleinen Magdalena liegen sollte, fanden sie allerdings etwas merkwürdig.

»Was gibt es da zu gaffen? An die Arbeit.«

Der Koch klatschte ungeduldig in die Hände. Dann traf sein Blick auf Rocco, der immer noch regungslos dastand und die Kleine ansah. Gianni seufzte. Hoffentlich würde der Junge keine Schwierigkeiten machen. Eifersucht war etwas Schreckliches, und wenn er etwas in seiner Küche nicht gebrauchen konnte, dann Neid und Missgunst. Aber er täuschte sich offenbar. In Roccos Gesicht war keine Spur von Ärger oder Argwohn zu entdecken. Er strahlte Magdalena an, und die erwiderte seinen Blick mit einem unbekümmerten Lächeln. Gianni schüttelte den Kopf und bedeutete Gabriella, ihm nachzuschenken. Was das wohl noch geben würde?

»Was wolltest du mir heute Morgen sagen, Rocco?«

Der Koch hatte sich seiner Schürze entledigt und griff nach einem Stück kalten Fleisches. Der Tag war lang gewesen und anstrengend, aber er hatte es geschafft, seinen Herrn und dessen Gäste wieder einmal mehr als zufriedenzustellen. Genussvoll kaute Gianni den Wildschweinbraten und tunkte ein Stück Brot in die Dolceforte, eine köstliche Soße, die aus Fleisch, Äpfeln, Kastanien, Trauben und Susinen bestand und unter Beimischung spezieller Gewürze über Tag eingekocht wurde, um dann mit dem Braten auf die Tafel zu kommen. Dolceforte nahm nicht nur Wildbret die Strenge; Gianni gebrauchte sie auch als Grundlage für Ragouts, wenn das verwendete Fleisch nicht mehr frisch war und bereits einen starken Geruch entwickelt hatte. Er lächelte. Man musste sich eben zu helfen wissen. Dann wandte er sich wieder dem Burschen zu. Aufmunternd sah er ihn über den Rand seines Bechers hinweg an.

Rocco hatte sich ebenfalls etwas von dem Braten genommen und setzte sich zu dem Älteren an den Tisch. Er hatte großen Respekt vor Gianni und versuchte, die richtigen Worte zu finden.

»Ich weiß, was dich bedrückt, Gianni. Weder ich noch Benedetto haben dein Talent. Und ich weiß, du hast Angst vor dem Tag, an dem du nicht mehr so gut schmecken und nicht mehr so trefflich riechen kannst. Du fürchtest, beim Grafen in Ungnade zu fallen, und das sicher nicht ohne Grund. Aber sieh«, er stand auf, um dem Koch den Trinkbecher zu füllen, »ich habe heute Morgen an eine Lösung gedacht. In meinem Kopf sind so wunderbare Ideen, so viele gute Rezepturen. Aber ich kann sie nicht verwirklichen, nicht ausprobieren. Ich brauche jemanden, der für mich riechen und schmecken und abwägen kann. Ich wollte dich bitten, Bella zu uns zu holen und mir zur Seite zu stellen. Ich bin sicher, gemeinsam werden wir deine Kunst fortführen. Eines Tages wirst du stolz auf uns sein.«

Gianni ließ seinen Becher sinken und nickte. Langsam stand er auf und ging zu der Tischseite, an der Rocco saß und ihn erwartungsvoll ansah. Er machte dem Jungen ein Zeichen aufzustehen und schloss ihn fest in seine Arme.

»Du bist wie ein Sohn für mich, Rocco«, sagte der Koch ergriffen, »und glaub mir: Ich bin jetzt schon stolz auf dich.«

Donna Donata wachte schweißgebadet auf, wie fast jede Nacht, seitdem sie eine Tochter geboren hatte. Jahre waren vergangen, aber die Zeit schien in ihrem Kopf zusammenzuschmelzen, wenn sie an den Moment zurückdachte, in dem Ascanio ihr Kind getötet hatte. Wenn sie die Augen schloss und sich den Geistern der Erinnerung überließ, konnte sie die Klinge aufblitzen sehen, nahm den Geruch von Blut und Angst wahr, der das ganze Gemach ausfüllte, erlebte wieder und wieder diese schrecklichen Sekunden, als der Conte ihr alles nahm, was ihr von ihrer großen Liebe geblieben war. Sie hatte damit gerechnet, dass er sie verstoßen, vielleicht sogar töten würde, aber dass er dem Kind etwas antun könnte, er, der selbst Vater war, das hätte sie niemals gedacht.

Sie war eine Ehebrecherin, sie hatte das sechste Gebot missachtet, sie hatte schwere Schuld auf sich geladen – nicht aber ihre Tochter. Die Contessa setzte sich im Bett auf und warf die verschwitzten Laken von sich. Gab es denn keinen Ausweg? Sie konnte das Leben mit dieser Schuld und den nie endenden Alpträumen nicht länger ertragen. Ihr ganzes Dasein an Ascanios Seite schien ihr wie ein schlimmer Traum. Sie lebte wie eine Gefangene seit jenem Tag; sie trug die kostbarsten Gewänder aus bunter chinesischer Seide und aß Speisen von ausgesuchter Köstlichkeit, aber sie war allein. Sie blickte sich um und lachte bitter auf. Die Wände ihrer Gemächer waren mit goldgewirkten Stoffen bespannt, in deren Goldfäden sich das Licht der Kerzen brach und damit den Raum zum Funkeln brachte. All dieser Luxus bedeutete ihr nichts. Sie war einsam. Die Dienerschaft durfte nur das Nötigste mit ihr sprechen, und die feierlichen Anlässe, bei denen sie als Gastgeberin fungierte, waren selten geworden. Sie wusste, für die anderen Damen ihres Standes wurde sie zunehmend uninteressant; ihre allgemeine Verschlossenheit, ihre mangelnde Begeisterung für die neuesten Moden und ihre Gleichgültigkeit hinsichtlich der gesellschaftlichen Gepflogenheiten hatten sie zur Außenseiterin gemacht. So hatte sie sich mit den Jahren mehr und mehr zurückgezogen und überließ es nun dem Grafen, die Gäste allein zu unterhalten.

Donata stand auf und ging zum Fenster, es stand weit offen. Sie zog die schweren Vorhänge zur Seite und atmete die klare Luft des nahen Winters. Sie fror, aber das machte ihr nichts aus. So spürte sie wenigstens, dass noch Leben in ihr war. Unten im Hof erklang Hufgetrappel. Ein Reiter stieg ab, und an der Art der Schritte erkannte sie Ascanio. Ihre Augen hatten sich noch nicht an die Dunkelheit gewöhnt, doch sie konnte sehen, dass die Gestalt da unten innehielt und in Richtung ihres Fensters hochblickte. Von welcher Dirne er wohl gerade zurückkam? Es scherte sie nicht. Er hatte sie nie darüber im Zweifel gelassen, dass sie nicht mehr als ein Ersatz war für seine verehrte Vivica. Jedenfalls bis zu dem schlimmsten Tag.

Ob er genauso litt wie sie? Wenn sie an der Tafel unvermittelt seinen Blick traf, las sie Schmerz und Trauer in seinen Augen. Und die Bitte um Vergebung. Der Conte war ebenso unglücklich wie sie selbst, dessen war sich die Gräfin gewiss. Sie hatten beide ihr Leben verwirkt, jeder auf seine Weise. Und ein strafender Gott sorgte dafür, dass sie jeden Tag aufs Neue für ihre Sünden büßten. Schien es ihr nur so, oder senkte Ascanio den Kopf zum Gruß? Es war ihr gleichgültig. Sie wollte endlich fort von diesem Ort, einfach nur Ruhe finden. Vielleicht würde der Schmerz dann irgendwann nachlassen.

Donata stöhnte auf und ließ den schweren Brokatstoff aus ihrer Hand gleiten. Ohne sich weiter um die Schemen im Hof zu kümmern, wandte sie sich ab und legte sich wieder in ihr Bett. Sie versuchte, sich die Stimme ihres Liebsten ins Gedächtnis zu rufen, sich an seine Worte zu erinnern, an seinen Treueschwur. Vergebens. Die Zeit hatte die Spuren verwischt. Donata hielt ihren Kopf in beiden Händen und versuchte krampfhaft, sich zu konzentrieren. Aber da war nichts. Dann nimm mir auch noch die Erinnerung, dachte sie trotzig, nimm mir, was du willst, du strafender Gott, eines nimmst du mir nicht: meine Liebe zu ihm. Und leise weinend schlief sie ein.

6. KAPITEL

*D*er Stadtvogt saß missmutig vor einer Schale mit erkalteter Hirsegrütze und blickte aus dem Fenster. Seine Schwester, eine fröhliche Matrone mit schlauen kleinen Augen in einem spitzen Mäusegesicht, betrachtete ihn aufmerksam. Das schien ein seltsamer Tag zu werden. Regungslos saß Pietro vor ihr, wie versteinert. Er hatte sein Frühstück nicht angerührt, hatte kein einziges Wort mit ihr gewechselt. Sicher, er war kein auffallend liebenswürdiger Mann, aber sie beide verstanden sich recht gut, und besonders des Morgens, wenn Martini neugierig auf alles Kommende war, gab es immer etwas zu erzählen. Heute nicht. Francesca wischte sich die Hände an ihrer Schürze ab und ging hinaus in den Gemüsegarten, um zu sehen, was noch an Essbarem darin wuchs. Jetzt, im späten Herbst, war das meiste, was sie gepflanzt hatte, bereits abgeerntet. Sie würde einen kräftigen Eintopf aus Hammelfleisch kochen, heiß und fett und würzig. Das würde Pietro gefallen.

Martini sah die Wolken ziehen, beobachtete, wie sich die Äste der Bäume am Kirchplatz wiegten. Er wusste nicht mehr ein noch aus. Und er hatte niemanden, dem er sich anvertrauen konnte.

Gute Jahre waren es gewesen, gute Jahre für sein Grosseto und gute Jahre für ihn, den Vogt. Langsam, aber beständig war das Pflänzchen gewachsen und trug nun erste Früchte. Der Markt war bis in den letzten Winkel der Maremma hinein bekannt, denn hier gab es Stoffe und Gewürze, wie sie sonst nur in den großen Städten wie Siena oder Lucca zu finden waren. Auch die Gaukler, die zweimal im Jahr Grosseto besuchten, trugen zur Beliebtheit des Marktes bei. Das lag nicht nur an den Kunststücken, die auf dem Seil und mit den Tieren gezeigt wurden, das lag vor allem an den Kunststücken der Zigeunerinnen, die sie des Nachts den hohen Herrschaften des Ortes vorführten. Weiber wie jenes, mit dem er sich vergnügte; sie alle waren voller Lust und Hingabe und verstanden sich auf Dinge, von denen er nie zuvor zu träumen gewagt hatte. Martini schnalzte in Erinnerung der letzten wonnevollen Nächte mit der Zunge. Und das sollte nun alles vorbei sein? Gedankenverloren rührte er in der Grütze, ohne den Löffel zum Mund zu führen.

Seine Gier hatte ihn verblendet. Er hatte all sein Geld vertan. Und ein Zehntel der Steuern, die Grosseto an Lucca für den Bau der Stadtmauer abtreten musste, dazu. Inzwischen war Cesare Borgia, der nimmermüde Aggressor, zwar tot und die akute Gefahr einer Invasion durch sein Söldnerheer gebannt, doch verloren war verloren. Einer der venezianischen Kaufleute, die auf ihren Reisen an die Höfe von Florenz oder Siena in seinem Ort Station machten, sollte in seinem Auftrag chinesische Seide kaufen. Nicht die allerbeste, die war den Nobili vorbehalten, aber bunt und von guter Qualität sollte sie sein. Die Menschen aus der Maremma zahlten viele Scudos für ein schönes Fähnchen Seidenstoff. Doch das Schiff war auf der Hinfahrt untergegangen, vor Monaten schon, und mit ihm der Kaufmann, seine Geldschatulle und Martinis Träume von noch mehr Wohlstand. Was am schlimmsten war: Er konnte nicht mehr länger geheim halten, dass er den Zehnten genommen hatte. Unter glücklicheren Umständen hätte er die Silberlinge längst an ihren Platz zurückgelegt; er hatte sie ja nur borgen wollen, nicht stehlen. Das allerdings würde ihm heute niemand mehr glauben. Sein Leben war verwirkt, wenn ihm nicht noch etwas einfiel, bevor die nächste Abgabe fällig war.

Bedächtig schob er die Schale Hirsegrütze beiseite, dann erhob er sich, legte seinen Mantel um und trat vor die Tür. Vielleicht würde es helfen, wenn er ein wenig durch den Ort spazierte. Eine Idee musste her, eine gute Idee.

Sein Weg führte ihn geradewegs in die Schenke. In Grosseto gab es nur die eine, und sie war immer gut besucht, nicht nur an Markttagen. Martinis Herz klopfte immer noch hart in seiner Brust; die Sorgen um seine Zukunft ließen ihn nicht los. Der Vogt nickte zum Gruß, als er über die Schwelle trat, und setzte sich auf den erstbesten Schemel. Den Becher Wein, den Mario, der Wirt, schweigend vor ihm hinstellte, quittierte er mit einem unverständlichen Brummen. Dann leerte er den Becher in einem Zug. Martini atmete tief durch. Es musste doch eine Lösung geben … Seine Augen, die sich inzwischen an das schummrige Licht im Schankraum gewöhnt hatten, irrten ruhelos umher. Der Vogt stutzte. Dieser junge Bursche da hinten am Tisch – war das nicht Benedetto? Das kam ihm gerade recht. Er hatte ihm eine ganze Menge zu erzählen.

»Wirt«, sagte er laut und stand auf, »bring uns zwei Becher Wein – aber von dem guten – und kaltes Fleisch.«

Drei Becher Wein später und nicht mehr ganz so übellaunig setzte Martini seinen Rundgang durch Grosseto fort. Seine Schritte lenkten ihn in Richtung Kirche, und so lief er genau dem Prete in die Arme, der sich am Portal mit einem alten Weib unterhielt. Als der Pfarrer ihn entdeckte, verabschiedete er sich hastig von der Frau. Der Vogt seufzte. Das hatte ihm gerade noch gefehlt.

Der Priester, von dem er wusste, dass er den Reizen des Zigeunermädchens immer noch genauso verfallen war wie er, Pietro, winkte ihn zu sich. Ohne besondere Begeisterung nickte Martini und steuerte auf den Gottesmann zu. Es war schon pikant, dieses Dreieck aus Pfarrer, Vogt und Zigeunerin, das musste man zugeben. Zumal der arme Priester nicht wusste, dass er es wusste … Martini zügelte seine Gedanken, setzte eine offizielle Miene auf und beschleunigte seinen Schritt.

»Was kann ich für Euch tun, Vater?«

Der Stadtvogt bemühte sich, seiner Stimme einen interessierten Tonfall zu verleihen, und verbeugte sich knapp vor dem Geistlichen. Der Pfarrer rang sichtlich um Fassung, und es dauerte noch ein paar Augenblicke, bis er in der Lage war zu sprechen. Er neigte sich, da er etwas höher gewachsen war als Martini, zu diesem herunter und flüsterte leise:

»Der Himmel sei mein Zeuge, in der Beichte habe ich eben etwas Schreckliches gehört. Auch wenn ich dir nicht sagen darf, wer mir gebeichtet hat, so kann ich dir die Umstände schildern, die mich bestürzen. Ich brauche deinen Rat, Martini, deinen Rat als Sohn dieser Stadt.«

Der Vogt nickte achtungsvoll und folgte dem Pfarrer die Stufen zur Kirche hinauf. Er konnte sich beim besten Willen nicht vorstellen, wovon dieser Priester da redete. Und es kümmerte ihn auch nicht. Aber seine Devise war, besser einmal zu viel zugehört als einmal zu wenig. Er spürte, dass sein Missmut einer kindlichen Neugierde wich, und schloss die schwere Kirchentür hinter sich. Als er sie wieder öffnete, war Mittag vorbei. Und Martini wusste, wie er seinen Hals würde retten können. Dass er und der geheimnisvolle

Fremde, den er auf Veranlassung des Prete im Beichtstuhl getroffen hatte, von einem heimlichen Gast belauscht worden waren, hatte keiner von ihnen bemerkt.

Benedetto war immer noch im Wirtshaus. Er saß seit dem Morgen hier; nachdem die Gaukler weitergezogen waren, hatte er den Ort nicht verlassen, so wie sonst, sondern war im Wirtshaus geblieben, hatte sein Glück beim Spiel versucht und getrunken. Er blickte in seinen Becher. Schon wieder leer. Mit schwerer Zunge rief er nach dem Wirt und befahl ihm, den Becher zu füllen. Auf den skeptischen Blick des Mannes hin zog Benedetto einen kleinen Lederbeutel aus seiner Tasche und ließ ein paar Lira auf den Tisch fallen.

»Kann ich jetzt noch Wein haben, he?«

Der junge Mann schob die Münzen ungeschickt in Richtung Wirt. Der ließ sie mit ausdrucksloser Miene in seiner Schürze verschwinden und goss ihm, ohne ein Wort zu sprechen, ein. Benedetto setzte den Becher an und trank. Es schmeckte ihm schon lange nicht mehr, aber er trank weiter. Er wollte so lange trinken, bis er keinen Gedanken mehr denken konnte, keinen einzigen. Suchend blickte er sich um. Eben hatte da noch sein neuer Freund gesessen … Benedetto fasste sich ans Kinn. Erst hatten sie gestritten, dann gerauft, dann getrunken – und nun war auch er fort.

Benedetto spürte erneut unendliche Traurigkeit in sich hochsteigen und nahm einen weiteren tiefen Schluck. Jolande, seine schöne Gauklerin, die er liebte wie keine sonst auf der Welt, die ihn zum Mann gemacht hatte, damals, hinter den Bäumen bei den Stallungen, seine Jolande war tot. Sie war zur falschen Zeit am falschen Ort gewesen. Räuber hatten ihre kleine Truppe kurz vor Grosseto überfallen, und einer schnitt Jolande, die sich nicht von ihrem Schmuck und

Tand trennen wollte, einfach die Kehle durch, das hatte der Vogt am Morgen erzählt. Überfälle dieser Art passierten immer wieder. Das Sumpfland rund um Grosseto bot in seinen Dünen und zwischen den hohen Felsbrocken genügend Möglichkeiten, um sich zu verstecken und einer Leiche zu entledigen.

Beim Gedanken daran, dass seine Geliebte irgendwo da draußen in diesem Niemandsland zwischen Geröll und abgebrochenen Ästen langsam verrottete, dass er nicht einmal an ihrem Grab beten konnte, raufte er sich den wilden schwarzen Haarschopf und heulte vor Schmerz laut auf. Nie wieder würden sich ihre Körper finden, nie mehr würde er die Glückseligkeit erfahren, die nur ihre Berührung ihm geben konnte. Er hatte viele Frauen gehabt, aber keine hatte sein Herz berührt. Außer Jolande. Wieder schluchzte er auf. Sie war sein Licht gewesen in dieser dunklen Welt. Er würde es nicht aushalten ohne sie, er würde diese Küche in Lucca und seinen Vater nicht ertragen können ohne die Hoffnung auf ein Wiedersehen mit ihr.

Wie er diesen Hof hasste, diesen Conte, die Menschen um ihn herum. Und seinen Vater, ja, den hasste er auch. Er, Benedetto, war kein Koch und würde nie ein Koch sein, selbst wenn man drohte, ihn zu vierteilen. Er hatte andere Talente, er konnte Flöte spielen und singen, und die Zigeuner hatten ihm beigebracht, beim Kartenspiel zu gewinnen. Auch im Reiten und Jagen war er gut. Aber sein Vater, der in ständiger Angst lebte, vom Grafen verstoßen zu werden, hatte in ihm immer seinen Nachfolger gesucht und vor seinen mangelnden Fähigkeiten als Koch die Augen verschlossen. Was nicht sein durfte, konnte eben auch nicht sein. Eine einfache Art, die Welt zu betrachten, war das, dachte Benedetto und lachte bitter auf. Wie oft hatte er versucht, mit Gianni zu sprechen, damit er ihn gehen ließe. Er wollte bei Jolande sein, mit ihr leben und umherziehen und die Welt sehen. Das würde nun niemals geschehen. Sein Herz war gebrochen und mit ihm sein Freiheitsdrang. Er würde nach Lucca zurückgehen, morgen schon, er würde ein guter Sohn sein und Kartoffeln schälen und Hühner ausnehmen und darauf warten, dass er alterte und starb. Voll Selbstmitleid fing Benedetto an zu weinen. Dann wurden seine Glieder auf einmal schlaff, und sein Kopf sank auf die Tischplatte. Er war eingeschlafen.

»Wo ist er, Mario?«

Martini war sichtlich in Eile. Der Wirt deutete mit dem Kopf nach draußen.

»Beim Hühnerstall liegt er. Und schläft tief und fest. Bei dem, was er heute alles getrunken hat, wird es wohl noch eine Weile dauern, bis er aufwacht.«

»Du hast ihn nach draußen gebracht?«

Der Vogt schien entsetzt. Die Antwort des Wirtes war ein Schulterzucken.

»Na, wenn schon. Es friert ja nicht. Er wird es überleben.«

Martini machte auf dem Absatz kehrt und ging schnellen Schrittes hinter das Haus. Mario hatte die Wahrheit gesagt. Der Junge war vollkommen betrunken und nicht einmal Ohrfeigen und kaltes Wasser ließen ihn aufwachen. Der Vogt seufzte. Dann musste er wohl bis morgen warten, dachte er und machte sich auf den Heimweg. Zu Hause angelangt befahl er seinen Dienern, den Burschen beim Hühnerstall der Schenke aufzulesen und in sein Haus zu bringen. Er wollte auf keinen Fall, dass sich der Kerl aus dem Staub machte. Er kannte Benedetto.

»Was soll das?«, fragte Francesca streng, als sie die zwei Diener mit dem Betrunkenen in der Tür stehen sah. Sie hatten den Küchenburschen in die Mitte genommen; er konnte kaum auf den Beinen stehen und sackte immer wieder in sich zusammen. Ohne sie zu beachten, blickten die Männer stur zu Martini, der ihnen mit einer Handbewegung bedeutete, Benedetto nahe der Feuerstelle abzulegen. Als die beiden gegangen waren, verriegelte er Türen und Fenster. Auf den fragenden Blick seiner Schwester hin meinte er verschwörerisch:

»Reine Vorsicht, liebe Schwester. Wir wollen doch nicht, dass unser Vögelchen davonfliegt, oder?«

Francesca erwiderte nichts darauf und stellte wortlos einen großen Topf mit Hammelfleisch auf den Tisch.

Sie beobachtete ihren Bruder, wie er sich summend seine Schale füllte und mit gutem Appetit zu essen begann. Sie konnte sich keinen Reim darauf machen, aber irgendetwas musste sich untertags ereignet haben, das diesen Stimmungswandel mit sich brachte. Nicht, dass sie darüber unglücklich gewesen wäre. Es war nur irgendwie seltsam, wie Pietro sich benahm. Sie setzte sich zu Martini an den Tisch, warf noch einen Blick auf den schnarchenden Jungen dort am Feuer und nahm sich von dem Eintopf. Es gab doch nichts Besseres als ein heißes Essen an einem kalten Abend wie diesem.

Als Benedetto aufwachte, war es bereits wieder Tag. Er versuchte, seine schmerzenden Augen offen zu halten, um sich umzusehen. Er erkannte, dass er nicht mehr in der Schenke war, aber dieser Ort hier war ihm fremd. Wo war er hingeraten? Sein Herz schlug schneller, und als er panisch hochschreckte, stieß er mit dem Kopf an die Bank, unter der er gelegen hatte. Jetzt dröhnte es in seinem Schädel noch mehr, und nur mit Mühe gelang es ihm, sich unter der Bank hervorzurollen. Er bemerkte Schemen, die sich im Raum bewegten und sich abwechselnd entfernten und wieder auf ihn zukamen. Ihm war unheimlich zumute. Durch seinen Kopf brauste ein Sturm, und sein Magen reagierte auf die starken Gerüche um ihn herum mit heftigsten Bewegungen. Er war in einer Küche. Aber in welcher? Er spürte, dass ihn jemand an der Schulter berührte. Dann hörte er die Stimme einer Frau. Seine Lider flatterten, er konnte nicht sprechen. Die Zunge lag wie ein dicker Stein in seinem Mund. Unwillig schüttelte er den Kopf, als ihm wieder jemand an die Schulter fasste. Warum ließ man ihn nicht einfach in Ruhe? Er hatte doch nichts getan. Er hatte getrunken, und seit wann war das verboten in Grosseto? Wie aus weiter Ferne hörte er eine Tür sich öffnen und mehrere Leute hereinkommen. Sie waren am Reden und Lachen, und gerade in dem Moment, als er einen neuen Versuch machen wollte, die Augen zu öffnen, spürte er die Kälte des Wassers, das man eimerweise über ihm ausschüttete. Benedetto schüttelte sich und setzte sich auf. Wieder klatschte eine Ladung Wasser auf ihn nieder. Das war zu viel. Er riss die Augen auf und funkelte den Verursacher zornig an. Es war Martini. Breitbeinig stand der über ihm, den Holzeimer noch in der Hand. Der Stadtvogt sah auf Benedetto hinab und sagte mit zuckersüßer Stimme:

»Guten Morgen, mein Sohn. Ich habe einen Auftrag für dich. Du musst eine Botschaft für mich überbringen, an den Conte di Cavalli. Es soll dein Schaden nicht sein.«

7. KAPITEL

*S*ag mir, was soll ich tun, Koch?«

Bella stand neben der Feuerstelle und streckte Gianni beide Arme entgegen. In jeder Hand hielt sie einen gerupften Vogel. Ihre Augen blitzten vor Freude.

»Welchen sollen wir rösten? Den Kapaun – oder lieber den Fasan?«

Sie strahlte ihren Lehrmeister an. Und der strahlte zurück. Es war ein Glück, die Kleine hier zu haben. Er seufzte und öffnete seine Arme, wie um sie aufzufangen nach einem Sprung aus gewaltiger Höhe. Seine Bella. Sein Licht. Sie war nicht nur neugierig, nicht nur ehrgeizig – nein: Sie spürte, obwohl noch so jung, dass sie Erfüllung finden würde in der Welt des Wohlgeschmacks, zwischen Braten und delikaten Soßen, inmitten kreischender Mägde und betrunkener Knechte. Dieses Mädchen trug eine Gabe in sich, das fühlte der alte Küchenmeister, dieses Kind konnte besser riechen und schmecken als die gesamte Dienerschaft zusammen.

»Also Fasan.«

Die Worte ließen Gianni aus seinen Gedanken hochschrecken. Er nickte, um Zeit zu gewinnen und um sich zu sammeln. Dann ging er, die Arme immer noch weit geöffnet, auf das Mädchen zu und umarmte es herzlich.

»Du bist mir mehr als ein Sohn, mein Kind«, flüsterte er leise an ihrem Ohr, und als er sich abwandte, sah Bella Tränen über seine pausbäckigen Wangen laufen. Sie legte den Kopf etwas schief und zog ihre Stirn in Falten, was den Koch schnell zum Lachen brachte.

»Schau mich nicht an wie ein dummes Huhn«, sagte er betont barsch zu ihr, »überleg dir lieber, womit wir das Tier füllen und welcher Wein unserer Contessa dazu munden könnte. Also los. Ihr alle – an die Arbeit.«

Bella schloss die Augen. Was würde sie, wenn sie Contessa Donata wäre, heute Abend erwarten? Etwas Feines, gewiss, etwas Raffiniertes, der Jahreszeit angepasst, und es durfte auf keinen Fall hoffärtig sein. Also kein Tand, keine übermäßige Dekoration der Speisen. Ihr Blick wanderte durch die Küche. Es war ihr eine Ehre, heute zum ersten Mal für diese stille, schöne Frau zu kochen, und sie spürte ihren Herzschlag schneller werden. Ruhe bewahren. Sie hatte viel gelernt von Gianni, und heute Abend musste sie sich beweisen. Entschlossen raffte sie ihre Röcke und ging in den Kräutergarten, wo Josepha bereits auf sie wartete.

»Wir müssen etwas ganz Besonderes kochen heute Abend«, redete Bella beschwörend auf ihre Freundin ein, »… und wir brauchen Kräuter, die für Nase und Gaumen unwiderstehlich sind.«

Wieder legte sie ihren Kopf ein wenig schief.

»Was meinst du? Welche Mischung empfiehlst du mir?«

Josepha blickte auf die Sträußchen, die sie gebunden hatte. Um diese Jahreszeit war die Auswahl an frischen Kräutern nicht so groß. Josepha machte eine entschuldigende Geste und erwiderte den Blick des anderen Mädchens mit erwachsenem Ernst. Bella wusste, dass sie alles verstand, alles aufnahm. Allein – sie konnte nicht sprechen. Sie hatte alle Worte im Kopf, und sogar im Traum redete sie, erzählte und sang, hatte eine Stimme. Aber hier, im Kräutergarten, war ihr Mund wie mit einem Eisenriegel verschlossen.

Und würde es wohl auf ewig sein. Sie roch nacheinander an den Bouquets und reichte schließlich eines an ihre Freundin weiter.

»Sehr gut. Das ist ... ausgezeichnet.«

Bella drückte Josepha im Überschwang einen Kuss auf die Wange und eilte in die Küche zurück, wo Benedetto missmutig am Tisch saß und Gemüse zerteilte. Eine der Mägde stand an der Feuerstelle und röstete einen großen Knochen, während Gianni mit Brot, Zwiebel und Wein auf einem Schemel am großen Arbeitstisch saß und gedankenverloren in den Garten starrte, wo seine Tochter Kräuter zupfte. Bella blickte sich suchend um. Wo war Gabriella? Von ihrer alten Großtante war nichts zu sehen.

»Bella? Bella!«

Alle Blicke richteten sich auf die Pforte zum Kräutergarten, die gerade mit einem lauten Geräusch zugefallen war. Einen Moment später stand Rocco in der Tür, wie so oft außer Atem. Seine Wangen glühten vor Aufregung. Er nahm seine Mütze ab und strich sich die Haare aus dem Gesicht.

»Bella?«

Seine Augen suchten die Küche nach dem Mädchen ab.

»Rocco.«

Bella trat ihm ruhig entgegen und nahm das Tuch von dem Korb, den er mit sich führte.

»Oh! Kalmare!«

Sie zog einen der nass glänzenden Kopffüßer aus dem Korb. Der Fang war ganz frisch. Die im Verhältnis zum Rest des Körpers riesigen tellerförmigen Augen des Tieres leuchteten, und Bella strömte der Geruch des Meeres entgegen, als sie ihre Nase dem kalten, glatten Leib näherte. Interessiert betrachtete sie die Tentakel des Tintenfisches und seinen papageienartigen Hornschnabel. Selbst jetzt, im Tod, schimmerte der Körper wie eine Perle.

»Ja, Bella, Kalmare – von allerbester Qualität.«

Roccos Augen strahlten.

Etwas ungelenk stand er in der großen Küche; es war ihm nicht recht, dass alle anderen sie beide beobachteten. Aber egal. Seiner kleinen Freundin und ihm würde gewiss etwas einfallen, um diese Tiere in eine Köstlichkeit zu verwandeln. Rocco wusste, dass Bella heute Abend das erste Mal für die Contessa kochen sollte, und er wollte ihr beistehen, so gut er konnte. Vorsichtig nahm er einen Kalmar nach dem anderen aus dem Korb und legte die Tiere auf den großen, aus Eiche gezimmerten Arbeitstisch. Ein Blick in Giannis Richtung verriet ihm, dass auch dieser gespannt war zu erfahren, wie diese Prachtstücke zubereitet werden sollten. Bella hatte indes neben dem Koch Platz genommen. Ihre Augen waren geschlossen, eine steile Falte durchfurchte die junge Stirn. Rocco stellte sich hinter sie, zog sie neckisch am Zopf und sagte übermütig:

»Ich wusste, dass dir nichts einfällt, kleine Bella ... deshalb werden wir die Kalmare ... braten.«

»Braten.«

Das Mädchen spuckte das Wort verächtlich aus, ohne die Augen zu öffnen. Sie verzog ihren Mund wie im Schmerz. Jeder in der Küche konnte sich vorstellen, mit welchem Ekel das Kind gerade im Innersten kämpfte. Gianni schmunzelte, als er Bella so reden hörte. Sie hatte alle Verachtung dieser Welt in die Betonung gelegt. Seine Kleine. Sie wusste genau, was sie wollte. Und sie verstand es, sich in Szene zu setzen und alle Aufmerksamkeit auf sich zu ziehen. Unglücklich der Mann, der eines Tages versuchen würde, ihr Herz zu erobern. Doch bis dahin war ja noch eine Weile hin. Bella war ein Kind. Und dafür dankte er dem Herrn. Der Koch seufzte.

Bella stand auf und drehte sich zu Rocco um. Der junge Bursche spürte die Energie, die von dem Mädchen ausging. Wieder suchte er ihren Blick, er wusste, sie würden jetzt ihr altes Spiel spielen. Sie würden sich die Namen von Kräutern und Gewürzen zuwerfen, sie würden mit der Vorstellung jonglieren, wie das alles schmeckte. Und irgendwann würden sie wissen, wie sie die Kalmare zubereiten würden. Nein, zubereiten mussten.

»Er muss weich sein«, sagte Bella leise, »weich und zart. Er muss der Contessa auf der Zunge zergehen.«

Sie blickte Rocco herausfordernd an. Und dieser parierte auf der Stelle.

»Und er muss saftig sein. Und fein und edel, so edel wie die edle Dame selbst.«

Seine Augen blitzten vor Freude. Er wusste, was Bella meinte. Ausgelassen glucksend gingen die zwei an ihre Arbeit. Geschickt und vorsichtig zugleich entfernten sie die Innereien der Tiere durch das Maul, um den Körper unversehrt zu lassen, und streuten grobes Salz in die Körperöffnungen. Rocco machte dem Küchenmädchen ein Zeichen, das Wasser im Kessel zum Kochen zu bringen, und die junge Magd beeilte sich, Holz nachzulegen und die Glut gleichmäßig unter dem Kessel zu verteilen.

In der Küche war es ruhig geworden. Alle Bediensteten beobachteten fasziniert die beiden jungen Köche, die Hand in Hand das Meeresgetier zu einem vortrefflichen Mahl verarbeiteten. Die Kalmare wurden bei wenig Hitze gekocht, dann wie Geflügel gespickt und danach gebraten. Während Rocco darauf achtete, dass die Tintenfische eine leichte Bräunung bekamen, kümmerte sich Bella um die Soße.

Was könnte Donna Donata gefallen?, fragte sie sich immer wieder und kam zu dem Schluss, es müsse etwas sein, was diese nicht erwartete. Sie dachte an etwas Fruchtiges und entschied sich für eine leichte Variante mit dem Saft von Orange, Citrangole und Limone – Orange für die fruchtige Süße, Citrangole für die bittere Note und Limone für die feine Säure. Sie probierte, und wieder legte sich ihre kindliche Stirn in Falten. Es war nicht perfekt. Sie schmeckte noch einmal, sog mit gespitzten Lippen die Luft ein.

»Rosenwasser«, sagte sie gedankenverloren, »haben wir Rosenwasser?«

Gianni seufzte tief. Dieses Kind hatte einen exquisiten Geschmack. Einen sehr teuren dazu. Mit väterlicher Strenge sprach er das Mädchen an:

»Bella. Du bist eine Köchin … irgendwann … und keine Prinzessin. Vergiss das Rosenwasser, mein Kind.«

Bella sah ihn an, und ihre zweifarbigen Augen waren auf einmal dunkel vor Kummer.

»Ich will nicht aufsässig sein, Gianni, aber ohne Rosenwasser ist es alles nichts.«

Sie setzte sich an den Arbeitstisch, legte die Hände in ihre Schürze und begann, bitterlich zu weinen.

»Da hat sie Recht.«

Rocco blickte seinen Ziehvater ernst an. Aus seinem Körper schien jede Spannung gewichen zu sein, und er war wieder der ungelenke Rocco, wie sie ihn alle kannten. Der Koch zuckte mit den Schultern.

»Wo um alles in der Welt soll ich Rosenwasser hernehmen, ihr Narren!«

Rocco und Bella warfen sich einen verschwörerischen Blick zu. Das Mädchen rückte nah an Gianni heran und sagte leise an seinem Ohr:

»Wir wissen, dass du Rosenwasser hast, Koch. Bitte gib uns davon – nur ein paar Tropfen.«

Auch wenn er unmöglich gehört haben konnte, was die Kleine gesagt hatte, nickte Rocco bekräftigend mit dem Kopf. Der Koch blickte von einem zum anderen. Sah die funkelnden Augen, die geröteten Wangen. Diese beiden waren ein herrliches Gespann. Sie ergänzten sich wie Tag und Nacht, wie Sonne und Mond. Nur gemeinsam waren sie in der Lage, so vermessene Gedanken zu denken und – bei Gott – auch noch in die Tat umzusetzen. Wieder seufzte der alte Koch. Er kapitulierte vor dem Talent der beiden Heißsporne, die ihn bittend anstarrten.

»Also gut. So sei es. Ich hole mein Rosenwasser. Weil …« Gianni musste innehalten, weil Bella ihm gerade jauchzend auf den Schoß gesprungen war und ihm einen Kuss nach dem anderen auf die rotgeäderten Wangen drückte. Er befreite sich aus ihrer ungezügelten Umarmung, räusperte sich und sagte mit möglichst unbeteiligter Miene: »Ich hole mein Rosenwasser, weil Bella heute zum ersten Mal für unsere Contessa kocht und ich meinen Beitrag dazu leisten möchte, dass es ein Erfolg wird. Mehr nicht. Es ist eine Ausnahme. Und nun geht mir aus den Augen, ihr Quälgeister.«

Immer noch brummelnd und leise vor sich hin schimpfend verließ Gianni die Küche. Bella war selig. Sie nahm eine Kerze vom Tisch, bedeutete Rocco, ihr zu folgen, und öffnete die Tür zum Weinkeller, der sich unter der Küche des Palazzo befand. Aus den Augenwinkeln heraus sah sie, dass Benedetto sie beobachtete. Ein leichter Schauer lief über ihren Rücken, aber als sie die ersten Stufen in das kalte Dunkel hinabstieg, hatte sie den Burschen mit seinen schwarzen Stirnfransen und den dunklen stechenden Augen bereits vergessen. Nun galt es, für Donna Donata einen vorzüglichen Wein zu finden. Ganz sanft spürte sie Roccos Hand auf ihrer Schulter.

»Lass mich vorangehen, kleine Bella«, sagte er leise, und die Art, wie er ihren Namen aussprach, ließ sie Glück empfinden. Es war wunderschön hier, in der Küche des Conte. Hier hatte sie all die Menschen um sich, die sie liebte. Und Rocco gehörte dazu.

»Ich glaube, ich komme mal besser mit euch«, hörte sie die vertraute Stimme Giannis hinter sich. »Rosenwasser reicht mir. Wer weiß, auf welche tolldreisten Gedanken ihr noch kommt, wenn ich euch in den Gewölben zu lange allein lasse.«

Bella seufzte erleichtert. Sie hatte den Koch nicht fragen wollen, aber so war es gut. Er wusste, welcher Wein zu welchem Getier passte, und er wusste – genau wie Rocco und sie –, dass sie sich würden sputen müssen, um der verehrten Contessa zur gewohnten Zeit ihr Mahl zu servieren. Während Rocco unter Giannis Anweisungen den Keller abschritt und die Weinfässer inspizierte, dachte das Mädchen an die stille, schöne Frau, die wie eine Fee durch die Gärten des Palazzo zu schweben schien. Irgendetwas an ihr war so unwirklich. Waren es die hellen Augen, war es die weiße Haut, das Blauschwarz ihrer Haare? Oder waren es die sanften Bewegungen, die Gesten, mit denen Donna Donata die Aufmerksamkeit des gesamten Hofes auf sich ziehen konnte? Ihr war ein großes Unglück zugestoßen, wurde in der Dienerschaft erzählt, es hatte mit Liebe zu tun, mit unendlicher Liebe, und mit Verrat und Tod. Bella hörte die beiden Männer irgendwo hinter den Weinfässern lachen. Sie dachte an die Frau mit den traurigen Augen. Warum auch immer, sie fühlte sich zu der Contessa hingezogen und war stolz und glücklich, ihr endlich das Nachtmahl zubereiten zu dürfen.

»Bella!«

Roccos fröhliche Stimme brachte das Mädchen in die Wirklichkeit zurück. Sie spürte die Hand des jungen Burschen an ihrem Rücken, wie er sie zur Kellertreppe drängte.

»Auf, meine Bella, wir haben einen wunderbaren Wein für die edle Dame gefunden, eine ligurische Köstlichkeit – und nun voran –, die Zehnfüßer erwarten uns!«

Hinter sich hörte sie Gianni vertraut brummeln, und gemeinsam machten sie sich auf den Rückweg.

Als Bella aus der Kellertür in die Küche trat, wurde es auf einmal totenstill. Das geschäftige Treiben legte sich von einem Augenblick zum anderen; wie ein Leichentuch senkte sich bleierne Stille über die Diener. Sie schienen alle in ihrer Bestürzung erstarrt zu sein. Hilfesuchend blickte sich Bella um. Ihre alte Tante war nirgendwo zu sehen. Sollte sie etwa … Eine Angst, jenseits aller Ängste, die sie bislang gefühlt hatte, überkam sie. Das Mädchen stürmte auf eine der Mägde zu, die sich mit den Schürzenzipfeln die Augen trocknete und versuchte, dem Kind zuzulächeln.

»Gabriella? Was ist mit Gabriella«, schrie Bella, »so sagt doch, was ist mit ihr?«

»Ich bin hier, meine Kleine.«

Wie aus weiter Ferne hörte Bella die Worte der alten Frau. Sie ist hier, dachte sie, sie lebt. Und ihr Herz schlug auf einmal nicht mehr ganz so laut. Als sie sich in die Richtung wandte, aus der die Stimme gekommen war, erschrak sie. Gabriella stand in der Tür zum Garten; sie trug ihre besten Kleider und hatte einen großen kastenförmigen Korb neben sich stehen.

»Du willst gehen?«, rief das Mädchen entsetzt und lief auf Gabriella zu. Beim Näherkommen sah sie, dass ihre Tante geweint hatte.

»Ja«, sagte Gabriella leise, »ich gehe, aber du kommst mit

mir, meine Kleine. Bereite das Mahl für die Gräfin. Und dann fahren wir. Der Wagen wartet bereits auf uns.«

Ungläubig blickte das Mädchen in das gute, von Falten zerfurchte Gesicht und machte sich auf weitere Erklärungen gefasst. Doch die alte Frau nickte nur und hob ihre Hand zum Zeichen, wieder an die Arbeit zu gehen. Und Bella gehorchte. Wie in Trance setzten ihre Hände um, was ihr Kopf zuvor erdacht hatte. Sie spürte Rocco neben sich; es tat so gut, ihn bei sich zu wissen.

»Fertig«, sagte Gianni feierlich. Er drückte Bella kurz an sich und blinzelte ihr verschwörerisch zu. Dann machte er den Dienern ein Zeichen und schickte die kleine Karawane mit Speisen und Getränken in die Gemächer der Contessa. Der alte Koch sah ihnen nach und schüttelte den Kopf. Dann wandte er sich an Gabriella, die fassungslos neben ihrem großen Korb stand und sich wieder und wieder mit der Hand über die Augen fuhr.

»Ein Jammer ist es, und du weißt das«, sagte er leise zu der alten Frau und bedeutete dem Küchenmädchen, ihnen beiden etwas Wein einzuschenken.

»Gerade jetzt müsst ihr fort, wo der Hof sie entdecken wird nach diesem Mahl ...«

Wieder schüttelte er traurig den Kopf und nahm einen tiefen Schluck aus seinem Becher.

»Und es besteht keine Hoffnung?«

Statt eine Antwort zu geben, fing Gabriella an zu schluchzen.

»Vielleicht ist sie schon tot, wenn wir ankommen. Giacomo hat ausrichten lassen, heute sei schon der dritte Tag.«

»Und das Kind?«, fragte Gianni besorgt. Die Alte bekreuzigte sich.

»Dem Himmel sei Dank. Der Kleine ist wohlauf.«

Gianni brummte leise, dann nahm er noch einen Schluck. Die Weiber geben ihr Leben für ihre Kinder, wo ist da der Sinn?, dachte er. Mit Grauen erinnerte er sich an Benedettos Geburt. Es hatte lange gedauert, und ohne die Kunst der Hebamme hätte es seine Carlotta nicht geschafft … Gut, dass sie nicht mit ansehen musste, dass sie sich für einen Tunichtgut die Seele aus dem Leib geschrien hatte. Seufzend stand er auf, stellte den Holzbecher ab und ging auf Gabriella zu, die ihn fragend ansah. Er nahm sie in den Arm, das hatte er noch nie getan, und drückte sie fest an sich. Dann flüsterte er leise an ihrem Ohr:

»Bitte kommt schnell wieder. Ich brauche Bella. Ohne sie bin ich verloren.«

Donna Donata bedeutete ihrer Dienerin, die Tür zu öffnen. Die beiden Diener kamen lautlos in das Gemach geschlüpft und stellten wie gewohnt die Speisen und Karaffen auf den kleinen chinesischen Tisch, der sich nahe dem Kamin befand. Sie wollte sich schon setzen, als sie die beiden jungen Menschen bemerkte, die vom Dunkel der unbeleuchteten Galerie fast verschluckt wurden. Fragend blickte sie in ihre Richtung. Das waren der Ziehsohn des Kochs, Rocco, und das Mädchen, das sie schon oft im Küchengarten gesehen hatte. Die Kleine war viel mit Giannis stummer Tochter zusammen. Donata bemerkte, wie fasziniert der junge Bursche sie anblickte, und lächelte flüchtig. Dann winkte sie die beiden mit einer ruhigen Geste herein.

»Was wollt ihr in meinen Gemächern? Hier ist nicht euer Platz. Die Diener kümmern sich um mein Mahl.«

Sie setzte sich und genoss das Aroma, das von den Speisen ausging.

»So sprecht doch endlich.«

Während sie den Weinpokal zum Mund führte, gab Rocco der wie erstarrten Bella einen kleinen Stoß, sodass diese unwillkürlich einen Schritt nach vorn machte. Er räusperte sich. Wochenlang hatte er sich darauf gefreut, das Wort an diese schöne Frau richten zu dürfen, und er wollte keinen Fehler machen.

»Nun?«

Die Gräfin nahm noch einen Schluck Wein.

»Sua Nobiltà. Dies ist Magdalena. Sie hat heute zum ersten Mal für Euch das Mahl bereitet. Um Euer Urteil zu hören, ist sie hier.«

Er gab dem Mädchen einen weiteren Schubser. Die Kleine konnte doch jetzt nicht alles verderben. Warum starrte sie bloß die ganze Zeit die Herrin an? Doch Bella konnte nicht anders. Ihre Augen hingen an der Contessa. Bislang hatte sie sie immer nur von Weitem gesehen, aber nie ihre Stimme gehört. Wie eine Waldfee sah sie aus mit ihrer hellen Haut und den schwarzen Haaren, die zu einem losen Zopf geflochten waren. Und wie elegant sie sich bewegte. Und wie angenehm ihre Stimme klang!

»Komm zu mir, Magdalena.«

Donna Donata schob die Platte mit den Kalmaren von sich und wandte sich interessiert dem Mädchen zu, das langsam herankam. Rocco bemerkte, wie ein leichter Schatten über die Miene der Frau glitt.

»Noch näher.«

Ihre Stimme war auf einmal leise geworden. Ein lautloser Schrei entfuhr ihrer Kehle, ihr wurde schwindelig. Sie wollte gerade nach der Hand des Kindes greifen, da hörte sie laute Schritte. Der Conte stand in der Tür.

»Genug jetzt. Ihr alle … fort!«

Ascanios Stimme klang laut und gereizt, er gebot den Dienern mit Gesten, sich zu entfernen. Dann folgte er ihnen auf die Galerie, schloss die schwere Tür zu Donatas Zimmer hinter sich und ging zurück in seine Gemächer.

Mit gesenktem Kopf traten die beiden jungen Köche vor den Küchenmeister.

»Was hat sie gesagt?«, fragte Gianni vorsichtig, denn er bemerkte, wie sehr das gerade Erlebte Rocco und Bella beschäftigte. Sein Ziehsohn fand als Erster die Sprache wieder. Er zuckte mit den Schultern und sagte:

»Nichts.«

Dann ließ er sich auf einen Holzschemel fallen und trat halbherzig nach einem Käfer, der es auf dem festgetretenen Küchenboden lebendigen Leibes bis hierher geschafft hatte. Rocco wollte seine Enttäuschung überspielen, doch es gelang ihm nicht. Er blickte starr auf den Boden, sah dem Käfer nach, wie er langsam, aber unbeschadet seinen Weg fortsetzte.

»Sie ist schön«, sagte Bella leise und ging zu Gabriella, die ihr ein Tuch um die Schultern legte. Zögernd wandte sie sich der Tür zum Garten zu, dann gab sie ihrer Sehnsucht nach und drehte sich zu ihren Freunden um. Sie lief auf Gianni zu, der sie mit offenen Armen erwartete und hochhob. Er drückte ihr einen lauten Kuss auf die Wange und setzte sie vorsichtig wieder ab. Jetzt trat Rocco an sie heran. Etwas linkisch und verlegen vor all den Menschen in der Küche zog er sie an sich und drückte sie fest. So leise, dass nur Bella es hören konnte, sagte er:

»Ich warte auf dich.«

Dann schob er sie von sich und nickte wie zur Bekräftigung. Bella konnte nichts erwidern. Sie sah von einem zum anderen, prägte sich die Gesichter ein, versuchte zu lächeln. Da spürte sie Gabriellas Hand, die nach der ihren griff und sie mit sich zog. Sie wusste nicht, warum sie von hier fortmusste, aber sollte sie jemals hierher zurückkehren, dann würde alles anders sein. So viel war gewiss.

8. KAPITEL

*B*ella weinte. Ihr Kopf lag auf Gabriellas Schoß, und sie spürte, wie die Hände der alten Frau ihr sacht über die Haare strichen. Ihre Mutter lag im Sterben. Sie hatte einem Sohn das Leben geschenkt und plötzlich hohes Fieber bekommen. Giacomo hatte einen Boten nach ihnen geschickt, damit sie von der Mutter Abschied nehmen konnten. Er schien jede Hoffnung auf Genesung bereits aufgegeben zu haben. Gabriella sprach von alldem mit kaum hörbarer Stimme; sollte Anna wirklich verloren sein? Immer wieder brach sie in Tränen aus und zog das Mädchen an sich. Der Weg war weit; Lucca lag mehr als zwei Tagesreisen von Grosseto entfernt. In ihrem Innersten wusste Gabriella, dass es fast unmöglich war, Anna noch lebend anzutreffen.

Der Wagen hatte die Stadtmauern von Pisa bereits hinter sich gelassen und fuhr an der Küstenstraße südwärts auf Grosseto zu. Er wurde von zwei braunen Maremmenpferden gezogen, für die diese Ladung sichtlich keine Mühe bedeutete. Sie waren es gewohnt, schwere Körbe mit Gemüse und Obst zu tragen, und fanden sich in der ungewohnten Umgebung gut zurecht. Der Conte selbst hatte Befehl gegeben, Gabriella und das Mädchen mit einem Wagen nach Grosseto zu bringen. Enrico, der ihn lenkte, wunderte sich nicht darüber.

Jedermann am Hof von Lucca wusste, dass die Alte eine besondere Bedeutung für Ascanio besaß, aber war es wirklich nötig, sie wie eine Mutter zu behandeln und mit allen Annehmlichkeiten auf diese Reise zu schicken? Hätte es ein Eselskarren nicht auch getan? Gabriella war nur eine einfache Frau! Der Kutscher zog seinen Hut tiefer ins Gesicht und brummte.

War der Tag auch sommerlich warm gewesen, hatte sich die Nacht nun mit einem kaltnassen Schleier in den Ästen niedergelassen, und hier, zwischen den hohen alten Bäumen, war es besonders kühl. Er horchte. Es war kein Weinen mehr zu hören. Vielleicht schliefen die beiden ja endlich. In wenigen Stunden würde es hell werden. Dann wollte er den Tieren und sich eine Rast gönnen. Aber bis dahin galt es noch unbeschadet über Baumwurzeln zu rollen und dunkle Waldstücke zu durchfahren. Was er auf keinen Fall gebrauchen konnte, war ein Achsbruch oder ein Pferd mit gebrochenem Lauf. Enrico zog ein Stück Speck aus der Tasche, das Gianni ihm am frühen Abend gegeben hatte. Er biss herzhaft hinein und nickte zufrieden. Bei Sonnenaufgang würden sie in der dichten Macchia der Maremma sein.

Donna Donata stand am Fenster ihres Gemachs und blickte in die Nacht. Die Landschaft schien wie aus schwarzem Blei gegossen, und die feuchtkalte Luft ließ sie erschauern. Sie war völlig aufgewühlt. Wenn das stimmte, was sie dachte, was sie zu glauben hoffte … Ihre Dienerin hatte ihr erzählt, dass Ascanio die Alte und das Mädchen fortgeschickt hatte, zurück nach Grosseto. Dafür konnte es nur einen Grund geben: Er wollte das Kind von ihr fernhalten. Die Contessa drehte sich um und ging zum Kaminfeuer, um sich ein wenig zu wärmen. Ihr war kalt, sie war müde, aber ihr Herz schlug so schnell, dass es einfach unmöglich war, sich zur Ruhe zu begeben. Donata wanderte vor dem Feuer auf und ab.

Ihr Blick fiel auf das Tablett mit dem Nachtmahl. Viel hatte sie nicht essen können, ihr Magen war auf einmal wie zugeschnürt gewesen, aber der Duft der Kräuter, mit denen die Kalmare gebraten worden waren, erfüllte den Raum noch immer. Die Gräfin goss Wein in ihren Pokal. Schwer war er und mit Steinen besetzt, die im Feuerschein funkelten. Die Kerzen in ihren Kandelabern warfen unruhige Schatten an die Wand. Donata leerte den Kelch in einem Zug. Sie spürte instinktiv, dass sie mit ihrer Vermutung richtiglag. Und wenn es so war, und bei Gott, sie hoffte es inbrünstig, dann musste sie vorsichtig sein. Ihr Gemahl durfte nichts von ihrer Entdeckung erfahren.

Die Contessa dachte an den Augenblick der Begegnung vor wenigen Stunden. Sie hatte den Blick des Mädchens aufgefangen – und aus dem jungen schönen Gesicht lächelte ihr Andrea zu. Bella hatte seine Augen, eines von klarem Blau und eines wie lichter Bernstein, und sie hatte seinen Blick. Einen Blick voller Hingabe. Es gab keinen Zweifel. Bella war ihre totgeglaubte Tochter, und Ascanio hatte es die ganze Zeit gewusst. Warum sonst hätte er dermaßen bestürzt und unbeherrscht reagiert, als er das Kind in ihrem Zimmer sah. Wie groß muss sein Hass sein, überlegte sie, dass er mir das angetan hat. Sie schüttelte den Kopf, um die aufkommenden bösen Gedanken zu vertreiben. Mein Kind ist mir noch einmal geschenkt worden, dachte sie und konnte es immer noch nicht fassen. Ich habe eine Tochter, und sie lebt.

Wieder trat die Contessa an das offene Fenster und spürte die Kälte auf ihrer Haut. Ihre Augen brannten; wie erlösend wäre es gewesen, vor Glück weinen zu können. Aber sie brachte keine einzige Träne hervor. Ich habe mich leer geweint, dachte sie, mein Kummer hat mich ausgetrocknet. Erschöpft von ihren Gefühlen ging sie zurück zum Kamin und ließ sich in dem großen Sessel nieder, der einst ihrem Vater gehörte. Sie erinnerte sich, wie er darin gesessen und ihr von den wilden Pferden der Maremma erzählt hatte. Ihre Finger strichen zärtlich über den fein gewebten Stoff, der bereits an vielen Stellen ausgebessert war. Ihre Tochter lebte. Und es lag in ihrer Verantwortung, dieses Leben zu beschützen. Hier am Hof, in Grosseto und überall sonst auf der Welt. Aber wie sollte sie das anstellen?

»Wann können wir weiterfahren?«

Bella setzte sich ins Gras neben den Kutscher, der gerade ein Stück Brot aß. Ohne sie anzusehen, brach er etwas vom Laib ab und hielt es dem Kind hin, dann schob er seinen Hut aus der Stirn und sagte gleichgültig:

»Wenn die Pferde ausgeruht haben. Dann fahren wir weiter.«

»Ich muss aber zu meiner Mutter. Sie ist krank. Sehr krank. Sie stirbt vielleicht.«

Bellas Augen füllten sich mit Tränen. Sie drehte den Kanten Brot in ihrer Hand hin und her.

»Bella.«

Der Mann hob ihr Kinn zu sich hoch und sah sie streng an.

»Deine Mutter ist sehr krank, ich weiß. Aber wenn die Pferde keine Ruhe bekommen, werden sie auch sehr krank, und du kommst erst in einer Woche in Grosseto an. Willst du das? Na also.«

Durch den Tränenschleier nahm Bella wahr, wie Enrico sein Brot verspeiste und sich ausstreckte, das Gesicht mit seinem Hut bedeckt. Er schenkte ihr keine weitere Aufmerksamkeit. Die Pferde grasten ruhig neben ihm. Sie ging zum Wagen zurück und blickte hinein. Die Plane bedeckte nur den hinteren Teil des Gefährts. Sie sah Gabriella auf den Strohsäcken ruhen, und das gleichmäßige Geräusch ihres Atems deutete darauf hin, dass ihre alte Tante fest schlief. Das Mädchen legte sich auf den Waldboden, streckte sich aus, wie es der Kutscher getan hatte, und dachte nach. Was sollte nur werden? Was sollte sie tun, wenn der Vater sie nicht wieder nach Lucca ziehen lassen würde? Wenn sie ihm helfen sollte, den kleinen Bruder zu versorgen? Überhaupt – der Bruder. Sie empfand nur Abscheu für das Wesen, das im Begriff war, ihr die Mutter zu nehmen. Niemals würde sie ihn auf den Arm nehmen und lieb zu ihm sein. Sie hasste ihn schon jetzt. Er war an allem schuld. Er allein. Daran, dass sie ihre Freunde verlassen und zu ihrem Vater fahren musste. Daran, dass ihr Leben sich nun ändern würde. Ich hasse dich, dachte sie, ich hasse dich ...

Paolo schwang sich in den Sattel und drückte seine Beine fest an den Leib des Pferdes. Es reagierte sofort auf die Berührung des Reiters und setzte sich in Bewegung. Der älteste Sohn des Conte griff entspannt nach den Zügeln, tätschelte das Tier am Hals und blickte sich um. Wo nur Carlo wieder blieb. Bestimmt war er noch bei Gianni in der Küche. Wenn er sich doch nur halb so viel für die Jagd selbst wie für die Zubereitung des Wildbrets interessieren würde. Der junge Mann seufzte. Es war später Vormittag. Sie hatten ihrem Vater versprochen, gegen Mittag zu seiner Jagdgesellschaft zu stoßen, und wie es aussah, würden sie ihren Pferden die Sporen geben müssen, um ohne allzu große Verspätung anzukommen.

»Carlo!«

Paolo blickte seinem Bruder entgegen, der trägen Schrittes durch den Torbogen kam und gemächlich auf den Platz vor den Stallungen zuging. Er machte ihm ein Zeichen, sich zu beeilen. Der junge Bursche sah nur kurz auf und bummelte weiter. Paolo wurde allmählich ärgerlich. Gewiss, sie beide waren grundverschieden, aber das hier war pure Aufsässigkeit. Er konnte sich keinen Reim darauf machen, warum sein Bruder dermaßen gleichgültig war. Er wusste doch genau, was ihnen blühte, wenn sie den Zorn des Grafen erregten. Der Conte machte keinen Unterschied zwischen Knechten und Herren und züchtigte seine eigenen Kinder genauso unbarmherzig wie seine Diener. Beim Gedanken an die letzten Prügel, die er bezogen hatte, krümmte sich Paolo im Sattel. Er verstand seinen Vater nicht. Was konnten Carlo und er dafür, dass ihre Mutter nicht mehr unter ihnen weilte, und war es etwa ihre Schuld, dass der Vater mit seiner zweiten Frau so unglücklich war? Mit finsterer Miene ritt er auf den Bruder zu.

»So komm endlich. Der Conte hasst es zu warten, du weißt doch.«

»Sie ist weg.«

Carlo hob den Kopf und blickte den älteren Bruder an. In seinen Augen spiegelte sich Betroffenheit.

»Wer ist weg?«

Paolo winkte einem der Knechte, er solle Carlos Pferd bringen. Noch immer geistesabwesend ließ sich der Jüngere in den Sattel helfen. Er antwortete nicht. Seine Sprache fand Carlo erst wieder, als sie den Palazzo längst hinter sich gelassen hatten.

»Bella ist fort. Ihre Mutter liegt im Sterben, und Vater hat sie und Gabriella nach Grosseto geschickt.«

Paolo krauste die Stirn. Er verstand überhaupt nichts. Bei der Dienerschaft und ihren Familien passierte ständig etwas, und er war sicher, Carlo interessierte sich nicht im

Geringsten dafür. Doch das Schicksal dieses Mädchens und ihrer Tante schien ihn wirklich zu beschäftigen. »Schlimm, das mit der Mutter, aber seit wann machst du dir um kleine Mädchen Gedanken? Sie gehört nicht einmal richtig zu uns, ihre Tante hat sie angeschleppt, als sie gerade einmal laufen konnte.«

Carlo sah seinen Bruder traurig an. Paolo merkte, wie schwer es dem Jüngeren fiel, nicht zu weinen. Er schüttelte den Kopf. Dieser Carlo. Ein weiches Herz, viel zu weich. Gut, dass er nicht der nächste Conte wurde. Einer wie Carlo könnte vor lauter Mitgefühl wohl Haus und Hof verschenken und sich selbst zum Diener machen. Er sah ihn fragend an. Carlo begann zu reden.

»Es ist nicht wegen Bella, Paolo. Es ist … wegen Gianni. Wenn Bella nicht wiederkommt, ist er verloren. Seine Augen werden von Tag zu Tag schwächer, seine Zunge kann Gutes von Besserem bald nicht mehr unterscheiden. Er wird alt, mein Bruder. Gianni braucht einen Nachfolger, einen Erben. Aber wer tritt in seine Fußstapfen?«

Carlo zuckte mit den Schultern.

»Sein Sohn Benedetto erkennt jede Frau im Umkreis von zwei Tagesritten am Klang ihrer Schritte, aber er kann ein Huhn nicht von einem Fisch unterscheiden. Und Rocco … Rocco erfindet in seinem Kopf die schönsten Speisen. Aber er kann nicht gut riechen, nicht abschmecken. Er braucht Bella, sie alle brauchen Bella, damit die Küche des Conte nicht ihren Ruf verliert. Du kennst unseren Vater, Paolo – er würde sich nicht scheuen, den alten Gianni vom Hof zu jagen, wenn nicht gar Schlimmeres.«

Besorgt blickte Carlo den Bruder an.

»Ich bin in der Küche aufgewachsen. An der großen Feuerstelle habe ich gespielt, und Gianni hat mir frisches Gänsebrät in die Backen gestopft. Ich hatte es gut bei Gianni, und ich kann nicht mit ansehen, wie er vor Angst und Kummer kaum noch eine Zwiebel schälen kann.«

Carlo wandte sich abrupt ab und sah angestrengt nach vorn. Er ließ sich gerade von Paolo ins Herz blicken, doch diese Nähe war er nicht gewohnt. Auch sein Bruder blieb stumm, und so ritten sie eine Weile schweigend nebeneinander her. Inzwischen stand die Sonne hoch am Himmel, sie kamen gut voran, und mit etwas Glück würden sie gleich auf die Jagdgesellschaft treffen. Paolos Augen suchten die Umgebung nach Anzeichen dafür ab.

»Und was sollen wir nun tun?«

Er verlangsamte den Schritt seines Pferdes und blickte erwartungsvoll zu seinem Bruder. Auch wenn er nicht mit derselben zärtlichen Liebe an Gianni hing, er verstand Carlo und wusste, dass dessen Befürchtungen nur allzu berechtigt waren.

Carlo wischte sich mit einem Tuch den Schweiß von der Stirn und wollte gerade antworten, doch mitten in der Bewegung erstarrte er. Weniger als hundert Schritte entfernt hatte er einen Reiter entdeckt, der einem Trupp anderer Reiter vorauseilte: Ascanio di Cavalli. Die Brüder nickten einander zu und drückten ihren Pferden die Stiefel in die Flanken. Und laut johlend schlossen sie zur Gruppe vor ihnen auf.

Es dauerte einige Augenblicke, bis Bella sich an die Dunkelheit der Kate gewöhnt hatte. In dem Moment, als sie durch die niedrige Türöffnung ins Innere des Steinhauses trat, schlug ihr ein süßlicher, unangenehmer Geruch entgegen. Angewidert blieb sie stehen, doch Gabriella versetzte ihr einen vorsichtigen Stoß. Dann trat auch sie ein.

»Mein liebes Mädchen. Meine Bella.«

Anna lehnte von Kissen gestützt auf ihrem Strohlager, Giacomo saß an ihrer Seite und streichelte ihr Gesicht, ihre Haare. Er weinte hemmungslos. Wie starre Holzpuppen standen Lucilla und Marina an der Feuerstelle, die Augen rot und müde geweint.

»Komm zu mir, Bella.«

In der Stimme ihrer Mutter war auf einmal so viel Liebe. Vorsichtig trat das Mädchen näher an das Lager der Eltern heran. Sie war fassungslos. Bella spürte, dass ihr schwindelig wurde. Sie ließ sich an der Bettstatt nieder und suchte Annas Hand. Sie war heiß, so wie von Annas ganzem Körper eine ungeheure Hitze ausging. Ihre hellbraunen Augen waren noch größer und leuchtender als sonst, und die Kranke schien eine gewaltige Kraft zu verströmen.

»Ich habe auf dich gewartet, mein schönes Mädchen«, sagte Anna leise. »Ich kann nicht von dieser Welt gehen, ohne mein Gewissen zu erleichtern. Der Prete hat mir die Sakramente gegeben, aber meinen Frieden kannst nur du mir geben. Ich habe dir etwas zu sagen. Dir allein.«

Giacomo stand auf, er kam Bella auf einmal so klein und zart vor, seine Hand strich zitternd über Annas Gesicht, dann ging er mit schleppenden Schritten zu den beiden Mädchen ans Feuer und bedeutete Gabriella, ihnen in den Garten zu folgen. Wenige Augenblicke später waren Mutter und Tochter allein.

»Vor beinahe elf Jahren kam ein Diener des Conte zu uns mit einem Neugeborenen. Er gab uns einen Beutel mit Silberlingen und ließ uns schwören, niemandem davon zu erzählen. Die Hebamme Maria muss uns ausgesucht haben, denn am Tag zuvor hatte sie mir beigestanden, als ich ein totes Kind zur Welt brachte. Sie wusste, ich würde dich in meinem Kummer annehmen. Das taten wir auch, doch wir ahnten nicht, wer das Mädchen war. Bis das Gerücht die Runde machte, der Graf habe sein eigenes Kind getötet.«

Anna suchte nach Bellas Hand.

»Ich liebe dich wie die Kinder, die ich geboren habe. Du warst mir vom ersten Moment an willkommen. Aber dein Vater ... Giacomo ... er ist ein stolzer Mann. Für ihn war es schwer. Er fühlte sich gedemütigt, weil er einen Bastard aufziehen sollte. Uns war bald klar, dass du das Kind der Gräfin bist und deshalb weit weg von Lucca aufwachsen solltest. Di Cavalli mag kein guter Mensch sein, aber so grausam, wie man es ihm nachsagt, ist er nicht. Er hat dir das Leben geschenkt. Wenn es auch nur das der Tochter eines Buttero ist ...«

Anna stöhnte laut auf. Ihre Augen glänzten fiebrig.

»Verzeih Giacomo, dass er dich nicht so wie ein Vater lieben konnte. Er hat mit Gott gehadert, hat nie verstanden, dass ich seine Kinder verloren habe, schon vor der Zeit, und dass du als Bastard leben durftest – durch die Gnade des Conte. Und verzeih mir, dass ich dich anders behandelt habe als deine ... Schwestern. Du warst – du bist – etwas ganz Besonderes für mich. Und ich weiß, du wirst deinen Weg gehen ... Bella.«

»Wer weiß davon, Mutter?«

Das Mädchen war vollkommen verstört.

»Gabriella weiß es. Und der Conte weiß es auch. Sei vorsichtig, meine Kleine. Geh nicht an den Hof nach Lucca zurück. Mein Gefühl sagt mir, dass du dort in Gefahr bist ... ich hätte dich nie dorthin schicken sollen, aber ich wollte, dass du glücklich bist bei Gianni und Gabriella.«

»Nicht nach Lucca zurück?«

Entsetzt blickte Bella in die Glut des Feuers. Nicht nach Lucca zurück. Gianni nie mehr sehen. Und Rocco. Und die Contessa mit den hellen Augen und dem Haar, so schwarz wie Rabengefieder, die Frau, die ihr das Leben geschenkt hatte, die sie so vieles fragen musste. Das konnte nicht sein. Das durfte nicht sein.

»Geh jetzt, Bella. Ich bin müde. Lass mich ein wenig ausruhen.«

Anna schloss die Augen und schlief sofort ein.

Das Mädchen betrachtete die Frau, die sie ihre Mutter genannt hatte, solange sie denken konnte. Langsam löste sie ihre Hand aus der Annas und trat ins Freie. Wie konnte die Sonne so herrlich scheinen, wo dieser Tag nur Schlechtes brachte? Ihr Herz klopfte. Lucca. Wie aus weiter Ferne drang die Stimme ihres Vaters zu ihr, Gabriella nahm sie in den Arm, und gemeinsam mit den anderen setzten sie sich wieder an Annas Lager. Magdalena hörte die Stimmen ihrer Schwestern, sie hörte Giacomo und Gabriella weinen, aber sie empfand nichts. Nur Leere und Angst davor, dass es keinen Weg zurück geben würde.

Bei Anbruch der Nacht ging Anna von ihnen. Giacomo hatte sie bis zum letzten Moment in seinen Armen gehalten. Erschöpft trat er ins Freie hinaus und atmete tief ein. Wortlos drückte er seine beiden älteren Töchter an sich. Gabriella blickte ihn ernst an.

»Wo ist dein Sohn, Giacomo? Er braucht dich jetzt.«

Der Buttero erwiderte ihren Blick so voller Verzweiflung, dass die Alte erschrak.

»Bei seiner Amme. Und da soll er bleiben. Ich will ihn nicht. Er hat mein Leben zerstört.«

Die alte Frau nickte. Sie konnte jetzt nicht vernünftig mit Giacomo reden. Sein Schmerz war zu groß. Aber das Leben musste weitergehen. Vielleicht sollte sie eine Suppe kochen. Die Mädchen hatten den ganzen Tag nichts zu essen bekommen. Gabriella drehte sich um und ging zum Brunnen. Nach ein paar Schritten blieb sie stehen. Die Mädchen … Sie fühlte, wie eine Ahnung einem heißen Messer gleich ihr Herz durchschnitt.

»Giacomo«, rief sie bang, »Giacomo – hast du Bella gesehen?«

Pietro Martini war der letzte Gast gewesen. Mario, der Wirt, sah ihm nach, wie ihn die Dunkelheit der Gassen verschluckte, dann schloss er die schwere Tür zu seiner Schenke und seufzte. Der Stadtvogt konnte saufen für drei, aber leider auch reden für drei, und wenn er redete, vergaß er jede Vorsicht. Mario hätte sich am liebsten das eine oder andere Mal die Ohren zugehalten, denn das, was er zu hören bekam nach dem vierten oder fünften Becher Wein, konnte ihn in Teufels Küche bringen. Er bekreuzigte sich. Dem Vogt fehlte ein Weib, so viel war sicher, eine ältliche Schwester daheim reichte eben nicht aus, und diese Tändelei mit dem Zigeunerweib würde eines Tages böse enden.

Der Wirt sammelte die leeren Holzbecher ein und gähnte herzhaft. Er würde jetzt zu Bett gehen. Morgen war Markttag, das versprach viele Gäste und viele Becher Wein. Behäbig stieg er die Treppe zu seiner Schlafstube hinauf. Kaum hatte er sein Nachthemd übergestreift, als die Hühner aufgeregt anfingen zu gackern. Ein Fuchs? Wohl kaum, aber vielleicht ein streunender Hund. Er würde nach dem Rechten sehen müssen. Müde und verdrossen stieg Mario die Stufen wieder hinab und zündete ein Talglicht an. Dann marschierte er zum Hühnerstall, wo es inzwischen ruhig war. Es schien alles in Ordnung zu sein. Der Wirt trottete ins Haus zurück, löschte das Licht und verschloss die Tür hinter sich mit einem dicken Riegel. Die Treppenstufen knarrten unter seinen stampfenden Schritten. Den ungebetenen Gast unter der Stiege bemerkte er nicht.

9. KAPITEL

»... im Namen des Herrn. Amen.«

Der Prete machte das Segenszeichen an Annas Grab und wandte sich zum Gehen. Gabriella ließ die Worte des Geistlichen noch auf sich wirken. Sie hatte beschlossen, nicht wieder an den Hof des Conte di Cavalli zurückzukehren, und Enrico und seine Pferde bereits am frühen Morgen fortgeschickt. Was sollte sie dort auch ohne Bella? Das Mädchen war noch in der Nacht fortgelaufen, und Giacomo fehlte offensichtlich die Kraft, um nach ihr zu suchen. Er war ein gebrochener Mann. Sein Haar war in der letzten Nacht schlohweiß geworden, und er sprach kaum ein Wort. Sie würde sich in der nächsten Zeit um ihn und die Mädchen kümmern müssen. Bella war stark. Um sie brauchte sich Gabriella nicht zu sorgen.

»Wer hat von der Milch genommen, he?«

Mario hielt den halb leeren Krug in Händen und wedelte damit vor dem Gesicht seiner Schankmagd herum. Die zuckte gleichgültig mit den Schultern.

»Ich nicht, Wirt.«

»Gestern Abend war er aber noch voll«, schimpfte Mario, »und du bist die Erste morgens in der Schenke. Also. Gib es zu, und ich lasse es dir durchgehen ... Ich ziehe dir die Milch von deinem Lohn ab.«

»Von meinem Lohn – pah!«

Die Magd stemmte beide Fäuste in die Hüften. Ihre Augen blitzten angriffslustig.

»Welcher Lohn, Wirt? Meinst du die Kraft deiner Lenden, die du deinem Weib vorenthältst, meinst du die?«

Als sie den erschrockenen Blick des Mannes sah, lachte sie gackernd auf. Dann nahm sie wieder ihre Gerätschaften zur Hand und sagte ernst:

»Ich habe deine Milch nicht genommen, Wirt. Und die Eier, den Speck und all das andere auch nicht.«

Mario kratzte sich am Kopf. So konnte das nicht weitergehen. »Es fehlt aber etwas«, jammerte er, »jeden Tag fehlt etwas. Das geht nun schon seit Tagen so. Ich sehe abends nach dem Rechten, aber jeden Morgen fehlt wieder etwas.«

»Du hast einen Dieb im Haus, Wirt«, sagte die Magd mit ausdrucksloser Miene. »Du solltest ihn fangen, bevor er dir die Haare vom Leib gefressen hat.«

Mario sah ihr nach, wie sie die Röcke raffte und sich zwischen den Vorräten zu schaffen machte. Ein Dieb! Natürlich, das war die Lösung. Dass er nicht selbst darauf gekommen war. Das Bürschchen konnte sich auf etwas gefasst machen. Er würde sich auf die Lauer legen, und wenn es die ganze Nacht dauern sollte, und er würde diesem Tunichtgut eine Tracht Prügel verabreichen, die er sein Lebtag nicht vergessen sollte. Mario spürte, wie sich seine Laune schlagartig besserte. Nicht nur das, er bekam sogar Appetit. Pfeifend schnitt er sich einen Streifen Schinken von der großen Keule, die ganz hinten in der Vorratskammer hing, und schlenderte in die Gaststube. Seine Magd sah ihm kopfschüttelnd nach.

Bella fror. Sie hatte sich im Keller des Gasthauses versteckt, dort, wo die Weinfässer lagerten. Hier unten, in dem niedrigen steinernen Gewölbe, war kein Geräusch zu hören. Nur wenn sich die Tür zur Schankstube knarrend öffnete. Dann drangen die dröhnenden Stimmen der Gäste herunter bis zu den Fässern, und die Schritte der Magd, die Wein holte, kamen immer näher. Bella hielt jedes Mal die Luft an und hoffte, dass die Frau keinen Hund dabeihaben würde, der sie vielleicht roch und anbellte. Doch die Furcht war unbegründet. Einen Hund gab es hier offenbar nicht, die Besuche der Magd wiederholten sich in regelmäßigem Takt, und das Mädchen begann, sich frei im Keller zu bewegen, solange die Tür geschlossen war. Hatte der letzte Gast die Schankstube verlassen und die Magd den Boden gefegt, verließ die Kleine ihr Versteck und versorgte sich in der Küche mit Essbarem. Sie wusste, irgendwann würde der Wirt sich nicht mehr täuschen lassen, aber vielleicht hatte sie bis dahin eine Idee, wie es weitergehen würde, und vielleicht war sie dann schon weit fort von hier.

Bella lauschte. Es war still in der Schenke. Das zischelnde Geräusch des Reisigbesens war verstummt. Vorsichtig wagte sie sich hinter den Weinfässern hervor und stieg mit nackten Füßen die Treppe empor, ganz vorsichtig, um nur ja keinen Laut zu machen. Wie ein Schatten bewegte sich Bella sicher und schnell durch die Stube und gelangte zum Vorratsraum, aus dem sie sich in den letzten Tagen so reichlich bedient hatte. Langsam legte sie den Riegel um und trat ein. Hier war es, das Paradies auf Erden für jeden Küchenmeister: Käse. Würste. Gepökeltes. Schinken in Hülle und Fülle. Bella schloss die Augen und genoss das Aroma all dieser Speisen. Welch schöne Kompositionen man damit zaubern könnte … Vor ihrem inneren Auge zogen immer neue Speisenfolgen vorbei, sie spürte die Verbindung von Parmesan und Olivenöl und schwarzem Pfeffer, als hätte sie den Geschmack auf der Zunge ... Bella seufzte. Sie würde sich nicht auf ewig hier verstecken können und den Wirt bestehlen. Das Mädchen nahm sich etwas Käse und ein Stück Speck. Brot hatte sie in der Schankstube gesehen. In Gedanken versunken machte Bella kehrt. Die Bilder von Anna und ihren wie erstarrt wirkenden Schwestern vor der Feuerstelle ließen sie nicht los. Und dann war da Giacomo mit leerem Blick ... War es richtig gewesen, davonzulaufen und Gabriella so unglücklich zu machen? Ihre alte Tante hatte doch schon genug Leid zu tragen. Und nun auch noch den Kummer mit ihr. Bella schluckte. Vielleicht sollte sie zurückgehen und ihrem Vater helfen, vielleicht würde er sie dann endlich einmal in den Arm nehmen, ein liebes Wort an sie richten ... nein. Sie wusste, es war aussichtslos. Deswegen war sie ja geflohen. Bella biss in den Käse und drückte die Klinke zur Kellertür hinunter. Sie gab nicht nach. Sie rüttelte und warf sich gegen die Tür, doch die blieb verschlossen. Bella spürte, etwas stimmte nicht. Sie wollte gerade nach dem Speck greifen, der ihr auf den Boden gefallen war, da hörte sie eine Stimme, laut wie Donnergrollen. Der Donner sagte:

»Du sitzt in der Falle, Bürschchen.«

Langsam drehte sich Bella um, die Hände schützend über ihren Kopf gehalten, denn sie erwartete ein paar schallende Ohrfeigen. Der Wirt zündete ein Talglicht an und betrachtete seinen Fang mit Interesse. Das war kein Zigeunerbursche, wie er gedacht hatte, nein. Vor ihm stand ein Mädchen, und ein hübsches dazu. Die Kleine mochte an die zehn, elf Jahre alt sein und war mutig genug, seinem Blick standzuhalten. Eine Weile schauten die beiden einander stumm an. Schließlich brummte Mario etwas vor sich hin und sagte:

»Hände runter. Wie heißt du?«

»Magdalena.«

Das Kind machte einen hellen Eindruck. Es hatte ein paar Backpfeifen verdient, aber was nützte das. Davon bekam er seinen Speck und seine Eier auch nicht zurück. Er hatte eine andere Idee: Er würde das Mädchen dabehalten. Seine Magd brauchte sowieso Hilfe in der Küche. Wieder brummte der Wirt vor sich hin.

»Wer isst, muss auch arbeiten. Und da du schon viel gegessen hast, musst du viel arbeiten. Hast du das verstanden?«

Bella nickte. Sie konnte kaum glauben, dass sie ungeschoren davonkommen würde.

»Heute Nacht schläfst du im Stall. Morgen stopfst du dir einen Strohsack. Dann kannst du im Haus unter der Treppe schlafen. Und nun fort mit dir.«

Zufrieden mit sich und seiner Güte stieg Mario die Treppe hoch und legte sich ins Bett, wo seine Frau laut atmend schlief. Ohne ihr einen Blick zu schenken, löschte er das Talglicht und drehte sich von ihr weg. So konnte er durch das Fenster in den Hof blicken. Hell war es draußen, kurz vor Vollmond. Der Wirt seufzte. An Schlaf war nicht zu denken, zu viel ging ihm durch den Kopf. Morgen war es endlich wieder so weit. Die Gaukler zogen in Grosseto ein, und das bedeutete reichlich Gäste und gute Geschäfte für eine ganze Woche. Und nicht nur das. Mario lachte leise vor sich hin. Das versprach auch die eine oder andere leidenschaftliche Umarmung mit diesen glutäugigen Teufelchen. Er kannte da eine … er schluckte, konnte nicht in Worte fassen, welches Feuer sie in ihm entfachte. Die Frauen in Grosseto hassten die Zigeunerweiber. Und sie hatten Grund dazu, dachte Mario. Allesamt dicke Matronen, sobald sie unter der Haube waren. Und zänkisch. Und prüde. Und gottesfürchtig – herrjemine! Er schloss die Augen und dachte an die kleine, zarte Frau, die er morgen Abend wohl endlich wieder in seinen Armen halten würde, die ihn zum Zittern bringen würde, wieder und wieder. Sie war noch sehr jung, gewiss, doch ihre kohlenschwarzen Augen blickten wie die eines erfahrenen Weibes, und wenn er sie strahlen sah, weil er ihr für ihre Gunst ein schönes Tuch für die Hüften oder einen Kamm für ihre schwarzen Locken geschenkt hatte, spürte er Freude in sich aufsteigen, pure Lebensfreude.

Benedetto hatte sein Bündel geschnürt und sich noch vor Sonnenaufgang auf den Weg gemacht. Sein Ziel war wie schon so oft Grosseto, und dieses Mal würden ihn keine zehn Pferde und keine guten Worte in Giannis Küche zurückbringen. Er war kein Koch und würde niemals einer werden. Sein Vater grollte ihm deswegen schon lange; er hatte kein Verständnis für die fehlende Begeisterung seines Ältesten für Herd und Keller und machte keinen Hehl daraus, dass ihm der sanfte und ergebene Rocco näher war als er, der widerborstige und temperamentvolle Benedetto. Der junge Mann trat vor Wut nach einem Stein, als er daran dachte, dass er selbst es gewesen war, der den linkischen, schüchternen Rocco damals mit nach Lucca genommen hatte. Und jetzt, wo Bella fort war und Enrico erzählt hatte, dass sie auch nicht zurückkommen werde, war mit Gianni überhaupt nicht mehr zu reden. Der alte Koch hatte bitterlich geweint, als er die Nachricht vernommen hatte, und auch Rocco hatte sich still die Tränen vom Gesicht gewischt.

Seit dem Tag war sein Vater ein anderer, nicht mehr laut und fröhlich, sondern in sich gekehrt und ängstlich. Jeden Tag ging er in den Kräutergarten, roch an Gewürzen und kostete Wein und Saucen, als wollte er sich die Aromen für die kommenden schweren Zeiten einprägen. Mit den Knechten und Mägden sprach er nur das Nötigste, und ab und an, wenn sein Blick den Roccos fand, lächelten sie einander traurig zu. Um ihn, Benedetto, kümmerte sich niemand mehr. Er bekam keine Aufgaben, er war einfach nur da. Er war Luft für seinen Vater. Als er hörte, dass die Gaukler wieder durch Grosseto ziehen würden, fasste er den Entschluss zu gehen. Wahrscheinlich würde man in der Küche des Palazzo sogar erleichtert sein, ihn endlich nicht mehr durchfüttern zu müssen.

Seine Füße trugen ihn schnell von Lucca nach Pisa und von dort aus die thyrrenische Küste entlang, durch die dichten Eichenwälder, vorbei an Olivenhainen und den zum Meer steil abfallenden Felsen. Nachts schlief er am Strand; er liebte das Rauschen der Brandung, den gesunden Duft von Salz und Wärme. Und wie schön war eine Nacht unter freiem Himmel. Die luftige Himmelsdecke aus strahlenden Sternen zog er jedem schützenden Dach vor. Er würde die Gaukler fragen, ob er sich ihnen anschließen dürfte – sie kannten ihn seit Kindertagen, und von ihnen hatte er alles gelernt, was zum Überleben wichtig war. Je weiter sich Benedetto vom Hof di Cavallis entfernte, desto leichter wurde ihm ums Herz. Er stellte sich vor, wie seine Freunde gerade ihre Wagenburg bauten, wie sie die Seile spannten und Decken darüberhängten, um vor den neugierigen Blicken der Bürger etwas geschützt zu sein. Für einen kurzen Moment konnte er sogar Jolande lachen hören, und er schüttelte sich, wie um die Erinnerung loszuwerden. Er hatte diese Frau über alles geliebt. Sie hatte ihn zum Mann gemacht, sie hatte ihn zum Lachen gebracht, und sie war es gewesen, die ihn getröstet hatte, wenn er ihr von seinen Zwistigkeiten mit Gianni erzählt hatte. Er vermisste sie, er würde sie immer vermissen.

Der Stadtvogt war bester Dinge. Er zog sein Wams zurecht und pfiff fröhlich vor sich hin. Dann gab er der Frau neben sich im hohen Gras einen letzten Kuss auf ihren nackten Bauch und erhob sich, geschwächt und gestärkt zugleich. Er ließ ein paar Scudos auf ihren Leib fallen und hörte ihr perlendes Lachen, während er sich Staub und Gras von seiner Hose klopfte. Dann verließ er sie, ohne sich noch einmal umzudrehen, und marschierte mit energischem Schritt zurück ins Dorf.

Sie war eine kleine Hexe, so viel stand fest. Kein gewöhnliches Weib konnte seinem Leib diese Gier entlocken, konnte so viel Feuer in ihm entfachen. Martini spürte seine Lenden noch immer brennen. Am liebsten wäre er auf der Stelle umgekehrt und hätte sich erneut in ihrem warmen Schoß vergraben. Dieses kleine Biest ... bestand nur aus Duft und Glut und nie endendem Hunger auf ihn, Pietro Martini. Sie wollte nur ihn, das hatte sie ihm schon oft gesagt, aber er hatte es nie geglaubt, es war ja bekannt, dass diese verruchten Weiber jeden Mann erhörten, solange die Münzen klingelten. Aber diese hier schien es ernst zu meinen, und er überlegte sich wirklich, sie zu fragen, ob sie nicht bei ihm bleiben wolle. Nicht als sein Weib, das war unmöglich bei seinem Stand, aber als seine Magd. Eine Magd mit vielen Vorrechten natürlich und einem eigenen kleinen Haus in der Macchia. Sie würde einen dieser Bauerntölpel zum Mann nehmen, und dann könnten sie sich sehen, wann immer sie wollten. Es war ihm gleich, was die Leute in Grosseto dachten. Hauptsache, er wahrte den Schein.

Martini schnalzte mit der Zunge. Gedanken dieser Art gefielen ihm. Er lachte auf, als er an das säuerliche Gesicht seiner Schwester dachte, wenn er ihr eröffnen würde, dass die Zigeunerin, deren Namen er immer noch nicht kannte, das alte, unbewohnte Häuschen der Eltern beziehen und so etwas wie seine Frau sein würde. Er lachte bei der Vorstellung laut auf. Francesca würde sich bekreuzigen und ihm dann die Zuppa ins Gesicht schütten oder umgekehrt, und dann würde sie Zeter und Mordio schreien und zum Prete laufen. Aber was sollte der schon sagen? Er wusste schließlich ebenso gut wie er, Martini, wie gut die Küsse dieses Weibes schmeckten. Wieder lachte der Stadtvogt auf. Sollte seine mausgesichtige Schwester doch zum Pfaffen laufen. Sie würde sich wundern, wie verständnisvoll der Priester auf das verderbte Tun ihres Bruders reagieren würde.

Als er Grosseto erreicht hatte, fühlte er ein Prickeln in seinen Gliedern und bekam eine Gänsehaut. Er spürte ein Vibrieren, eine geschäftige Aufregung. Es war Markt, und das fahrende Volk befand sich in der Stadt. Der Vogt mäßigte seinen Schritt, um die Stimmung ein wenig länger zu genießen.

Ja, das war sein Grosseto. Immer noch klein, aber inzwischen bekannt genug, um Händler anzuziehen, die sonst nur in den großen Städten ihre Waren feilhielten. Sogar ein vornehmer Stoffhändler aus Florenz war darunter. Und sie alle mussten Steuern zahlen. Wieder schnalzte er mit der Zunge. Und was das Wichtigste war: Er, Pietro Martini, konnte endlich wieder erhobenen Hauptes durch die Straßen gehen. Seine Schulden waren getilgt; er hatte den Zehnten zurückgeben können, bis auf den letzten Scudo, ohne dass der Diebstahl bemerkt worden war. Für einen Moment verfinsterte sich seine Miene, doch er wischte die Bilder, die ihm sein schlechtes Gewissen malte, mit einer unwirschen Handbewegung fort. Der Überfall … nun, er hatte, wie befohlen, den Edlen nicht töten lassen. Ein Auge war dem Fürsten geblieben … Er knurrte leise. Hatte er gesündigt? Er hatte geholfen, das Werk einer Rache zu vollenden, nicht mehr und nicht weniger. Wäre ich es nicht gewesen, der das Schurken-pack auf den Principe und seine Leute gehetzt hätte, so wäre ein anderer gekommen, und letztendlich – wen interessierte das alles. Er spuckte aus, wie um den üblen Nachgeschmack seines Handelns loszuwerden, und bog in die Gasse ein, die direkt auf den Marktplatz führte.

Mit jedem seiner Schritte wurden die Stimmen lauter, Musik und das Schreien, Lachen und Feilschen vieler Menschen drangen an sein Ohr. Und da war sie endlich, die Wagen-burg der Zigeuner. Um sie herum hatten die Marketender ihre Stände aufgebaut, und die Luft schien zu flimmern vor Lebenslust und Versuchung. Martini durchschritt die Men-ge, überzeugte sich davon, dass alles seine Richtigkeit hat-te – wenn er etwas nicht ausstehen konnte, dann Streiterei unter den Händlern –, und beschloss, dass er sich nach dem Stelldichein im hohen Gras nun eine Stärkung verdient hat-te. Zufrieden nickte er vor sich hin, ließ noch einmal seinen Blick über den Platz schweifen und wandte sich zum Gehen. Sein Ziel war die Schenke.

»Du siehst aus, als hättest du Durst, Vogt.«

Das war unverkennbar die dröhnende Stimme des Wirtes. Mario grinste ebenso wie Martini über das ganze Gesicht. Auch er hatte anscheinend ein schönes Schäferstündchen genossen. Wohlwollend nickte der Stadtvogt.

»Und du? Wie gehen die Geschäfte?«

Er war vor der Schenke stehen geblieben. Aus dem Gast-raum drangen laute Stimmen nach draußen. Die Frage war überflüssig. Der Wirt jedoch machte eine wegwerfende Ges-te und verzog etwas die Mundwinkel.

»Nun ja, Vogt, ich will nicht klagen. Es gab schon schlech-tere Zeiten. Die Gaukler sind in der Stadt, es ist Markt und ich …« Er genoss diese kleinen Plaudereien mit Martini und wollte gerade etwas ausholen, brach dann aber ab. Martini hörte nicht mehr zu. Seine ganze Aufmerksamkeit galt plötzlich einem jungen Burschen, der direkt am Eingang der Schenke saß und mit entschlossener Miene Brot in seine Suppe tunkte. Der Stadtvogt zog den Wirt am Ärmel.

»Ist das nicht Benedetto, der Sohn vom Hofkoch aus Lucca?«

»Ja«, erwiderte Mario sichtlich gelangweilt, »das ist er. Sitzt da, seit es zwölf geschlagen hat, und stopft sich mit Brot und Suppe voll. Er war vier Tage unterwegs und hat Hunger, wie man sieht.«

»Bring mir auch eine Suppe, Wirt. Und Brot. Und einen Becher Wein, nein, zwei Becher Wein. Ich will wissen, was sich im Haus von di Cavalli so tut.«

Martini zwinkerte dem Wirt zu und schlenderte in die Stube. Ohne einen Gruß ließ er sich auf der Bank gegenüber Benedetto nieder. Der sah ihn stumm an und aß ruhig weiter.

»Nun, mein Sohn«, begann der Vogt die Unterhaltung, »was gibt es Neues beim Conte di Cavalli? Was macht zum Beispiel der Bäckersohn, Rocco? Und warum bist du hier und nicht bei deinem Vater? Soweit ich weiß«, Martini tippte sich wichtigtuerisch auf die Brust, »soviel ich weiß, ist eine nicht ganz unbedeutende Jagdgesellschaft bei Ascanio zu Gast, und es ist unbesehen von großer politischer Wichtigkeit, dass die Gäste zufrieden sind – auch was die Küchenkunst anbelangt. Da wird jede Hand gebraucht, und sei sie noch so ungeschickt.«

Der Vogt holte tief Luft, dann sah er dem Jungen ernst ins Gesicht.

»Was ist los, Benedetto? Warum bist du hier?«

»Kann ich ein Stück altes Brot bekommen?«

Bella zuckte zusammen. Sie hatte niemanden kommen hören. Seit dem frühen Morgen war sie damit beschäftigt, Speisen und Getränke heranzuschaffen, damit die Magd sie in die Schankstube zu den Gästen bringen konnte.

»Altes Brot?« Bella wischte sich den Schweiß von der Stirn. »Wir haben kein altes Brot. Unser Brot ist frisch.«

Vor ihr stand ein Junge, wohl an die zwei Jahre älter als sie. Seine Haut war bronzefarben und sein Haar tiefschwarz. Seine Augen hatten die Farbe dunkler Lavendelblüten und leuchteten unter einem viel zu großen Hut hervor, an dem bunte Bänder flatterten. An seinem Blick erkannte sie, dass er wirklich hungrig war. Vorsichtig sah sich das Mädchen um, ob sie beobachtet würden. Wieder trafen sich ihre Blicke.

»Warte im Garten«, sagte sie leise, »ich komme, sobald die Magd bei den Gästen ist.«

Ein vorsichtiges Lächeln erschien auf seinem Gesicht, er nickte, dann war er fort. Bella zog ihr Schultertuch fest und beeilte sich, in den Keller zu kommen und Wein zu holen. Einfachen, ehrlichen Wein aus der Maremma. Die Alten sagten: Wo es gutes Öl gibt, gibt es auch guten Wein. Besonderer Beliebtheit erfreuten sich die Weine von den lucchesischen Hügeln. Die Trauben von Sangiovese und Trebbiano, von Canaiolo und Malvasia gediehen in den Weinbergen rund um Lucca in unvergleichlicher Weise. Bella hatte von Gianni viel über Rebsorten gelernt und darüber, was einen harmonischen Wein ausmachte. Er hatte ihr erklärt, mit welchem Wein man Speisen unterstützte, um ein feines Aroma regelrecht herauszukitzeln und dem Gericht damit etwas Einmaliges zu verleihen. Und er hatte sie gelehrt, welche Weine gereicht werden sollten, um einen unerwünschten

Geschmack wie Bitterkeit zu überdecken. Bella füllte zwei Holzkrüge und dachte an den alten Koch mit den kringeligen roten Haaren. Gianni. Wie es ihm wohl gehen mochte? Ob sie ihn jemals wiedersehen würde? Ihn und Rocco. Rocco, der so viele Rezepturen im Kopf hatte.

»Meine Rezepte liegen in meinem Kopf wie in einem verschlossenen Kasten«, hatte er ihr einmal gesagt, »und du hast den Schlüssel dazu, Bella. Nur du.«

Sie verscheuchte die traurige Erinnerung. Nie würde sie dorthin zurückgehen können. Nachdenklich stieg sie die ausgetretenen Stufen hoch. Altes Brot … Und der Blick des Jungen mit der Bronzehaut ließ sie nicht mehr los.

Als Bella wenig später in den Garten der Schenke schlich, fand sie den Jungen zusammengerollt beim Hühnerstall liegen. Er ist schmutzig, dachte sie, als sie ihn betrachtete, er starrt vor Dreck. Aber er hat gute Augen. Sie kniete sich zu ihm nieder und berührte ihn leicht an der Schulter. Er schrak sofort hoch und blickte sich irritiert um. Der Junge hatte wohl tief geschlafen. Als sich ihre Blicke trafen, mussten sie beide lächeln. Bella reichte ihm einen Laib Brot und einen Streifen Speck und sagte leise:

»Du darfst nicht wiederkommen, verstehst du? Der Wirt ist schlau. Er sieht sofort, wenn etwas fehlt.«

Der fremde Junge blickte sie offen an, dankbar und feinfühlig, irgendwie. Er sagte nichts. Er sah Bella an und griff nach seinem Hut. Langsam drehte er ihn in seinen Händen. Dann zog er eine lange Feder heraus, die darin steckte, und reichte sie dem Mädchen.

»Eine Adlerfeder. Das Kostbarste, was ich besitze. Ich schenke sie dir.«

Bella nahm das Geschenk, drehte die Feder wieder und

wieder. Eine Adlerfeder? Sie hätte von jedem größeren Vogel stammen können. Aber sie wollte ihm glauben, wollte sich über das unerhoffte Geschenk freuen.

»Wirklich? Von einem Adler?«

Das Mädchen kniff die Augen zusammen und sah den Zigeunerjungen interessiert an. Wie schüchtern er war. Und diese Haut ... eine schönere Farbe konnte es nicht geben.

»Ja«, erwiderte er sanft, »ich habe den Vogel selbst gesehen. Es war ein Adler.«

Seine lavendelfarbenen Augen leuchteten. Jetzt war es Bella, die lächelte. Sie steckte sich die Feder in ihren Rockbund und wandte sich zum Gehen. An der Hintertür des Gasthauses drehte sie sich noch einmal um.

»Wie heißt du?«, fragte sie so leise wie möglich.

»Man nennt mich Momo«, antwortete der bronzefarbene Junge und winkte ihr mit seinem Hut zu. Dann verschwand er lautlos wie ein Schatten hinter den hohen Ginsterbüschen. Bella sah sich um, ob auch niemand Zeuge dieses Treffens geworden war, doch sie konnte nichts Verdächtiges entdecken. Erleichtert ging sie ins Haus und beeilte sich, zu ihrer Schlafstelle zu kommen. Dort versteckte sie die Feder unter dem Strohsack und ging schnellen Schrittes in die Schankstube zurück. Die Magd wartete bereits auf sie, schien sie aber nicht vermisst zu haben. Sie gab ihr nur einen freundlichen Klaps, drückte ihr ein paar hölzerne Kannen in die Arme und schickte sie in den Keller, um Wein zu holen.

»So, so, die Kleine ist also fortgelaufen.«

Nachdenklich strich sich Martini über den Bauch. Er nahm einen Schluck Wein und sah Benedetto über den Rand des Trinkbechers hinweg prüfend an. Keine Lügen, Bursche, mahnten seine Augen. Benedetto nahm einen ebenso tiefen Zug.

»Sie ist ein kluges Kind, sie wird schon irgendwie durchkommen. Woher die plötzliche Anteilnahme, Vogt?«

In den letzten Worten des jungen Mannes lag ein lauernder Unterton. Sein Gegenüber blickte ihn jedoch vollkommen ungerührt an, denn vor seinem inneren Auge regnete es gerade Gold- und Silberstücke.

»Wenn du weißt, wo sie ist, soll es dein Schaden nicht sein, mein Sohn. Ich gebe dir so viel Geld, dass du dich den Gauklern anschließen kannst. Mit einem eigenen Wagen und einem eigenen Gespann davor. Was sagst du dazu?«

Benedetto kratzte sich am Kopf. Es war gefährlich, sich mit dem Vogt auf Geschäfte einzulassen.

»Ich weiß nicht, wo sie ist.«

»Aber du kannst es bestimmt in Erfahrung bringen«, erwiderte der andere leise und stand auf. Er klopfte dem Jüngeren beim Gehen noch einmal auf die Schulter und raunte nah an seinem Ohr:

»Du wolltest mir schon einmal nicht helfen, mein Junge. Erinnerst du dich an meinen Brief? Du hast ihn damals nicht dem Conte di Cavalli übergeben, sondern seiner Gemahlin. Warum? Ich hatte dich bezahlt, und du hast mich betrogen! Mach so etwas nie wieder, ich warne dich … niemand legt sich mit dem Vogt an. Du weißt doch noch, was damals mit Jolande geschehen ist. Meinst du, das war ein Zufall? Pah! Eine Warnung war es, eine Warnung für dieses elende Zigeunerpack. Hector weiß das. Und hat verstanden. Er zahlt an mich seit jenem Tag, und zwar jedes Mal, wenn seine Gaukler hier lagern. Und dann noch etwas«, seine Stimme glich nun dem Zischeln einer Schlange, »meine Schergen gehorchen mir aufs Wort. Ihnen ist es gleichgültig, wen sie in der Macchia zur Hölle schicken. Verlass dich drauf. Nicht auszudenken, wenn nun auch noch deiner Schwester etwas zustoßen würde.«

Bei diesen Worten zuckte Benedetto zusammen, als hätte ihn der Vogt mit einem heißen Eisen verbrannt. Er ballte die Fäuste, er zitterte. Doch er machte keine Bewegung. Stumm blickte er vor sich auf das abgenutzte Holz des Tisches.

Bella drückte die Kanne mit dem Wein fest an ihre Brust. Sie traute sich kaum, sich zu bewegen. Gut, dass die Schankmagd gerade in der Küche beschäftigt war und der Wirt mit lauter Stimme seine Gäste unterhielt. So konnte sie, dicht an die Wand gedrückt und unbemerkt, den Trubel im Wirtshaus beobachten. Als sie auf dem Rückweg aus dem Keller Benedetto am Tisch entdeckt hatte, war die alte Furcht vor ihm schlagartig wieder da gewesen. Er hatte ihr nie etwas getan, aber der Blick aus seinen schwarzen Augen durchfuhr sie bei jeder Begegnung wie ein Stich, und es fiel ihr schwer, ihm zu vertrauen. Dazu kamen die Gedanken daran, wie er sich stets in Giannis Küche verhalten hatte: rücksichtslos und tumb statt wie ein Sohn, der seinen Vater liebt. Sie stellte den Krug auf den Schanktisch, bemüht, keine Aufmerksamkeit auf sich zu lenken. Der Vogt redete immer noch auf Benedetto ein, und so wie sie Giannis Sohn kannte, würde der gleich seine Fäuste sprechen lassen. Bella nahm Sprachfetzen auf, hörte ihren Namen, mehrmals. Der Stadtvogt redete sich in Rage, Benedetto trank und starrte auf den Tisch. Bella spürte: Sie musste fort von hier, und zwar bald. Sobald Ruhe einkehrte in der Schenke, würde sie gehen. Bis dahin war es ratsam, sich zu verstecken. Unter der Stiege in Marios Haus würde sie zu dieser Tageszeit niemand suchen. Hier rollte sie sich auf ihrem Strohsack zusammen, alle Sinne geschärft.

Martini war zufrieden. Das war ein Schlag zur rechten Zeit gewesen. Diesen Burschen würde er schon noch Gefügigkeit lehren. In bester Laune begab er sich auf den Heimweg – wohl wissend, dass er sich den Sohn des Kochs gerade zum Feind gemacht hatte. Doch das kümmerte ihn wenig. Er, der Stadtvogt, war schon mit ganz anderen Widrigkeiten fertig geworden. Und er war gespannt, wann die Worte, die er dem jungen Mann dolchgleich ins Herz gestoßen hatte, Früchte tragen würden. Wahrscheinlich betrank er sich gerade entsetzlich, das konnte er ja gut.

Doch Benedetto saß auf seinem Platz in der Schenke, ohne ein Wort, ohne eine Regung, bis die letzten Gäste gegangen waren und die Magd ihren Reisigbesen holte.

Das Lagerfeuer inmitten der Wagenburg war fast heruntergebrannt. Obwohl mehr Nacht als Morgen war die Luft bereits voll seidiger Wärme, Vorbotin eines heißen Tages. Der Frühling hatte es eilig in diesem Jahr. Es würde einen frühen Sommer geben mit vielen Mücken. Das Fieber würde Hof halten in der Maremma, es würde die Alten und Schwachen holen und die Kinder.

Bella blickte in den Himmel, dessen Farbe bereits die Morgenröte in sich trug, und versuchte, so leise wie möglich über den Marktplatz zu huschen. Kleine Steine knirschten unter ihren hölzernen Sohlen bei jedem Schritt. Der Vogt war ein böser Mann, so viel hatte sie aus den Gesprächsfetzen herausgehört, als sie sich beim Schanktisch versteckt hatte. Er durfte sie nicht finden, und Benedetto auch nicht. Die beiden Männer hatten sie zum Glück nicht bemerkt, zu sehr waren sie in ihr Gespräch vertieft gewesen. Nun galt es, schnell aus Grosseto fortzukommen.

»Wer da?«

Ein schwarzer Schatten verstellte ihr den Weg. Der Mann, hoch wie ein Baum, betrachtete das Mädchen neugierig.

»Es ist gefährlich, nachts herumzulaufen, wenn die Gaukler in der Stadt sind. Wusstest du das nicht?«

Ein zweiter Schatten, ebenso groß und schwarz, tauchte wie aus dem Nichts auf und gesellte sich dazu.

»Zigeuner fressen kleine Mädchen, wusstest du das wirklich nicht?«

Als die beiden die Furcht in Bellas Gesicht sahen, lachten sie laut los. Dann machte ihr der Erste eine freundliche Geste, ihm zum Feuer zu folgen.

»Es wird ja einen Grund geben, warum ein Kind mit Brot und Speck unter dem Arm und vor dem ersten Hahnenschrei an unseren Wagen vorbeischleicht.«

Er berührte zart ihre Schulter und sagte mit warmer Stimme: »Komm mit, Kleine. Bei uns bist du in Sicherheit.«

Bella spürte, der Mann meinte es gut mit ihr. Leise folgte sie den beiden Gauklern zum Lagerfeuer, das inzwischen zur Glut heruntergebrannt war. Die Vögel lärmten; bald würde die Sonne aufgehen. Erschöpft ließ sich Bella nah bei den glimmenden Scheiten nieder und blickte umher. Als sich ihre Augen an die neue Umgebung gewöhnt hatten, bemerkte sie, dass sie drei als Einzige innerhalb der Wagenburg bereits auf den Beinen waren. Obwohl – hinter dem Feuer blitzte ein Schemen auf, der sich nach kurzem Verharren in ihre Richtung bewegte. Aus den Schatten löste sich eine bekannte Gestalt.

»Hier bist du also, kleine Bella«, sagte Benedetto leise.

10. KAPITEL

*W*as erzählt man sich in Lucca? So sprich doch!«

Andrea di Nanini blickte ungeduldig in das Gesicht seines Sohnes. Fabrizio hatte sein Pferd gerade dem Stallknecht übergeben und klopfte sich den Staub von der Jacke. Er hatte seinen Vater nicht kommen hören und wandte sich nun abrupt um. Im Stillen musste er lächeln. Es war immer dasselbe mit dem Principe. Nichts interessierte ihn so sehr wie der Klatsch aus Lucca. Als ob es hier in Siena langweilig wäre. Der junge Adelige seufzte, nahm Haltung an und grüßte den Fürsten mit einer knappen Verbeugung.

Dann ging er mit schnellen Schritten auf seinen Vater zu und umarmte ihn herzlich. Dieser entwand sich jedoch ungeduldig den Armen des Jüngeren und fragte ein weiteres Mal:

»Was denn nun, Fabrizio. Zum Teufel noch einmal. Dein Fürst erwartet eine Antwort.«

Der junge Mann legte den Kopf schief und lächelte seinen Vater entwaffnend an. Er wusste, der Fürst liebte dieses kleine Spiel genauso wie er.

»Ihr solltet nicht fluchen, Herr, sonst kommt der Teufel wirklich.«

»Soll er doch kommen … ich habe dem Teufel ins Gesicht gesehen, mein Junge, mich kann nichts mehr schrecken, also denn. Erzähl mir von Lucca.«

Di Nanini legte seinem Sohn die Hand auf die Schulter, und Seite an Seite betraten sie den Palazzo, dessen Eingang unter stolz geschwungenen Arkaden lag. Plaudernd stiegen sie die Treppe zum Obergeschoss, dem Piano Nobile, hinauf. Hier lag der mit Fresken und Familienwappen verzierte große Saal, das Zentrum ihres täglichen Lebens.

»Es ist schön, wieder hier zu sein, Vater.«

Mit der Ungezwungenheit der Jugend ließ sich Fabrizio in einen der schweren geschnitzten Holzsessel gleiten und machte dem Diener ein Zeichen, ihm Wein einzuschenken. Es gab viel zu erzählen, gewiss, aber sein Vater wollte nicht nur einfach Neuigkeiten hören, die hätte jeder Bote übermitteln können. Nein, der Fürst liebte Geschichten, so wie er die Kochkunst liebte, und es war an ihm, seinem Sohn, dem Principe mit diesen Geschichten eine Freude zu machen. Fabrizio konzentrierte sich. Mit einer entschiedenen Geste setzte er den Weinpokal ab, stand auf und begann seinen Bericht.

Die wirtschaftliche Blüte der Seidenstadt schien sich ihrem Ende zuzuneigen. Der Bau der Stadtmauer kostete Abertausende Scudos, und das einfache Volk war unzufrieden. Die Bauern trugen schwer an der Last der hohen Abgaben. Die letzte Ernte war schlecht gewesen, und der kommende Sommer würde heiß werden – keine guten Aussichten also auch für dieses Jahr. Zu allem Überfluss gab es Reibereien mit Florenz; die Medici, obgleich in der Verbannung lebend, sorgten nicht nur in ihrer eigenen Stadt für Angst und Schrecken, sondern waren offenbar fest entschlossen, ihr Herrschaftsgebiet auszuweiten. Frankreich, das nach der Teilung Neapels und der Inthronisierung Ferdinands bemüht war, seine Stellung in Italien zu halten, hatte der Stadt bereits Unterstützung zugesagt, und es würde nicht mehr lange dauern, bis die ersten Soldaten kamen, um Florenz gegen die Rückkehr der Medici zu verteidigen.

»Ein guter Nährboden für Aufstände und Krieg«, sagte der Fürst ernst und berührte die Augenklappe, die die leere Höhle bedeckte. Die Wunde war verheilt, aber sie schmerzte immer noch. Sein Sohn beobachtete ihn, nickte.

»Und für Scharlatane. Wunderheiler ziehen durch das Land, behaupten, sie könnten das Fieber fernhalten, und nehmen den Armen das letzte Stück Brot.«

»Und Ascanio?«

Fabrizio bemerkte das leichte Zittern in der Stimme seines Vaters, wie immer, wenn er diesen Namen aussprach. Der Conte war Andreas Vetter zweiten Grades, und der junge Mann wunderte sich oft, warum es zwischen seinem Vater und diesem Onkel keinerlei Verbindung mehr gab. Als er ein kleiner Junge gewesen war, hatten sich die Familien gegenseitig besucht – bis sich auf einmal alles änderte. Doch gerade jetzt, wo der Zusammenhalt so wichtig war, musste man sich austauschen. Die Medici waren schließlich das beste Beispiel dafür, dass Macht und Einfluss einer Familie auch ohne gegenseitige Sympathie der Verwandten möglich waren.

»Di Cavalli und seine Söhne geben Jagdgesellschaften. Pandolfo Petrucci soll öfters daran teilnehmen. Mehr weiß man von ihnen nicht zu berichten. Sie leben sehr zurückgezogen.«

»Hm.« Di Nanini schien nachdenklich. »Und sonst? Hast du auch etwas Schönes zu berichten?«

Sein Gesicht hellte sich erwartungsvoll auf. Fabrizio schmunzelte. Auf diese Frage hatte er gewartet.

»Oh ja, mein Fürst. Und es wird Euch sehr gefallen. Ascanios Gäste erzählen ganz entzückt von den Küchenkünsten am Hofe. Es würden dort die ungewöhnlichsten und köstlichsten Speisen gereicht, eine fantasievoller als die andere.«

Er sah seinen Vater an und wusste, dass er nun dessen volle Aufmerksamkeit genoss. Um die Spannung noch etwas zu steigern, nahm er einen Schluck Wein, dann fuhr Fabrizio fort:

»Sie füllen Kraniche mit Schweinebrät und Honig und ziehen dem Vogel seine Federn wieder an, bevor sie ihn zur Tafel bringen. Und sie braten Kalmare mit Limonen. Und …«

Nun war es di Nanini, der den Kopf schief hielt. In halbstrengem Ton fragte er:

»Und woher weißt du das alles, Sohn?«

Dieser lachte gut gelaunt auf.

»Eine Marketenderin hat es mir erzählt. Im Vertrauen. Ascanios Koch kauft bei ihr seine Gewürze.«

»Im Vertrauen.«

Der Principe blickte seinem Sohn fest in die Augen. Fabrizios Lächeln wurde unsicher.

»Was hast du ihr dafür gegeben, Sohn?«

Der junge Bursche errötete.

»Keinen einzigen Silberling, Vater.«

Fabrizio spürte den Blick des Fürsten immer noch auf sich ruhen und wand sich verlegen.

»Es war eine schöne Nacht, Herr.«

Di Nanini seufzte. Sein Sohn war kein Knabe mehr.

»Das glaube ich dir. Aber ein künftiger Principe von Siena fragt keine Marktfrauen aus. Und er legt sich auch nicht zu ihnen. Ich will so etwas nie wieder von dir hören, Sohn. Lieber verzichte ich auf Geschichten von gefüllten Kranichen. Und nun lass mich allein. Ich muss nachdenken.«

Aus dem Augenwinkel sah der Fürst, wie der junge Adelige betreten die Halle verließ. Fabrizio war nicht irgendein Sohn dieser Stadt. Es wurde Zeit, ihn auf seine Aufgaben als Fürst von Siena vorzubereiten. Bislang hatte er die Freiheit eines wilden Fohlens genossen. Nun war es angebracht, ihn an Zaumzeug und Sattel zu gewöhnen. Er nahm einen Schluck Wein, konnte sich an seinem Geschmack jedoch nicht erfreuen. Schal schien er ihm und gewöhnlich. Fabrizio sollte sich nicht in der Liebe zu einer Frau verlieren, zu keiner Frau, sollte nicht so leiden, wie er gelitten hatte. Er trank einen weiteren Schluck und nahm die Klappe ab, die sein entstelltes linkes Auge bedeckte. Es war wohl der Wille eines zürnenden Gottes, dachte er düster, ihn mit diesem Schmerz Tag um Tag an seine große Sünde zu erinnern, die zugleich das schönste Geschenk seines Lebens gewesen war, von seinem Sohn einmal abgesehen. Aber er würde nie verstehen, warum er überfallen worden war, die Schurken hatten nichts geraubt, allein sein Augenlicht hatten sie ihm genommen. Mit einer entschiedenen Bewegung legte er die Augenklappe wieder an, dann winkte er seinem Leibdiener.

»Sag meinem Sohn, ich möchte ihn sprechen. Und hol mir Massimo, den Koch.«

»Schweinenetz«, echote der Koch und trat verlegen von einem Fuß auf den anderen. Fabrizio nickte eifrig.

»Habt Ihr das Mahl auch gekostet, Herr?«

»Nein«, antwortete dieser wahrheitsgemäß, »aber ich habe Nobili aus Lucca gesprochen, und sie alle waren voll des Lobes. Mach mir die Freude, Koch. Mach deinem Herrn, dem Fürsten, eine Freude.«

Massimo lächelte schief. Zwischen seinen beiden oberen Schneidezähnen klaffte eine Lücke, die seinem Lachen immer etwas Jungenhaftes verlieh. Er war ein kleiner, flinker Mann mit kahlem Schädel und großen runden Augen, über denen sich die buschigen dunklen Augenbrauen jetzt kummervoll zusammenzogen. Er wusste, der Fürst und sein

Sohn waren ihm wohlgesinnt, aber einen Fehler konnte er sich dennoch nicht erlauben. Seine Herrschaft zu enttäuschen hätte schlimme Folgen für ihn, dessen war er sich bewusst. Obwohl er sich langsam in sein Schicksal fügte, versuchte er zumindest, etwas Zeit zu gewinnen, und fragte mit harmlosem Augenaufschlag:

»Hat man Euch von den Kräutern erzählt, Herr? Waren sie frisch? Getrocknet? Geröstet? In Öl eingelegt? Ohne die richtige Kräutermischung ist das Ganze ein schwieriges Unterfangen.«

Er machte eine ausladende Handbewegung. Fabrizio trat einen Schritt vor und tippte dem Koch auf die Brust.

»Das weiß ich nicht, Koch, und du weißt, dass dem so ist. Und deshalb wirst du alle vier Varianten zubereiten. Dann wissen wir nach dem Mahl, welche Mischung die treffende ist.«

Während er das sagte, konnte er sich einen munteren Unterton nicht verkneifen. Er hatte streng klingen wollen, so wie sein Vater es von ihm erwartete, aber es fiel ihm schwer, mit Menschen, die er mochte, so umzugehen. Massimo war nur ein paar Jahre älter als er und in Kindertagen wie ein großer Bruder für ihn gewesen. Mit ihm war er durch die Pinienwälder gestreift, hatte sich ganz nah an Wildschweine herangepirscht oder Kaninchen gejagt und die Beute am Lagerfeuer gebraten. Von Massimo wusste er, seit wann sein Vater das linke Auge bedeckt hielt, und er konnte sich noch genau an die Nacht erinnern, als sie beide auf dem abgeernteten Feld hinter den Stallungen lagen und in einem wunderschönen Sternenhimmel die Gestirne suchten, die am hellsten strahlten. Auf diesen Sternen, daran glaubte Massimo ganz fest, wohnten ihre Mütter und gaben von dort oben auf sie Acht. Und jedes Sternenblinken sei ein Kuss.

Ein Kuss … Fabrizio dachte an den Kuss der Marketenderin, und ein Schauer durchlief seinen Leib. Sie hatte sich zu ihm gesellt, nachdem die anderen Händler ihr Zeug zusammengepackt und sich wieder in alle Winde zerstreut hatten. Auf einmal war sie da gewesen und hatte sich so dicht neben ihn gesetzt, dass er die Härchen an ihrem Unterarm spüren konnte. Sie sah ihn an, und seine Schüchternheit berührte sie. Da begann sie zu erzählen. Davon, wie sie ihre Kräuter sammelte und wo sie sie verkaufte. Ihre Geschichten waren voller Lebendigkeit und Wärme, und Fabrizio trank die Worte von ihren Lippen. Er nahm ihren Duft auf, wie er vom Abendwind sacht zu ihm herübergetragen wurde. Sie roch nach Kräutern und Blumen, und er konnte nicht anders, als sie an sich zu ziehen und den Kopf in ihrem Haar zu vergraben.

Da nahm sie ihn bei der Hand und führte ihn hinter die Mauer vom Kirchhof. Dort war das Gras hoch und dicht, und sie mussten keine ungebetene Gesellschaft fürchten. Ihre Augen waren sanft und ließen ihn seine Angst vor Entdeckung – welcher Art auch immer – vergessen.

Beim Gedanken an diese Momente atmete Fabrizio tief aus. Nie zuvor hatte er dieses Sehnen verspürt, diese Dringlichkeit, wissen zu wollen, was es heißt, ein Weib in den Armen zu halten. Sie hatten nur wenig gesprochen, ja. Wenn er ein einfacher Mann gewesen wäre, hätte sie ihm wohl ihren Namen verraten und wann sie wieder ihre Kräuter feilhalten würde. So aber ließ sie sich neben ihm nieder und berührte einfach und ohne Scheu seine Hand. Sie küsste ihn, behutsam, und merkte schnell, dass er ein unerfahrenes Kind im Körper eines jungen Mannes war. Ihre Fingerspitzen brannten ihm wie kleine Feuer auf der Haut, und sie quittierte seine Küsse und ungeschickten Versuche, sie zu liebkosen, mit der zärtlichen Wehmut einer Frau, die weiß, wie schön es ist, all diese Entdeckungen noch vor sich zu haben. Ihre Hände öffneten sein Wams und dann sein Hemd, und dann stand sie auf und legte vor ihm ihren Gürtel ab, ihren Rock, ihr Unterkleid, und er sah sie als Silhouette in tiefstem Schwarz vor einem leuchtend blauen Nachthimmel. Dann sank sie langsam zu ihm herab; ihre heiße Zunge huschte über seine Brust, ganz zart, und ließ ihn aufstöhnen. Er hatte schon viel davon gehört, von Massimo, von den Stallburschen, aber dass es so gut war, so unendlich gut, das hätte er nie zu träumen gewagt. Er kostete es aus, dieses neue, wunderbare Gefühl, ließ sich immer weiter in den Sinnestaumel hineinfallen und gab sich ganz hin. Und seine Gefährtin für diese Nacht dankte es ihm auf ihre Weise. Sie bedeckte seinen ganzen Körper mit Küssen, und auf einmal war es ganz leicht, es ihr gleichzutun, es war ganz einfach, ihr Stöhnen zu deuten, diese Sprache der Lust, und dann, einen endlosen Augenblick später, als sich alle Säfte in ihm entluden, wusste er, dass er ein Mann war. Und selig schlief er ein.

»Fabrizio. Sohn.«

Die Stimme seines Vaters holte ihn aus seinen Erinnerungen zurück. Der junge Mann zuckte zusammen. Beschämt sah er den Fürsten an.

»Verzeiht mir, Herr. Was kann ich tun?«

»Ich denke«, sagte di Nanini nachdenklich, »es ist an der Zeit, dir mehr Verantwortung zu übertragen. Wir reden morgen darüber. Nun geh.«

Bella war mit einem Laut des Erstaunens aufgesprungen, als sie Benedetto erblickte. Bei diesem Burschen war Vorsicht angebracht. Man wusste nie, was sich gerade hinter seinen schwarzen Stirnfransen zusammenbraute. Die beiden Gaukler erhoben sich ebenfalls, doch zu Bellas Überraschung wirkten sie keinesfalls befremdet. Sie gingen dem jungen Mann entgegen und nahmen ihn freundschaftlich in ihre Mitte.

»So ist es wahr«, sagte der eine, »du kommst jetzt mit uns.«

Benedetto nickte. Als Bella seinen Blick auffing, sah sie, wie sich seine dunklen Augen mit Tränen füllten. Das Mädchen war verwirrt. Es war nicht Benedettos Art herumzuheulen. Er hatte schon einiges einstecken müssen, besonders in Giannis Küche, aber er hatte seine ständige Zurücksetzung durch den Koch und seine vielen Missgeschicke immer mit einem abfälligen Schnaufen bedacht. Nie hatte er nur ein Wort über seinen Kummer und seine Wut verloren. Der Gaukler, der gesprochen hatte, legte seinen Arm um Benedettos Schulter und zog ihn ein Stückchen vom Feuer weg. Benedetto schien eine unglaubliche Geschichte zu erzählen, denn er machte wilde Gesten, und seine Stimme wurde hin und wieder so laut, dass der andere beruhigend auf ihn einredete. Immer wieder blickten die beiden zu Bella herüber; sie war offenbar ein Teil dieser Geschichte, und schließlich winkten sie auch den anderen Zigeuner zu sich, der bislang regungslos neben dem Mädchen gestanden und wie abwesend in die Glut geschaut hatte. Bella wurde es unheimlich. Da braute sich etwas zusammen – dabei hatten die beiden ihr doch versprochen, sie sei sicher im Lager. Endlich waren die drei mit ihrer Unterredung fertig. Festen Schrittes kamen sie auf das Kind zu. Es war wieder der Erste, der zu sprechen begann.

»Kind«, sagte er mit seiner warmen Stimme, »hab keine Angst. Wir wissen, wer du bist. Benedetto hat uns erzählt, dass du in großer Gefahr bist. Der Stadtvogt sucht dich, es ist ein hoher Preis auf dein Leben ausgesetzt. Wir nehmen dich bei uns auf, und wir schützen dich, aber du kannst nicht als Bella mit uns kommen. Geh zu meinem Sohn, Momo, er wird dir Kleider geben. Und schneide dein Haar ab. Und beeile dich – zur siebten Stunde brechen wir auf.«

Am Mittag machte der kleine Wagentross Rast. Die Tore von Grosseto, der Vogt, die Schenke – das lag nun alles weit hinter ihnen. Bella half Momo, die Maultiere zum Fluss zu leiten, und spürte, wie die Lavendelaugen des Knaben auf ihr ruhten.

»Als Mädchen hast du mir besser gefallen«, sagte er mit ernstem Unterton, dann legte er den Kopf schief, kniff die Augen zusammen und zog die Mundwinkel nach unten. Bella errötete. Auch wenn es hier keinen Spiegel gab, in den sie hätte blicken können – sie wusste, dass sie merkwürdig aussah in den knielangen geflickten Hosen und dem viel zu kurzen Hemd, das nicht einmal bis zum Hosenbund reichte. Ihre Haare – oder das, was Momos Mutter Alondra davon übrig gelassen hatte – steckten unter einer Mütze, die sie tief in die Stirn gezogen hatte. Zum ersten Mal in ihrem Leben fühlte sie sich hässlich.

»Wohin ziehen wir?«, fragte sie, um das Thema von sich abzulenken.

»Nach Siena«, erwiderte Momo mit einem Seufzer, »aber der Weg ist lang. Wir bleiben in allen Dörfern und Marktflecken, solange sie uns dort haben wollen. Und das kann manchmal sehr lang sein.«

Bei seinem letzten Satz zwinkerte er ihr wissend zu, aber Bella wusste nicht, was er meinte. Sie setzte sich ans Ufer des Ombrone und wusch ihre Füße. Momo war sofort neben ihr.

»Du solltest dich auch waschen«, meinte das Mädchen, »es würde dir ganz guttun. Du riechst wie dieses Maultier hier.«

»Und ich würde mich nicht waschen, wenn ich du wäre«, erwiderte Momo altklug, »denn wenn sie dich bei uns suchen und sehen deine sauberen weißen Beine, dann haben sie dich. Kein einziger Gaukler auf der ganzen Welt hat weiße Beine. Oder saubere. Oder beides.«

Bella dachte nach. Da hatte ihr neuer Freund wohl Recht.

»Dann bin ich eben der erste«, sagte sie trotzig und watete weiter in das Wasser hinein. Verwundert sah sie, dass Momo ihr folgte.

»Es macht uns stolz, dich in unserer Mitte zu haben.«

Momos Vater, den sie Hector nannten, reichte Benedetto einen schweren Holzbecher. Benedetto sah sich um. Alle waren sie da und umringten ihn und Hector, die beide dicht am lodernden Feuer standen.

»Sein Blut kann der Mensch nicht verleugnen, und seine Ahnen auch nicht. Wer wüsste besser darum als wir. Ja, wir wussten, Benedetto, dass dieser Tag einmal kommen würde und du endlich zu einem der unseren werden würdest.«

Hector trank einen Schluck aus seinem Becher und fuhr fort:

»Denn du bist unser Fleisch, Benedetto, und unser Blut. Deine Mutter liebte einen der unseren, doch dann kam Gianni, den du als deinen Vater kennst, und sie ging mit ihm …«, Hector machte eine Pause. »Sie war ein schwaches Weib. Nun … hast du dich nie gefragt, warum er dich so seltsam ansah? Er wusste, du bist nicht sein Sohn, doch was nicht sein durfte, konnte nicht sein … Und du, Benedetto? Woher deine Liebe zu unserem Volk, zu Jolande? Deine Fertigkeiten, die Flöte zu spielen, zu tanzen, im Kartenspiel zu gewinnen? Ja, mein Sohn, sag mir, woher das alles kommt.«

Benedetto nickte stumm. Er hatte es nicht gewusst, doch aus tiefstem Herzen gehofft, dass stimmte, was Momos Vater gerade erzählt hatte. Endlich fühlte er sich nicht mehr als Aussätziger, als ungeschickter Küchenjunge, als unfolgsamer Sohn. Nein. Nun hatte er, Benedetto, seine Familie und seine Seelenruhe gefunden. Er hob den Becher und drehte sich im Kreis, sah in die Gesichter, die seinem so ähnlich waren – bis auf eines. Da stand ein Junge mit auffallend weißen Beinen und einer bunten Mütze, tief in das hübsche Gesicht gezogen. Als sich ihre Blicke trafen, lächelten beide.

Nachdem der Principe seinen Sohn fortgeschickt hatte, saß er noch lange vor dem Kamin und blickte in die Flammen, als könnten sie ihm auf seine Fragen eine Antwort geben. Unruhige Zeiten waren das, fürwahr. Der ewige Zwist zwischen Florenz und Siena strebte einem neuen Höhepunkt entgegen. Die Tatsache, dass die Medici verjagt worden waren, hatte auf die fortwährenden Gehässigkeiten keine versöhnliche Wirkung gehabt. Dazu kamen die ständigen Eifersüchteleien und beinahe kriegerischen Auseinandersetzungen der Edlen untereinander. Di Nanini seufzte auf, als er an die letzten blutigen Rangeleien dachte. So viel Zwietracht war ein gefundenes Fressen für diese Rattenplage, wie er die Medici nannte, vor allem für den jüngsten Sohn von Lorenzo dem Prächtigen, Giuliano. Es war wirklich nur eine Frage der Zeit, wann sie genug erstarkt wären, um nach Florenz zurückzukehren und erneut die Macht an sich zu reißen. Solange sich hier in Siena die Mächtigen, allen voran Petrucci, nur mit ihren albernen Ränkespielen beschäftigten, hatte Giuliano genügend Zeit, um vom römischen Exil aus seinen Einmarsch zu planen. Man munkelte zudem, dass Giulianos zweiter Bruder Giovanni Ambitionen auf den Papstthron hegte.

Der Fürst schüttelte den Kopf. Wenn der Herrgott das zuließe – unvorstellbar. Doch die Wege des Herrn waren unergründlich, wer wusste das besser als er. Und genau deshalb hatte er Giuliano geschrieben und diesem eine Allianz vorgeschlagen, gekrönt durch die Vermählung seines Sohnes mit einer Edlen aus der Familie de' Medici. Fabrizio würde ihn dafür hassen, das war ihm bewusst, aber es war das sicherste Mittel, um einen Feind zum Freund zu machen. Wer wusste schon, was den Spaniern noch einfallen würde. Vielleicht war Neapel erst der Anfang, und Ferndinand bekam Appetit auf mehr. Nein, er musste Siena schützen. Und mit dem Ehebund als Pfand auf Beistand kam er seiner Verpflichtung als Nobile nach. Und Fabrizio ebenso.

Langsam erhob sich der Principe. Ein anstrengender Tag ging zu Ende. Sein Sohn war wohlbehalten zurückgekehrt, und der kleine Koch schwitzte über seiner Herdstelle, um die verlangten Speisen zu bereiten. Aufmerksam, wie um den Tag mit sich zu nehmen, durchschritt di Nanini den großen Saal und wandte sich der Tür seines Schlafgemachs zu. Beim Betreten des Raums entließ er den Diener aus dessen Pflicht und setzte sich in seinen Lieblingssessel. Den Rücken zum wärmenden Feuer, den Blick in die Nacht gerichtet, die sich vor den Fenstern des Palazzo niedergesenkt hatte.

Alles war vorbereitet. Das Gemach lag im Dunkeln, allein der Schein des Feuers spendete etwas Licht. Doch wozu brauchte er, einer der einflussreichsten Männer von Siena, noch Licht. Sein Licht war schon vor langer Zeit erloschen. Di Naninis gesundes Auge wanderte umher. Flammen spiegelten sich im matten Glanz des Silberbechers zu seiner Rechten. Der Wein auf dem kleinen Tisch aus Flandern leuchtete dunkel in dem kostbaren Kelch, und neben dem Pokal stand, wie immer zur Nachtzeit, ein Kästchen. In den Deckel waren seine Initialen als wertvolle Intarsien eingearbeitet. Sanft strich er über die leichte Wölbung des Holzes, als wäre es die Wange einer Frau. Dann nahm er die Schatulle und entriegelte sie mit einem versteckten Mechanismus. Der Fürst griff hinein, nahm ein paar dünne getrocknete Pilzscheiben heraus und steckte sie in den Mund. Langsam kaute er, spürte Bitterkeit über seine Zunge wandern und wie sie sich in seinem ganzen Körper ausbreitete. Und wartete auf die gewohnten Bilder.

Eine Heilerin, die jedes Jahr an seinen Hof kam, hatte ihm vor vielen Sommern zum ersten Mal davon gegeben. Sie hatte seine Hand in ihre gelegt, und Andrea spürte bei dieser Berührung unvermittelt etwas wie Frieden in seinem Herzen. Ihre Augen fanden sich, und sie sah seine Verzweiflung, blickte in sein Innerstes, wie es sonst nur Liebende vermögen. Sie wusste, seine Pein war zu groß, um sie noch lange ertragen zu können. Als die Heilerin seine Hand losließ, drangen leise gemurmelte magische Worte an sein Ohr. Dann reichte sie ihm ein Leintuch.

»Damit du leben kannst, der du nicht leben willst, aber leben musst, mein Fürst«, raunte sie ihm zu, bevor sie ging.

Es war kurz nach dem Osterfest gewesen, als sie das erste Mal in Ascarello geweilt hatte, und dabei blieb es auch die folgenden Jahre. Nur heuer war sie noch nicht bei ihm gewesen, und sein Vorrat ging zur Neige. Was sollte er tun, wenn sie nie wieder in den kleinen Ort bei Siena kam? Sie war ein altes Weib. Der Tod macht auch vor guten Menschen nicht halt, dachte di Nanini und nahm einen tiefen Schluck aus dem

Becher. Er stöhnte auf, weil die Bitterkeit des Giftes nun völlig von ihm Besitz ergriff. Dieser Rausch, in den ihn die Pilze versetzten, ermöglichte es ihm, Tag für Tag am Leben zu bleiben, Tag um Tag seine Aufgaben zu erfüllen, ohne wahnsinnig zu werden. Di Nanini atmete unter der entspannenden Wirkung tief aus und trank abermals einen Schluck Wein. Da geschah es. Der Nachthimmel schien auf einmal zu flimmern, und wunderschöne Farben lösten sich von den knorrigen Ästen der Pinien, um zu seinem Fenster zu schweben. Je näher die Farben kamen, desto schwerer wurden seine Augen. Er sehnte sich nach Schlaf. Er sehnte sich nach Liebe, nach ihrer Liebe. Unter dem Einfluss der Droge wurden seine Glieder schwer wie Blei, und er sank tief in die Brokatkissen des Sessels ein. Diese Farben ... Der Principe schloss seine Augen. Um seine Mundwinkel spielte ein Lächeln. Der Fürst wusste, bald würde er im Traum seine Liebste treffen.

»Hier bleiben wir – erst einmal.«

Hector war gerade zur Wagenburg zurückgekehrt. Der Vogt hatte ihnen erlaubt, ihr Lager am Fluss aufzuschlagen. Innerhalb der Stadtmauern wollte man das Völkchen jedoch nicht sehen, das hatte er unmissverständlich zum Ausdruck gebracht.

»Was heißt erst mal?«, fragte Bella, die neben Momo im Gras saß, immer die saufenden Maultiere im Blick. Sie hatte sich längst an ihre neue Kleidung gewöhnt; mit diesen kurzen Hosen konnte sie viel schneller laufen, und sie schwitzte nicht so sehr wie in ihrem langen Wollrock. Es gefiel ihr recht gut so, musste sie sich eingestehen. Obwohl sie sich das Leben bei den Gauklern einfacher vorgestellt hatte. Auch hier, in dieser kleinen Gemeinschaft, hatte alles seine feste Ordnung, auf deren Einhaltung die Ältesten achteten.

Arbeit gab es mehr als genug, und sie musste für ihre täglichen Mahlzeiten ebenso fleißig sein wie in Giannis Küche oder in der Schenke von Grosseto. Und trotzdem war es anders hier. Sie war Teil einer großen, starken Familie, und Momo war ihr Freund.

»Schau mal her«, Momo kitzelte sie mit einem Grashalm am Fuß und holte sie aus ihren Gedanken zurück, »deine Beine sind inzwischen genauso schmutzig wie meine.«

Er lachte sie freundlich an. Seine olivenfarbene Haut war durch die Sonne des Frühsommers noch dunkler geworden, und sein nackter Oberkörper hatte etwas Kantiges, was dem Mädchen bislang noch nicht aufgefallen war. Vielleicht lag es auch daran, dass sie ihn sonst immer nur im Hemd gesehen hatte. Er war sehr dünn, das war nun unverkennbar, aber in seinen sehnigen Gliedern steckte viel Kraft, das wusste Bella von den kleinen Balgereien, die sie manchmal untereinander austrugen. Die zwei saßen Seite an Seite, den Rücken an einen umgeknickten Baumstamm gestützt, und betrachteten ihre Beine. Bella legte den Kopf schief und zog sich ihre bunte Mütze noch tiefer ins Gesicht. Momo hatte Recht. Bis zu den Waden hoch waren die Beine voll mit Staub und Lehm.

»Wo sind wir hier eigentlich?«

Bella beschattete sich mit der Hand die Augen, um besser sehen zu können, und blickte über das träge fließende Wasser auf die andere Flussseite. Auch dort gab es nichts Besonderes zu entdecken.

»Istia. Istia d'Ombrone, genau gesagt.«

Momo kitzelte sie weiter an den Füßen.

»Warst du schon einmal hier?«, wollte das Mädchen wissen. Ihr Freund zuckte mit den Schultern und warf den Grashalm fort.

»Keine Ahnung. Irgendwie ist immer alles gleich auf diesen Reisen. Ich habe aufgehört, mir die Orte zu merken.«

Es klang traurig.

»Wann werden wir in Siena sein?«

»Warum hast du es so eilig mit Siena?«, fragte Momo zurück. »Gefällt es dir nicht bei uns? Der Sommer ist noch lang. Und wenn der Herbst kommt, sind wir in Siena, glaub mir.«

Er sah sie an und hoffte, einen Blick aus ihren zweifarbigen Augen zu erhaschen. Sie sollte sehen, dass ihm gar nicht wohl bei dem Gedanken war, nach Siena zu gelangen. Er spürte etwas wie Abschiedsschmerz.

»Lass uns zu meiner Mutter gehen. Ich habe Hunger.«

Der Junge stupste sie mit dem Ellenbogen in die Seite und stand auf. Dann klopfte er den Sand von seinem Hut und setzte ihn auf. Eine neue Feder zierte das Band, es war von einem Bussard. Bella hatte die Feder gefunden und sie ihm geschenkt. Nun stand auch sie auf. Ihre Adlerfeder war an einem Lederband befestigt, mit dem sie die Hose zusammenhielt. Sie führten die Maultiere zu einem schattigen Platz, wo sie bis Sonnenuntergang würden weiden können, und schlenderten ohne Eile zurück in Richtung Wagenburg, um Alondra einen Rest Brot abzuschmeicheln.

Fabrizio konnte nicht schlafen. Sein Gemach lag auf der entgegengesetzten Seite zu dem seines Vaters am Ende des Saales. Von seiner großen Bettstatt aus, über der ein leuchtend roter Baldachin aus Seide hing, konnte er in den dunklen Himmel blicken. Wind war aufgekommen und wehte in den Raum. Er brachte noch mehr Verwirrung in seine Gedanken. Die Marketenderin war in seinem Kopf, in seinen Gliedern, selbst beim Atmen schien sie in ihm zu sein. Wie köstlich dieses Miteinander gewesen war, dieses Gleiten und Fließen von Kuss zu Kuss, dieses Sichanschauen, Sichhalten, diese Wogen von Zärtlichkeit und Nähe, die ihn wegtrugen an ein fremdes Ufer, das da hieß Lust. Würde er sie wiedersehen, diese raue Schöne mit den erfahrenen Händen und den wissenden Lippen, wollte er sie überhaupt jemals wiedersehen – oder sollte sie die Eine sein, an die er künftig denken würde, wenn er irgendein hässliches Weib nehmen musste, weil es der Vater wollte? Weil es Siena wollte. Weil es so sein sollte.

Der junge Mann wälzte sich in den Laken hin und her. Ein Blick zum Fenster sagte ihm, dass die Morgenröte bald ihr Licht an den Palazzo und an Siena und an den Rest der Welt verschwenden würde. An einem neuen, unschuldigen Tag. Fabrizio seufzte. Dann stand er auf, ging in die Küche zu Massimo, der immer noch – oder schon wieder – unter Flüchen versuchte, das Geheimnis der Speisen aus Lucca zu entdecken, und setzte sich zu ihm. Und schon bald, es wurde hell, kamen sie herbeigeeilt, die Knechte und Mägde, die Massimo zu Diensten waren. Der junge Fürst blickte sich um und biss herzhaft in ein Stück frischgebackenes Brot. Warm und stark lag der süßliche Geschmack des reifen Korns auf seiner Zunge. Wie gut es tat, in dieser Küche zu sein, bei diesen Menschen. Aufgehoben in den Wohlgerüchen von Kräutern und Bratensaft, geborgen im geschäftigen Lärm all derer, die sich täglich um sein leibliches Wohl sorgten. Und um das des Principe.

Mit einem Gefühl neuen Wohlbehagens trat er in den Hof und wandte sich den Stallungen zu. Die Knechte lagen im Heu, wie es Sitte war. Sie hatten wohl getrunken, denn sie wachten nicht auf, als er durch den Stall schritt, um sein Pferd zu holen. Er wusste, sein Vater hätte das nicht durchgehen lassen und die Trunkenbolde bestraft. Fabrizio seufzte. Er würde nie so gut und gerecht und streng sein können wie der Fürst.

Als er den Geruch der Pferde einatmete, fielen alle Gedanken dieser Nacht von ihm ab. Seine Stute Nera war nicht mehr ganz jung, doch an Temperament mangelte es ihr nicht. Er ritt dieses Tier, solange er denken konnte. Nera war ein Maremmenpferd. Sie war folgsam und klug und suchte sich ihren Weg, auch wenn ihr Herr nicht genau wusste, wohin er sie lenken sollte. Als Nera den jungen Mann kommen hörte, prustete sie laut vor Ungeduld. Sie liebte es, am frühen Morgen durch die Pinienwälder zu galoppieren, die sanften Hügel hinauf, die Weinberge entlang, und trug ihren Herrn willig Stunde um Stunde. Fabrizio legte der Stute Zaumzeug um und sattelte sie. Als er Nera aus dem Stall in das Licht des neuen Tages führte, entwand sie sich seinem Griff und stieg auf die Hinterläufe, als wollte sie die Sonne willkommen heißen. Dann stand sie still. Und der Sohn des Fürsten schwang sich mit einem übermütigen Laut auf das Pferd und stob davon.

»Wenn der Prophet nicht zum Berg kommt, kommt der Berg eben zum Propheten.«

Hector lachte und deutete mit der Kinnspitze auf den Wagen von Habibi. Sie war eine der schönsten Frauen in der Familie der Gaukler, und die Männer eines jeden Städtchens versuchten, sich ihre Gunst zu erkaufen. Bella sah, wie ein fremder Mann aus ihrem Wagen stieg und sich scheu umblickte, bevor er sich eilig davonmachte.

»Schon wieder ein Pfaffe.«

Hector grinste breit und spuckte aus. Unkeusche Gottesmänner verfielen Habibi mit derselben Regelmäßigkeit, mit der sie ihre Zelte auf- und abbauten. In Grosseto gab es einen verliebten Prete, der zur Buße sogar zum Papst gepilgert war. Aber er besuchte Habibi weiterhin jedes Mal, wenn sie in der Stadt waren. Und hier … Hector schüttelte den Kopf. Hatte der elende Heuchler nicht noch am Sonntag von der Kanzel gewettert, dass sie alle ein liederliches Pack seien? Pah!

Mit schwingenden Hüften bewegte sich die Frau auf Hector zu. Sie war wirklich ein kleiner Teufelsbraten, und es war besser, sich nicht mit ihr erwischen zu lassen, sonst würde sein Weib es ihm heimzahlen. Niemals durfte sie erfahren, wie sehr er diese Hure liebte.

Momo und Bella beobachteten die Szene vom Weideplatz der Maultiere aus.

»Habibi ist ein merkwürdiger Name«, sagte das Mädchen und betrachtete die Frau mit Bewunderung. Sie war eine grazile Schönheit, mehr Knabe als Frau, und hatte einen aufreizenden Gang, der sie leicht wie eine Feder über die Wiese schweben ließ.

»Schätzchen.« Momo kaute an einem Grashalm. »Es ist das arabische Wort für Schätzchen. Die Frauen mögen sie nicht besonders, sie haben Angst um ihre Männer, wenn sie mit Habibi allein sind. Dabei hat sie sich nie etwas zuschulden kommen lassen. Und sie wird es auch nicht wagen.«

»Vielleicht ist sie einfach nur vorsichtig«, gab Bella zu bedenken, ohne die Augen von der Zigeunerin zu lassen. Momo wandte sich ihr zu und sah sie ernst an.

»Wenn sie es wagen würde, hätte sie nicht mehr lange zu leben. Unsere Gesetze sind streng.«

Auf Bellas fragenden Blick hin erklärte er mit zusammengebissenen Zähnen:

»Wenn Habibi einen der unseren verführt, einen, der bereits ein Weib hat, wird sie gesteinigt. Und die Ehefrau darf den ersten Stein werfen.«

Die Augen auf seinen Vater und Habibi gerichtet, warf er den Grashalm fort und stand auf, um sich zu ihnen zu gesellen.

Bella blieb sitzen. Sie genoss die Strahlen der Sonne. Nur noch wenige Tage, und sie würden in Siena sein. Der Sommer war so schnell vergangen wie der Flügelschlag eines Schmetterlings. Sie waren von Grosseto kommend dem Lauf des Ombrone gefolgt und hatten sich dann nach Nordwesten gewendet, Siena zu. Ihren letzten Halt machten sie nun bei Bucciano. Sie betrachtete nachdenklich ihre Arme und Beine. Fast so dunkel wie die von Momo. Kein Mensch würde in ihr die Kleine erkennen, die aus der Schenke von Grosseto fortgelaufen war. Zufrieden streckte sie sich im Gras aus. Die Zeit mit den Gauklern war wunderbar gewesen. Und nun freute sie sich auf Siena, eine Stadt, so reich und prächtig, wie es neben Florenz sonst keine gab, hatte Hector ihr erzählt. Momo hatte bei den Worten des Vaters stumm genickt. Sie hatte Tränen in seinen Lavendelaugen gesehen und verstand. Siena … das bedeutete Abschied.

11. KAPITEL

*D*u bist sicher, Hector, dass unter dem Dreck wirklich ein Kind steckt?«

Massimo machte Bella ein Zeichen, sich um die eigene Achse zu drehen. Dann kniff er die Augen zusammen und blickte seinen alten Freund skeptisch an.

»Und selbst wenn. Was soll ich mit diesem kleinen Lehmklumpen anstellen? Womöglich fällt er mir auseinander, wenn ich ihn in einen Waschzuber stecke.«

Er brummelte etwas vor sich hin, was sich wie eine leise Verwünschung anhörte. Nun ergriff Hector das Wort.

»Der Kleine ist sehr geschickt. Er kennt sich mit Kräutern und Gewürzen aus und hat einen erstaunlich wachen Verstand. Du kannst ihn in deiner Küche arbeiten lassen.«

Hätten die Männer Bella Beachtung geschenkt, sie hätten beim Wort Küche das Glitzern in ihren Augen bemerkt. Massimo schien noch nicht überzeugt.

»Wenn er so pfiffig ist, warum willst du ihn dann ausgerechnet mir überlassen?« Er kratzte sich den kahlen Schädel.

»Sag schon, Hector. Man kann viel von dir behaupten, aber nicht, dass der Herrgott dich mit Mildtätigkeit gesegnet hat.«

Bei seinen letzten Worten hellte sich die Miene des Kochs auf. Breitbeinig stand er vor dem Gaukler und tippte ihm an sein Wams. Hector schnaufte und zog den Hut noch tiefer ins Gesicht.

»Ich kann es dir nicht sagen. Es ist ein Geheimnis. Es kommt die Zeit, und du wirst wissen, was ich meine.«

Er lächelte schief. Massimo schüttelte den Kopf. So einfach wollte er es seinem Freund nicht machen.

»Oh nein, Hector, nein. Du sagst mir auf der Stelle, warum ich dieses – Kind – durchfüttern soll. Sonst nehme ich es nicht.« Sprachs und verschränkte die Arme vor seiner breiten Brust. Der Zigeuner seufzte noch einmal, verdrehte die Augen zum Himmel, zog fluchend den Hut vom Kopf und schleuderte ihn dem Koch vor die Füße.

»Beim Himmel und seinen Heiligen. Massimo! Habe ich dich je um etwas gebeten?«

»Allerdings«, erwiderte der. »Es vergeht kaum ein Herbst, in dem du nicht mit einer Bitte in meiner Küche stehst.«

Hector wusste, der andere hatte Recht. Und er hatte keine Lust, seinen Freund anzulügen. Und überhaupt. Sie waren Tagesreisen fort von Lucca, Grosseto lag ebenso weit hinter ihnen. Er rang sich zu einer ehrlichen Antwort durch.

»Er hier … es ist ein Mädchen.«

»Und das ist das ganze Geheimnis?«

Massimo klopfte sich vor Lachen auf die Schenkel.

»Das sieht doch ein Blinder! Bist du dir sicher, dass DAS das ganze Geheimnis ist?«

Er japste und bekam vor Lachen kaum Luft.

»Lieber Hector«, sagte er und wandte sich zum Arbeitstisch, wo ein Krug mit Wein stand, »so dreckig kann die Kleine gar nicht sein, dass man nicht das Mädchen unter all dem Schmutz und Lehm erkennen würde.«

Er reichte dem Zigeuner einen Becher Wein, an Bella gerichtet sagte er scheinbar ohne jegliches Interesse:

»Da hinten steht ein Krug mit Milch. Nimm dir davon. Schließlich ist heute ein besonderer Tag.«

Dann stieß er mit Hector an, und gemeinsam traten die beiden in den Hof hinaus, wo sie sich auf dem Rand des Steinbrunnens niederließen. Den ganzen Tag über hatte er sich auf diesen Augenblick gefreut. Massimo liebte die Geschichten, die Hector ihm von seinen Reisen zwischen Siena, Lucca und Florenz mitbrachte. Hector hatte ein gutes Gespür dafür, die Spannung während des Erzählens immer mehr zu steigern, sodass der Koch regelrecht an seinen Lippen klebte. Der Besuch des Zigeuners gehörte seit Langem zu den schönsten Momenten, die das Jahr für Massimo bereithielt. Immer wenn der Sommer zu Ende ging, kam das Volk der Gaukler nach Siena, und Hector besuchte den Palazzo bei Ascarello, um Vieh zu kaufen für die kalte Jahreszeit. Und um von seinen Erlebnissen zu berichten.

»Hast du es wirklich sofort gesehen?«, wollte Hector wissen und leerte seinen Becher.

»Ihre Schönheit leuchtet durch allen Dreck der Welt hindurch«, erwiderte der Koch nachdenklich und legte seinem Freund die Hand auf die Schulter.

»Habt ihr sie etwa gestohlen? Sie sieht nicht aus wie eine Zigeunerin.«

»Wir haben sie aufgenommen. Auf ihren Kopf ist ein Preis ausgesetzt.«

Massimo nickte ernst, als ob er die Andeutungen verstünde, dabei drehte sich in seinem Kopf gerade alles. Und das machte nicht nur der Wein. Langsam stand er auf und holte den Krug aus der Küche, um seinem Freund und sich nachzuschenken.

»Was soll ich mit ihr machen?«, fragte er leise, als er sich wieder gesetzt hatte. »Kann sie irgendetwas?«

»Kochen«, war die lapidare Antwort. »Sie hat ihre Kindheit am Herd des Conte von Lucca zugebracht.«

»Du scherzt.«

Auf einmal war Massimo hellwach. Sein Körper spannte sich; entschieden setzte er den Becher ab.

»Mir ist nicht nach Scherzen zumute, alter Freund.« Hector leerte seinen Becher in einem Zug. »Bei uns kann sie nicht bleiben. Sie wird bald eine Frau sein. Und sie ist keine von den unseren. Sie wird immer fremd sein, und unsere Weiber werden sie verachten. Wir haben Habibi. Und das ist mehr als genug.«

Massimo nickte. Er kannte die schöne Zigeunerin. Er kannte sie sehr gut sogar. Sooft es ging, teilte er ihr Lager, wenn die Gaukler in Siena weilten, und schon heute Nacht würde er sie wieder spüren. Beim Gedanken daran lief ihm ein wohliger Schauer über den Rücken.

Während sie erneut ihre Becher füllten und sich über die Geschehnisse der letzten Monate austauschten, schaute sich Bella in der Küche um. Die hier war um einiges größer als die von Gianni. Aber es sah aus, als würde der Koch hier ganz allein arbeiten. Alles war ordentlich und sauber. Gedankenverloren ließ sie ihren Blick umherschweifen; sie hätte sich nicht träumen lassen, jemals wieder in einer so prächtigen Küche zu stehen. Vielleicht gab der Koch ihr die Möglichkeit, ihr Geschick unter Beweis zu stellen. Sie würde ihm vorschlagen, ein Mahl für ihn zu bereiten, und dann sollte er über ihr Schicksal urteilen.

Vom Hof drang Lachen zu ihr herein. Die beiden Männer verstanden sich offenkundig gut. Endlich, es wurde bereits dunkel, erschien erst der Schatten von Massimo in der Tür, dann kam er selbst hinterher. Seine Augen blickten sanft und freundlich. Draußen erklang Hufgetrappel. Fragend blickte sie den Koch an. Er nickte ihr zu.

»Hector mag keinen Abschied.«

Bella stand wie versteinert. Er hatte sie zurückgelassen, ohne einen Gruß. Sie spürte die Adlerfeder an ihrem Bund und dachte an Momo. Der war wütend geworden, als der Vater mit ihr fortgeritten war am Morgen, und in den Wald hineingelaufen, vor dem sie ihre Wagenburg errichtet hatten. Also keine letzte Umarmung, kein Lebewohl. Bella fing an zu weinen. Sie wollte es nicht, aber die Tränen strömten einfach aus ihr heraus. Seit dem Tod von Anna hatte sie sich nicht mehr so einsam gefühlt.

»Hör mit dem Weinen auf, Mädchen.« Der Koch war auf sie zugegangen. »Es ist besser so, glaub mir.«

Er betrachtete Bella nun mit wachsender Neugier. Wenn sie die war, von der er eben gehört hatte – nicht auszudenken. Das wäre, als ob er auf Lebenszeit beim Kartenspiel gewinnen würde. Massimo machte einen weiteren Schritt und stand nun direkt vor Bella. Er zog ihr die bunte Mütze vom Kopf und rümpfte die Nase.

»Du bist schmutzig, wie ein kleines Mädchen nur schmutzig sein kann. Und du riechst wie ein Maultier, nicht wie ein Mensch. Ich sage der Magd, sie soll einen Zuber hinter die Küche bringen und dich abschrubben.«

Bella schien ihn nicht zu hören, sie stand am selben Fleck und weinte. Der Koch zuckte mit den Schultern und wandte sich ab. Bella hörte ihn in den Hof gehen und einen Namen schreien. Dann war es wieder ruhig um sie herum.

»Wie viele Jahre hast du dich nicht mehr gewaschen, Kind?« Die Magd stemmte ihre Fäuste in die Hüften und blickte streng. Dann half sie der schweigenden Bella aus den Lumpen und drückte sie in das angewärmte Wasser. Während sie das Mädchen mit einer Bürste bearbeitete, sagte sie munter:

»Du musst nicht denken, dass es hier immer so freundlich zugeht. Warmes Wasser gibt es nur ausnahmsweise. Im Winter, bei Krankheit – oder bei eingewachsenem Dreck.«

Bella schwieg. Sie ließ alles mit sich geschehen, als wäre sie eine leblose Puppe. Die Magd seufzte. Anscheinend hatte sie sich das Ganze unterhaltsamer vorgestellt.

»Wie ist dein Name?«, fragte sie, während sie sich ausdauernd Bellas Haaren widmete. »Ich heiße Rosa.«

Als reichte dies nicht aus, fügte sie hinzu:

»Der Koch … Massimo … ich bin seine Braut.«

Als auch hierauf keine Antwort kam, zuckte Rosa mit den Schultern und sagte nichts mehr. Sie bedeutete dem Mädchen mit einem Kopfnicken, aus dem Zuber zu steigen, und zeigte auf einige Kleidungsstücke, die auf einem Schemel nahe bei der Hauswand lagen. Bella ging ungläubig darauf zu und nahm die Kleider in die Hand. Sie waren nicht neu, aber sie waren heil und sauber, und sie passten recht gut. Als die Magd sie so sah, zeigte sie sich zufrieden und schnalzte leise mit der Zunge. Von dem kurzen Haar abgesehen sah die Kleine wirklich wie ein hübsches Mädchen aus.

»So ist es gut. Nun kann ich dich zum Koch bringen.«

Sie winkte Bella heran und nahm sie bei der Hand. Mit energischem Schritt durchquerte Rosa den Cortile mit dem großen Steinbrunnen und betrat die Küche durch den angrenzenden Garten. Massimo saß am Tisch und füllte Tauben mit einer Mischung aus Kräutern und Honig. Als er die beiden sah, stand er auf und ging ihnen entgegen. Er grinste Rosa an, die seinen Blick verliebt erwiderte. Kaum wandte sich die Magd zum Gehen, gab er ihr einen gehörigen Klaps auf ihr ausladendes Hinterteil, worauf sie sich umdrehte und ihn mit gespielter Empörung ansah. Dann verschwand sie im Garten, und der Koch war mit Bella allein.

»Wie heißt du?«, wollte Massimo wissen. Bella sagte nichts.

»Hast du schon einmal in einer Küche gearbeitet?«

Das Mädchen blickte stumm auf den Boden.

»Bella.«

Es klang merkwürdig freundlich. Verwundert sah das Mädchen den Koch an. Er machte ihr ein Zeichen, sich an den Tisch zu setzen. Dann stellte er ihr einen Becher mit Wasser und eine Schale mit Grütze hin und gesellte sich zu ihr.

»Auch wenn du nicht reden willst, so willst du doch vielleicht essen.«

Ein spöttischer Unterton war zu hören. Bella schwieg weiter und rührte nichts an. Nachdem sie einige Minuten schweigend dagesessen hatten, stand der Koch auf und begann, in der Küche auf und ab zu gehen. Er schien zu überlegen, was er mit diesem verstockten Kind machen sollte. Schließlich setzte er sich wieder zu ihr an den Tisch, goss sich Wein in seinen Holzbecher und begann zu reden.

»Ich weiß, dass du Bella heißt, dass du in Grosseto gesucht wirst und dass ein Preis auf dich ausgesetzt ist. Ich weiß, dass du in Giannis Küche in Lucca groß geworden bist. Ich weiß auch, dass du ein Gespür für Speisen hast. Ich weiß allerdings nicht, warum du nicht sprechen willst. Doch das ist mir gleich. Du kannst schweigen bis zum jüngsten Tag, wenn dir danach ist. Hauptsache, du bist ein guter Koch. Denn ich brauche einen guten Koch.«

Mit Genugtuung sah er, wie sich das versteinerte Gesicht des Mädchens mit Leben füllte. Ihre Mundwinkel zuckten, ihre junge Stirn legte sich in Falten, ihr Blick wanderte rastlos durch die Küche mit all ihren Gerätschaften.

»Ich darf bei Euch kochen, Herr?«

Bella konnte es nicht fassen.

»Ja. Allerdings.«

Massimo genoss sichtlich seine Großzügigkeit, denn er reckte stolz sein Kinn vor.

»Wir wollen nicht lange um den heißen Brei herumreden, Mädchen. Ich weiß, wer du bist, aber ich möchte auch der Einzige bleiben, verstehst du? Niemand darf dein Geheimnis erfahren, sonst bist du hier nicht mehr sicher. Wie ist dein Taufname?«

»Nach der heiligen Magdalena, Herr.«

»Dann nennen wir dich auch so. Bella passt zwar gut zu dir …«, Massimo lächelte und zwinkerte ihr zu, »aber unter dem Namen kennt man dich. Magdalena … ist besser. Ich bringe dich jetzt ins Gesindehaus. Da gibt es ein Bett für dich. Und morgen zur sechsten Stunde bist du hier, in der Küche. Wir haben viel zu tun, denn der Fürst kommt zurück und mit ihm die gesamte Dienerschaft.«

Er nickte ihr zu, als sei damit alles gesagt, und wandte sich wieder seinem Holzbecher zu. Nur noch ein Weilchen, dann würde ihn Habibi zur Raserei bringen.

»Danke, Herr.«

Das Mädchen stand auf. Ein Bett … sie hatte noch nie ein Bett für sich allein gehabt. Hector hatte es wirklich gut mit ihr gemeint, sie in die Obhut des Kochs zu geben, anstatt sie an eine Schenke zu verkaufen. Beim Gedanken an Hector und die anderen Gaukler füllte sich ihr Herz erneut mit Kummer. Sie vermisste sie alle so sehr. Erschöpft von den Ereignissen des Tages ging sie auf die Tür zu, die in den Garten hinausführte. Da drehte sich Massimo noch einmal nach ihr um und rief:

»Nenn mich nicht Herr. Hier gibt es nur einen Herrn, und das ist unser Principe.«

Als Bella am nächsten Morgen die Küche betrat, war diese nicht wiederzuerkennen. Das Feuer war bereits angeheizt, in dem großen Kessel darüber köchelte eine wohlriechende Suppe, und Mägde und Knechte füllten den Raum mit Lärm und Geschäftigkeit. Mittendrin stand Massimo, die Hände vor der Brust verschränkt, und gab Anweisungen. Er sprach leise, und seine Befehle waren kurz. Als er sie erblickte, winkte er sie zu sich. Der Koch schlug mit seinem Holzbecher laut auf den Tisch, sodass die Küchendiener erschrocken innehielten. Er hob Bella hoch und stellte sie neben sich auf einen Stuhl, damit jeder im Raum sie sehen konnte. Ohne die Stimme zu heben, zeigte er auf sie und sagte:

»Das ist Magdalena. Sie wird hier arbeiten. Ihr Onkel hat sie zu uns gebracht, damit wir einen Koch aus ihr machen.«

Bei seinen letzten Worten hatten die Mägde und Knechte laut losgelacht. Massimo schlug erneut mit dem Becher auf den Tisch. Seine dunklen Augen funkelten vor Zorn.

»Was gibt es da zu lachen? An die Arbeit, ihr Dummköpfe.«

»Und du«, er tippte Bella an die Schulter, dass sie vom Stuhl herunterkommen solle, »du gehst mit Rosa in den Kräutergarten.«

Die Tür zur Sala war fest verschlossen. Hin und wieder drangen laute Männerstimmen nach draußen. Niemand durfte den Saal betreten; alle Speisen standen unberührt davor. Die Dienerschaft war verunsichert. So etwas hatten sie noch nie erlebt. Der Fürst war doch sonst ein besonnener Mann. Was konnte ihn nur dermaßen in Wut versetzt haben, dass er sich mit seinem Sohn in den Saal zurückzog? Beinahe den ganzen Tag währte das nun schon. Hatte sich Fabrizio etwas zuschulden kommen lassen? Kaum vorstellbar. Er war seinem Vater ein guter Sohn. Doch dieses Geschrei – der Principe und sein Sohn trugen einen Streit aus, so viel war sicher. Aber niemand in Ascarello konnte sich vorstellen, was der Grund dafür sein mochte.

Andrea di Nanini saß in seinem Sessel, die Hände wie zum Gebet gefaltet, und blickte ausdruckslos in die tanzenden Feuerzungen, die um die Holzscheite im Kamin leckten. Sein Sohn, Wams und Hemd aufgerissen, die Haare zerwühlt, wanderte ruhelos durch den Saal. Immer wieder schüttelte er den Kopf.

»Ihr könnt mich nicht zwingen, Herr. Ich bin Euer Sohn.«

»Du bist mein Sohn, und darum ist es deine Pflicht.«

Der Fürst blickte unablässig in die Flammen. Er war müde. Müde des Streits, müde der Pflichten. Er liebte seinen Sohn, aber er erwartete absoluten Gehorsam. Auch von ihm. Gerade von ihm.

»Wie lange wollen wir noch streiten, Sohn?«, fragte er, ohne hochzusehen.

»Ich werde sie nicht heiraten. Das ist mein letztes Wort.«

»Willst du dir auch noch die Beinkleider zerreißen und Asche ins Gesicht schmieren, um deine Meinung zu bekräftigen? Ist das eines Nobile würdig?«

Fabrizio war stehen geblieben. Seine Stimme bebte leicht.

»Eher schließe ich mich den Benediktinern an, als eine von der Medici-Brut zum Weib zu nehmen, Vater.«

Obgleich er seinen Sohn nicht sehen konnte, wusste di Nanini, dass dieser kurz davor war, jegliche Beherrschung zu verlieren. In den letzten Stunden hatte Fabrizio geschmeichelt, gebettelt, gefleht und geflucht, um seinen Vater umzustimmen. Aber nun war es genug. Er, der Principe, ließ sich nicht drohen.

»Die Verbindung zwischen deiner Mutter und mir erfolgte auch aus politischen Gründen. Wir haben uns nicht geliebt, aber geachtet. Sehr geachtet sogar. Und wenn uns etwas mehr Zeit vergönnt gewesen wäre, vielleicht wären wir uns doch irgendwann nähergekommen.«

Er hörte Fabrizios Schritte. Jetzt stand er vor ihm am Kamin. Sein Sohn sah elend aus. Der flehende Blick aus seinen Augen traf ihn wie ein Pfeil mitten ins Herz. Di Nanini wollte gerade etwas zu ihm sagen, da warf sich Fabrizio vor ihm auf die Knie und umklammerte laut schluchzend seine Füße. Ruhig schob er den zitternden jungen Burschen von sich fort, dann sagte er leise:

»Es ist ein Befehl, verstehst du mich. Dein Fürst befiehlt es dir. Schon morgen wird der Bote meine Antwort nach Rom bringen. Und nun lass mich allein.«

Wie ein geprügelter Hund schlich Fabrizio davon. Der Principe wusste wohl, dass er soeben die Liebe und Achtung seines Sohnes verloren hatte. Aber mit der Zeit würde dieser erkennen, dass sein Vater nicht anders hatte handeln können. Eine Verbindung mit dem Hause Medici war das Einzige, was eine drohende Auseinandersetzung verhindern konnte. Das Mädchen stammte zwar nur aus einer Nebenlinie der Familie, war aber nichtsdestotrotz eine Person mit strategischer Bedeutung. Den Medici kam die Verehelichung genauso recht; denn wenn sie als Bankiers des Papstes auch Vermögen und Einfluss besaßen – adelig waren sie nicht. Die Heirat zwischen Fabrizio und Cassandra würde ihr Ansehen bei den Nobili erhöhen, und zwar beträchtlich. Mit einem Laut der Verzweiflung schüttete der Fürst den letzten Schluck Wein aus seinem Pokal in die Flammen, die mit einem kurzen Zischen antworteten, bevor sie weiter um die Holzscheite züngelten. Mit schweren Gliedern stand er auf und ging in sein Schlafgemach. Es wurde Zeit, sein kostbares Kästchen hervorzuholen. Er würde viele Pilze brauchen heute Nacht, um vergessen zu können.

Die Vorbereitungen für das Fest gingen gut voran. Seitdem die Nachricht von der Verlobung Fabrizios mit Cassandra de' Medici bekanntgegeben worden war, herrschte gedrückte Stimmung am Hof; der Sohn des Fürsten ließ keinen Zweifel darüber aufkommen, dass er mit der Eheschließung nur einem Befehl folgte. Besonders Massimo, dem Freund aus Kindertagen, hatte er seinen Kummer anvertraut. Der Koch hörte sich zwar geduldig die Ausführungen des jungen Herrn an, aber er konnte dessen Zorn nicht so gut nachempfinden, wie Fabrizio es erwartet hatte. In den oberen Ständen war es schließlich Sitte, dass die Eltern über den künftigen Gatten bestimmten. Die Entscheidung beruhte auf Grundlagen wie Vermögen und Einfluss. Etwas Flüchtiges wie Liebe – nein. Liebe war kein Fundament für eine lebenslange Gemeinschaft. Da waren sich alle einig. Bis auf Fabrizio.

»Ich weiß nicht einmal, wie sie aussieht«, jammerte er, als er endlich wieder einmal allein mit Massimo in der Küche saß, »und sie ist sogar zwei Jahre älter als ich!«

Der Koch zuckte mit den Schultern.

»Es muss ja nicht schlecht sein, wenn sie erfahren ist.«

Er zwinkerte Fabrizio zu.

»Sie ist eine alte Jungfer, Massimo. Zweiundzwanzig und immer noch nicht unter der Haube. Wahrscheinlich hat sie einen Buckel oder eine fette Warze auf der Nase. Vielleicht ist sie ja insgesamt fett und unansehnlich. Ich hasse sie.«

Er ließ seinen Tränen freien Lauf.

»Ach was, womöglich ist sie doch ganz hübsch«, versuchte ihn Massimo zu beschwichtigen und holte einen neuen Krug mit Wein. Insgeheim wusste er, dass Fabrizio wahrscheinlich Recht hatte. Es war mehr als unwahrscheinlich, dass ein Mädchen aus gutem Hause – und das war diese Rattenbrut trotz allem – in ihrem Alter noch keinen Bräutigam hatte, wenn es nur einigermaßen ansehnlich und wachen Verstandes war. Der junge Herr tat ihm leid. Beruhigend klopfte er ihm auf die Schulter.

»Was erzählt man sich über sie?«

Er goss ihre Becher randvoll und stieß mit Fabrizio an.

»Nichts. Keiner kennt sie. Keiner weiß etwas. Nicht einmal die Gaukler.«

Massimo nickte. Wenn die Zigeuner nichts wussten, dann wusste niemand etwas. Fabrizio leerte seinen Becher mit einem Zug und goss ihn sich sofort wieder voll. Wieder trank er einen großen Schluck. Der Wein hatte längst jeglichen Geschmack für ihn verloren, aber darauf kam es jetzt nicht an.

»Schon übermorgen«, heulte er, dann sank sein Kopf auf die Tischplatte. Massimo seufzte und half ihm beim Aufstehen. Bei allen Teufeln, dachte er, während er Fabrizio zu seinem Schlafgemach schleppte, ich möchte nicht in seiner Haut stecken.

Fabrizio hatte von der Marketenderin geträumt, von ihren Händen, ihren Küssen. Verwirrt bemerkte er, wie er wach gerüttelt wurde. Es war sein Vater. Seit der Auseinandersetzung im Saal waren sie sich aus dem Weg gegangen. Er spürte, dass der Fürst ihn dieser Tage gewähren ließ, ihn nicht zur Ordnung rief, ihn nicht mit weiteren Befehlen bedrängte.

»Steh auf, mein Sohn, du hast Geburtstag. Nicht mehr

lange, und deine Gäste werden hier sein. Ihr Bote ist gerade in Ascarello eingetroffen.«

Di Nanini betrachtete seinen Sohn prüfend und suchte nach irgendeiner Regung in seinem Gesicht. Fabrizio war jung, und es war das Recht der Jugend aufzubegehren, infrage zu stellen – und es war ihre Pflicht zu gehorchen. Auf Erfahrung zu vertrauen und auf die Liebe der Eltern. Sein Sohn blickte ihn offen an, ohne etwas zu erwidern. Sollte er sich seinem Schicksal gebeugt haben?

Mit der zärtlichen Zuneigung eines Vaters sah er ihm zu, wie er aus dem Bett stieg und sich vom Diener beim Waschen und Ankleiden helfen ließ. Die scharlachroten Beinkleider und das kostbar bestickte Wams betonten seinen sehnigen, kraftvollen Wuchs. Fabrizio war ein schöner junger Mann, unübersehbar. Als er fertig angezogen war und der Diener das Gemach verlassen hatte, ging der Fürst auf ihn zu und schloss ihn fest in die Arme. Zunächst spürte er Widerstand; der junge Mann war starr wie ein Holzstock. Erst als ihm sein Vater über das Haar strich, löste sich die Erstarrung, und der Junge sank schluchzend an seine Brust.

»Als ich dich vor zwanzig Jahren zum ersten Mal in meinen Armen hielt, hast du auch geweint«, sagte der Principe leise. »Damals war ich stolz darauf, dass mir ein Sohn geboren worden war. Heute bin ich stolz darauf, dass du mein Sohn bist, Fabrizio.«

»Ich habe solche Angst, Vater.«

»Ich weiß«, murmelte der Fürst. »Aber bei allem, was geschieht, denke daran, dass nichts im Diesseits ohne Sinn ist. Auch wenn wir oft nicht wissen, warum der Herrgott uns prüft, er weiß es. Er weiß es, mein Sohn.«

Fabrizio löste sich aus der Umarmung und versuchte ein Lächeln. Um seinen Mund herum war ein neuer Zug. Das

Marktweib hat ihn zum Mann gemacht, aber das, was er in den letzten Wochen durchlitten hat, wird ihn zum Fürsten machen, irgendwann, dachte di Nanini. Dann verließ er seinen Sohn, um sich auf die Ankunft der Herrschaften aus dem römischen Exil vorzubereiten.

In Massimos Küche ging es ruhig zu, jeder Aufregung zum Trotz. Bella und alle anderen hatten in den letzten Tagen und Nächten kaum Schlaf bekommen. Alles musste perfekt sein, das erwartete Massimo von ihnen. Für einen Moment erinnerte sie sich an ihre Kinderzeit bei Gianni. Wie sehr sich die beiden Köche unterschieden. Gianni war immerzu ängstlich, aufbrausend, regierte über sein Küchenvolk mit lauter Stimme und der einen oder anderen Backpfeife. Massimo war anders. Seine Stimme war leise, aber bestimmt. Er konnte die Knechte und Mägde mit der ihm eigenen Energie mitreißen. Sie hatten Anteil an den Erfolgen ihrer Mühen, weil Massimo viel davon berichtete, wie die eine oder andere Speise an der Tafel beurteilt worden war. Je länger Bella in seiner Küche verbrachte, desto mehr schätzte sie den kleinen Mann mit dem kahlen Schädel und dem lauten Lachen. Und sie ertappte sich dabei, wie sie alles tat, um von ihm gelobt zu werden.

Für die Feierlichkeiten anlässlich der Verlobung und des Geburtstages von Fabrizio hatten sie sich eine wundervolle Speisenfolge einfallen lassen. Mochte die Braut noch so hässlich sein – dieses Gerücht hielt sich hartnäckig in Ascarello –, allein die verschiedenen Köstlichkeiten würden ihr Aussehen vergessen machen. Zumindest eine gewisse Zeit lang. Es würde Hammelsuppe geben und Zickleinkopf, gefüllte Enten, geröstete Schweineschulter und Schwan im Federkleid und dazu allerlei Soßen im Überfluss: Salsa Verde,

Dolceforte, Agrest, überdies Soßen mit viel Pfeffer, Soßen mit Pinienkernen, mit Trüffeln. Allein die frittierten Kartoffeln, wie man sie auch in Florenz kannte, und eingelegte Gemüse in großer Zahl verströmten ein Aroma, das jedem Gast das Wasser im Munde zusammenlaufen lassen würde. Und erst die Kuchen und Süßspeisen. Bella sollte die Cialdoni zubereiten. Eine heikle Aufgabe. Sahnewaffeln waren nicht einfach herzustellen. Das Feuer musste eine bestimmte Hitze haben, und der Teig brauchte die richtige Konsistenz. Und dann war es an dem Waffelbäcker, auf sein gutes Gefühl für den passenden Zeitpunkt zu setzen, denn blieb das Eisen zu lange im Feuer, waren die Waffeln verdorben. Bekam es jedoch nicht genug Hitze ab, entwickelten die Waffeln weder Bräune noch Aroma und konnten ebenfalls nicht serviert werden. Es war also ein Vertrauensbeweis des Küchenmeisters, wenn er ihr diese wichtige Arbeit übertrug.

12. KAPITEL

*D*onata stand am offenen Fenster, wie jeden Abend, und atmete die kühle Herbstluft ein. Es war um Pfingsten herum gewesen, als Gabriella sich mit ihrer Tochter auf den Weg zu Anna begeben hatte, und seitdem war es den Häschern Ascanios nicht gelungen, sie ausfindig zu machen. Bellas Spur verlor sich in einer Schenke in Grosseto; die Gaukler hätten sie verschleppt und verkauft, hieß es, doch Donata spürte, dass die Wahrheit eine andere war. Versteck dich gut, mein Kind, dachte sie und zog sich den dicken Wollschal fest um die Schultern. Sie schloss die Fensterläden und ging nachdenklich zum Kamin, wo sie sich in einen schweren, samtbezogenen Sessel gleiten ließ. Ihr Blick folgte dem Spiel der Flammen, sie spürte die Wärme des Feuers auf ihren Wangen.

Donata schloss die Augen. Ihr Herz schlug ruhig seit jenem Tag, als die Kleine aus Giannis Küche ihr die Kalmare gebracht hatte. Endlich konnte sie wieder schlafen. Da waren keine bösen Träume mehr, keine Angst vor Ascanio mit dem Messer an der Wiege. Die Contessa seufzte. Ein kleiner Moment des Erkennens war es gewesen, der ihrem Leben auf einmal wieder Sinn gab, und es war ihr sehnlichster Wunsch, für das Wohl ihrer Tochter zu sorgen – auch wenn sie immer noch nicht wusste, wo sich Bella aufhielt. Donata griff nach einer Decke und wickelte sich darin ein. Ein paar Augenblicke später war sie eingeschlafen.

War es für die Contessa ein glücklicher Tag gewesen, als Bella für sie gekocht hatte, so hatte sich für Gianni und Rocco seitdem alles zum Schlechten gewendet. Nicht nur, dass dem alten rothaarigen Koch und seinem Sohn das fröhliche Mädchen fehlte, Bella hatte auf ihre Weise viel dazu beigetragen, dass der Conte mit der Küche zufrieden war. Bereits wenige Tage nach ihrer Abreise hatte es die erste böse Schelte für Gianni gegeben, und das war erst der Anfang gewesen. Giannis Verunsicherung wuchs mit jeder Aufgabe, die seine Küchenschar zu erfüllen hatte, und je mutloser er wurde, desto einfallsloser gerieten seine Speisen. In Rocco hatte er keine Hilfe, der junge Bursche war viel zu sehr mit seinem Kummer über Bellas Verschwinden beschäftigt, und Benedetto … Dieser Tunichtgut von einem Sohn hatte sich aus dem Staub gemacht; bei den Zigeunern habe man ihn gesehen, erzählten sich die Mägde und schüttelten missbilligend den Kopf; das war ihm nicht entgangen. Gianni war müde. Das Riechen und Schmecken fiel ihm schwer, und es wollte ihm keine harmonische Kreation mehr gelingen. Es war wohl nur eine Frage der Zeit, wann Ascanio ihn davonjagen würde.

»Gianni?« Das war Roccos Stimme.

Der Koch saß am langen Arbeitstisch und schnitt eine Zwiebel in kleine Stücke. Stumm zeigte er mit der Hand neben sich. Rocco verstand und nahm einen Stuhl. Er versuchte, zu lächeln und die Aufmerksamkeit seines Ziehvaters zu erhaschen, doch Giannis Augen blickten stur auf die Zwiebel. Rocco stand geräuschvoll auf und griff zwei Holzbecher aus dem Regal. Es war spät am Abend; alle Diener waren schon fort, und das kleine Reich des Küchenmeisters war sauber geputzt und bereit für einen neuen Tag. Rocco holte einen Steinkrug aus dem Keller und schenkte Gianni und sich ein. Als er seinen Becher hob und etwas sagen wollte, wehrte der Koch ab, ohne die Zwiebelstücke vor sich auf dem Tisch aus den Augen zu lassen. Rocco knurrte unwillig und nahm einen tiefen Zug.

»Ich weiß, warum du hier bist, mein Junge«, begann Gianni das Gespräch, »und glaube mir, es freut mich, dass du mir beistehen willst. Aber es ist zu spät. Ich bin … alt.«

Bei den letzten Worten hatten sich Tränen in seinen Augen gesammelt. Um Haltung zu bewahren, griff Gianni nach seinem Holzbecher und blickte hinein. Entsetzt sah Rocco, dass der alte Koch weinte. Natürlich stand es ihm als dem Jüngeren nicht zu, den Küchenmeister zu belehren, aber Rocco konnte es nicht ertragen, ihn so verzweifelt zu sehen.

»Ich tue alles für dich, Gianni, das weißt du. Was ich kann, habe ich von dir gelernt. Von dir als Koch und von dir als Vater. So geht es doch nicht weiter! Sag mir, wie ich dir helfen kann, ich schwöre dir, ich werde es tun.«

Feierlich hob Rocco seinen Becher. Gianni wischte sich die Augen und schaute seinen Ziehsohn scheu an. Dann glitt ein Lächeln über seine Züge. Energisch griff er nach dem Weinkrug, schenkte ihnen beiden nach und blickte Rocco offen ins Gesicht.

»Du weißt, dass ich nur einen Wunsch habe, Rocco: Finde Bella und bring sie zurück, sonst werden wir alle nicht mehr lange leben!«

Jetzt war es Rocco, dessen Augen feucht schimmerten. Ergriffen fiel er dem Koch um den Hals und drückte ihn an sich.

»Das werde ich, Koch, das werde ich«, sagte er entschlossen und wollte gerade den Becher an die Lippen setzen, da wurde die Tür zur Küche aufgestoßen. Erschrocken drehten sich die beiden Männer um. Eine kleine, elegante Gestalt kam schnellen Schrittes auf sie zu. Es war Mahmut, der Leibdiener des Conte. Seine schwarzen Augen funkelten ähnlich wie die Ascanios, wenn er in Wut war. Und Mahmut war ein Mann, der schnell in Wut geriet. Aber heute war sein Blick sanft, fast flehend. Er faltete die Hände vor dem Wams und sagte leise:

»Der Conte wünscht gezuckerte Früchte. Sofort.«

Gianni und Rocco sahen einander an; ihrem Blick war ihre Ratlosigkeit anzumerken. Der alte Koch ergriff als Erster das Wort. Langsam erhob er sich und stand nun Bauch an Bauch mit Mahmut, dem dieser spätabendliche Besuch in der Küche offenbar alles andere als Freude bereitete. Er räusperte sich wieder und wieder und schaute zu Boden.

»Ich bin zu alt für Scherze dieser Art«, erwiderte Gianni ruhig und ging zur Vorratskammer, wo er hinter einer kleinen Tür verschwand. Als er wieder hervorkam, hatte er einen Korb mit Pflaumen und Birnen dabei.

»Schau genau hin, Mahmut, diese Früchte gibt es zurzeit. Die können wir zuckern, karamellisieren, in Sahne backen. Sua Nobiltà mag sich etwas aussuchen. Sag ihm das, in aller Demut. Und nun geh.«

Ohne sich weiter um den Diener zu kümmern, setzte sich Gianni wieder zu Rocco an den Tisch.

»Das wird dem Conte nicht gefallen«, gab Rocco zu bedenken. Der alte Koch nickte zustimmend und begann, eine Birne zu schälen.

»Aber es ist Herbst, und etwas anderes wächst hier nicht. Und in Siena und Florenz auch nicht.«

Rocco schwieg und nahm sich auch eine Frucht aus dem Korb. Bella hätte gewusst, was man aus alldem hätte zaubern können. Er schloss die Augen und stellte sich vor, sie säße bei ihm und sie würden sich die Ideen für Rezepte zuwerfen wie Kinder einen Ball. Bella … er vermisste sie unsäglich. Wieder flog die Tür auf.

»Der Conte kann nicht schlafen. Er will keine Pflaumen, keine Birnen, er will sofort eine köstliche Speise mit exquisiten Früchten. Sofort!«

Mahmut stand in der Türzarge und atmete laut; er war ganz außer Atem. Anscheinend hatte Ascanio ihn unter Flüchen zurück in die Küche gejagt. Gianni machte ihm ein Zeichen, sich zu ihnen an den Tisch zu setzen.

»Trink einen Schluck mit uns, Muselmann, dein Gott wird es dir nicht übelnehmen.«

Rocco war indes aufgesprungen und hatte einen Becher für den Araber geholt; wenn die Diener der Küche auch wenig Kontakt zu den anderen Bediensteten hatten, so war Ascanios Leibdiener hier immer gern gesehen. Er war trotz seiner gehobenen Position am Hof nicht eingebildet und verhielt sich den Küchendienern gegenüber immer höflich – es sei denn, er war in Wut, dann war mit ihm kein Wort zu reden. Mahmut nickte und ließ sich erschöpft auf einen Stuhl fallen. Er drehte den Becher in seinen Händen und sagte leise:

»Lass dir etwas einfallen, Koch, aber schnell. Und nun gib mir Wein.«

Rocco sah, wie Gianni den Becher des anderen füllte und sich dann unter Stöhnen auf seinen Stuhl sinken ließ. Die Hände des Kochs zitterten.

»Rocco, Junge«, sagte Gianni mit ernster Stimme, »wir wollen uns eine Speise ausdenken.« Dann schlug er die Hände vors Gesicht und begann, bitterlich zu weinen.

Als Donata erwachte, war die Nacht bereits weit vorangeschritten. Sie legte ein paar Holzscheite in die Glut und wandte sich ihrem Bett zu, als sie laute Stimmen hörte. Eine davon gehörte zweifelsfrei Ascanio. Donata konnte sich nicht erinnern, mitten in der Nacht jemals so viel Unruhe im Palazzo erlebt zu haben. Mit ungutem Gefühl kroch sie unter die Laken und versuchte, an etwas Schönes zu denken. Aber es gelang ihr nicht. Die Stimmen wurden lauter, anscheinend waren immer mehr Menschen an der Streiterei beteiligt. Donata seufzte. Sie verstand Ascanio nicht. Er war der Conte, der Herr im Palazzo, und ihm hatte man Folge zu leisten. Warum ließ er es zu, dass man ihm Widerworte gab? Sie schüttelte den Kopf und schloss wieder die Augen, doch die Stimmen wollten nicht verstummen. Seufzend erhob sie sich und läutete nach ihrer Dienerin. Als das Mädchen in das Gemach trat, sah Donata sofort, wie erregt die junge Frau war. Ihre Augen glänzten, und die Wangen glühten, das war im Kerzenschein zu erkennen.

Wortlos ließ sie sich Umhang und Schuhe bringen, dann stieg sie in Begleitung der Zofe die breite Treppe hinunter, die zum Saal und zur angrenzenden Küche führte. Von hier aus kam das Geschrei, und es wurde mit jedem Schritt, den sie auf die Küche zuging, lauter. Mit einem Poltern öffnete sich die Tür zum Wirtschaftstrakt, und Rocco kam den beiden Frauen entgegengetaumelt. Er fiel vor Donata auf die Knie und griff nach ihrem Rocksaum.

»Er ist nicht bei Sinnen«, jammerte Rocco und krümmte sich noch mehr, »bitte lasst ihn am Leben.«

Energisch löste Donata ihr Gewand aus der Hand des jungen Kochs und ging weiter. Ihre Dienerin folgte ihr mit gesenktem Kopf. Jetzt war sie in der Küche und sah sich um. Doch der Anblick, der sich ihr hier bot, war so unglaublich, dass sie unwillkürlich die Augen zusammenkniff, um sicher zu sein, nicht zu träumen.

Gianni, der alte Koch, stand mit zerrissener Kleidung auf dem Arbeitstisch. Haarbüschel seiner Locken lagen zu seinen Füßen. Um ihn herum zerbrochene Stühle, Krüge, sogar ein Fass mit Salz. Eine Küchenmagd saß schluchzend auf dem Boden und versuchte, das kostbare Gewürz zu retten, so gut es ging. Andere Diener kehrten Scherben zusammen, putzten zerschlagene Eier von den Wänden. Gianni schien all das nicht zu beeindrucken. Breitbeinig stand er auf dem Tisch, seinen Holzbecher in der Hand, den er immer wieder über seinem Kopf ausleerte. Sein Blick war leer, seine Miene zur Maske erstarrt.

Die Contessa schaute sich suchend um. Ascanio war nirgendwo zu entdecken, doch die Tür zum Kräutergarten stand weit offen. Nun kam Rocco in die Küche gelaufen, er weinte immer noch, redete auf seinen Ziehvater ein, aber der schien ihn nicht zu erkennen. Donata war erschüttert. Hier konnte sie nichts tun. Sie drehte sich schon zum Gehen, da löste sich aus der Dunkelheit neben der Feuerstelle eine Gestalt; es war Mahmut. Mit beruhigender Geste trat er Donata entgegen und führte sie aus der Küche. Er machte ihrer Zofe ein Zeichen, etwas zu trinken zu holen, und geleitete seine Herrin zu einem bequemen Sessel. Nachdem die Contessa etwas Wein getrunken hatte, begann der Araber zu erzählen.

Er berichtete ruhig und besonnen von dem Wunsch des Conte nach einer süßen Speise und davon, wie der alte Koch unter dem Druck der Aufgabe zusammengebrochen sei. Dreimal habe di Cavalli die Speisen zurückgeschickt und er, Mahmut, habe als sein Leibdiener die Forderungen nach noch ausgefalleneren Rezepturen vorbringen müssen. Donata sah den Mann prüfend an. Auch wenn er in Ascanios Diensten stand, war ihm deutlich anzumerken, wie er persönlich den Vorfall bewertete. Als ob er sich ertappt gefühlt hätte, erwiderte Mahmut Donatas Blick mit einer gewissen Scheu. Dann berichtete er in leidenschaftslosem Ton von Giannis Tobsuchtsanfall, in dessen Verlauf er sich die Haare ausgerissen, Rocco geschlagen und die Küche verwüstet hatte.

»Und der Conte? Ich habe eben die Stimme meines Gemahls gehört.«

Mahmut sah an seiner Herrin vorbei, als er sagte: »Sua Nobiltà hat seine Diener geschickt, doch Gianni hat sie in seiner Raserei vertrieben. Dann ist er selbst in die Küche gegangen, und der Koch hat ihn angegriffen. Er hat sein Leben verwirkt, meine Contessa.«

Donata nickte. Weniger als nichts verband sie und Ascanio, doch in diesem Fall musste sie ihm beipflichten. Es durfte nicht angehen, dass ein Koch sich gegen seinen Conte erhob, auch wenn es im Zustand des Wahnsinns geschah.

»Er hat sein Leben verwirkt«, sagte sie laut. »Wo ist der Conte? Und warum ist der Koch noch am Leben?«

Mahmut schenkte Donata Wein nach.

»Er konnte es nicht. Er hatte sein Schwert gezogen, der Koch stand da, bewegte sich nicht – dann schüttelte Sua Nobiltà den Kopf, steckte das Schwert zurück in die Scheide und ging hinaus in den Kräutergarten.«

Donata stand auf und ließ sich von ihrer Zofe ins Gemach begleiten. Während das Mädchen ihr die Kissen richtete, dachte sie darüber nach, warum Ascanio den Koch nicht hatte töten können. In ihren Augen war der Conte grausam und hart, ohne jedes Mitgefühl für die Kreatur. Und dieser Mann sollte zu weich sein, um sein Schwert zu erheben, noch dazu, wo er im Recht war? Kannte sie ihren Gemahl so wenig? Sie grübelte noch lange darüber nach, und als sie endlich Schlaf fand, ging bereits die Sonne auf.

Rocco stand am Küchentisch und bereitete die Wegzehrung für den Conte und seine Gäste vor. Di Cavalli hatte zur Rebhuhnjagd geladen, und einige Nobili aus seinem engeren Kreis waren der Einladung gefolgt. Im Hof sammelten sich bereits die Reiter; es wurde Zeit. Auf Roccos Zeichen hin nahmen zwei Knechte den gut gefüllten Korb und trugen ihn zu einem kleinen Wagen, auf dem sich bereits Weinfässer und allerlei Gerätschaften befanden. Diese Art der Wegzehrung war vor vielen Jahren eine Idee Ascanios gewesen und trug zur Beliebtheit seiner Jagden bei. Wenn die Jagdgesellschaft zur Mittagsstunde Rast machte, konnten sich alle an den Speisen und Getränken laben und neue Kräfte schöpfen.

Nachdem er noch einmal alles überprüft hatte, gab er Enrico das Zeichen zum Aufbruch. Der Kutscher nickte und machte sich auf den Weg. Er hatte zwar eine gute Stunde Vorsprung vor den Reitern, war mit seiner Ladung allerdings auch viel langsamer. Rocco sah dem Wagen nach, wie er hinter den Stallungen verschwand. Bald war auch kein Hufgetrappel mehr zu hören. Der junge Koch schloss für einen Moment die Augen. Er musste durchhalten, so lange, bis der Conte und seine Gäste aufgebrochen waren, dann würde er überlegen, wie es weitergehen sollte.

Langsam ging er durch den Kräutergarten in die Küche zurück und wies eine Magd an, sich um das Feuer zu kümmern. Am Abend wollte die Gesellschaft gut essen und trinken, und nun, da Gianni nicht mehr der Küchenmeister war … In Roccos Hals würgten Kummer und Einsamkeit. Doch dann straffte er die Schultern und ließ die Tür zum Garten mit einem lauten Geräusch ins Schloss fallen. Alle Augen richteten sich auf ihn. Rocco lächelte. Genau das hatte er beabsichtigt.

»Ihr wisst, was letzte Nacht geschehen ist«, begann er leise und sah dabei einem nach dem anderen der Dienerschaft fest in die Augen, »und Sua Nobiltà hat uns noch nicht mitgeteilt, was mit Gianni geschehen soll. Wir alle beten für unseren Koch, aber wir müssen auch an uns denken. Heute Abend erwartet die Gesellschaft ein vorzügliches Mahl. Und genau das soll sie erhalten. Wir müssen dem Conte zeigen, dass wir viel von unserem Küchenmeister gelernt haben, denn sonst …«, Roccos Augen wurden ganz dunkel, »sonst jagt er uns alle zum Teufel. Und nun ans Werk.«

Die Diener nickten, murrten, flüsterten miteinander. Dann nahmen sie ihre Arbeiten wieder auf, und auf einmal war es ruhig und geschäftig in der Küche des Palazzo. Rocco spürte sein Herz schlagen. Er, der sonst so schüchtern und linkisch war, hatte in der Stunde der Not Verantwortung übernommen und den anderen Mut gemacht, und das dankten ihm die Küchendiener mit Gehorsam und Fleiß. Er nahm sich ein Stück kaltes Fleisch aus einem der Tontöpfe am Herd und tunkte es in eine kräftige Soße. Zum ersten Mal seit Stunden spürte er etwas wie Entspannung in seinen Gliedern. Nach dieser Stärkung würde er nach Gianni sehen. Sie hatten den alten Koch gegen Morgengrauen auf sein Lager gebettet, aber er hatte teilnahmslos an ihnen vorbeigesehen. Sein Ziehvater war schwer krank, die Angst davor, zu versagen, hatte ihm schier den Verstand geraubt. Vielleicht zeigte der Conte Mitleid und ließ Gnade vor Recht ergehen. Rocco nahm einen weiteren Bissen von dem Braten und stopfte sich ein großes Stück Brot in den Mund. Er hatte keine Sekunde Schlaf bekommen; gleich nachdem sie Gianni versorgt hatten, war er in die Küche geeilt, um die Wegzehrung für die Jagdgäste vorzubereiten. Zufrieden sah er sich um. Alle waren in ihre Beschäftigungen vertieft, hier und da war sogar ein Lachen zu hören. Rocco griff nach einer Brotkruste, dann verließ er die Küche und machte sich auf den Weg zu Gianni.

»Verstehst du unseren Vater?«, wollte Carlo wissen.

Die Brüder hatten die Reiterschar an sich vorbeiziehen lassen und bildeten nun die Nachhut des Jagdfeldes. Ascanios Söhne waren nachts zwar nicht in der Küche gewesen, aber Mahmut hatte ihnen haarklein berichtet, was dort vorgefallen war.

»Nein«, antwortete Paolo, »aber sag mir, wer ihn versteht. Ich hätte den Koch auf der Stelle umgebracht. Stell dir vor, was als Nächstes passiert. Seine Autorität hat Schaden genommen. Da bin ich mir sicher.«

Der Jüngere schüttelte den Kopf und lenkte sein Pferd dicht neben das des Bruders, um nicht so laut sprechen zu müssen.

»Vielleicht hat er ihm leidgetan. Gianni ist wahnsinnig geworden, sagt Mahmut, und einen kranken Mann erschlägt man nicht. Ich hätte es auch nicht gekonnt.«

Paolo brachte sein Pferd zum Stehen und betrachtete Carlo nachdenklich.

»Ich habe den alten Koch genauso gern wie du, glaub mir. Aber er ist ein Koch, und der Conte ist sein Herr. Ein Koch darf sich nicht gegen seinen Herrn erheben.«

»Heda! Ihr zwei! Sua Nobiltà sucht schon nach euch!«

Eine bekannte Stimme schreckte die beiden auf. Es war neben der Wegzehrung eine weitere Angewohnheit Ascanios, den Stallmeister mit zur Jagd zu nehmen. Sollte ein Pferd Schaden nehmen, konnte er sich sofort darum kümmern. Die Brüder blickten einander wissend an. Es war nicht ratsam, sich einem Befehl des Conte zu widersetzen. Sie drückten ihren Pferden die Stiefel in die Flanken und stoben los, immer dem Stallmeister nach. Bald hatten sie die Jagdgesellschaft erreicht.

Donata war froh, dass ihr Gemahl bereits früh am Morgen mit seinen Gästen fortgeritten war, und sie genoss die Stille, die sich über dem Anwesen ausgebreitet hatte. Nun ging es bereits auf die Mittagsstunde zu, aber sie lag immer noch im Bett und grübelte darüber nach, was Ascanio dazu veranlasst haben mochte, den Koch zu verschonen. Schließlich gab sie sich mit der Erklärung zufrieden, dass der Conte vor der Jagd keine weitere Aufregung wollte und sich um Gianni kümmern werde, wenn die Gäste fort waren.

Die Contessa läutete nach ihrer Zofe und ließ sich beim Ankleiden helfen. Sie würde die Zeit bis zur Rückkehr der Gesellschaft nutzen, um einen Plan zu fassen. Sie wollte ihre Tochter wiederfinden, und sie brauchte einen loyalen Diener am Hof, der ihr diesen Dienst erweisen würde. Die Diener, mit denen Ascanio sich umgab, waren nicht vertrauenswürdig. Sie würden sie, allen voran Mahmut, bei der ersten Gelegenheit verraten, da war sich Donata sicher. Es musste jemand sein, der nicht viel mit dem Conte zu tun hatte, ihr dagegen vertraut war. Die Contessa schüttelte den Kopf. Es fiel ihr niemand ein. Zu groß war ihre selbstgewählte Einsamkeit in den letzten Jahren gewesen; sie hatte mit Ausnahme ihrer Zofe kaum ein Wort mit der Dienerschaft gewechselt. Aber das Mädchen kam für diese Aufgabe nicht infrage. Donata seufzte. Sie würde einen Spaziergang machen.

Kaum hatte sie ihren Fuß in den Garten gesetzt, sah sie Rocco, der mit hängenden Schultern aus dem Gesindehaus kam. Als er sie bemerkte, erstarrte er und blickte verlegen zu Boden. Immer wenn er diese schöne Frau ansah, musste er an Bella denken und daran, wie sehr er den Moment genossen hatte, als sie der Contessa das Nachtmahl gebracht hatten. Viele Monate lag das nun schon zurück. Er nahm seine Mütze ab und drehte sie nervös hin und her.

»Warum bist du nicht in der Küche?«

Donata versuchte, ihrer Stimme einen strengen Klang zu geben, aber ihre Augen lächelten und machten Rocco Mut, die Wahrheit zu sagen. Er versuchte, seine Hände still zu halten, und räusperte sich. Dann sagte er mit klarer Stimme:

»Ich war bei Gianni, meine Contessa. Es geht ihm schlecht. Jedes Leben ist aus ihm gewichen, und er erkennt niemanden. Er wird nie wieder kochen können. Seine Tochter Josepha ist bei ihm.«

Bei seinen letzten Worten schluchzte er leise. Donata spürte, wie sehr dieser junge Bursche seinen Ziehvater liebte.

»Du solltest nach einem Pfarrer schicken«, sagte sie leise. »Und wenn es … vorüber ist, habe ich eine Aufgabe für dich. Komm zu mir, wenn … danach. Dann werde ich dir alles erzählen.«

Die Contessa nickte Rocco zu und ging ruhigen Schrittes weiter. Der junge Koch war so verblüfft, dass er vergaß, sich zu verbeugen. Als er es schließlich tat, war Donata bereits hinter den Stallungen verschwunden.

Rocco befand sich in einer eigenartigen Stimmung. Richtig schwindelig war ihm zumute. Natürlich war er traurig, dass es mit Gianni zu Ende ging. Aber die Aussicht, für die Contessa etwas tun zu dürfen, etwas, wofür sie ihn ausgewählt hatte, verlieh ihm Mut und Selbstvertrauen. Als er die Küche betrat, verstummte das fröhliche Geschnatter der Mägde und Knechte auf der Stelle. Erwartungsvoll richteten sich ein Dutzend Augenpaare auf ihn. Rocco erzählte von Giannis Zustand und ließ den Pfarrer holen. Dann machte er Anweisungen für die abendliche Speisenfolge. Zu seinem Erstaunen gab es keine Widerworte oder missmutige Mienen, im Gegenteil. Die Küchendiener begegneten ihm mit zufriedenen Blicken. Jeder war an seinem Platz, alle arbeiteten zügig, jedoch ohne Hektik. Roccos Anweisungen waren knapp, aber verständlich. Er achtete darauf, dass keine Unruhe durch unnötiges Hin- und Herlaufen entstand. Und um die wichtigen Dinge kümmerte er sich selbst: um die Soßen, die Weine, die Dekoration der Speisen. Rocco verlor sich so sehr in den Vorbereitungen, dass er nicht bemerkte, wie die Zeit verging. Erst als Josepha mit dem Pfarrer in der Tür zum Kräutergarten stand, ließ er sein Messer sinken.

Gemeinsam traten sie an Giannis Lager, der fiebrig und unruhig vor sich hin redend dalag. Die kahlgerupften Stellen an seinem Kopf waren blutig verschorft; seine Wangen eingefallen, seine früher so fröhlichen Augen rollten wie auf einer rastlosen Suche nach etwas, das nicht zu fassen war, hin und her. Das war nicht der Gianni, den er kannte, das war nur noch eine Hülle mit einem irren Geist darin. Rocco wusste, es würde nicht mehr lange dauern. Er küsste den alten Koch auf die Stirn und verbeugte sich vor ihm. Dann nickte er Josepha und dem Prete zu und verließ den Ort des nahen Todes. Für Gianni konnte er nichts mehr tun, er war bald geborgen in der Ewigkeit Gottes, doch er, Rocco, war für ein Dutzend Menschen in der Küche des Conte verantwortlich. Er musste ihnen zeigen, dass es auch ohne Gianni weiterging.

Als Rocco aus dem Gesindehaus trat, hörte er Hufgetrappel. Es war also höchste Zeit, sich um die Jagdgesellschaft des Conte di Cavalli zu kümmern. Unser Conte wird sich wundern, dachte der junge Koch. Dieses Mahl wird eines der besten sein, die jemals in seinem Palazzo an die Tafel gebracht wurden. Das sind wir Giannis Ehre schuldig.

13. KAPITEL

*B*ella nutzte einen unbeobachteten Moment und schlüpfte zur Tür hinaus. Der Tross an Kutschen und Reitern war gerade in den Hof eingefahren. Sie sah, wie der Fürst und sein Sohn auf eine der Kutschen zugingen. Das war der Moment. Ein Diener öffnete die niedrige Tür, und aus dem Dunkel des Wageninneren reckte sich eine fleischige Hand ans Licht. Bella hielt den Atem an. Seit Tagen sprach man am Hof in Siena über nichts anderes als über Cassandra de' Medici.

Fabrizio nahm die Hand und half der jungen Dame beim Aussteigen. Sie war klein und stämmig, was von den samtverbrämten bauschigen Ärmeln ihres bunt bestickten, weit ausladenden Gewandes noch betont wurde. Ihr helles Haar war zu einem dicken Zopf geflochten, der sich wie ein Reif an ihren Kopf schmiegte. Fabrizio überragte seine Braut um mehr als eine Haupteslänge; ungelenk stand er vor ihr und brachte kein Wort heraus. Sein Vater, der sich in diesem Moment nur zu gut in den eigenen Sohn hineinversetzen konnte, gab seiner zukünftigen Schwiegertocher einen Kuss auf die Wange. Dann half er Cassandras Eltern beim Aussteigen und führte seine hohen Gäste selbst in die Sala, wo alles für die Feierlichkeiten vorbereitet war.

»Sie hat ein Mondgesicht«, schluchzte der junge Adelige. Er hatte sich unter dem Vorwand, die Kleider zu wechseln, davongestohlen und saß nun neben Massimo auf einem Fass im Weinkeller. Der Koch klopfte ihm freundschaftlich auf die Schulter. Das Mädchen war noch unansehnlicher, als er befürchtet hatte. Trotzdem musste sich Fabrizio seiner Verantwortung stellen.

»Alles an ihr ist kurz. Die Arme, die Beine, die Nase – einen Hals hat sie gar nicht –, aber ihre Brüste sind mindestens so groß wie Wassermelonen. Ich will sie nicht, Massimo.«

Massimo seufzte.

»Große Brüste müssen kein Nachteil sein, mein junger Herr«, er stupste Fabrizio in die Seite und zwinkerte ihm zu, »meine Rosa ist auch gut bestückt – dem Herrgott sei es gedankt. Und nun müssen wir gehen, bevor Euch jemand vermisst.«

Der Koch erhob sich und strich sich nachdenklich über den kahlen Schädel. Dann zog er den Sohn des Principe zu sich hoch, und gemeinsam stiegen sie die Stufen hinauf. Ohne ein weiteres Wort verließ der Bräutigam die Küche. Massimo sah ihm ein paar Augenblicke lang nach. Dann sammelte er sich und klatschte in die Hände. Sofort hatte sich die Schar der Küchendiener um ihn versammelt. Von jedem Einzelnen ließ er sich berichten, wie weit die vielen Speisen gediehen waren, wann sie angerichtet und zur Tafel gebracht werden konnten. Als kurz darauf Umberto, der Lieblingsdiener und Vertraute des Principe, in der Küche erschien, war Massimo wie immer vollkommen Herr der Lage. Das Fest konnte beginnen.

Di Nanini schaute sorgenvoll zu seinem Sohn hinüber. Bislang war der Tag genau so verlaufen, wie es das Protokoll vorsah. Seine Gäste aus dem entfernten Rom fühlten sich offenbar wohl und sprachen den Speisen und Getränken gut zu. Der Fürst war angenehm überrascht von der Fantasie seines Küchenmeisters. Gut, so wie am heutigen Tag hatte er ihn noch nie gefordert, aber eine derartige Vielfalt an Aromen und Düften hatte er nicht erwartet. Seine Gäste anscheinend auch nicht, denn sie lobten Massimos Küchenkunst wieder und wieder.

Erneut blieb der Blick des Principe an Fabrizio hängen. Dessen Miene war wie aus Stein gemeißelt, sein sonst so kühn geschwungener Mund ein schmaler Strich. Die Braut schien das entweder nicht zu bemerken, oder es war ihr gleichgültig, denn sie versuchte unablässig, mit ihrem zukünftigen Gemahl Konversation zu machen. Di Nanini betrachtete sie genau. Nun, sie war alles andere als schön, aber ihre temperamentvolle Art zu erzählen und ihr herzliches Lachen lenkten schnell von ihren mangelnden Reizen ab. Ihre Augen schauten klug und interessiert in die Runde; ihr schien kein Detail zu entgehen – auch nicht die Tatsache, dass der Principe sie beobachtete. Selbstbewusst hob sie ihren schweren Kelch und prostete di Nanini zu, der seinerseits höflich mit dem Kopf nickte und ebenfalls zum Trinkbecher griff. Sie weiß, dass sie hässlich ist, dachte er und empfand auf einmal tiefe Achtung vor dieser jungen Frau. Sie ist in dem Wissen erzogen worden, und nun macht sie das Beste daraus. Sie erwartet nichts – nicht einmal Liebe. Aber sie weiß, dass sie eine wichtige politische Rolle spielt. Das gibt ihr Kraft. Mein Sohn kann viel von ihr lernen.

Bellas Waffeln waren wunderbar geraten, so wie alles andere, was die Gäste genossen hatten. Das Mädchen war müde und glücklich, wie alle in Massimos Küche. Endlich, als sämtliche Töpfe geputzt auf ihren Plätzen standen, gab der Küchenmeister das Zeichen, zu Bett zu gehen. Auch er strahlte über das ganze Gesicht, hatten ihm doch die Diener, die die Speisen servierten, den ganzen Tag hindurch von den zufriedenen Mienen der Gäste berichtet. Plötzlich sehnte er sich nach Rosa und nach ihren verliebten Küssen. Er würde sie besuchen diese Nacht, er würde seine Freude über den gelungenen Tag mit ihr teilen – und seine Leidenschaft. Rosa …

»Der Principe will dich sehen.«

Umbertos dunkle Stimme tönte laut durch den Raum.

»Na los, Koch, ich scherze nicht.«

Massimo schluckte. War er hoffärtig gewesen, hatte er sich zu früh gefreut? Unsicher folgte er dem Diener in die Sala. Am Ende der Tafel, allein, saß sein Fürst. Er hielt einen Trinkbecher in den Händen, als wollte er sich daran wärmen. Beim Anblick seines Küchenmeisters machte er Umberto ein Zeichen, sie beide allein zu lassen. Er stand auf und ging auf den Koch zu. Massimo bekam es mit der Angst zu tun. Er glaubte beinahe, sein letztes Stündlein habe geschlagen. Betreten blickte er zu Boden; kalter Schweiß stand auf seiner Stirn.

»Koch.«

Die Stimme di Naninis klang freundlich. Massimo atmete auf. Es schien ihm kein allzu schwerer Fehler unterlaufen zu sein.

»Sieh mich an, Koch.«

Massimo tat, wie ihm befohlen wurde. Das Gesicht des Fürsten war offen und zeugte von guter Laune; sein gesundes Auge blitzte vor Vergnügen.

»Ich habe dich rufen lassen, weil du mich überrascht hast. Du bist ein guter Küchenmeister, und ich schätze dich, aber du bist kein großer Koch. Du bist ein Handwerker, der aus guten Zutaten gute Speisen macht. Aber heute hast du all deine Fantasie gezeigt, und das nehme ich dir übel. Warum erst heute? Bin ich dir als dein Principe nicht genug? Müssen erst Gäste aus Rom kommen, damit du dir Mühe gibst?«

Massimo schnappte nach Luft. Er wusste nicht, was er sagen sollte. Waren die Speisen heute wirklich so besonders gewesen? Verlegen kratzte er sich den kahlen Schädel.

»Und sag die Wahrheit«, setzte di Nanini nach, »sonst lasse ich dich vom Hof jagen.«

Der Koch wusste, sein Fürst meinte es ernst. Er dachte nach, er wollte ja eine Erklärung geben, aber ihm fiel nichts ein.

»Diese Waffeln, der Schwan ... die Soßen, Koch, die Soßen!«

Der Principe war noch einen Schritt weiter auf ihn zugekommen und schnaufte. Er wollte anscheinend wirklich eine Antwort haben. Massimo überlegte, dann nahm er seinen Mut zusammen. Er verneigte sich vor di Nanini und sagte:

»Mein Fürst, Sua Altezza, ich danke Euch für das große Lob. Aber ich kann Euch keine andere Antwort geben als ...«

Er zögerte einen Augenblick, dann sprudelte es aus ihm heraus.

»Seit ein paar Wochen haben wir ein neues Küchenmädchen. Sie kann riechen und schmecken und erzählt den ganzen Tag, wie sie gern kochen würde. Es ist eine Freude, sie bei uns zu haben, und vielleicht ist es diese Freude, die mich angesteckt hat. Das ist die Wahrheit. Ich schwöre es.«

Di Nanini nickte zum Erstaunen des Kochs und bedeutete ihm mit einer Handbewegung, ihn allein zu lassen. Massimo gehorchte, froh, ungeschoren davongekommen zu sein. Dabei verhielt es sich wirklich so, wie er es gesagt hatte.

Magdalena brachte ihn auf Gedanken, Speisen zu kreieren, wie er es nie zuvor erlebt hatte. Dieses Mädchen wusste, wie ein gefüllter Braten roch und schmeckte, lange bevor er fertig war. Glücklich machte er sich auf den Weg zu Rosa.

»Der Koch hat gesagt, du inspirierst ihn.«

Streng blickte der Fürst auf Bella, die sich nicht traute, ihn anzusehen.

»Ein großes Lob für ein so kleines Mädchen, meinst du nicht?«

Bella zuckte mit den Schultern. Sie hatte nicht auffallen wollen, sie hatte doch nur ihrer Fantasie freien Lauf gelassen.

»Wie heißt du?«

»Magdalena, Herr.«

»Sieh mich an, Magdalena. Dein Fürst befiehlt es dir.«

Bella hob ihren Kopf und versuchte, dem Blick des Principe standzuhalten. Sie fürchtete sich vor dem großen Mann mit der Augenklappe. Di Nanini bemerkte das und versuchte ein Lächeln.

»Du musst keine Angst haben, Kind. Ich freue mich, wenn du unseren Koch dazu bringst, seine Küchenkunst zu verbessern. Er ist ein guter Koch, aber es mangelt ihm an Einfallskraft. Du wirst ihm eine gute Lehrmeisterin sein. Ich weiß das. Und nun geh.«

Benommen von den Worten des Fürsten kehrte Bella in die Küche zurück. Ihr Herz klopfte vor Aufregung und Stolz. Als sie Massimo erblickte, lief sie auf ihn zu und warf sich in seine Arme. In dieser Küche war es wundervoll. Hier wollte sie bleiben.

Di Nanini hatte in der letzten Nacht viele Pilze gebraucht, um seiner wunden Seele Frieden zu schenken. Und in dieser Nacht würden es ebenso viele werden. Der Principe öffnete sein Kästchen und nahm von den getrockneten Blättern. Sie waren bitter, so bitter wie seine Erinnerung an vergangenes Glück. Seine Geliebte war weit entfernt, und nur Gott im Himmel wusste, ob sie seiner noch gedachte. Mit einem Stöhnen entfernte er die Klappe, die seine leere Augenhöhle schützte. Vorsichtig betastete er den Knochen, als könnte er es immer noch nicht fassen, diese Verwundung erlitten zu haben. Sein Auge blickte in die Flammen des Kamins, wollte sich festhalten an den tänzelnden Feuerzungen, doch es gelang ihm nicht. Dieses Mädchen aus der Küche … Er konnte nicht sagen, was es war, aber irgendetwas in ihrem Blick hatte ihn irritiert. Die Kleine machte einen wachen Eindruck. Er würde ihre Entwicklung beobachten, und vielleicht hatte sie ja wirklich das Talent, ein großer Koch zu werden. Der Fürst schloss das verbliebene Auge. Da waren sie endlich, die Farben, die Musik, und da – endlich – erschien auch seine Geliebte. Sie waren am Strand, hinter den Dünen, und ihr Lachen bezauberte ihn. Die nächsten Stunden würden nur ihnen und ihrer Liebe gehören.

Es war schon zur zehnten Stunde am nächsten Tag, als der Fürst erwachte. Umberto stand an seinem Bett und betupfte sein Gesicht mit kaltem Wasser. Das Gesicht des Dieners war ernst. Es ließ keinen Zweifel daran aufkommen, dass er den Genuss dieser Pilze missbilligte.

»Ihr habt tief geschlafen, Sua Altezza. Zu tief. Wir konnten Euch nicht wecken. Euer Sohn hat mich gebeten, nach Euch zu sehen.«

Di Nanini fiel es schwer, sich in der Wirklichkeit des neuen Tages zurechtzufinden. Er wusste, es waren zu viele Pilze gewesen.

»Die Gäste aus Rom sind zur Abreise bereit«, sagte Umberto leise und wies mit dem Kopf zum Fenster, »könnt Ihr sie verabschieden, oder soll ich Euch entschuldigen?«

Unwillig knurrte der Fürst etwas, dann schlug er energisch das Laken zurück und setzte sich auf. Schweigend half sein Lieblingsdiener di Nanini beim Ankleiden. Der Principe machte einen Schritt zum Fenster. Cassandra stand bereits vor ihrer Kutsche; Fabrizio war an ihrer Seite und trat von einem Bein auf das andere. Sie neckte ihn und versuchte, lustig zu sein, aber er quittierte alle ihre Versuche mit missmutigen Blicken.

Am Vorabend war die Hochzeit zum kommenden Osterfest beschlossen worden. Seitdem trug Fabrizio eine Miene, wie sie finsterer nicht sein könnte. Als er seiner Braut nun zum Abschied die Hand küsste, murmelte er:

»Man kann mich zwingen, Euch zu heiraten, aber man kann mich nicht zwingen, Euch zu meinem Weib zu machen.«

Er wusste, er verletzte Cassandra mit seinen Worten, aber seine eigene Seele war so sehr verwundet, dass er nicht anders konnte, als auch ihr weh zu tun. Die junge Frau sah ihn nachdenklich an. Dann entzog sie ihm langsam ihre Hand und bestieg die Kutsche. Fabrizio wollte sich schon abwenden, da drehte sie sich um. Ihre Augen blitzten kalt.

»Ich würde mich eher mit einem Hund paaren als mit dir«, sagte sie so laut, dass es die umstehenden Diener hören konnten. Dann raffte sie ihre Röcke, der Diener schloss die Tür.

Fabrizios Wangen brannten vor Scham, als wäre er gerade geohrfeigt worden. Als sich eine Hand auf seine Schulter legte, zuckte er zusammen. Es war sein Vater. Dankbar für diese unerwartete Geste wurde sein Gesicht weich; er lächelte. Nachdem auch der Principe seine Gäste verabschiedet und sich der Tross in Bewegung gesetzt hatte, nahm di Nanini seinen Sohn beiseite.

»Ich weiß, wie es ist, eine ungeliebte Frau zu heiraten, glaub mir. Aber ich weiß auch, was daraus an Gutem erwachsen kann. Wenn du eines Tages einen Sohn hast, wirst du mein Handeln verstehen, du wirst dich meiner Worte erinnern.«

Der Fürst blickte in den Himmel. Die Sonne hatte wenig Kraft, aber ihr Herbstlicht war wunderschön.

»Lass uns ausreiten, Fabrizio. Wir waren lange nicht mehr gemeinsam unterwegs.«

Fabrizio nickte und begab sich auf direktem Weg zu den Stallungen. Er wusste, das war kein Wunsch, sondern ein Befehl gewesen.

»Rosenwasser? Magdalena, ich bitte dich!«

Bella sah zu Massimo auf. Der Koch schüttelte energisch den Kopf und sah sie tadelnd an.

»Wir sind hier nicht in Rom. Ich glaube fast, der Besuch der Familie Medici hat dir den Verstand geraubt. Es gibt kein Rosenwasser, basta.«

Das Mädchen stampfte unwillig mit dem Fuß auf.

»Gianni hatte auch Rosenwasser«, antwortete sie, und Tränen der Wut krochen in ihr hoch. »Gianni … in Lucca …«

Der Koch trat auf sie zu, und Bella verstummte. Sein Gesicht war rot vor Wut, und seine Augen hatten sich zu schmalen Schlitzen verengt. Er beugte sich zu ihr herab und flüsterte:

»Erwähne diesen Namen nie wieder. Nie wieder, hörst du? Wie soll ich dich schützen, wenn du deine Herkunft preisgibst? Es gibt keinen Gianni und keine Küche in Lucca – es gibt nur dich. Verstanden?«

Bella nickte. Ihr einziges Anliegen war es gewesen, die Speise für den Principe so vollkommen wie möglich zu machen. Dass sie sich mit ihren Worten in Gefahr brachte – daran hatte sie nicht gedacht.

»Es tut mir leid«, sagte sie leise und berührte Massimos Hand, »du hast Recht. Ich habe nur die Speisen im Sinn gehabt.«

Massimo betrachtete das Mädchen mit den honigblonden Haaren, das mit gesenktem Kopf vor ihm stand. Sie will wirklich nur das Beste für die Tafel, dachte er. Darüber vergisst sie jede Vorsicht. Und das Rosenwasser ist eine wunderbare Idee …

»Du hast einen ausgewählten Geschmack«, sagte er in versöhnlichem Ton, »und es ist sowohl mutig als auch richtig, die Tauben damit zu benetzen. Wir machen es, wie du vorgeschlagen hast – aber wir verraten es nicht. Sonst will der Principe ab heute nur noch Rosenwasser an seinen Speisen. Seine Zunge ist nämlich ebenso fein wie deine, Magdalena.«

Bella strahlte. Der Koch kratzte sich am Kopf und wandte sich wieder seinem Braten zu.

»Du sollst in die Sala kommen, Koch.«

Umberto stand am Herd und nahm sich einen Taubenflügel aus dem Topf. Er schnupperte daran und biss herzhaft hinein, dann sagte er mit vollem Mund:

»Na los, er ist begeistert.«

Massimo richtete seine Schürze und ging. Es war ihm ganz und gar nicht daran gelegen, mit seinem Fürsten zu reden. Das letzte Mal hatte er sich gut herausgewunden – aber was würde heute passieren? Als er den großen Saal betrat, stand di Nanini am Kamin und wärmte sich die Hände am Feuer. Erst als Massimo fast bei ihm war, drehte er sich um.

»Hältst du mich für einen Dummkopf, Koch? Tauben mit Rosenwasser – du würdest nie diesen Einfall haben, und wenn du einen See mit Rosenwasser dein Eigen nennen könntest. Also …«, der Principe hatte die Hände auf dem Rücken verschränkt und blickte seinen Küchenmeister streng an, »… wer hatte die Eingebung mit dem Rosenwasser?«

»Magdalena, Sua Altezza.«

Massimo war froh, dass es nun heraus war. Es war schwer genug, Temperament und Talent des Mädchens verborgen zu halten, und nun, wo der Fürst es wusste, war er nicht mehr allein mit seiner Last.

»Sie ist das Kind, von dem man spricht, habe ich Recht?« Di Nanini schritt vor seinem Koch auf und ab. »Sie war in Lucca, am Hof von Ascanio di Cavalli, in der Küche bei Gianni Fiore, und nun ist sie – auf wunderbare Weise – hier bei uns. Habe ich Recht? Habe ich Recht, so sag schon!«

Die letzten Worte hatten in Massimos Ohren wie Donnerhall geklungen. Er fiel auf die Knie und faltete die Hände.

»Sie … sie wurde mir anvertraut, Herr. Sie ist ein Segen für unsere Küche. Sie ist schlau und verständig und wird uns nur Freude machen. Bitte schickt sie nicht fort, mein Fürst.«

»Fortschicken?«

In der Stimme des Principe erklang auf einmal so etwas wie Ironie.

»Ich werde doch nicht den besten Koch, den meine Küche je kannte, fortschicken. Sie ist mein Leibkoch. Sag ihr das.«

»Sie ist ein kleines Mädchen, mein Fürst.«

Massimo blickte zu Boden, erschrocken über seine Kühnheit. Er hatte seinem Herrn ein Widerwort gegeben. Sein Herz schlug schnell vor Angst. Di Nanini schien es nicht zu bemerken.

»Und bald wird sie eine Frau sein. Und nun geh und schick sie zu mir.«

Der Koch schluchzte auf. Er war sich sicher, die Zuneigung seines Herrn an das Kind verloren zu haben. Mit gebeugten Schultern verneigte er sich, dann wandte er sich um. Kurz bevor er die Tür zur Sala erreicht hatte, richtete di Nanini abermals das Wort an ihn.

»Massimo. Es war richtig, dass du sie beschützt hast. Du bist ein guter Koch, und du bist ein guter Mensch, und das werde ich dir nie vergessen. Nun geh.«

Massimo kämpfte mit sich. Zwar fühlte er sich von seinem Fürsten verstanden und geachtet, doch die Eifersucht auf Bella nagte schwer an ihm. Wie sollte er mit dem Mädchen künftig umgehen? Es tat gut zu wissen, dass di Nanini vollkommen darüber im Bilde war, von wo die Kleine stammte. Nachdenklich nahm er sich ein Stück Brot und schnitt ein großes Stück Speck ab. Seufzend biss er hinein; wenn er nicht weiterwusste, war Essen immer ein schöner Trost und brachte ihn auf andere Gedanken.

Das Brot war noch ganz frisch; Massimo sog den Duft ein und dachte an die vergangene Nacht. Er verstand nicht, was Fabrizio gegen ausladende Brüste hatte. In Erinnerung an Rosa und ihre Fertigkeiten musste er grinsen. Seitdem er ihr die Ehe versprochen hatte, war sie noch freizügiger, und wenn er sich ausmalte, sie immer so halten zu können wie in der letzten Nacht … Es war schön, wenn ihr Gesicht ganz weich wurde im Moment der größten Lust, wenn sie ihn an sich zog und noch enger an sich presste. Natürlich konnte sie auch zänkisch sein, und wie, aber sie hatte ein gutes Herz.

Der Abend, als Hector ihnen Bella gebracht hatte, war auf einmal wieder gegenwärtig. Rosa hatte sich wie eine Mutter um das verstockte Kind gekümmert und war in den folgenden Tagen immer in ihrer Nähe geblieben, damit sie sich leichter an die vielen neuen Menschen gewöhnte. Vielleicht war es an der Zeit, dass Rosa Kinder bekam. Massimo kratzte sich am Kopf. Das Weib hatte ihm wirklich vollkommen den Kopf verdreht. Er dachte ans Heiraten! Aber war das so ein schlechter Gedanke? Zum kommenden Osterfest würde alles für Fabrizios Vermählung bereitet werden – da käme es auf ein paar Kapaune und Lämmer für das Gesinde doch gar nicht an. Massimo zog Luft durch seine Zahnlücke ein und nickte. Ja, ein guter Gedanke. Er würde seinen Fürsten fragen, sobald sich eine günstige Gelegenheit ergab. Und nun war es höchste Zeit, Bella zu suchen.

Bella spürte die nasse Novemberkälte nicht. Ihre Holzpantoffeln hielten die Füße warm, und ein dicker Schal schützte sie vor dem Wind. Sie saß auf einem Stein beim Hühnerstall und betrachtete das Federvieh. In ihrem Schoß hielt sie einen Korb mit Eiern, die sie gerade eingesammelt hatte. Sie wollte sich bei ihrem Fürsten für sein Vertrauen mit einem Kuchen bedanken. Als sie Massimo heraneilen sah, schrak sie zusammen. Sie hatte vollkommen vergessen, ihm zu sagen, dass sie zu den Hühnern gehen wollte. Aber der Koch schien ganz andere Dinge im Kopf zu haben, denn er winkte sie schon von Weitem ungeduldig zu sich. Bella gehorchte sofort; sie wusste, dass sie auf Massimos Schutz angewiesen war, und wenngleich der Principe sie gelobt hatte, durfte sie

Massimos Autorität nicht umgehen. Fragend sah sie ihn an. Der Koch nahm sie wortlos bei der Hand und zog sie hinter das Hühnerhaus. Er sah sich um und versicherte sich, dass sie ungestört waren.

»Du hast das Herz unseres Fürsten erobert, Magdalena«, begann er zu reden, »und er weiß, dass du aus der Küche in Lucca kommst, dass Gianni Fiore dein Lehrmeister war.«

Bella runzelte die Stirn. Worauf wollte Massimo hinaus?

»Magdalena, du bist immer noch in Gefahr. Die Häscher des Conte di Cavalli suchen weiter nach dir, auch wenn wir das hier nicht spüren. Aber in den Schenken wird so manches erzählt. Es ist also gut, dass der Fürst weiß, wer du bist. So kann er dich schützen, viel besser als ich. Verstehst du?«

Bella nickte; sie war etwas verwirrt.

»Und was mich betrifft«, jetzt grinste Massimo übers ganze Gesicht, »ich habe auch einen klitzekleinen Vorteil. Wir können all die schönen Speisen zubereiten, deren Rezepturen du am Hof von Lucca kennengelernt hast. Ich muss mir nicht so viel ausdenken und weiß doch, alles wird köstlich schmecken.«

»Und wir müssen es nicht einmal heimlich tun«, setzte Bella nach. Allmählich verstand sie, was der Koch ihr zu erklären versuchte. Sie durfte ab heute selbst kochen, all die feinen Soßen und Braten, und sie musste sich nicht mehr verstecken. Für einen Moment lief ein Schatten über das junge Gesicht. Massimo entging es nicht, und er fasste sie am Kinn.

»Ich vermisse Gianni und Rocco«, sagte Bella leise.

Der Koch nickte und wandte sich zum Gehen.

»Komm jetzt, Magdalena, unser Fürst hat Appetit.«

Bella folgte ihm. Die Gedanken an Gianni und Rocco verblassten; sie wusste, ihre Freunde würden sich mit ihr freuen, wenn sie sie jetzt sehen könnten. Es begann ein neuer Abschnitt in ihrem Leben, und sie würde ihren ganzen Ehrgeiz und alles Talent hingeben, um den Principe zufriedenzustellen.

Als sie die Küche erreichten, verstummte das fröhliche Schnattern der Bediensteten. Erwartungsvoll blickten sie Massimo und das Mädchen an. Der Koch machte eine einladende Geste, worauf sich die Schar noch enger um sie sammelte. Dann nickte er Bella zu und reichte ihr die Hand. Schüchtern griff sie zu; sie ahnte, dass er sie in den Mittelpunkt stellen wollte. Und so geschah es. Wie ein paar Wochen zuvor hob er sie auf einen Stuhl, damit sie jeder sehen konnte, und sagte:

»Ihr alle kennt Magdalena. Unser Principe hat sie heute zum Koch ernannt. Sie wird an meiner Seite arbeiten, und ich erwarte, dass ihr ihr folgt, so wie ihr mir folgt. Und nun an die Arbeit.«

Bellas Wangen glühten vor Aufregung. Massimo hob sie vom Stuhl und setzte sie sanft auf dem Boden ab. Seine Augen schimmerten feucht. Wenn er es auch anders erzählt hatte, so wusste er doch sehr wohl, dass Bella ihm nicht zur Seite, sondern vorangestellt worden war. Er war ab heute dem Wohl und Wehe eines kleinen Mädchens ausgeliefert, und die Scham darüber schnürte ihm den Hals zu.

14. KAPITEL

*D*ie Gaukler waren dabei, ihr Winterlager aufzuschlagen. Hector hatte die Seinen von Siena aus in Richtung Osten geführt, bis nach Umbrien. Hier, im fruchtbaren Val di Chiana, unweit von Arezzo, wollten sie die kalte Jahreszeit verbringen. Die Frauen würden aus den Heilkräutern, die sie über die Monate gesammelt hatten, Tinkturen und Salben herstellen, um sie im kommenden Jahr auf den Märkten zu verkaufen. Sie kannten Rezepturen gegen das Nachlassen der Manneskraft, gegen Fieber und Zahnschmerzen. Sogar die Hebammen kauften den Zigeunerinnen ihre Ware ab, auch wenn sie es nie zugeben würden. Die Männer hingegen beschäftigten sich hier, wie es Brauch war, mit Trinken und Kartenspiel.

Nachdem die Wagenburg durch eine doppelwandige Palisade aus dicken Zweigen und Ästen gesichert war und das Lagerfeuer brannte, versammelte der Anführer der Gaukler seine Familie, um gemeinsam für einen gesegneten Winter zu bitten. In dem Jahr, als er Bella der Obhut seines Freundes Massimo übergeben hatte, waren sie zum ersten Mal hierhergezogen. Nun war es schon der vierte Winter, den sie im Chianatal verbrachten.

Der Zigeuner dachte an Bella. Aus seinem Freund Massimo war bei den alljährlichen Besuchen nichts herauszubekommen, und sobald er direkt nach dem Mädchen fragte, wurde der Koch stumm wie ein Fisch. Sie lebte, so viel war

sicher, aber das war auch das Einzige, was Massimo durch-
blicken ließ. Und ich habe doch etwas erfahren, dachte
Hector und grinste. Massimos Frau Rosa war ihm bei seinem letzten Aufenthalt in Siena über den Weg gelaufen und
hatte gezwitschert wie ein Vögelchen. Ihre Brüste waren
noch größer gewesen, als er sie in Erinnerung hatte; sie hielt
einen wohlgenährten Säugling an sich gedrückt und berichtete ihm ausführlich von den Geschehnissen in der Küche
am Hof di Naninis. Bella habe sich ganz einfach in das Herz
des Fürsten gekocht, und der Principe habe sie kurzerhand
zu seinem Leibkoch ernannt. Rosas Busen senkte und hob
sich vor Erregung. Es war eine Schande. Das Mädchen –
gerade mal fünfzehn Jahre alt – habe ihren geliebten Mann
von seiner Stelle als Küchenmeister verdrängt. Auf Hectors
ungläubigen Blick hin fügte sie hinzu, dass Massimo den
Küchendienern die Geschichte zwar etwas anders erzählt
hatte, um sein Gesicht zu wahren, aber es sei mitnichten so,
dass beide im gleichen Rang stünden. Ihr liebster Massimo
leide noch heute unter dieser Schmach wie ein Hund, und
der einzige Grund, weshalb er es bislang ausgehalten habe,
sei die Tatsache, dass das Mädchen klug genug sei, sich nicht
in den Vordergrund zu drängen. Rosa schnaufte und legte
ihr Kind an die andere Brust.

»Erst waren es nur die Speisen«, sagte sie leise, »nun will er
sie um sich haben, er schätzt ihre Gesellschaft, ihre Meinung.
Und ...«, Rosa fixierte den Gaukler scharf, »er ist in ihre
Schönheit vernarrt. Er kann den Blick nicht von ihr lassen,
ebenso wenig wie sein Sohn, der sich seit mehr als drei Jahren dagegen sträubt, die Ehe mit seiner Frau zu vollziehen.«

Der Zigeuner nickte, verstand aber kein Wort. Rosa nickte
auch und plapperte weiter. Von den ungewöhnlichen zweifarbigen Augen, dem schmalen Gesicht, dem stolzen Gang.

»Sie ist die Tochter eines Viehtreibers, aber wer sie sieht, denkt, sie ist eine hohe Tochter unserer Stadt.«

Die Magd hatte sich das Mieder gerichtet und ihr Kind zurück in den Korb gelegt. Sie war aufgestanden, und Hector sah, dass ihr bald die nächste Niederkunft bevorstand.

»Es wird Zeit, dass der Fürst einen Mann für sie sucht«, brummte sie, »sonst ist sie an diesem Hofe das, was Habibi bei euch ist, Hector.«

Ihre Augen funkelten. Anscheinend wusste sie über die zahlreichen Ausflüge ihres Mannes zu der zierlichen Zigeunerin Bescheid. Hector, für den diese Bemerkung völlig überraschend kam, spürte, wie seine Wangen glühten. Habibi, diese kleine Hexe … Auch er liebte ihren Körper und ihre Umarmung … Er wich Rosas Blick aus. Die hatte inzwischen den Korb mit dem Säugling gegriffen und wandte sich zum Gehen.

»So ist es also wahr«, sagte sie mehr zu sich selbst als zu Hector, »was man sich von ihren Liebeskünsten erzählt.«

Ohne ein weiteres Wort an den Gaukler zu richten, ging sie davon und ließ ihn einfach stehen.

»Vater?«

Erschrocken blickte Hector auf. Er hatte zu lange in die Flammen gestarrt … Zwischen Momos dunklen Brauen hatte sich eine steile Falte gebildet. Sein Vater musste lachen, als er ihn so ernst sah, und nahm ihn in den Arm. Er war inzwischen fast genauso groß wie Hector, bestand jedoch nur aus Haut und Knochen und Frechheiten, wie es seine Mutter zu nennen pflegte.

Der Anführer der Gaukler blickte in die Runde, und was er sah, gefiel ihm. Seine Leute waren gut genährt, auch von den Alten und von den Kindern war niemand ernsthaft krank. Sie alle hatten gute Voraussetzungen, den Winter lebend zu überstehen. Er hob seinen Becher und sah den Seinen ins Gesicht, nickte jedem Einzelnen freundlich zu. Die Gaukler erwiderten die Aufmerksamkeit, hoben nun auch ihre Becher und prosteten einander zu. Dann versammelten sie sich im Kreis rund um das Feuer und sprachen die überlieferten Worte nach, die Hector in feierlichem Ton vorgab. Als er das Gebet beendet hatte, nahmen alle einen letzten tiefen Schluck aus ihrem Becher, dann schütteten sie den restlichen Wein darin in die Flammen. So war es Brauch.

Langsam zerstreuten sich die Gaukler und begaben sich in ihre Wagen. Jetzt, nach der Zeremonie, hing jeder seinen eigenen Gedanken nach. Hector setzte sich ans Feuer und wartete darauf, dass sich Benedetto zu ihm gesellen würde. Und so geschah es auch. Noch bevor die ersten Scheite heruntergebrannt waren, spürte Hector einen Lufthauch neben sich. Dann glitt der junge Zigeuner neben ihn auf den Boden.

»Du bist lautlos wie ein Schatten, mein Freund«, sagte Hector und reichte Benedetto einen Becher mit Wein. »Ich möchte dich nicht zum Feind haben.«

Sie tranken und blickten lange stumm in die Flammen. Benedetto fing als Erster zu sprechen an.

»Du willst, dass ich sie führe, stimmt's?«

Hector nickte. Er konnte sich keinen besseren Anführer als Benedetto vorstellen. Momo war noch viel zu jung; wenn ihm, Hector, etwas zustoßen würde, wäre die große Familie ohne Halt. Er betrachtete den Mann neben sich mit väterlicher Zuneigung. In den wenigen Jahren, die Benedetto nun bei ihnen lebte, hatte er seine Fertigkeiten um ein Vielfaches verbessert. Er konnte hervorragend reiten und jagen, war in allem wendig und schnell, und er hatte eine besondere Art, die Menschen von seiner Meinung zu überzeugen. Er würde ein guter Anführer sein. Doch Anführer konnte nur werden, wer Weib und Kinder hatte.

»Nimm dir ein Weib, Benedetto. Vergiss Jolande, es ist so lange her. Sieh doch, wie es mir ergangen ist. Ich habe mir erst eine Frau gesucht, als es hieß, ich solle sie alle führen. Mehr als vierzig Sommer hatte ich da bereits kommen und gehen sehen, das war viel zu spät … Wer weiß, ob ich es noch erlebe, dass Momo zum Mann wird. Aber du bist jung, stehst in der Blüte deiner Jahre. Es reicht, wenn ich diesen Fehler gemacht habe, mein Freund. Mach du ihn nicht auch.«

Benedetto stocherte mit einem Ast in der Glut herum. Er war nachdenklich. Seine schöne Jolande. Das war vor einer Ewigkeit gewesen und er noch fast ein Knabe. Der Zigeuner seufzte.

»Die Auswahl ist nicht gerade groß, Hector.«

Er lächelte gequält, denn er wusste, wenn sein Anführer wollte, dass er eine Familie gründete, war das ein Befehl.

»Habibi.«

Hector sprach den Namen mit einer Zärtlichkeit aus, als gäbe er ihr einen Kuss. Benedetto ließ den Ast langsam sinken und sah seinen Freund ungläubig an.

»Sie ist eine Hure, das weißt du. Jeder von uns weiß das.«

»Hat sie deshalb kein Herz?«, fragte Hector. »Ist sie deshalb weniger liebenswert?«

»Nein«, beeilte sich Benedetto zu versichern, »aber …«

»Was aber?« Hectors Augen funkelten vor Leidenschaft. »Sie ist eine kluge und schöne Frau. Sie hat sich in unserer Familie nie etwas zuschulden kommen lassen. Aber sie ist allein, sie ist keine der unseren. Wenn du sie zum Weib nimmst, wird sie es besser haben.«

»Sie verkauft sich an jeden Lumpensammler und an jeden Prete, Hector.«

Benedetto war aufgestanden. Unruhig ging er am Lagerfeuer auf und ab. Dann blieb er abrupt stehen und sah Hector prüfend an.

»Es gibt einen Grund, habe ich Recht? Sag ihn mir, Hector, und ich nehme sie zum Weib. An ihrer Umarmung hatte ich noch nie etwas auszusetzen.«

Nun war auch Hector aufgestanden. Er trat ganz nahe an den anderen heran und legte ihm die Hand auf die Schulter. Leise sagte er:

»Es gibt einen Grund, einen sehr guten Grund. Habibi erwartet ein Kind von mir.«

Benedetto holte tief Luft und schwieg einen Moment.

»Es könnte von jedem sein. Sie schläft nur selten allein.«

Hector nickte und trat einen Schritt zurück.

»Habibi mischt sich Salben ... damit sie nicht empfängt. Als wir das letzte Mal beieinanderlagen, war der Tiegel fort ... In meiner Lust habe ich gesagt ... es wird schon nichts geschehen ...«

Hector raufte sich den dichten schwarzen Bart. Es fiel ihm schwer zu sprechen.

»Du, Benedetto, bist der einzige Mensch, mit dem ich darüber reden kann. Und nur dir kann ich dieses Kind anvertrauen. Nimm Habibi zum Weib, sei meinem Kind ein guter Vater. Darum bitte ich dich als dein Freund.«

In dieser Nacht lagen beide Männer noch lange wach. Hector wusste, er würde den zarten Körper Habibis vermissen; die Eifersucht schüttelte ihn, wenn er daran dachte, dass Benedetto sie nun ganz für sich allein haben würde. Neben sich hörte er seine Frau atmen. Beschämt nahm er ihre Hand und drückte sie. Sie murmelte etwas und lächelte im Schlaf. Hector schloss die Augen und versuchte, sich Habibi vorzustellen, wie sie seinen Körper mit Küssen bedeckte, über und über. Er wusste nicht, wie es hatte so weit kommen können. All die Jahre hatte er sich von ihr ferngehalten, hatte schlecht geredet über die, die ihr verfallen waren, und dann, eines Tages … Er stöhnte auf. Kein Weib konnte das, was dieses elfengleiche Geschöpf vermochte. Sie war eine Zauberin der Lust und hatte ihn in ihren Bann gezogen. Hector seufzte. Seine Alondra war eine gute Frau. Und sie war Momo eine gute Mutter. Und er liebte sie, aufrichtig, aber Habibi … Für Habibi empfand er ein quälendes Verlangen nach Umarmung und Nähe. Seit er sie zum ersten Mal besessen hatte, war der Hunger nach ihr in ihm gewachsen wie ein böses Geschwür, und wenn er ihr sagte, dass sie ihn eines Tages noch verrückt machen werde, lächelte sie stumm und blickte zu Boden. Und nun trug sie sein Kind, und er wollte, dass sie es zur Welt brachte. Wieder tauchte ihr geschmeidiger Körper vor ihm auf; er glaubte, ihre Brüste fassen zu können, so wirklich war die Erscheinung. Hector atmete schwer. Es musste ein Ende haben, und es hatte ein Ende, bald schon. Benedetto würde Wort halten, das wusste er.

Auch Benedetto fand keinen Schlaf. Unruhig wälzte er sich auf seinem Lager hin und her. Er hatte nicht oft die Gelegenheit gehabt, Habibis Lager zu teilen, aber wenn, dann hatte sie ihm alles gegeben und seine Wünsche erfüllt, bevor er sie ausgesprochen hatte. Sie konnte in den Augen der Männer lesen, die bei ihr lagen, und was sie tat, tat sie aufrichtig und mit Liebe. In seinen Augen hatte sie die Sehnsucht nach Jolande gesehen, und sie hatte ihn gehalten, wie es Jolande getan hatte. Sie war eine Frau mit einem großen Herzen, aber sie war und blieb eine Hure. Und nun sollte er diese Hure zum Weib nehmen und den Bastard eines anderen Mannes großziehen.

Benedetto fühlte sich durch das Wort gebunden, das er Hector gegeben hatte, und er wusste, wenn er es brechen würde, könnte er nicht hier im Lager bleiben. Was kann ich besser ertragen, dachte er, eine Hure an meiner Seite oder die Einsamkeit? Nein, allein sein wollte er nie wieder. Es hatte ihn so viel Kraft gekostet, all die Jahre bei Gianni, immer ahnend, dass er nicht dorthin gehörte, und nun, wo er endlich angekommen war, wo er zu Hectors Familie gehörte, wollte er dieses Leben weiterführen. Vielleicht wird sich Habibi ändern, überlegte er, wenn es ihr gelingt, mich zu lieben, wird sie vielleicht auf ihre Ausschweifungen verzichten. Das Kind wird Habibi verwandeln, machte er sich weiter Mut. Sie wird Mutter sein, und das Kind wird der wichtigste Mensch in ihrem Leben sein, und die Liebhaber werden mit der Zeit verblassen. Und wenn nicht, dachte Benedetto, dann werde ich sie allesamt zum Teufel jagen. Und Habibi …

Ein Geräusch ließ ihn hochschrecken. Benedetto glitt unter seiner Decke hervor und setzte sich auf, horchte. Da war jemand an der Palisade. Lautlos schob er sich aus seinem Wagen. Mit den Augen suchte er den Lagerplatz nach etwas Ungewöhnlichem ab, aber er konnte nichts entdecken. Vorsichtig setzte er einen Fuß vor den anderen, jederzeit auf einen Angriff gefasst. Er griff nach seinem Messer, zu spät. Eine große Hand legte sich auf seinen Mund, drückte ihn zu Boden. Dann spürte er eine Messerspitze an der Kehle.

»Ruhig«, sagte eine tiefe Stimme. Benedetto entspannte sich und wartete darauf, dass der Angreifer ihm ins Gesicht sah. Als der Benedetto erkannte, warf er das Messer von sich und umarmte den Freund. Benedetto grinste und tippte dem nächtlichen Besucher an die Brust.

»Nwuma, du hast nachgelassen. Früher hätte ich dich nicht gehört. Aber heute hast du Krach gemacht wie ein hungriges Wildschwein.«

Der andere zuckte mit den Schultern und grinste zurück. In der Dunkelheit war von seinem Gesicht nur das Weiß der Augen und der Zähne zu sehen. Nwuma schüttelte den Kopf und zeigte auf sein rechtes Bein.

»Ich bin verletzt, Benedetto, darum bin ich hier. Es ist schwer, mit einem gebrochenen Bein keinen Krach zu machen, Bruder.«

Der Zigeuner nickte. Erst jetzt bemerkte er, dass das Bein notdürftig geschient war. Der Bruch sah nicht gut aus, das war sogar bei Dunkelheit zu erkennen. Sie würden das Bein richten müssen. Er zeigte auf seinen Wagen.

»Warte dort auf mich, Nubier, ich hole ein Weib, das dir helfen kann.«

Kurz darauf stand er vor Habibis Wagen und lauschte. Alles war still. Vorsichtig schob er den Vorhang beiseite und flüsterte ihren Namen. Als er keine Antwort bekam, stieg er in den Wagen und sah sich um. Ihr Lager war unberührt. Habibi war nicht da.

»Und dann hast du Benedetto beigebracht, lautlos zu schleichen?«

Momo hing gebannt an Nwumas Lippen, der vom Beginn ihrer Freundschaft erzählte. Der Nubier nickte und verzog sein Gesicht vor Schmerz. Er hatte bereits den bitteren Trank zu sich genommen, den Momos Großmutter ihm gereicht hatte. Er wird deine Glieder schwer machen, hatte sie gesagt, und dann fällst du in einen tiefen Schlaf. Nwumas Herz pochte hart in seiner Brust; er fürchtete sich davor, einzuschlafen und vielleicht nie wieder aufzuwachen. Benedetto reichte ihm einen Becher mit Wasser. Der Nubier trank gierig; er spürte den Schlag nicht, den Momos Vater ihm versetzte.

»Wir können nicht ewig warten«, sagte Hector leise und gab seiner Mutter ein Zeichen, das Bein zu strecken.

Als Nwuma kurze Zeit später erwachte, konnte er sich an nichts erinnern. Sein Bein war gewaschen, gerichtet und mit Stofffetzen gegen den Schmutz des Winters geschützt. Hector reichte ihm einen dicken, geraden Ast, auf den er sich beim Gehen stützen konnte.

»Benedetto hat viel von dir erzählt«, sagte er und sah den Schwarzen skeptisch an, »aber ich will die Geschichte von dir hören, Nwuma. Und dann will ich wissen, wie du uns so schnell gefunden hast.«

Der Nubier nickte. Er berichtete von seiner Herkunft, davon, dass sein Vater ein Händler war, der kreuz und quer über die Meere reiste. Auf einer besonders langen Reise, die von China bis nach Neapel führen sollte, begleiteten er und seine Mutter den Vater. Das Schiff sank während eines Sturms, Nwuma gehörte zu den wenigen Überlebenden. Er konnte sich bis nach Neapel durchschlagen, doch die Kaufleute, mit denen sein Vater Handel getrieben hatte, glaubten ihm seine Herkunft nicht, und er besaß nichts mehr, um ihre Zweifel zu zerstreuen. Um zu überleben, schloss er sich ein paar Taschendieben an, die den Gauklern von Marktflecken zu Marktflecken folgten. Mit seinem schwarzen Gesicht erschreckte er die Leute, und seine Kumpane nutzten die Aufregung, um die Bürger ihrer Scudos zu entledigen. Eines Nachts, es war in Grosseto, wurde er wach, weil sich jemand an seinem Wams zu schaffen machte. Dieser Jemand war

Benedetto. Nwuma grinste. Er hatte den anderen gewähren lassen und im passenden Moment zugepackt. Erst wollte er seinen Angreifer verprügeln, doch der habe ein ganz verheultes Gesicht gehabt, erzählte der Nubier. Es war kurz nach Jolandes Tod gewesen. Nwuma und Benedetto wechselten Blicke – und der Schwarze erzählte weiter.

Also hätten sie gesprochen, geflucht, getrunken. Und dann habe er seinen neuen Freund gelehrt, sich wie ein Schatten anzuschleichen: ohne jedes Geräusch.

Benedetto nickte, Momo saß ergriffen da, Augen groß wie Mahlsteine.

»Und dann?«, wollte Hector wissen. »Was geschah dann?«

Nwuma sammelte sich; er schien zu überlegen, was er preisgeben wollte und was nicht. Nach einer kurzen Pause sagte er:

»Benedetto schlief in der Schenke ein, und auch ich war müde und versteckte mich in der Kirche. Dort habe ich Dinge erfahren, die nicht für meine Ohren bestimmt waren. Ich weiß, wer hinter der Verschwörung steht, die den Fürsten von Siena sein Auge gekostet hat.«

Der Nubier spürte, dass er nun die volle Aufmerksamkeit Hectors genoss, doch auf dessen fragenden Blick hin schüttelte er den Kopf.

»Es ist noch nicht an der Zeit, mehr zu berichten, es ist zu gefährlich. Aber sei versichert, Anführer der Gaukler, dass ich die Wahrheit sage.«

Hector nickte nachdenklich, dann hakte er nach:

»Und wie hast du uns gefunden? Wir sagen niemandem, wo wir unser Winterlager aufschlagen.«

Nwuma grinste.

»Ein Weib aus eurem Kreis – eine ausgesprochene Schönheit, wie man mir versicherte, und mit allerlei Talenten gesegnet – hat es dem Prete in Ascarello erzählt, bei einem Stelldichein ... und er hat es munter ausgeplappert, in der Schenke. Ich musste mich also nicht einmal anstrengen.«

»Habibi«, zischte Benedetto, und sein Gesicht glühte auf vor Ärger, doch Hector gemahnte ihn zu schweigen und fragte weiter:

»Wo hast du dir das Bein gebrochen?«

Der Schwarze seufzte.

»Was habe ich getan, dass du mir Fragen über Fragen stellst? Ich bin ein Freund deines Freundes, und ich komme in guter Absicht. Das Bein habe ich mir vor zwei Tagen gebrochen, als ich in eine Tierfalle geraten bin. Das ist alles, Hector.«

Doch der Zigeuner war noch nicht zufrieden.

»Das alles erklärt nicht, warum du ausgerechnet jetzt zu uns stößt. Du hättest uns im Sommer treffen können, es ist bekannt, wann wir die Märkte besuchen. Also los. Sag es mir. Sonst kannst du nicht bleiben.«

»Es gibt keinen Grund«, erwiderte Nwuma düster. »Lasst mich noch ein paar Stunden ruhen, dann ziehe ich weiter.«

»Habibi ist fort.«

Es fiel Benedetto schwer, diese Worte auszusprechen. Auch wenn er sich noch nicht ganz damit abgefunden hatte, sie zur Frau zu nehmen, so war sie ihm nicht gleichgültig, und er sorgte sich.

»Fort oder einfach nicht da?«

Hector kaute an einem Stück Trockenfleisch herum. Er sah in die Runde. Außer seinem Freund und ihm war niemand hier draußen zu sehen.

»Weiß ich nicht«, gab Benedetto zu. Er berichtete, dass er

in der Nacht nach ihr gesehen hatte, damit sie Nwuma einen Trank gegen seine Schmerzen bereite, und gerade eben sei er noch einmal in ihrem Wagen gewesen. Er zuckte mit den Schultern.

Hector trat an ihn heran, drückte ihm ein Stück Trockenfleisch in die Hand und knurrte:

»Vielleicht sucht sie Kräuter, vielleicht liegt sie mit einem Mönch hinter einem Busch, wer weiß das schon.«

Die beiden Männer schauten einander fest in die Augen. Er macht sich Sorgen um Habibi, dachte Benedetto, er liebt sie. Benedetto hob die Hand zum Gruß und ging zu seinem Wagen. Er musste nachdenken.

Hectors Frage war verständlich. Warum kam Nwuma ausgerechnet in der kalten Jahreszeit, um sie zu besuchen? Benedetto schüttelte den Kopf. Es wollte ihm keine Antwort einfallen. Er streckte sich auf seinem Lager aus und dachte an den Tag, als er seinen schwarzen Freund kennengelernt hatte. Zunächst hatten sie sich geprügelt, dann hatten sie zusammen getrunken und gelacht. Auf einmal war der Nubier fort, und er, Benedetto, schlief in der Schenke ein. Im Haus von Pietro Martini wachte er auf. Der Vogt war aufgekratzt und vertraute ihm einen Brief für Ascanio di Cavalli an. Einen Scudo versprach er ihm für den Fall, dass er auf den Brief eine Antwort erhielte. Er nahm den Brief und machte sich auf den Heimweg. Am Stadttor traf er dann Nwuma, der anscheinend auf ihn gewartet hatte und ihm von dem zufällig belauschten Gespräch in der Kirche erzählte. Danach beschloss Benedetto, den Brief der Contessa zu übergeben.

Ob sie ihn gelesen hatte? Noch heute empfand er Verachtung für den Conte, wenn er daran dachte, wie unbarmherzig er stets gegen Donna Donata war, wie hart er seine Söhne bei den kleinsten Verfehlungen züchtigte. Ascanio ist der leibhaftige Teufel, ging es ihm durch den Kopf, und irgendwann wird ihn die Erde verschlucken. Bilder aus seiner Zeit in Giannis Küche tauchten vor seinem inneren Auge auf. Zum ersten Mal seit langer Zeit fühlte er so etwas wie Sehnsucht nach dem Küchenmeister, nach Josepha, sogar nach Rocco. Das alles ist Vergangenheit, rief er sich zur Ordnung, mein Zuhause ist hier bei den Gauklern.

»Benedetto?«

Jemand hatte den Vorhang an seinem Wagen zur Seite gezogen. Es war Habibi. Ohne seine Antwort abzuwarten, legte sie sich zu ihm und nahm seine Hand.

»Ich musste nachdenken«, sagte sie leise, »darum war ich ein paar Stunden fort.«

Benedetto setzte sich halb auf und sah die Frau neben sich an, auf deren Gesicht das Mondlicht spielte. Sie war ein wenig älter als er, aber in der Blüte ihrer Schönheit. Habibi erwiderte seinen Blick nicht. Benedetto spürte, dass es keine Ausrede war. Sie sprach die Wahrheit.

»Ja, ich bin eine Hure. Ich genieße es, einen Mann zu spüren, seine Hitze, ich liebe es, dieses Begehren in seinen Augen zu sehen und die Lust …«

»Warum erzählst du mir das?«, wollte Benedetto wissen. »Wer wüsste besser als ich, dass du dich aus vollem Herzen hingibst.«

»Ich sage dir das, weil ich Hector liebe. Sein Kind wächst in mir, und du bist der Einzige, dem er es anvertrauen kann. Ich werde dir ein gutes Weib sein, und vielleicht kann ich dich eines Tages auch lieben.«

Der Zigeuner lachte auf. Es klang bitter.

»Für mich spielt das keine Rolle. Ich nehme dich, weil mein Freund mich darum bat. Das ist der einzige Grund,

Habibi. Ich werde deinem Kind ein guter Vater sein, auch das. Aber ich weiß nicht, ob ich dich lieben kann. Ob ich dich lieben will. Und nun geh.«

Er wusste, er hatte Habibi verletzt. Aber der Zorn darüber, Hector gehorchen zu müssen, nagte an ihm. Dann besann er sich. Vielleicht sollte ich nach Nwuma sehen, überlegte er und verließ ebenfalls den Wagen.

Es war ein kalter, aber schöner Morgen. Der Zigeuner atmete tief ein. Die Luft roch nach Schnee. Schnellen Schrittes begab er sich zum Feuer, wo Hector, Momo und Nwuma standen und lachten. Als Benedetto die kleine Runde erreichte, nahm ihn der Anführer der Gaukler in den Arm.

»Es geht unserem Gast besser, wie du siehst«, begann er und zeigte auf den Nubier, »und er hat sich entschlossen zu bleiben.«

Benedetto verstand nicht. Was war in der Zwischenzeit vorgefallen? Wie kam es, dass Hector seine Meinung zu Nwuma geändert hatte? Fragend blickte er seinen Freund an. Hector verstand. Er wusste, er konnte Benedetto nicht anlügen.

»Pandolfo Petrucci ist tot«, sagte er nachdenklich. »Di Nanini wird Siena kaum vor den Spaniern und den Franzosen schützen können. Ferdinand von Aragonien ist alt, aber sein Enkel Karl wird ihm bald auf den Thron nachfolgen. Es wird Krieg geben, Bruder. Und die Frage lautet: Was wird dann aus unserem Volk?«

Benedetto nickte. Petrucci war oft Gast beim Conte di Cavalli gewesen. Er galt als äußert einflussreich und taktierte sowohl mit di Cavalli in Lucca als auch mit den Medici in Rom oder di Nanini in seiner Heimatstadt Siena. An eine Begebenheit konnte er sich genau erinnern. Es hatte ein Komplott gegen den Sienesen gegeben; dessen eigener

Schwiegervater zählte zum Kreis der Verschwörer. Pandolfo ließ sie alle töten, den Vater seiner Frau erstach er mit eigener Hand. Danach brach er auf, um an einer Jagd di Cavallis teilzunehmen. Mit blutdurchtränkten Handschuhen sei er dort angekommen, erzählten sich damals die Bediensteten am Hof in Lucca.

»Kaum ist man von den Borgia befreit, steht die nächste spanische Rattenbrut vor der Tür«, brummte Hector. »Mögen sie alle in der Hölle schmoren bei Cesare, dem Hundesohn, und seinem liederlichen Vater, Papst Alexander.«

»Was hat das Ganze mit dir zu tun, Nwuma?«

Benedetto konnte sich auf all das keinen Reim machen. Der Nubier sah ihm offen ins Gesicht.

»Ich war dabei, als Petrucci starb. Und ich habe seinen Mörder gesehen.«

15. KAPITEL

*R*occo saß auf einem Schemel und begutachtete die Tauben, die der Knecht ihm gebracht hatte. Als sich eine kleine Hand auf sein Knie legte, sah er auf und lächelte der alten Frau zu, die ihm am langen Arbeitstisch gegenübersaß.

»Er sieht genauso aus wie Anna, findest du nicht?«

Gabriella nickte. Sie hatte den Jungen einfach mitgenommen, als Rocco sie nach Giannis Tod zurück nach Lucca holte. Nur für ein paar Wochen wollte sie bleiben, und nun waren Jahre daraus geworden. Giacomo hatte nichts einzuwenden gehabt. Seit Annas Tod war der Buttero ein anderer; für den Sohn, den er sich immer gewünscht hatte und dem er den Verlust seiner geliebten Frau vorwarf, empfand er nichts als Ablehnung. Aber hier, in der Küche des Palazzo, ging es Lucio gut. In Josepha hatte er so etwas wie eine Mutter gefunden; die stumme junge Frau und er waren unzertrennlich.

Rocco sah zu den beiden hinüber. Er trug eine stille Liebe für die rotgelockte Tochter des alten Küchenmeisters in sich, aber er hielt es für nicht schicklich, um sie zu werben. Wenn Bella eines Tages zurückkäme – für Bella würde er jede andere verlassen, das wusste er, und eine solche Enttäuschung hatte Josepha nicht verdient.

Donna Donata stand am Fenster und genoss den warmen Wind, den der Abend mit sich brachte. Noch war das Wetter angenehm, aber der Sommer würde heiß werden, prophezeiten die Alten. Sie strich über ihr Gewand. Die Seide knisterte bei jeder Bewegung; kleine Blumen waren wie auf einer Wiese auf dem zarten Stoff verteilt. Vor wenigen Jahren noch hätte sie die Fröhlichkeit des Musters nicht ertragen können. Aber nun, da sie wusste, ihrer Tochter ging es gut, wählte sie kräftige Farben und ausgefallene Verzierungen für ihre Kleider. Sie lächelte. Rocco war wirklich ein treuer Diener. Nach dem Tod Giannis hatte sie ihn mit der Aufgabe betraut, ein Lebenszeichen von Bella zu finden. Die Contessa wusste, wie sehr der junge Koch das Mädchen vermisste. Aber sie gab ihm zu verstehen, dass sie ihn nicht vor Ascanio würde schützen können, sollte dieser den wahren Grund der Reise erfahren.

»Bring die alte Gabriella zurück«, hatte sie ihn vor der ganzen Dienerschaft aufgefordert, »sie kennt deine Küche und kann dir helfen, bis du einen geeigneten Koch gefunden hast.«

Stolz und überglücklich machte sich Rocco auf den Weg. In den Schenken trank er mit anderen Reisenden und erfuhr nach wenigen Tagen von einem Messerschleifer, dass ein Mädchen in Bellas Alter in der Küche von di Nanini arbeitete. Diese Kleine sei erstaunlich geschickt und der Koch, Massimo, voll des Lobes über sie. Rocco seufzte. Seine Bella lebte also. Der junge Koch spürte, wie das Blut in seinen Schläfen pochte. Vorsichtig lenkte er das Gespräch auf ein anderes Thema. Zu gern hätte er noch mehr erfahren, aber er wollte nicht zu neugierig erscheinen. Wer konnte wissen, wem der Messerschleifer noch begegnen würde, und das Letzte, was er wollte, war, dass sich der andere an ihn und seine Fragen erinnerte.

Zurück in Lucca wurde er auf Bitten der Contessa von di

Cavalli zum neuen Küchenmeister ernannt. Darüber hinaus freute sich der Conte offenbar, die alte Gabriella wieder in seiner Nähe zu haben. Von dem kleinen Jungen, der ständig an ihrer Seite war, nahm er keine Notiz.

Pietro Martini war eifersüchtig. Wütend trat er nach einem Stein. Dieses nichtsnutzige Ding. Den ganzen langen Winter hindurch hatte er sich auf die Zigeunerin gefreut, darauf, sie zu nehmen, sie zum Schreien zu bringen vor Lust … Er hatte sich ausgemalt, wie sie sich wildkatzengleich in seinen Armen winden und dann vor Glück jammern würde. Er war ein Narr, jawohl. Ein seidenes Tuch hatte er ihr als Geschenk mitgebracht – angewidert warf er einen Blick auf das Stoffknäuel, das er in der Faust hielt –, aber sie wollte plötzlich keine Hure mehr sein. Sie sei gesegneten Leibes. Na und? Ein Bastard mehr oder weniger, kam es darauf an? Einen Mann habe sie auch, hatte Habibi geflüstert, und der würde sie totschlagen, falls er sie erwischte. Und ihn, den Vogt, gleich mit dazu. Pah! Martini stampfte auf. Als ob es sie jemals gekümmert hätte, was die Männer ihretwegen wagten. Er dachte kurz an den Prete und seinen Bittgang nach Rom. Ein undankbares Luder war das. Und er, Pietro Martini, hatte geschmeichelt, geredet, ja sogar gebettelt. Aber die Zigeunerin hatte ihn fortgeschickt. Wie ein geprügelter Hund kam er sich vor. Einen Mann wie ihn wies keine zurück. Auch die nicht! Sie würde das alles bitter bereuen, dafür wollte er sorgen.

»Du siehst bedrückt aus, Vogt.«

Das war Mario, der Wirt. Sein dicker Bauch stand weit über die Türschwelle, an der er lehnte, hinaus. Aus der Schankstube hinter ihm drangen laute Stimmen ins Freie. Selbstgefällig grinste er Martini an.

»Und wenn ich mir die Bemerkung erlauben darf, du bist nicht der Einzige heute Morgen mit einem übellaunigen Gesicht. Komm, setz dich zu mir und trink einen Becher Wein.«

Widerwillig nickte der Stadtvogt und folgte dem Wirt. Er war also nicht der Einzige, so, so. Mit einem Stöhnen ließ sich Martini auf die Bank sinken. Die Grütze bei Francesca konnte warten. Dieses Mausgesicht von Schwester würde ihn früher oder später hier auftreiben, das war so sicher wie das Amen in der Kirche.

»Was willst du, Mario? Über Weiber reden?«

Der Angesprochene schüttelte den Kopf und nahm einen tiefen Schluck. Er blickte den Vogt ernst an.

»In Siena herrscht Unruhe bei den Nobili. Man sagt, die Stadt will sich unter den Schutz der Spanier stellen.«

»Na und?«, brummte Martini. Ein unwilliger Seufzer folgte. »Was hat das mit Grosseto zu tun?«

Nun war es der Wirt, der seufzte. Wollte der Stadtvogt nicht eins und eins zusammenrechnen oder konnte er nicht?

»Wenn Siena sich unterwirft, folgen vielleicht Lucca und die anderen Städte, und dann ist es vorbei mit unserem Handel, unserer Freiheit. Begreifst du das?«

Martini nickte. Natürlich verstand er das. Aber selbst wenn es so kommen sollte, konnte man nichts dagegen tun. Da er wusste, dass er mit dieser Antwort den Wirt nur erzürnt hätte, fragte er scheinheilig:

»Was würdest du denn tun, wenn du der Vogt von Grosseto wärst?«

Die Antwort kam blitzschnell.

»Mit den Gauklern reden.«

»Mit den Gauklern reden«, echote Martini. »Was soll das bezwecken?«, setzte er nach.

Der Wirt füllte ihre Becher wieder voll und gab seinem Gesicht einen wichtigen Ausdruck.

»Die Zigeuner kommen überall herum. Wir könnten einen Handel machen. Sie berichten uns, was geschieht, und wir gewähren ihnen ein paar Vorteile.«

Von seiner eigenen Klugheit überwältigt bekam Mario feuerrote Wangen. Schnell trank er einen Schluck. Martini beobachtete ihn nachdenklich. Es war mehr als unwahrscheinlich, dass dieser Einfall dem Kopf des Wirtes entstammte. Ein kleines Vögelchen musste ihm etwas zugezwitschert haben. Aber wer? Und warum? Ganz offensichtlich war die Nachricht ja für ihn, Martini, bestimmt.

»Deine Gedanken sind nicht schlecht, Wirt«, sagte Martini und leerte seinen Becher in einem Zug. Er würde schon ergründen, wer der Zwitschervogel war. Vielleicht konnte er etwas aus dem Wirt herausbekommen, ohne dass der Tölpel etwas merkte.

»Nehmen wir an, wir machen das so. Sprechen wir mit Hector? Und was wollen wir ihnen bieten als – na, sagen wir mal, Gegenleistung?«

»Du sprichst mit mir, Vogt.«

Erschrocken drehte Martini sich um und sah Benedetto auf sich zukommen. Der Wirt machte ein blödes Gesicht und goss einen weiteren Becher mit Wein voll. Der Zigeuner setzte sich dicht neben den Stadtvogt.

»Damit hast du nicht gerechnet, habe ich Recht?«

Martini wollte etwas erwidern, aber Benedetto machte ihm eine Geste zu schweigen.

»Hector und ich führen unsere Familie gemeinsam. Er hat mich zu seinem Nachfolger erwählt, und er schickt mich hierher, um dir und deiner Stadt ein Angebot zu machen. Wir sind deine Kundschafter, den ganzen Sommer lang. Dafür wollen wir in diesem Winter unser Lager in Grosseto aufschlagen. Wenn es Krieg gibt – und die Zeichen stehen so –, ist unsere Familie ungeschützt, ganz gleich, wo wir uns verstecken. In deinen Mauern aber sind wir sicher. Was sagst du dazu, Vogt?«

Martini rieb sich das Kinn. Er dachte nach. Der Vorschlag klang vernünftig. Wenn die Gaukler Wort hielten und ihm regelmäßig berichteten, was sich in Siena und den anderen Städten abspielte, wäre das ein großer Vorteil für Grosseto. Vielleicht konnte man sich durch geschicktes Vorgehen sogar aus allem heraushalten und eine neutrale Position beziehen. Zum ersten Mal an diesem Tag hellte sich Martinis Laune ein wenig auf. Und was das Winterlager betraf … bis dahin würde die Sonne noch viele Stunden scheinen.

»Sag Hector, dass ich über den Vorschlag nachdenke.«

»Denk nicht zu lange nach, Vogt. Du brauchst unsere Hilfe, und du weißt das.«

Langsam stand Martini auf und ging zur Tür. Dort angekommen, hörte er, wie Benedetto seinen Namen rief. Er blickte über die Schulter zurück. Der Zigeuner war aufgesprungen und zeigte mit dem Finger auf ihn.

»Eines noch, Vogt. Lass mein Weib in Ruhe. Habibi gehört mir. Mir allein.«

»War das klug?« Hector blickte Benedetto grimmig an.

»Ich verstehe ja, dass du ihm eins auswischen wolltest – aber einen Stadtvogt öffentlich zu demütigen, das ist nicht gerade vorteilhaft für unsere Verhandlungen.«

Benedetto nickte. Ja, er hatte einen Fehler gemacht. Sein Temperament war mit ihm durchgegangen.

»Habibi wird bald Mutter. Diese Kerle sollen sie endlich in Ruhe lassen.«

Benedetto schluckte, aber er riss sich zusammen. Das alles war ziemlich viel auf einmal. Die Anführerschaft, ein schwangeres Weib, das ihn nicht liebte, einfach alles.

Hector wusste, dass sein Freund litt. Hätte er in derselben Situation nicht ebenso gehandelt? Er legte dem Jüngeren beschwichtigend die Hand auf die Schulter.

»Als Mann und Vater verstehe ich dich. Aber Martini ist ein böser Mensch. Wir können ihm nicht trauen, und je weniger er von uns weiß, desto besser ist das für unsere Familie.«

Benedetto schluckte wieder und zog sich den Hut ins Gesicht.

»Wie wollen wir weiter vorgehen?«, fragte er leise.

Hector ließ seinen Blick über das Lager schweifen. Von überall her waren Stimmen zu hören; Kinder spielten zwischen den Wagen, die Maultiere und Pferde grasten friedlich. Ein Gefühl tiefer Liebe für sein Volk stieg in ihm hoch. Er hatte seine Familie gut geführt, viele Jahre lang. Aber noch nie hatten sie so schwierigen Zeiten entgegengesehen wie jetzt. Er spürte Benedettos Blick auf sich ruhen und sah ihn offen an. Hilf mir, sprachen seine Augen, und hilf unserem Volk.

»Was macht ihr so ernste Mienen?«

Sie hatten Nwuma nicht kommen hören. Der Nubier spürte sofort, dass die beiden Männer in Sorge waren.

»Nun? Habt ihr die Sprache verloren?«

Benedetto berichtete in hastigen Worten von dem Vorfall in der Schenke. Sein schwarzer Freund nickte.

»Martini ist gierig. Gierig nach Silber und nach Neuigkeiten. Er wird stillehalten, bis er von uns erfahren hat, was er wissen will«, stellte Hector fest. »Wir müssen uns gegen ihn absichern. Sobald unser Handel steht, sollten wir uns mit dem Pfarrer treffen. Martini soll auf die Bibel schwören, dass er uns im Winter in Grosseto lagern lässt.«

»Und wie stellst du dir das vor mit den Neuigkeiten?«, wollte der Nubier wissen.

Zwei Augenpaare richteten sich gleichzeitig auf Nwuma.

»Gut, dass du es ansprichst, Freund«, begann der Anführer der Gaukler, »wir haben an deine Hilfe gedacht.«

Der Schwarze grinste ungläubig.

»Ich bin so auffällig wie ein bunter Hund, Hector, wie soll ich etwas auskundschaften?«

»Du wirst Medizin verkaufen. Unsere Frauen haben Salben und Tinkturen bereitet; du bist von nun an ein Medizinmann aus dem fernen Nubien und gehst von Stadt zu Stadt, von Hof zu Hof. Wir reden wie bisher mit den Marketenderinnen, den Stadtvögten, den Pfarrern. Und bleiben unauffällig. Was meinst du?«

Der Schwarze zuckte mit den Schultern.

»Mit euch umherziehen kann ich dann aber nicht.«

»Nein, aber du bekommst ein Maultier von uns und Habibis Wagen«, sagte Hector. Er betrachtete beide Männer vor ihm eindringlich. Nwuma nickte verständig; er schien den Vorschlag gutzuheißen. Benedetto schaute zu Boden und scharrte mit dem Stiefel im Sand. Auch er war am Überlegen.

»Wann soll es losgehen?«

Seine Stimme klang belegt.

»Sobald Martini auf die Heilige Schrift geschworen hat«, entgegnete Hector.

»Komm mit, Benedetto, wir besuchen den Vogt. Und du, Nubier, sag Habibi, sie soll ihre Sachen packen.«

Auf dem Weg zu Martinis Haus waren beide Männer schweigsam.

»Lass mich sprechen«, sagte Hector, als er an die Tür klopfte.

Francesca öffnete sofort. Sie hatte wahrscheinlich an der Tür gestanden und gelauscht. Zigeuner im Haus zu haben war nicht das, was sie sich wünschte, aber ihr Bruder hatte ihr von einem bevorstehenden Handel erzählt. Grußlos winkte sie die beiden herein und deutete auf die Bank, die direkt am Kamin stand. Benedetto erkannte sie sofort wieder. Hier hatte der Vogt seine Wassereimer über ihm ausgeleert, damals … er seufzte. Sein Freund versetzte ihm sofort einen kleinen Stoß in die Seite.

»Nimm dich zusammen«, zischte er, »denk an unsere Familie.«

Benedetto straffte sich und wollte gerade zu einer Antwort ansetzen, da erschien Martini im Raum. Mit einladender Geste bot er den Gauklern Platz an, dann schnippte er mit den Fingern. Francesca kam sofort herbeigeeilt; sie trug warmes Brot und Zwiebeln und Speck. Wirklich ein Mausgesicht, dachte der Vogt und sah seiner Schwester dabei zu, wie sie Becher verteilte und einen Krug mit Wein holte. Als sie einschenken wollte, zischte er etwas und machte ihr eine Geste zu gehen. Zwischen den eng zusammenstehenden Augen in Francescas Gesicht bildete sich eine steile Falte, aber sie sagte nichts. Als der Vogt hörte, wie die Tür hinter ihr ins Schloss gefallen war, atmete er sichtlich auf.

»Weiber«, sagte er leutselig, »neugierig und geschwätzig.«

Seine Gäste erwiderten nichts, sondern sahen ihn ruhig an. Martini räusperte sich. Er öffnete einen Knopf an seinem Wams; es war ein warmer Tag heute, und dabei lag das Pfingstfest noch vor ihnen.

»Hast du eine Entscheidung getroffen?«, fragte Hector.

Der Vogt versuchte, ein freundliches Gesicht zu machen.

Jedes Mal jedoch, wenn seine Augen zu Benedetto wanderten, verfinsterte sich seine Miene.

»Ja«, erwiderte er schließlich. »Hätte ich euch sonst Zugang zu meinem Haus gewährt?«

Er nahm sich ein Stück Speck und biss ab. Genüsslich kaute er eine Weile und sagte nichts. Die Zigeuner wurden langsam ungeduldig.

»Dann sag uns, wie du dir den Handel vorstellst, Vogt.«

Hectors Stimme ließ keinen Zweifel daran aufkommen, dass er Martinis Spielchen durchschaute. Der legte den Speck beiseite und spülte mit Wein nach.

»Zu jedem Neumond erwarte ich Nachricht. Den ganzen Sommer hindurch, bis alles Getreide abgeerntet ist. Vor der Ernte wird kein Krieg ausbrechen, so dumm kann kein Mensch sein.«

»Du verlangst viel, Pietro Martini«, sagte Hector bedächtig.

»Und ich will die Nachricht von einem von euch. Persönlich. Hier, mein Freund Benedetto. Wir teilen die Liebe zu einer schönen Frau, wie nun ganz Grosseto weiß. So etwas verbindet.«

Er sah dem älteren der Zigeuner in die Augen, gab seinem Gesicht einen leutseligen Ausdruck. »Ich vertraue deinem Freund, Hector.«

Dann fiel der Blick wieder auf den Jüngeren. Die Augen des Stadtvogts blitzten vor Hass, doch Benedetto erwiderte den Blick nicht und blieb ruhig.

»So sei es«, sagte Hector laut, »du bekommst Nachricht von Benedetto, den ganzen Sommer hindurch, und unsere Familie lagert im kommenden Winter geschützt hinter den Mauern deiner Stadt.«

Martini erwiderte darauf zunächst nichts. Er machte den

Mund auf und zu wie ein erstickender Fisch, aber kein Laut verließ seine Kehle. Es war ihm anzusehen, dass ihn die schnelle Einigung überraschte.

»Eines noch«, setzte der Anführer der Gaukler nach, »da es ein feierlicher Handel zwischen uns ist, möchten wir den Segen des Pfarrers erbitten. Ich habe meinen Sohn nach ihm geschickt. Er müsste gleich da sein.«

Wieder schnappte der Vogt nach Luft. Wenn Hector dermaßen vorausschauend gehandelt hatte, musste an dem Braten etwas faul sein. Aber was? Sicher war, er hatte sich übervorteilen lassen, er würde es schon noch herausbekommen. Ein Grunzen entfuhr seiner Kehle. Es nützte alles nichts, er brauchte dieses Pack. Beherzt griff er zum Steinkrug und füllte die Becher.

»Dann lasst uns auf den Handel anstoßen, bevor der Pfaffe kommt«, sagte er und grinste anzüglich, »unser Prete hat nämlich einen gesegneten Durst.«

Kaum hatte er den Satz beendet, klopfte es an der Tür zum Hof. Kurze Zeit später erschien Francesca, immer noch missmutig.

»Der Pfarrer ist da«, sagte sie erstaunt, »und er hat einen Jungen bei sich. Sie sagen, sie werden erwartet.«

»So ist es, so ist es, liebe Schwester«, beeilte sich Martini zu antworten und breitete überschwänglich die Arme aus. »Sag ihnen, sie sollen sich zu uns setzen, und du, hol uns noch ein wenig Wein und Brot.«

Francescas Augen glitzerten vor Zorn. Sie war nicht die Dienstmagd hier, aber ihr Bruder vergaß das nur zu gern, wenn er Gäste im Haus hatte. Sie ließ den Prete und Momo an sich vorbeigehen und warf die Tür laut hinter sich zu. Martini lächelte schief wie zur Entschuldigung und begrüßte den Pfarrer mit unterwürfiger Höflichkeit.

»Martini hasst dich.«

Hector sah seinen Freund ernst an. »Du musst bei ihm auf der Hut sein. Versprich mir das.«

»Was zählt, ist, dass der Handel gilt. Vor Gottes Angesicht. Alles andere ist unwichtig«, versuchte ihn der Jüngere zu beschwichtigen. In Gedanken vertieft nahmen sie ihren Weg auf und waren bald wieder im Lager. Momo kam ihnen entgegengelaufen; er hatte sich, sofort nachdem der Pfarrer Platz genommen hatte, auf den Heimweg gemacht. Seine Augen leuchteten.

»Vater, lass mich mit Nwuma gehen«, bettelte er. »Er kann einen Helfer gebrauchen. Ich kenne die Wege, die Wälder …«

»… und die Macchia«, ergänzte sein Vater und schüttelte den Kopf.

»Nein, mein Sohn, du bist zu jung. Wenn dem Nubier etwas passiert, bist du nirgendwo sicher. Und deine Familie ist vielleicht Tagesreisen entfernt.«

Momos Augen füllten sich mit Tränen. Er stampfte wütend mit dem Fuß auf. Als Nwuma sich zu ihnen gesellte, rief er ihm entgegen:

»Ich hab's dir ja gesagt, Vater lässt mich nicht.«

Der Schwarze legte den Kopf schief und blickte Hector fragend an.

»Hast du kein Vertrauen zu mir, Anführer der Gaukler? Ich werde für ihn sorgen wie für einen Sohn. Außerdem kann er mir wirklich helfen. Er kennt viele Gesichter, ist sein Leben lang in der Toskana umhergezogen. Du gibst ihm eine wichtige Aufgabe, wenn du ihn mit mir ziehen lässt. Und …«, er blinzelte Momo zu, »im Übrigen wird es Zeit, einen Mann aus ihm zu machen. Wie soll er das werden, zwischen all den Weibern und Kindern?«

Momo wischte seine Tränen fort und sah seinen Vater flehend an. Die drei Männer wechselten Blicke. Hector seufzte und schaute seinen Sohn an. Er sagte nichts, aber es war ihm anzumerken, dass er abwägte, was die richtige Lösung sei.

»Gut«, meinte er schließlich, »ich vertraue dich der Obhut unseres Freundes Nwuma an. Aber sollte mir zu Ohren kommen, dass du ihm nicht gehorchst, bist du am nächsten Tag wieder in unserem Lager. Hast du mich verstanden?«

Momo nickte heftig und warf jauchzend seine Mütze in die Luft. Hector berührte den Nubier an der Schulter und sagte so leise, dass es niemand sonst hören konnte:

»Sollte ihm etwas zustoßen, brate ich dich am Spieß. Bei lebendigem Leibe. Und ich meine es ernst, mein Freund.«

»Ich werde auf sein Leben so achten, als wäre es meines«, versprach Nwuma und gab dem Anführer der Zigeuner die Hand. Hector nahm seinen Sohn in den Arm.

»Lauf zu deiner Mutter und erzähl ihr von deinen Reiseplänen, und pass auf, dass sie dir aus Freude darüber nicht den Hintern versohlt!«

Zu dem Nubier gewandt fragte er: »Wann wollt ihr uns verlassen?«

»Morgen, wenn du einverstanden bist.«

Hector nickte. Er würde seinen Sohn vermissen, das spürte er schon jetzt.

16. KAPITEL

*D*u sollst in die Sala kommen, Magdalena. Der Principe befiehlt es dir.«

Ohne eine Antwort abzuwarten, verließ Umberto die Küche. Ungehalten schüttelte er den Kopf. Als ob es nicht reichen würde, dass die gesamte Dienerschaft unter ihrem Befehl stand; allein die Knechte in den Stallungen, der Stallmeister und er selbst waren bislang von dieser neuen Ordnung nicht betroffen. Aber der Leibdiener kannte seinen Herrn gut genug, um zu wissen, dass es lediglich eine Frage der Zeit war, wann auch er würde Magdalena gehorchen müssen.

Beim Gedanken an diese Demütigung lachte er bitter auf. Wie viele Jahre war er der Vertraute di Naninis gewesen? Zwanzig? Dreißig? Ein Leben lang hatte er seinem Herrn rechtschaffen gedient, und nun war da ein junges Mädchen mit einer Haut wie frische Milch und verdrehte dem Principe den Kopf. Und wie selbstbewusst die Kleine war. Fünfzehn Jahre alt, aber sie trug das Kinn so hoch wie eine Nobile. Und sein Herr ließ ihr das Gebaren auch noch durchgehen! Umberto ballte die Hände zu Fäusten. Nein, er konnte nicht schlecht von ihr sprechen. Sie war im Umgang natürlich und freundlich. Aber selbst in einfachen Worten lag eine Autorität, wie er sie bei einer Frau – selbst bei einer Nobile – noch nie erlebt hatte. Sie war anders als all die Menschen, die er im Laufe seines Lebens kennengelernt hatte, und sie war ihm nicht geheuer. Nein, er mochte sie einfach nicht.

»Da bist du ja. Setz dich, Magdalena.«

Bella gehorchte und nahm ihren Platz ein; es war ungewöhnlich, dass der Principe bereits am Morgen nach ihr
schickte. Sie betrachtete ihn und wartete darauf, dass er das
Wort an sie richten werde. Auch wenn sie viele Freiheiten
am Hof genoss und er sie mit allerlei Aufgaben bedachte,
ließ er nie einen Zweifel über den Standesunterschied aufkommen. Müde sieht er aus, dachte sie, wahrscheinlich haben ihm seine Pilze wieder zu lange Träume geschenkt. Inzwischen war es ein offenes Geheimnis, dass der Principe
diesem Laster verfallen war. Er muss schrecklich leiden, dass
er seine Seele jede Nacht auf Wanderschaft schickt, überlegte sie.

»Hast du gehört, was ich gesagt habe?«

Di Naninis Stimme klang ungehalten. Bella zuckte zusammen. Sie hatte nicht aufgepasst.

»Es tut mir leid, Sua Altezza.«

Der Fürst machte eine wegwischende Handbewegung.

»Ich will wissen, was auf den Märkten erzählt wird. Ich
bin der Principe. Mir sagt niemand ehrlich, was er denkt.
Aber du hast Zugang zum Volk. Also, was gibt es Neues?«

»Die Menschen haben Angst, dass es Krieg gibt, Herr.
Der Sommer wird heiß, die Bauern befürchten eine schlechte Ernte. In der Maremma ist wieder das Fieber ausgebro-
chen. Die Butteri fürchten um ihre Tiere. Es sind schlechte
Zeiten für das Volk.«

Di Nanini nickte. Genau das hatte ihm Umberto auch berichtet, und er war froh, dass sich die Darstellungen deckten. Es war unübersehbar, dass sein Leibdiener unter der
Bevorzugung dieses Mädchens litt, und manchmal kamen
ihm Zweifel, ob Umberto trotz seiner Eifersucht loyal war.
Aber was er gerade gehört hatte, beruhigte ihn. Er konn-

te und wollte seinem Leibdiener weiterhin vertrauen. Sein Blick traf den Bellas. Sie war nicht nur ein hübsches, sondern auch ein kluges Mädchen. Sie ist wie ein Edelstein, der noch den passenden Schliff braucht, um zu strahlen, dachte er mit einem Gefühl von Zärtlichkeit.

»Ich habe eine neue Aufgabe für dich«, sagte er feierlich und sah mit Entzücken, dass sie vor Spannung erstarrte.

»Du bist ein kluges Mädchen, aber deine Entscheidungen kommen nur aus deinem Herzen. Das macht dich verwundbar. Ich habe mich mit Bruder Angelo unterhalten …«

»Ihr wollt mich in ein Kloster stecken?«

Bella war aufgesprungen und warf sich dem Principe vor die Füße. Sie weinte.

»Bitte schickt mich nicht fort, Herr. Die Küche hier – das ist mein Leben.«

Belustigt sah der Fürst auf sie hinab. Diesen kleinen Schreck hatte er wohl kalkuliert. Sie muss einfach ab und an wissen, wo ihr Platz ist, dachte er und sagte laut:

»Wohl kaum, Magdalena. Ich habe mich viel zu sehr an deine Speisen gewöhnt. Aber es gibt noch viel, was du zu lernen hast. Du musst deinen Blick für die Dinge schärfen, die um dich herum geschehen. Du hast nicht nur Freunde hier, es gibt auch Menschen in deiner Nähe, die dir Übles wollen. Und so wird es immer sein, ganz gleich, wo du lebst. Du bist anders, Magdalena, und das spüren die Menschen, und davor haben viele Angst.«

Verständnislos sah Bella den Fürsten an. Sie konnte sich nicht vorstellen, worauf er hinauswollte. Das Mädchen legte den Kopf etwas schief und wartete gespannt auf eine Erklärung. Di Nanini lächelte. Er liebte es, wenn Bella ihn so ansah.

»Um es kurz zu machen. Bruder Angelo kommt jeden

Tag für zwei Stunden hierher und unterrichtet dich im Lesen und Schreiben. Das wird dich stark machen und schützen.«

Bella stand auf. Sie war fassungslos. Ihr war die Bedeutung dieses Geschenks vollkommen bewusst. In ihr begann etwas zu glühen. Eifer und Neugierde erfüllten sie.

»Wann, Herr?«

Bella war erstaunt, wie klein und dünn ihre Stimme klang. Der Principe sagte nichts, sondern läutete nach Umberto. Wenig später öffnete sich die Tür zur Sala. Der Leibdiener versuchte, ein freundliches Gesicht zu machen, als er den Mönch eintreten ließ, aber sein Herr kannte ihn gut genug, um zu wissen, was er wirklich fühlte. Bislang war er der Einzige in der Dienerschaft gewesen, der über diese Bildung verfügte. Erneut würde er einen Teil seiner Macht an Bella verlieren. Nachdem sich die Tür wieder geschlossen hatte, machte der Fürst einen Schritt auf Bruder Angelo zu.

»Du weißt, dass ich deinem Kloster viele Scudos versprochen habe, damit das Mädchen hier lesen und schreiben lernt. Also gib dir Mühe. Sie ist klug, und sie wird eine gute Schülerin sein. Und nun an die Arbeit.«

Bella sagte nichts. Sie nickte dem Fürsten zu und folgte Bruder Angelo, der mit kleinen Schritten und wiegenden Hüften vor ihr hertrippelte. Wie ein Weib, dachte sie kurz und konnte ihr Glück immer noch nicht fassen.

Di Nanini lehnte sich in seinem Sessel zurück und streckte sich. Er war sich sicher, das Richtige getan zu haben. Bildung war die beste Waffe und schärfer als jedes Schwert.

»Der Mönch bringt ihr Lesen und Schreiben bei?«

Er hatte Fabrizio nicht hereinkommen hören. Der Fürst setzte sich auf und wartete darauf, was sein Sohn sonst noch zu sagen hatte. Seit der Hochzeit mit Cassandra war ihr Verhältnis getrübt. Seine Schwiegertochter lebte die meiste Zeit in Rom bei ihren Eltern, nur alle paar Monate kam sie nach Siena, um doch so etwas wie Zuneigung bei ihrem Gemahl zu wecken. Sie hatte anscheinend die Hoffnung noch nicht aufgegeben, Mutter seiner Kinder zu werden. Doch Fabrizio blieb stur. Bislang hatte er ihr nicht beigewohnt, und die Scham darüber, als jungfräuliche Gemahlin zu leben, stand der jungen Frau ins Gesicht geschrieben.

»Ja«, erwiderte der Principe knapp, »sie ist klug, aber ungebildet. Das, was sie lernt, wird ihr helfen, gerade in den schlechten Zeiten, die auf uns warten, mein Sohn.«

Fabrizio zuckte mit den Schultern.

»Sie ist klug, ja, aber das sind andere aus dem Volk auch. Du gibst ihr den Vorzug vor allen anderen, selbst vor mir. Du fragst sie nach ihrer Meinung – sie ist ein Weib! Und du behandelst sie wie eine Principessa. Sie ist keine der unseren, mein Fürst.«

»Wer bist du, dass du mich maßregelst?«, erwiderte di Nanini. Er hatte diesen Moment kommen sehen, und sein Sohn hatte Recht. Das Mädchen war ihm näher als jeder andere Mensch.

»Verzeihung, Sua Altezza.«

Fabrizio wusste, er war zu weit gegangen. Aber merkte sein Vater denn nicht, dass er ihn brauchte? Er fühlte sich so unglücklich in dieser Ehe, die keine war, er vermisste die Ausritte mit ihm, die Gespräche. Di Nanini betrachtete seinen Sohn aufmerksam. Der Kummer der letzten Jahre hatte ihm die jungenhafte Fröhlichkeit genommen.

»Lass die Pferde satteln«, sagte er leise und sah, wie sich Fabrizios Gesicht aufhellte, »wir waren schon so lange nicht mehr gemeinsam unterwegs.«

Bella stand an der Pforte zum Kräutergarten. Sie sagte leise das Alphabet auf. Jeder einzelne Buchstabe nahm Gestalt an und begann mit den anderen zu tanzen, so lange, bis sich ein Wort gebildet hatte. Bruder Angelo war zufrieden mit ihr, das wußte sie. Bald, das hatte er ihr versprochen, werde sie das erste Mal mit Feder und Tinte schreiben dürfen. Und dann werde er sie mitnehmen, in sein Kloster, und sie dürfe einen Blick in die Schriften werfen, die dort verwahrt wurden. Bella wusste, dass sie den Zugang zu solchen Kostbarkeiten allein der Geldschatulle des Fürsten zu verdanken hatte. Wenn sie daran dachte, was unter den Schätzen des Klosters alles zu entdecken war, spürte sie schon jetzt ihr Herz vor Aufregung schneller schlagen.

»Kann ich ein Stück altes Brot haben, bitte?«

Erschrocken drehte Bella sich um. Diese Worte hatte sie schon einmal gehört, damals … wir haben kein altes Brot, hatte sie geantwortet.

»Momo?«

Zwischen den Obststräuchern bewegte sich etwas; zuerst sah Bella nur die Mütze, dann kroch Momo aus dem Astwerk hervor. Er war hoch aufgeschossen, dünn und sehnig, aber seine Augen waren immer noch so lavendelblau, wie seine Beine dreckig waren. Etwas schüchtern kam er näher. Sie lächelten einander an, betrachteten sich gegenseitig.

»Du bist schmutzig wie ein Ziegenbock«, versuchte Bella ihre aufsteigende Verlegenheit zu überspielen. »Wo sind die anderen? Wie geht es euch?«

Momo zuckte mit den Schultern.

»Sie sind auf den Märkten. Wie jedes Jahr.«

»Und du? Was machst du allein in Siena?« Bella wusste, dass Hector nichts davon hielt, wenn jemand aus seiner Familie allein umherzog. Es war einfach zu gefährlich.

»Ich bin nicht allein«, antwortete Momo und grinste. Dann drehte er sich um und lief davon.

»Magdalena!«

Das war Rosa, Massimos Weib. Sie hatte wie jedes Jahr einen Säugling im Arm und deutete auf den Wagen, der vor der Küchentür haltmachte. Bella hielt den Atem an. Habibis Wagen. Was wollte die Zigeunerin von ihr? Stirnrunzelnd trat sie vor die Tür. Im nächsten Moment sprang Momo auf sie zu. Er deutete auf den Mann, der noch auf dem Kutschbock saß, und zwinkerte ihr zu. Bella war überrascht. Sie wusste, dass es Menschen mit schwarzer Haut gab, aber sie hatte noch nie einen gesehen. Der Fremde lächelte ihr zu und stieg ebenfalls ab. Mit einer tiefen Verbeugung zog er seinen Hut vom Kopf.

»Ich bin Nwuma aus dem fernen Nubien, und das ist Momo, mein Schüler. Ich bin ein Dottore, wie man hier sagt, und habe viele Salben und Kräuter dabei, Tinkturen auch.«

Wieder lächelte er sie an. Der Blick seiner dunklen Augen traf Bella bis ins Mark. Sie spürte, dass sie über und über errötete. Zum ersten Mal fehlten ihr die Worte. Sie war vollkommen fasziniert von dem Fremden.

»Tinkturen?«, fragte sie schließlich, nur um irgendetwas zu sagen. Sie fühlte sich schrecklich. »Salben?«

Momo nickte eifrig und schlug die Decke zurück, die den Wagen geschlossen hielt. Er holte umständlich einen großen Korb hervor, in dem sich viele kleine Gefäße befanden. Das Mädchen erkannte sofort, woher diese stammten. Oft hatte sie den Frauen der Gaukler beim Abfüllen ihrer Tränke geholfen. Momo sah sie verschwörerisch an. Bella spürte immer noch den Blick des Nubiers auf sich ruhen, aber sie traute sich nicht, ihn anzusehen.

»Habt ihr Hunger?«, wandte sie sich an den Zigeuner. »Ich kann euch Brot und Speck bringen lassen und ein wenig kaltes Fleisch.«

»Danke.«

Nwuma verbeugte sich noch einmal. Der Klang seiner Stimme ließ irgendetwas in Bella erschauern, sie wusste nicht, was es war.

»Wartet hier«, sagte sie, ohne die beiden anzusehen, und ging zurück in die Küche. Im nächsten Moment war Rosa an ihrer Seite.

»Er ist schwarz wie Kohle«, flüsterte sie und setzte sich auf einen Schemel. Während sie ihr Hemd aufknöpfte und das Kind trinken ließ, plapperte sie weiter.

»Der Nubier ist ein Heiler, hat meine Schwester gesagt. Eine Frau aus Grosseto …«

Bella schaute sie gleichgültig an, während sie Speck und Brot in einen Korb packte.

»Mag sein, Rosa, mag sein. Ich brauche seine Hilfe nicht.«

»Wirklich?«

Rosas Stimme klang ganz fremd. Was hat sie nur?, dachte das Mädchen, war ich nicht immer gut zu ihr?

»Was willst du mir sagen, Rosa«, ging Bella auf die Bemerkung der Magd ein, »so sag schon: Was ist los?«

Die andere Frau stand auf, knöpfte sich betont langsam ihr Hemd zu und sah Bella unverwandt an.

»Mein Mann träumt viel. Und laut. Und erzählt dann von einem Mädchen, auf das ein Preis ausgesetzt wurde. Und er spricht von den Zigeunern.«

Bella nickte.

»Träume, Rosa. Wünsche vielleicht … Massimo ist ein guter Mann und ein guter Koch, und ich schätze ihn über alle Maßen, das weiß er, und du weißt es auch. Oder?«

Sie sah Rosa offen an. Noch nie zuvor hatte sie sich der Konfrontation mit ihr gestellt, aber nun war der Moment gekommen. Rosa lachte heiser auf, sie drückte ihr Kind an sich.

»Weiß der Teufel, wer dich zu uns gebracht hat und wie du den Principe verhext hast mit deiner Milchhaut und deinen zweifarbigen Augen – keiner wagt es, es dir ins Gesicht zu sagen, Magdalena: Wir alle hassen dich. Seitdem du hier bist, gibt es nur noch dich. Alle anderen zählen nicht mehr.«

Sie spuckte vor Bella aus und bekreuzigte sich.

»Du hast den Teufel in dir, ich weiß das«, sagte sie leise und lief durch die offene Pforte davon.

Bella ließ sich auf einen Schemel fallen. Der Korb mit den Speisen für Momo und den Nubier glitt ihr aus den Händen. Sie zitterte am ganzen Körper. Also das war es, was der Fürst damit gemeint hatte, es gebe nicht nur Freunde am Hofe. Bella atmete tief ein. Sie wusste, bald war sie stärker als alle anderen hier. Dann konnte sie lesen und schreiben, und niemand außer Umberto würde es wagen, sich gegen sie zu erheben. Sie griff nach dem Korb und schüttelte sich, als wären die letzten Minuten nur ein böser Traum gewesen. Ein Lächeln umspielte ihren jungen Mund. Die beiden Männer hätten gegen einen kräftigen Roten bestimmt nichts einzuwenden.

»Erzähl mir von deinem Volk, Momo.«

Bella hatte sich zu den beiden Reisenden gesellt und genoss die Vertrautheit mit dem Freund ihrer Kindheit. Momo kaute an seinem Bratenstück herum und schob sich umständlich den Hut aus dem Gesicht, bevor er antwortete. Er berichtete ausführlich von Benedetto, der Hectors Nachfolger werden würde, und von seiner Verbindung mit Habibi.

»Euer Schätzchen ist eine Hure«, erwiderte Bella erstaunt. Sie mochte Habibi, aber es erschien ihr unbegreiflich, dass diese sich auf einmal zu einem einzigen Mann hingezogen fühlte. Der junge Zigeuner zuckte unbeteiligt mit den Schultern.

»Sie bekommt ein Kind, von wem, sagt sie nicht. Benedetto hat sie zum Weib genommen, damit er meinem Vater nachfolgen kann. Er liebt sie nicht, und sie liebt ihn nicht.«

Er seufzte und griff nach einem weiteren Stück Fleisch. Bella schüttelte den Kopf. Das mochte verstehen, wer wollte. Sie kannte Benedetto nicht gut, aber sie wusste, sein Herz war gebrochen, und er hatte in der ganzen Zeit, als sie gemeinsam umherzogen, nicht ein Mal den Blick eines Mädchens erwidert.

»Das ist Habibis Wagen«, sagte sie unvermittelt, »warum zieht ihr beide damit umher – noch dazu als Dottore und Gehilfe? Ihr wollt nicht wirklich Tinkturen verkaufen, oder?«

Momo blickte zu Boden und sagte nichts. Er wusste, er konnte seiner Freundin vertrauen, aber es oblag ihm nicht, freimütig über den Handel mit Martini zu reden. Er räusperte sich und blickte den Nubier hilflos an. Nwuma seufzte. Hector würde ihn bei lebendigem Leib häuten, wenn er erfahren sollte, dass er etwas ausgeplaudert hatte.

»Schon gut. Ich will es gar nicht wissen.«

Das Mädchen stand auf und packte die leeren Schüsseln wieder in den Korb. Momo reichte ihr den Krug mit Wein. Seine Augen baten um Verständnis. Bella lächelte.

»Den Wein lasse ich hier bei euch, auch die Speisen. Es wird schon nichts umkommen, habe ich Recht?«

»Ich darf dir nichts sagen, Bella, es ist zu gefährlich. Auch für dich.«

Momo war ebenfalls aufgestanden und reichte Bella ihren Korb. Ich vermisse dich, sprachen seine Augen.

»Wie lange werdet ihr bleiben?«

Sie blickte zwischen Momo und Nwuma hin und her. Auch wenn der Nubier sie nie direkt ansah, so fühlte sie ständig seinen Blick auf sich ruhen. Ob sie es wollte oder nicht, sie war aufgeregt in seiner Gegenwart. Nun kam auch der Schwarze auf sie zu und berührte leicht ihre Schulter. Bella wurde heiß. Sie spürte, wie ihre Wangen glühten.

»Ein paar Tage«, vernahm sie Nwumas Stimme wie aus weiter Ferne. »Vielleicht hast du morgen etwas Zeit für uns, und wir können dir unsere Tinkturen zeigen. Es ist bekannt, dass der Principe den Pilzen seine Seele geschenkt hat, aber vielleicht haben wir das richtige Mittel, um sie zu ihm zurückzubringen.«

»Und für seinen Sohn Fabrizio«, setzte Momo nach, »gibt es ein Kraut, das die Liebe weckt und die Manneskraft stärkt. Vielleicht kannst du es ihm geben, wenn seine Gemahlin ihn das nächste Mal besucht.«

Seine Lavendelaugen blitzten fröhlich auf. Bella lächelte. Sie wusste, dass beinahe alle Tinkturen, Salben und Pastillen der Zigeunerinnen auf nur einer einzigen Rezeptur beruhten, die mit unterschiedlichen Kräutern und Beeren vermischt wurde, um Geschmack und Geruch zu variieren.

»Wer daran glaubt, dem wird es besser gehen, oder?«

Nwuma nickte, und seine Augen wurden zu einem dunklen Strudel, in den sie hineingeriet und aus dem sie sich nicht zu befreien vermochte.

»Du hast weise gesprochen, meine Bella«, sagte er sanft und ließ seine Hand langsam über ihren Arm gleiten.

»Meine Bella?« Das war zu viel. Erbost wich das Mädchen einen Schritt zurück.

»Natürlich bist du das«, flüsterte der Nubier, und sein Gesicht kam so nah, dass sie seinen Atem warm an ihrer Wange spürte, »du weißt das, wie ich es weiß. Das nennt man Schicksal.«

Bella wusste nichts zu erwidern. In ihrem Inneren tobte ein Sturm; ihre Sinne waren wie benebelt. Wortlos griff sie nach ihrem Korb, raffte ihre Röcke und lief davon.

»Was wollen die Fremden hier?«

Massimo stand breitbeinig am Eingang zur Küche.

»Will Rosa das wissen? Warum fragt sie mich nicht selbst?«, antwortete Bella knapp und schlüpfte an ihm vorbei. Im selben Moment bereute sie ihre Worte. Der Koch war ein guter Mensch; seitdem Hector sie hier abgeliefert hatte, war er freundlich mit ihr umgegangen, und sie hatte viel von ihm gelernt. Kurz entschlossen machte sie auf dem Absatz kehrt und trat zu Massimo an die Tür. Er sah sie nicht an.

»Verzeih mir, Koch. Ich wollte dich nicht kränken. Wenn du mich nicht aufgenommen hättest, wäre ich nicht mehr am Leben, das weiß ich wohl. Rosa und ich … wir sind ein wenig aneinandergeraten, aber das bedeutet nichts. Nur Weiberkram. Bitte sei mir wieder gut.«

Massimo blickte weiter in die Ferne und nickte. Dann beugte er sich zu ihr und schaute sie prüfend an.

»Das ist ein Zigeunerwagen, Magdalena. Er trägt das Zeichen von Hectors Familie. Was soll die Scharade? Dass der Schwarze kein Dottore ist, sieht sogar ein Blinder. Also. Wenn du etwas weißt, sag es mir.«

Bella atmete auf. Der Koch stand offenbar doch nicht so unter dem Pantoffel, wie sie es befürchtet hatte. Er macht sich ganz einfach Sorgen, dachte sie und erwiderte Massimos Blick mit gebotenem Ernst.

»Es ist Momo, der Sohn von Hector. Er begleitet den Nubier. Nwuma muss neu bei den Gauklern sein; ich habe ihn noch nie gesehen oder von ihm gehört. Du bist Hectors Freund. Vielleicht ist es am besten, du redest offen mit ihnen.«

»Du denkst, wir können ihnen vertrauen?«

Der Koch schien nachdenklich zu werden. Bellas Worte leuchteten ihm wohl ein.

»Hector würde seinen Sohn niemals einem Schurken anvertrauen.« Das Mädchen lachte auf. »So wie ich den Anführer der Zigeuner kenne, wird er den Schwarzen am Spieß braten, falls seinem Sohn etwas passiert. Und das hat er ihm sicher auch gesagt.«

Die Erinnerung an Hectors Temperament machte sie fröhlich. Der Sommer mit den Gauklern war wirklich eine wunderbare Zeit der Freiheit gewesen. Sie sah den Koch an, er grinste. Wahrscheinlich dachte er auch gerade an eine Begebenheit mit Hector. Massimo streckte sich und wandte sich Bella erneut zu.

»Da hast du Recht, Magdalena. Und ich denke, wir können ihnen vertrauen. Trotzdem ist es nicht schlau, in einem solchen Wagen zu reisen. Geh zu den beiden und sag ihnen, sie sollen ihr Lager hinter den Stallungen aufschlagen. Das wird sie vor Umbertos Neugierde bewahren. Eine Stunde nach Sonnenuntergang will ich mit ihnen sprechen.«

Bella nickte und machte sich unverzüglich auf den Weg, die Nachricht zu überbringen. Beim Gedanken daran, Nwuma zu sehen, spürte sie wieder diese unbekannte Hitze in sich aufsteigen, die sich in ihrem ganzen Körper ausbreitete und ihren Herzschlag beschleunigte.

Bruder Angelo klappte das Buch zu und bekreuzigte sich. Bella tat es ihm nach. Die Stunden mit dem Mönch vergingen immer viel zu schnell. Sie betrachtete den Mann, wie er fast zärtlich über den goldverzierten Einband strich und ein Tuch auf dem Tisch auseinanderfaltete, um das kostbare Buch darin einzuschlagen. Wie alt mochte er sein? Vielleicht zwanzig Jahre? Gewiss, die Tonsur ließ ihn älter erscheinen, aber sein Gesicht war absolut bartlos, die Haut zart wie bei einem Mädchen. Auch die Hände … Er hat noch nie in einem Zuber Wäsche gewaschen, dachte Bella, oder Holz gehackt. Bruder Angelo spürte, dass Bella ihn beobachtete, und setzte einen strengen Blick auf. Bella war so erstaunt, dass sie lachen musste. Zu ihrer Überraschung lachte der Mönch mit.

»Ich darf es dir nicht sagen, Magdalena, aber du lernst zu schnell. Das bedeutet, mein Kloster bekommt weniger Silber vom Principe.«

Er sah sie verschwörerisch an. Bella verstand.

»Oh, das scheint nur so. Manchmal kann ich sehr vergesslich sein, Vater. Ihr glaubt gar nicht, wie vergesslich.«

Der Mönch nickte ernst.

»Das ist gut, mein Kind. Unserem Kloster geht es sehr schlecht; die Scudos für deine Erziehung sind unsere letzte Rettung. Wenn du uns mit deiner … sagen wir … Vergesslichkeit hilfst, stehen wir in deiner Schuld, und du kannst jederzeit auf unsere Hilfe bauen. Das lässt dir mein Abt ausrichten. Und nun geh. Wir sehen uns morgen.«

Er machte das Segenszeichen über Bellas Kopf, die sich stumm verneigte und sich zur Tür drehte. Sie ahnte, sie hatte gerade einen neuen Verbündeten gewonnen.

»Magdalena! Der Fürst will dich sehen.«

Die Stimme des Leibdieners klang wie immer barsch und abweisend. Das Mädchen nickte. Sie hatte Umberto nicht kommen hören, so sehr war sie in Gedanken gewesen. Als sie kurze Zeit später auf di Nanini traf, sah sie sofort, dass etwas nicht stimmte.

»Die Spanier meinen es anscheinend ernst«, begann er das Gespräch ohne Begrüßung. »Morgen erwarten wir Cassandra. Vielleicht hat sie Neuigkeiten für uns …«

Er stöhnte leise auf und griff sich an die Brust. Beunruhigt trat Bella auf ihn zu und berührte seine Hand. Im nächsten Moment war sie sich der Vorwitzigkeit ihres Handelns bewusst und wollte die Hand zurückziehen, aber der Fürst hielt sie fest.

»Die Träume fressen meine Seele auf, mein Kind«, sagte er mit matter Stimme, »ich wollte mich so lange nicht dagegen wehren, habe mich den Farben und Stimmen hingegeben, sie waren mein Trost, mein Halt, doch nun lassen sie mich nicht mehr los.«

Er zog Bellas Hand noch fester an seine Brust und atmete tief ein und aus. Das Mädchen traf eine Entscheidung.

»Da ist ein Dottore, Sua Altezza. Seit ein paar Tagen lagert er hinter den Stallungen. Er kommt aus Nubien und verkauft Medizin. Soll ich ihn holen?«

Der Fürst hob den Kopf. Erstaunt sah er Bella an. »Was sollte er wissen, was unsere Ärzte nicht wissen?«

»Er sagt, es ist Magie. Da, wo er herkommt, sind die Ärzte mit den Geistern verbunden.«

Sie wusste, wie naiv das klang, aber ihr war auch klar, dass es keinen Sinn hatte, di Nanini etwas vorzuschlagen. Er war ein Sturkopf und musste selbst den Wunsch haben, den schwarzen Dottore kennenzulernen, anders ging es nicht.

»Umberto soll ihn holen. Geh und sag es ihm.«

Auf diese Antwort hatte Bella gehofft. Vielleicht würde es Nwuma ja gelingen, die Seelenqual des Principe zu lindern.

17. KAPITEL

*A*scanio di Cavalli schritt aufgebracht in seinem Gemach auf und ab. Es war ihm unmöglich, sich zu beruhigen. Zum ersten Mal hatte er eine ernsthafte Auseinandersetzung mit Paolo, seinem Ältesten, gehabt. Seit dem Tode Pandolfo Petruccis war die politische Lage der Stadtstaaten instabil. Die Stadtmauer, die Lucca schützen sollte, war immer noch nicht fertiggestellt; es mangelte an Geld und an Arbeitskräften. Die Sumpfkrankheit raffte die Menschen nur so dahin; die wenigen kräftigen Männer, die seine Häscher aufgetrieben hatten, konnten nicht für den so notwendigen schnellen Fortgang der Bauarbeiten sorgen. Und nun kam Paolo auf die Idee, nach Siena zu reisen und sich mit di Nanini auszutauschen. Er hatte es ihm verboten, aber sein Sohn hatte ihm gesagt, dass er erwachsen genug sei, um zu tun, was er für richtig halte.

Seit vielen Jahren ... seitdem er entdeckt hatte, mit wem ihn Donata hinterging ... hatte er keinen Kontakt zum Hause des Fürsten gepflegt, und di Nanini war schlau genug gewesen, nichts zu tun, um die Contessa wiederzusehen. Der Conte wusste, dass dies kein Zeichen von Feigheit, sondern von Liebe war, und das nagte noch mehr an ihm. Doch nun wollte Paolo alles anders machen. Gut, sein Sohn kannte die Zusammenhänge nicht, sollte sie auch nie erkennen. Er sollte ihm gehorchen, das war alles. Immer noch wütend über den Streit machte Ascanio sich auf den Weg zu den Stallungen. Er würde ausreiten. Das hatte ihn bislang immer auf andere Gedanken gebracht. Nach seiner Rückkehr würde er sich noch einmal mit Paolo unterhalten. In diesen Zeiten war sein Platz zu Hause in Lucca, nicht bei di Nanini.

Er fuhr über sein Gesicht, als könnte er damit seine Gedanken fortwischen, aber es gelang ihm nicht. Die Erinnerungen an die Vergangenheit und an seine Taten ließen ihn keine Ruhe finden. Er bedauerte alles so sehr. Aber er wusste, niemand würde ihm glauben. Bis auf Vivica, dachte er, und die Sehnsucht nach ihrer Wärme ließ ihn erschauern. Wärst du nur bei mir geblieben, ging es ihm durch den Sinn, mein Leben wäre ganz anders verlaufen. Ich wäre nicht in Versuchung geraten, ich hätte nicht so schwer gesündigt. Vivica …

Die Sonne stand gleißend am Himmel, obwohl die Mittagszeit bereits vorbei war. Der Conte hob den Kopf und sah dem Schwarm Kraniche nach, die laut schreiend über ihn hinwegzogen. Sein Wallach hatte ihn durch die Felder getragen, die Olivenhaine hinauf und wieder hinunter. Der Boden war trocken und wurde zu Staub unter den Hufen; da war kein Wind, um für etwas Abkühlung zu sorgen. Erschöpft stieg di Cavalli ab und übergab sein Pferd dem Stallknecht. Seine Kehle war ausgetrocknet, sein Mund wie voller Erde.

Als er den Palazzo betrat, kam Mahmut herbeigeeilt und nahm ihm Umhang und Handschuhe ab. Das Gesicht des Arabers war ernst. Er wartete, bis der Conte bereit war, ihm zuzuhören, dann richtete er das Wort an ihn.

»Ich habe schlechte Nachrichten, Sua Nobiltà.«

Di Cavalli, dessen Zorn sich inzwischen gelegt hatte, winkte ab.

»So schlimm wird es schon nicht sein. Oder haben wir die Spanier im Haus?«

Er blickte seinen Leibdiener offen an und erwartete ein verhaltenes Lächeln, aber die Augen Mahmuts blieben ernst.

»Mein Conte. Er ist fort. Euer Sohn ist fort.«

Di Cavallis Miene verfinsterte sich. Seine Kiefer mahlten.

»Wann?«

»Wir wissen es nicht genau. Er war bei Eurer Gemahlin, sagt ihre Zofe. Das war zur Mittagszeit. Danach hat ihn niemand mehr gesehen.«

»Sein Pferd?«

Der Conte sprach mit zusammengebissenen Zähnen. Seine Wut über Paolos Eigenmächtigkeit brachte ihn zur Raserei. Sein Diener nickte. Er hatte sein Pferd mitgenommen, sonst nichts. Mahmut übergab seinem Herrn einen versiegelten Brief.

»Der lag in seinem Gemach, Sua Nobiltà. Ich habe ihn eben erst gefunden.«

Di Cavalli ballte die Fäuste, bis die Knöchel weiß hervortraten. Dann nahm er den Brief und öffnete ihn hastig.

»Lass mich allein.«

Donna Donata hatte sich ihr Nachtmahl bringen lassen. Die Fenster ihres Gemachs waren weit geöffnet, jetzt, wo es endlich etwas kühler geworden war. Sie schaute hinaus. Am Abendhimmel zogen Sterne auf; die fernen Gestirne glitzerten zu Abertausenden am Firmament. Paolo hatte sich ihr anvertraut und von seinem Plan erzählt, die alten Beziehungen zum Hofe in Siena wieder aufleben zu lassen – auch ohne die Zustimmung seines Vaters. Er hatte gute Argumente dafür gehabt, und sie hatte ihm beigepflichtet – wohl wissend, damit einen Keil zwischen ihn und seinen Vater zu treiben. Mit Appetit aß sie von dem Hühnchen, das Roccos Küchenmagd liebevoll angerichtet hatte. Bis zum heutigen

Tag hatte Ascanio gewiss gedacht, sein Ältester sei ihm in allem ähnlich. Nicht nur im Aussehen, auch im Wesen. Da hat er sich gründlich geirrt, überlegte die Contessa, im Gegensatz zu seinem Vater besitzt Paolo Weitsicht und Güte. Er weiß, was er den Menschen in Lucca schuldig ist ...

Donna Donata horchte auf. Es hatte laut an der Tür geklopft. Im nächsten Moment steckte ihre Zofe bereits den Kopf herein. Sie sah verweint aus, und es fiel ihr sichtlich schwer, nicht auf der Stelle wieder in Tränen auszubrechen. Die Contessa winkte sie zu sich heran. Ein ungutes Gefühl stieg in ihr hoch. Noch bevor die Dienerin etwas gesagt hatte, wusste sie es. Gabriella.

»Ich kann nicht von dieser Welt gehen, ohne es Euch zu sagen.«

Die Stimme der alten Frau war schwach. An ihrem Lager standen Rocco und Josepha, den kleinen Lucio auf dem Arm. Sie weinten stumm. Die Zofe machte ihnen ein Zeichen zu gehen und schloss die Tür hinter ihrer Herrin. Donna Donata griff nach Gabriellas Hand. Wie zart und klein sie auf einmal war, wie müde ihre Augen.

»Was willst du mir sagen, Gabriella?«

Die Alte schien noch einmal alle Kräfte zu sammeln und versuchte, sich etwas aufzurichten.

»Sie weiß, dass sie Euer Kind ist, meine Contessa. Anna hat es ihr erzählt, als sie im Sterben lag.«

»Hat sie ihr auch gesagt, wer ihr Vater ist?«, wollte die Gräfin wissen. Doch Gabriella schüttelte den Kopf.

»Nein. Das Geheimnis kennt nur Ihr und der Conte – und ich, die ich es nun mit ins Grab nehme.«

Donata fasste die Hand der Sterbenden und drückte sie vorsichtig.

»Ich danke dir. Du hast meine Tochter viele Jahre lang beschützt. Du bist mutig, so wie ich schuldig bin, Gabriella.«

Die Alte nickte und schloss die Augen. Ein Lächeln lag auf ihrem Gesicht, sie atmete ganz ruhig. Die Contessa stand auf. Leise, als wollte sie den Schlaf der Frau nicht stören, öffnete sie die Tür und ließ Gabriellas Freunde wieder zu ihr. Sie wusste, es blieb ihnen nicht mehr viel Zeit, um Abschied zu nehmen.

Pietro Martini trat nach einem Stein und schnalzte vergnügt mit der Zunge. Er war auf dem Weg zur Kirche; der Prete hatte ihn inständig gebeten, seine Seele durch die heilige Beichte zu erleichtern. Der Stadtvogt tat nichts lieber als das. War das doch nur eine Umschreibung dafür, dass eine wichtige Persönlichkeit ihn sprechen wollte, ohne erkannt zu werden. Zufrieden sah er in die Runde. Alles war ruhig und friedlich in seinem schönen Grosseto. Der große Markt zu Pfingsten war vorbei, alle Händler und Bauern hatten sich bereits wieder auf den Heimweg gemacht.

Martini blickte in den Himmel. Wie ein strahlend blaues Tuch breitete sich der Himmel über ihm aus; keine noch so kleine Wolke war zu sehen. Ja, der Prete. Ein Tölpel wie er, was die kleine Zigeunerhure betraf, aber äußerst geschickt in seinem Vorgehen, wenn es um Politik ging. Nun, er konnte sich denken, wer ihn da sprechen wollte, und er hatte sich seine Antworten bereits genau überlegt. Er würde Scudos fordern, viele Scudos, aber nicht zu viele. Raffgier kann tödlich sein, dachte er und versuchte, alle Gedanken an Geld aus seinem Kopf zu verdrängen. Dann zog er den schweren Ledergürtel zurecht, der seinen stattlichen Leib stützte, und betrat die Dorfkirche.

Es genügten wenige Augenblicke, und der Vogt hatte sich

an die Dunkelheit gewöhnt. Vom Altar her kam ein Geräusch. Das war der Pfarrer. Er hatte Martini entdeckt und bewegte sich nun mit wieselschnellen Schritten auf ihn zu. Beide Männer sparten sich die Begrüßung. Der Prete wies mit dem Kinn zum Beichtstuhl.

»Es ist alles bereit«, sagte er leise und deutete eine Verbeugung an. Dann verschwand er ebenso schnell, wie er gekommen war, im Vorraum zur Sakristei. Dem Stadtvogt entfuhr ein Grunzen. Der andere war also schon da, soso. Er würde sich nicht beeilen. Gemächlich bewegte er sich zum Beichtstuhl und kniete sich davor. Im selben Moment wurde der Vorhang ein wenig zur Seite gezogen. Es war so dunkel, dass nur das Profil eines angenehm geschnittenen Gesichtes zu sehen war. Martini wartete.

»Du bist sicher, dass sie es ist, die wir suchen?«

»Absolut, Herr.«

Martini bekreuzigte sich. Auf seine Kundschafter konnte er sich verlassen. Besonders dann, wenn sie so dumm waren, dass sie gar nicht merkten, wie er sie ausfragte. Dieser Scherenschleifer war ein solcher Ochse gewesen! Haarklein hatte er ihm alles berichtet. Der Mann im Beichtstuhl räusperte sich.

»Nun … dann wirst du tun, was getan werden muss.«

Der Vogt hörte, wie der andere aufstand und etwas Schweres auf den Boden fallen ließ. Er schnalzte mit der Zunge. Das waren Silberlinge, und wie es sich angehört hatte, war der Beutel schwer.

»Wie beim letzten Mal«, sagte der Fremde, und seine Stimme geriet dabei zu einem Flüstern, »eine Hälfte jetzt, die andere Hälfte, wenn es vollbracht ist.«

Martini spitzte die Ohren. Der Mann verließ den Beichtstuhl mit schnellen, harten Schritten. Die Sporen an seinen

Stiefeln klingelten. Der Vogt versuchte, sich jeden Laut ein-
zuprägen. Er wusste – was er damals getan hatte und was er
nun tat, war nichts anderes als Verrat, und er konnte nicht
sicher sein, dass sich das Blatt eines Tages nicht auch gegen
ihn wenden würde.

Sein Herz raste; er spürte das Blut heiß durch seine Adern
jagen. Nur noch ein paar Augenblicke Geduld, mahnte er
sich. Um sich abzulenken, betete er lustlos ein paar Vaterunser, dann hielt er es nicht mehr aus. Mit wenigen Schritten war er im Beichtstuhl. Und wirklich. Ein großer wild-
lederner Beutel lag vor der Holzbank, die dem Geistlichen
gewöhnlich als Sitzplatz diente. Er wog den Beutel, öffnete
ihn. Bei allen Heiligen. Das war ein Vielfaches von dem, was
er hatte fordern wollen. Für einen kurzen Augenblick freute
er sich, doch dann überzog eine grimmige Miene sein Gesicht. Wenn man ihm freiwillig so viele Scudos gab – und es
war ja nur die erste Hälfte –, war dieses Mädchen mehr als
lästig für den, der sie loswerden wollte. Und er, Martini, hatte das nicht erkannt. Der Vogt stampfte schlecht gelaunt mit
dem Fuß auf. Der Fremde hatte ihn mal wieder reingelegt.

Er dachte an die erste Begegnung mit dem Mann zurück.
Viele Jahre waren seither vergangen. Als sie sich zum ersten
Mal im Beichtstuhl trafen, hatte er gerade den Zehnten ver-
untreut. Der Auftrag des Mannes, der freimütig zugab, von
Martinis Vergehen zu wissen, galt einem Angriff auf den
Fürsten von Siena. Er schlug dem Vogt einen Handel vor.
Also zettelte Martini daraufhin einen Überfall an, was den
Principe neben viel Silber ein Auge kostete. Er ließ selbst
nach den Räubern suchen, da das Verbrechen am Rande
Grossetos verübt worden war. Stolz auf seine eigene Klug-
heit grinste er breit. Natürlich hatte er die Burschen auf-
knüpfen lassen, an Ort und Stelle, ohne ein Gericht. Diese

Dummköpfe! Sie hatten nicht einmal versucht zu fliehen. Nun, sie haben ihren Lohn erwartet, und den haben sie auch bekommen, dachte er selbstgefällig. Es gab keine Zeugen, nichts. Und er konnte den Zehnten zurückzahlen und war alle Sorgen los.

Martini nahm den Beutel an sich und versuchte, so unauffällig wie möglich zur Eingangstür der Kirche zu gelangen. Er hatte die schwere Klinke schon in der Hand, da spürte er etwas neben sich. Es war der Pfarrer. Wortlos hielt er ihm einen Teller für Opfergaben hin. Der Stadtvogt seufzte und zählte eine Handvoll Münzen ab. Mit der Miene eines Mannes, der wohl weiß, dass er Gutes tut, ließ er die Scudos geräuschvoll auf das Metall fallen. Hell klingelte das Silber auf der vergoldeten Platte. Ohne ein Wort des Dankes abzuwarten, verstaute er das Geldsäckchen gewissenhaft in seinem Wams, dann öffnete er die wuchtige Tür und trat ins Freie. Martini atmete tief durch. Er spürte zwar noch ein leichtes Unbehagen, aber das war beim ersten Mal auch so gewesen, und letztendlich war ihm nichts passiert. Warum sollte es dieses Mal anders sein?

Der Vogt blinzelte in die Sonne. Heute war ein schöner Tag. Dass der Fremde ihn genarrt hatte, darüber wollte er sich nicht mehr aufregen. Er konnte es sowieso nicht ändern. Er würde jetzt nach Hause gehen und die Münzen zählen. Francesca war nicht da; sie kümmerte sich um eine Tante, die am Fieber litt, und würde wohl erst wiederkommen, wenn die Alte zu Grabe getragen war. Beim Gedanken daran, ungestört vom Gezeter seiner mausgesichtigen Schwester den neuen Reichtum genießen zu können, schmatzte er laut vor Gier.

»Vogt!«

Unwillig drehte sich Martini um. Wenn er etwas nicht

leiden konnte, dann das, in seinen Tagträumen gestört zu werden. Grimmig sah er auf den kleinen Jungen herab, der halb ängstlich, halb mutig vor ihm stand.

»Was willst du, ich habe heute keine Zeit für Geschwätz.«

»Ich soll Euch sagen, Ihr werdet in Eurem Haus erwartet.«

Der Stadtvogt sah dem Kind nach, wie es auf den bloßen Fußsohlen kehrtmachte und davonlief. Man erwartete ihn also. Der Vogt spürte den Geldbeutel hart gegen seinen Bauch drücken. Er beschleunigte sein Tempo; Neugier ist auch eine Gier, dachte er und begab sich auf dem kürzesten Weg zu seinem Haus.

Von Weitem sah er Benedetto auf der Schwelle sitzen. Der junge Zigeuner schnitzte an einem Stock herum und schien alle Zeit dieser Welt zu besitzen. Schon spürte Martini den alten Zorn in sich hochsteigen. Aber er wollte keinen Streit, nicht jetzt. Mit betont freundlichem Gesicht näherte er sich dem Gaukler, der ihn immer noch nicht zu bemerken schien.

»Gut, dass du nach mir geschickt hast, mein Freund«, begann er und breitete überschwänglich die Arme aus, »meine Schwester steht ihrer Tante bei, und ich war heute Morgen in der Kirche.«

Benedetto nickte und stand auf, ohne auf die Worte des Vogts einzugehen.

»Wo können wir in Ruhe reden?«, fragte er, und der Blick, mit dem er dabei den Vogt bedachte, ließ diesen erschauern. Ich habe ihn unterschätzt, dachte Martini, dieser Lump ist gefährlich.

»Lass uns hineingehen«, mahnte er leutselig und öffnete die Tür, »drinnen ist es angenehm kühl. Hast du schon etwas gegessen? Francesca hat dafür gesorgt, dass ich während ihrer Abwesenheit nicht darben muss.«

Benedetto folgte dem Vogt an den großen Tisch, an dem sie vor nicht allzu langer Zeit ihren Handel beschlossen hatten. Scheinbar gut gelaunt tischte der Stadtvogt auf und machte dem Gaukler ein Zeichen, sich zu bedienen. Mit sich selbst und seiner Güte zufrieden lehnte er sich zurück und sah den Zigeuner fragend an. Benedetto nagte in aller Ruhe ein Hühnerbein ab, dann nahm er einen großen Schluck von dem Wein, den Martini ihm eingeschenkt hatte, und dann, endlich, begann er zu berichten.

An der tyrrhenischen Küste wütete das Fieber. Das Land war inzwischen so entvölkert, dass es an Männern fehlte, um die Stadtmauer von Lucca zu Ende zu bauen. Die Wälder brannten; die Ernte war ebenfalls in Gefahr. Heiler zogen umher und verkauften Wundermittel gegen das Fieber, einige waren schon aufgeknüpft worden, weil die Menschen trotzdem starben wie die Fliegen.

»Das weiß ich alles schon«, sagte Martini dumpf und trank seinen Becher in einem Zug leer. »Und nicht nur ich, sondern jeder Tölpel zwischen Lucca und Siena.«

Er betrachtete Benedetto mit zusammengekniffenen Augen, lange würde er sich nicht mehr beherrschen können. Er wollte seine Ruhe haben und sein Geld zählen, und dieser Hundesohn tischte ihm Neuigkeiten auf, die schon lange keine mehr waren.

»Na los, mein Freund«, versuchte er ihn zu locken, »was weißt du wirklich? Vergiss nicht, Benedetto: Wir haben einen Handel – habe ich Recht?«

Benedetto griff nach einem weiteren Hühnerbein und ließ es sich schmecken. Natürlich blieb es ihm nicht verborgen, dass der Vogt innerlich kochte, aber es gefiel ihm, Martini noch ein wenig zappeln zu lassen. Er hasste diesen Mann, und er wusste inzwischen, zu welchen Gemeinheiten er fähig war. Und auch wenn der Handel zwischen ihnen vor dem Prete beschlossen worden war – im Gegensatz zu Hector glaubte Benedetto nach wie vor nicht daran, dass der Stadtvogt zu seinem Wort stehen und den Gauklern ein Winterlager gewähren werde. Ein letztes Mal griff er zum Brot, dann stand er auf und begann, vor der Feuerstelle auf und ab zu laufen. Er wusste, es verlieh seinen Worten genau die Dramatik, die den Vogt in Angst und Schrecken versetzte.

»Verzeih mir, Vogt«, begann er und sah Martini ernst an, »ich hätte mir denken können, dass du mit diesen Berichten nicht zufrieden bist. Aber sieh …«, er machte eine ausladende Handbewegung, »ich wollte dich nicht beunruhigen. Das war dumm von mir. Du bist ein schlauer Mann und lässt dich nicht täuschen.«

Bei den letzten Worten blitzten die Augen des Vogtes auf; unruhig rutschte er auf der Bank hin und her. Er suhlt sich in den Schmeicheleien wie die Sau im Dreck, dachte Benedetto. Dann sagte er:

»Was die Absichten des Königs von Aragonien betrifft, dazu gibt es im Moment nur widersprüchliche Aussagen. Ich bin zuversichtlich, dir das nächste Mal Einzelheiten nennen zu können, die dem Schutze und Wohle Grossetos dienen. Nein, Vogt, meine Zweifel, offen zu sprechen, haben nur einen Grund: Es geht dabei um dich.«

Martini war auf einmal hellwach. Er setzte sich kerzengerade hin und starrte den Gaukler mit weit aufgerissenen Augen an. Benedetto nickte und fuhr fort:

»Pandolfo Petrucci wurde ermordet, wie wir alle wissen. Aber der Mörder wurde beobachtet. Es gibt einen Zeugen. Hector und ich haben mit ihm gesprochen. Was er sagt, klingt absolut glaubwürdig.«

»Das kann jeder behaupten«, sagte der Vogt und bemühte sich um Fassung. Benedetto nickte zustimmend. Warte nur, dachte er, du wirst unruhige Tage und Nächte vor dir haben. Und du hast es verdient.

»Eben darum haben wir uns die Tat in allen Einzelheiten schildern lassen. Wir haben eine genaue Beschreibung des Mannes, der Petruccis Lebenslicht ausgelöscht hat, wir kennen den Ort und die Zeit.«

Der Vogt schob die Unterlippe vor.

»Vielleicht habt ihr, ohne es zu wissen, mit dem Mörder selbst gesprochen, und er hat euch eine feine Lügengeschichte aufgetischt.«

Der Zigeuner schüttelte den Kopf.

»Nein, Martini, der Mörder hat mit Petrucci gesprochen, bevor er ihn umbrachte. Er hat ihm alles erzählt. Welche Allianzen der Conte von Lucca schließen wird, wenn Petrucci erst einmal nicht mehr da ist. Welche Bedeutung Grosseto spielen soll. Und dass di Nanini ihm bald in die Hölle nachfolgen wird. Willst du noch mehr hören?«

Der Stadtvogt senkte den Kopf. Er wusste, der Zigeuner sprach die Wahrheit und hatte ihn in der Hand. Tränen der Furcht vor Kerker und Tod rollten seine rosigen Wangen hinab. Er schluchzte laut auf. Benedetto wandte sich angewidert ab.

»Du bist kein Menschenfreund«, flüsterte der Stadtvogt, »ebenso wenig ich, mein Freund. Also. Was willst du von mir?«

Der Gaukler trat auf den Tisch zu, an dem Martini saß, und stützte sich mit den Armen auf. Er sah Martini offen ins Gesicht. Seine dunklen Augen waren kalt wie Eis.

»Wir bieten dir unseren Schutz an, Stadtvogt. Im Moment kennt keiner den, der alles sah, nur Hector und ich.

Du kannst sicher sein, wir geben gut auf ihn Acht. Deine Räuberbande wird ihn nicht bekommen.«

Erstaunen machte sich auf Martinis Gesicht breit. Diese Laus von einem Zigeuner wollte ihn also erpressen. Er hatte schon ein paar passende Worte auf den Lippen, da überkam ihn ein Gefühl der Ohnmacht. Hatte er eine Wahl? Entweder traute er dem Gauklerpack, oder er würde am Galgen enden. Wieder schluchzte er auf. Seine Scudos waren verloren. Alles, was er in seiner Gier angerichtet hatte, war umsonst gewesen.

»Was muss ich dafür tun, dass ihr mich schützt?«, fragte Martini matt. Er wünschte sich, nie geboren worden zu sein.

Benedetto genoss die Hilflosigkeit des Mannes vor ihm. Der Vogt war ein böser Mensch, ohne Mitleid, gierig nach Silber und Macht. Er hatte Jolande auf dem Gewissen und viele andere, die ihm im Weg gewesen waren. Doch damit war jetzt Schluss.

»Wir wollen ein Winterquartier, Martini. In diesem Jahr und in denen, die kommen werden, solange du der Stadtvogt bist. Und ohne einen Scudo dafür zu zahlen.«

»Das ist alles?«, platzte es aus dem Vogt heraus. »Mehr verlangt ihr nicht?«

»Nein«, antwortete Benedetto und wandte sich zur Tür. »Dein Schutz gegen unseren Schutz. Das ist der Handel.«

Martini hörte, wie die Tür dumpf ins Schloss fiel. Er spürte sein Herz laut schlagen. Mit zitternden Beinen erhob er sich, immer noch verwundert darüber, so leidlich davongekommen zu sein. Er holte sich von seinem besten Wein und goss den Becher voll bis zum Rand. Welch ein Tag. So viel Glück musste gefeiert werden.

Als Benedetto die Wagenburg seiner Familie erreichte, war es bereits tiefe Nacht. Die Zigeuner hatten ihr Lager am Rande der maremmanischen Wälder aufgeschlagen; hier, in der Nähe von Alberese, gab es noch reichlich Wild, um einen Vorrat für den Winter anzulegen. Schon von Weitem sah er das Lagerfeuer brennen, und als er näher kam, konnte er die hochgewachsene Gestalt des Anführers erkennen, der bei den Flammen stand. Benedetto fühlte das, was er immer fühlte, wenn er von einer Reise zurückkehrte: Er kam nach Hause.

Schnell versorgte er sein Pferd, dann gesellte er sich zu Hector. Gut gelaunt erzählte er ihm von seinem Gespräch mit dem Vogt und dass alles so gelaufen sei, wie sie es geplant hatten. Martini würde alles tun, um in Freiheit zu bleiben und weiterhin sein Silber zählen zu können.

Hector blickte in die Flammen und nickte nur. Benedetto wurde stutzig. Das kannte er von seinem Anführer nicht. Er trat an ihn heran und berührte vorsichtig seinen Arm. Jetzt erst drehte sich Hector zu ihm um. Seine Miene war wie versteinert, die Augen schimmerten feucht. In Benedettos Kopf purzelten die Gedanken durcheinander. Was konnte Hector so aufgewühlt haben? In ihm wuchs ein schrecklicher Gedanke heran.

»Momo? Ist etwas mit Momo? Bitte nicht, Hector.«

Der Anführer der Zigeuner schluckte und schüttelte den Kopf. Benedetto atmete auf. Gott sei es gedankt, wenn es Momo gutgeht, dachte er, alles andere wird schon nicht so schlimm sein.

»Habibi«, flüsterte Hector und schlug sich die Hände vors Gesicht, »sie ist …«

Habibi. An sein Weib hatte Benedetto überhaupt nicht gedacht. Sie spielte in seinem Leben keine Rolle, auch wenn sie jetzt das Lager teilten, weil sie keinen eigenen Wagen mehr hatte. Aber sein Freund liebte sie, das galt es zu respektieren.

»Was ist mit ihr?«, fragte er so sanft wie möglich. Hector wischte sich die Tränen aus dem Gesicht.

»Das Kind – meine Frau sagt, es geht nicht voran. Habibi hat keine Kraft mehr.«

Benedetto dachte nach. Als sie sich vor zwei Tagen voneinander verabschiedeten, hatte Habibi über Rückenschmerzen geklagt. Sie hatte seine Nähe gesucht und ihn gebeten, sie in den Arm zu nehmen. Er hatte sie halbherzig getröstet und war fortgegangen, um sein Pferd zu satteln.

»Wo ist sie?«, fragte er. »Ich möchte zu ihr.«

»Das ist Sache der Weiber, Benedetto. Bleib bei mir am Feuer und trink mit mir – wir können ihr nicht helfen. Es liegt nicht in unserer Macht.«

Benedetto überlegte. Mag sein, dachte er, dass sich viele Männer um ihre Weiber nicht kümmern. Aber ich habe Habibi schon viel zu lange allein gelassen … Zu seinem Freund gewandt sagte er:

»Du findest mich bei meinem Weib, Hector.«

Dann drehte er sich um und ging zu seinem Wagen.

Hectors Frau schenkte ihm keine Beachtung, als er den Kopf in den Wagen steckte. Alondra legte Habibi gerade ein feuchtes Tuch an die Lippen und führte dann die Hände unter die Decke, um den geschwollenen Leib abzutasten. Als Habibi Benedetto entdeckte, lächelte sie matt. Die Augen, die schon so viele Männer angestrahlt hatten, glänzten fiebrig. Wortlos ließ sich Benedetto neben ihr nieder und nahm ihre Hand.

»Das ist gut«, sagte Alondra und strich der jungen Frau die nassen Strähnen aus der Stirn, »bleib bei ihr und halte sie gut fest. Wir haben es bald geschafft.«

Benedetto schluckte und zog sein Weib noch enger an sich. Er schämte sich für die Verachtung, mit der er sie die letzten Monate gestraft hatte. Natürlich war er eifersüchtig auf all die, die sie besessen hatten, wusste er doch, wie köstlich es war, sie in ihrer Lust anzuschauen und sich mit ihr dem Verlangen hinzugeben. Er streichelte zärtlich über ihr Haar, über ihre Wange. Habibi seufzte auf unter seiner Berührung und schloss die Augen. Die nächste Wehe kam und ließ sie aufschreien, aber Benedetto hielt sie fest, küsste sie, weinte und schrie mit ihr. Alondra schrie jetzt auch. Sie schimpfte mit Habibi, gab ihr eine Ohrfeige, und noch eine.

»Reiß dich endlich zusammen, Weib, sonst wird dein Kind den Sonnenaufgang nicht erleben – und du auch nicht!«

Hector stand noch immer am Feuer, das bereits fast ganz heruntergebrannt war. Müde leckten ein paar kleine Flammen an dem verkohlten Holz. Es würde bald Morgen werden. Er hatte laute Stimmen aus Benedettos Wagen gehört, aber nun war es still. Mochte Benedetto von ihm denken, was er wollte. Er konnte den Gedanken, dass Habibi so leiden musste, nicht ertragen. Sie war viel zu schmal und zu zart für ein Kind. Wenn sie starb, war es allein seine Schuld.

»Hector.«

Benedettos Stimme klang erschöpft. Er legte den Arm um seinen Freund und schaute für einen Moment in die verlöschende Glut. Dann straffte er sich und stupste den Anführer der Gaukler in die Seite.

»Komm mit, mein Freund. Habibi hat uns einen Sohn geschenkt. Er ist wunderschön. Ich will ihn Ashlan nennen. Das bedeutet ›Löwe‹ in Habibis Sprache.«

Hector sah ihn ungläubig an.

»Hast du mich verstanden? Es geht ihr gut und dem Kind

auch. Alondra sagt, sie wird schnell wieder zu Kräften kommen.«

Mit weichen Knien folgte der Anführer seinem Freund zu dem Wagen. Alondra stand davor und schüttete einen Bottich mit Wasser aus. Sie war müde, das war ihr anzusehen, aber sie schien auch sehr glücklich zu sein. Hector betrachtete seine Frau. Sie war nicht mehr jung, aber sie war ein gutes Weib, fröhlich, eigensinnig und liebevoll. Wann hatte sie das letzte Mal in seinen Armen vor Wonne gestöhnt? Er konnte sich nicht erinnern. Er würde sich heute Nacht zu ihr legen und sich entschuldigen. Auf seine Weise.

18. KAPITEL

*W*ie kannst du dir so sicher sein, dass deine Medizin hilft?«

Di Nanini sah Nwuma herausfordernd an. Dieser Schwarze war wirklich eine auffällige Erscheinung, von seiner Hautfarbe einmal abgesehen. Er trug ein leuchtend buntes Gewand, das aus einem einzigen Stück Stoff zu bestehen schien. Schwere silberne Spangen hielten es an den Schultern zusammen, und ein breiter Gürtel, über und über mit aus Silber gearbeiteten Tierfiguren versehen, zierte die Leibesmitte. Sein Kopf war kahlgeschoren und betonte die außergewöhnlich schöne Form des Schädels.

»Nun?«

Der Nubier verbeugte sich gegen den Fürsten.

»Mir sind die Pilze, die Euch Träume und Vergessen schenken, wohl bekannt. In meiner Heimat werden sie nicht nur gegen Schlaflosigkeit verwendet, sondern auch, wenn ein Bruch gerichtet oder ein Zahn gezogen werden muss und der Schlaf den Schmerz nehmen soll. Damit die Wirkung nachlässt und der Kranke schnell wieder aufwacht, geben wir ihm ein Gegenmittel. Ich habe Euch etwas davon mitgebracht.«

»Was soll das«, brummte der Fürst ungehalten, »wie soll ich den Trank nehmen, wenn ich bereits schlafe?«

Der Nubier lächelte. Mit dem Einwand hatte er gerechnet.

»Wenn Ihr den Trank nehmt, bevor Ihr das Verlangen

nach den Pilzen in Euch spürt, dann wird sich das Verlangen ganz einfach verflüchtigen.«

Wieder verbeugte sich der Schwarze und reichte eine kleine Glasamphore an Umberto weiter, der mit angestrengt freundlicher Miene neben seinem Herrn stand. Bella staunte, mit welcher Selbstsicherheit Nwuma dieses Märchen erzählt hatte. Sie wusste von Momo, was wirklich in der Flasche war – nämlich genau das, was sie vermutet hatte: die Rezeptur der Zigeuner, die sie für fast alle Tränke verwendeten. Umberto hatte inzwischen das Fläschchen geöffnet und verzog beim Riechen daran die Nase. Dann reichte er das Gefäß an den Principe weiter.

»Ich will dir wohl glauben, Medizinmann«, sagte der Fürst, »aber du verstehst, wenn ich den Trank erst von einem meiner Diener probieren lasse.«

Bella sah erstaunt zu di Nanini, dann traf ihr Blick den Umbertos und Nwumas. Bruder Angelo, der sich ebenfalls in der Sala befand, schaute zu Boden und betete eifrig den Rosenkranz. Seitdem er Bella unterrichtete, war er mehr in der Küche des Principe als in seinem Kloster anzutreffen.

»In meiner Lage muss ich vorsichtig sein, Dottore aus Nubien. Vielleicht ist Gift in der Flasche. Vielleicht bist du ein Kundschafter Ferdinands und sollst mich umbringen. Wer weiß das schon.«

Bella runzelte die Stirn. Was wollte der Fürst bezwecken? Glaubte er ernsthaft, der Nubier wolle ihm schaden?

»Ich probiere davon«, sagte sie leise und knickste. An den Schwarzen gewandt fragte sie: »Wie viele Tropfen muss ich nehmen?«

Nwuma überlegte nicht lange.

»Gib ein paar wenige in deine Handfläche und lecke sie ab. Das reicht schon.«

Bella nickte und trat auf di Nanini zu. Dieser sah sie nachdenklich an und gab ihr das Medizinfläschchen.

Bella tat, was Nwuma ihr gesagt hatte, und verzog unter dem bitteren Geschmack der Tropfen das Gesicht. Für einen Augenblick war es vollkommen still. Umberto flüsterte dem Fürsten etwas zu. Dieser erhob sich und machte allen eine Geste, die Sala zu verlassen. An den Nubier gewandt sagte er:

»Sollte Magdalena etwas zustoßen, lasse ich dich vierteilen. Verlass dich drauf.«

Bella war nachdenklich. Wie konnte der Fürst so misstrauisch sein? Sie rief nach Massimo. Gemeinsam wollten sie die Weine aussuchen für das Festmahl, das am Abend stattfinden würde. Cassandra war wieder einmal am Hofe, und Bella wusste, die Speisen hier waren das Einzige, was die unberührte Ehefrau ein wenig glücklich machte. Als sich der Koch nicht finden ließ, beschloss sie, ihn zu suchen. Eine der Mägde hatte gesehen, dass er in den Weinkeller gegangen war, und zwar in Begleitung von Fabrizio. Umso besser, dachte das Mädchen, vielleicht hat der junge Herr ja einen besonderen Wunsch für heute Abend. Irgendwie tat ihr der Sohn des Principe leid. Natürlich heiratete man in seinem Stand aus politischem Kalkül, aber es war unübersehbar, dass er seine Frau vollkommen ablehnte.

Bella versuchte, sich auf die Speisenfolge zu konzentrieren, und betrat auf leisen Sohlen den Keller. Wirklich, die beiden Männer saßen auf Weinfässern am Ende des schmalen Gewölbes und waren so in ihr Gespräch vertieft, dass sie Bella nicht bemerkten. Obwohl sie leise sprachen, trug der Hall die Worte laut genug an ihr Ohr, und Bella konnte im Schatten der Treppe stehen bleiben und trotzdem alles verstehen.

»Lasst das nicht Euren Vater wissen, mein Freund, Ihr macht ihm mit Cassandra schon genug Kummer.«

Massimo kratzte sich den blanken Schädel. Fabrizio ließ die Schultern hängen und seufzte tief.

»Ich kann aber nichts dagegen tun. Magdalena ist mir ebenso nah und vertraut, wie mir Cassandra unangenehm und fremd ist. Wenn Magdalena mich anschaut …«

Bella traute ihren Ohren nicht. Das Gespräch – es galt ihr! Das Mädchen drückte sich noch enger an die Kellerwand und lauschte. Massimo sagte:

»Überlegt doch mal, junger Herr. Was könnt Ihr tun? Ich fürchte: nichts.«

»Ich könnte einen Brief nach Rom schreiben und um Annullierung der Ehe bitten. Sie wurde nie vollzogen. Das kann ich beschwören.«

»Und dann?«, hakte der Koch nach. »Die Allianz mit den Medici wäre zunichtegemacht; Euer Vater, Ihr, Siena – wir alle vertrauen auf die Unterstützung aus Rom, wenn die Spanier wirklich Appetit auf uns bekommen. Und Ihr macht alles kaputt? Wegen eines Weibes? Nein, mein Freund und Herr, tut das bitte nicht.«

Beschwichtigend legte Massimo den Arm um den jungen Adeligen. Fabrizio war noch weiter in sich zusammengesunken.

»Na schön, Massimo. Was würdest du denn machen, wenn du an meiner Stelle wärest?«

Wieder kratzte sich der Koch am Kopf, dann war es einige Augenblicke still. Schließlich sagte er:

»Ich würde Cassandra schwängern. Und zwar so oft wie möglich. Dann hätte ich meine Pflicht gegenüber Siena erfüllt, mein Weib wäre mit der Erziehung beschäftigt, die Kinder wären ein wichtiges Pfand für Unterstützung und

Hilfe durch ihre Familie, mein Vater würde mich in Ruhe lassen, und ich könnte in aller Ruhe Magdalena zu meiner Geliebten machen.«

Er nickte, wie um sich selbst zuzustimmen.

»Du bist kaltschnäuziger, als ich dachte«, sagte Fabrizio. Erstaunen lag in seiner Stimme. Im nächsten Moment schüttelte er den Kopf.

»Ich kann sie nicht anfassen. Sie ist widerlich. Außerdem will sie nicht. Sie hat mir gesagt, sie gibt sich eher einem Hund hin als mir.«

»Alles Geschwätz, glaubt mir. Hässliche Weiber geben sich meistens mehr Mühe zwischen den Laken als die hübschen«, wandte der Koch ein. »Und die Tatsache, dass sie immer noch Jungfrau ist, beschädigt ihren Ruf ebenso wie den Euren, vergesst das nicht.«

Massimo stand auf.

»Fragt doch den Medizinmann. Der weiß bestimmt, mit welchen Pülverchen Ihr Euer Weib verrückt nach Euch macht.«

Wieder blieb es eine Zeit lang ruhig. Beide Männer schienen nachzudenken. Dann sah Bella, dass sich Fabrizios Rücken streckte. Er hatte offenbar Mut gefasst.

»Gib mir etwas Wein, Koch. Und dann lauf zu dem Nubier und hol mir etwas, um die Liebesglut zu wecken.«

Er lachte, aber es klang bitter.

Massimo drehte sich um und füllte zwei Becher mit Wein. Bella nutzte die Gelegenheit, um schnell hinter ein großes Fass zu kriechen. Hier war sie besser geschützt als im Schatten der Treppe, wenn die Männer aufbrechen würden.

»Auf die Liebe«, sagte Fabrizio. Der Koch nickte.

»Aber immer schön der Reihe nach, junger Herr: erst Cassandra, dann Magdalena.«

Bella war froh, sich mit den Vorbereitungen für das Festmahl ablenken zu können. Das, was sie aus Fabrizios Mund gehört hatte, verwirrte sie. Schließlich konnte sie sich an keine Situation erinnern, in der sie besonders nett oder aufmerksam zu ihm gewesen wäre. Er war der Sohn des Fürsten, und so behandelte sie ihn auch. Sie seufzte. Doch nun galt es, die Gaumen der Herrschaften zu erfreuen. Di Nanini war von den Vorschlägen für die Speisenfolge begeistert gewesen, und sie wusste, er erwartete absolute Perfektion.

Bella blickte sich um. Alle Küchendiener arbeiteten sorgfältig und ruhig. Sie lächelte. Rezepturen erfinden, das war das eine, aber Menschen dazu bringen, ihr Bestes zu geben, ohne dass die Stimmung schlecht wurde – das hatte sie von Massimo gelernt. Wo war der Koch eigentlich? Der Principe würde sich mit seinen Gästen bald in der Sala einfinden, und dann wurde jede Hand gebraucht. Ein wenig verärgert über Massimos vermeintliche Nachlässigkeit trat sie vor die Tür, um nach ihm zu suchen. Da sah sie ihn. Er stand mit Nwuma zusammen; die beiden lachten und scherzten. Bella kehrte um und machte sich unter Hilfe der Küchenmägde an die Arbeit. Sie schüttelte den Kopf und musste lächeln. Der Liebestrank der Zigeuner war genauso harmlos wie ihre Medizin gegen den Pilzrausch. Und wenn Fabrizio und Cassandra einander wirklich so hassten, wie sie es nach außen hin bekundeten, konnte Nwumas Trank hier auch nicht helfen.

»Du sollst zum Fürsten kommen, Magdalena.«

Umbertos Stimme klang ungewöhnlich warmherzig, fand Bella. Anscheinend hat er selbst ein paar lobende Worte vom Principe bekommen, dachte sie und folgte dem Leibdiener. Zu ihrer Überraschung brachte er sie aber nicht in den Saal, sondern in das angrenzende Schlafgemach di Naninis. Als er ihr die Tür öffnete und ihren erstaunten Blick bemerkte, lächelte er sogar. Bella konnte sich nicht daran erinnern, ihn ihr gegenüber jemals so freundlich erlebt zu haben. Als sie eingetreten war, folgte ihr Umberto und schloss die schwere Tür hinter ihnen. Der Principe saß vor dem Kamin, die Schatulle mit den getrockneten Pilzen stand wie immer neben dem Weinpokal auf einem kleinen Tischchen an seiner Seite. Er war müde, das war unübersehbar, aber er war, wie Umberto, in einer guten Stimmung. Lächelnd winkte er sie zu sich.

»Ich habe dich nicht rufen lassen, weil das Mahl gelungen ist, Magdalena. Dafür gilt dir tagtäglich mein Lob und Dank, so auch heute. Es ist vielmehr … die Medizin.«

Bella schaute ratlos. Der Fürst sprach in Rätseln. Di Nanini bemerkte es und lachte.

»Mein Kind, ich habe schon heute Morgen von den Tropfen des Nubiers genommen, und sieh mich an – ich verspüre kein Verlangen nach bunten Farben und schmeichelnder Musik. Den ganzen Tag lang habe ich nicht an diese Schatulle hier gedacht. Heute wird die erste Nacht sein seit vielen Jahren, in der ich ohne Pilze einschlafen kann …«

Bella nickte. Jetzt verstand sie auch Umbertos Freude. Er machte sich stets große Sorgen um die Gesundheit seines Herrn und war anscheinend überglücklich, dass der Fürst von den Drogen lassen konnte.

»Das ist wunderbar, Sua Altezza«, sagte sie leise und knickste, dann drehte sie sich zu Tür. Der Principe hob seine Hand und gebot ihr zu bleiben.

»Ich muss dir noch etwas sagen«, flüsterte er und winkte sie vertraulich zu sich heran. »Fabrizio und Cassandra haben sich heute Abend das erste Mal an der Tafel unterhalten. Und er hat sie sogar zu ihrem Gemach begleitet. Wie Umberto von ihrer Zofe weiß, ist er immer noch bei ihr.«

Jetzt war Bella wirklich sprachlos. Der Fürst klatschte vergnügt in die Hände.

»Ist das nicht wunderbar, Magdalena? Ich weiß nicht, wann ich einen so schönen Abend hatte wie diesen hier.«

Das Mädchen stand immer noch wie festgewurzelt vor dem Principe. Tausend Gedanken sprangen ihr im Kopf herum. Ihr Fürst konnte wieder schlafen, und sein Sohn konnte auf einmal lieben? Das ist mehr als Medizin, dachte sie. Das ist Zauberei. Vielleicht hat Nwuma irgendetwas mit den Tränken gemacht …

»Magdalena?«

Bella wurde rot. Sie war unaufmerksam gewesen. Schüchtern sah sie den Principe an, doch anstatt eines strafenden Blickes empfing sie etwas, was sich wie tiefe Verbundenheit anfühlte. Ein paar Augenblicke lang sagte niemand ein Wort. Dann trat Umberto an den Kamin und legte Holz nach. Der Fürst liebte es, dem Spiel der Flammen zuzuschauen, selbst im Sommer.

Di Nanini hob seinen Pokal und trank.

»Geht nur«, sagte er und übergab Umberto die Schatulle, »wir sehen uns morgen.«

»Wie hast du das gemacht?«

Seit Stunden brannte Bella darauf, Nwuma diese Frage stellen zu können. Nun, da sie den Unterricht mit Bruder Angelo hinter sich gebracht hatte, bekam sie endlich die Gelegenheit, das Lager der Männer aufzusuchen. Der Nubier war gerade dabei, seinen Kopf zu rasieren. Momo half ihm dabei. Bella setzte sich zu ihnen ins Gras und fragte noch einmal:

»Sag schon, Nwuma, wie hast du das gemacht?«

Ohne sich bei seiner Tätigkeit stören zu lassen, fragte der Schwarze zurück:

»Was meinst du denn, wie ich das gemacht habe?«

»Die Tinkturen und Tränke sind immer von derselben Rezeptur. Sie helfen nicht, und sie schaden nicht. Aber der Fürst kann schlafen, und sein Sohn kann lieben. Wie geht das?«

»Tja, meine Bella, wie geht das wohl?«

Nwuma war fertig mit der Rasur und trocknete sich den Schädel ab. Das Mädchen sah hilflos zwischen ihm und Momo hin und her.

»Ich weiß es nicht.«

Nwuma blickte sie an. Seine dunklen Augen strahlten und wurden wieder zu diesem Strudel, in den er sie schon einmal hineingezogen hatte. Er nahm eine winzige Glasamphore aus seiner Tasche und gab ein paar Tropfen daraus auf seinen Kopf. Das Öl roch wunderbar nach Kräutern und Blumen. Es war ein Duft, der Bella direkt ins Herz traf. Sie betrachtete den Nubier fasziniert, wie er seinen kahlen Schädel massierte. Seine Hände waren lang und schmal, seine Fingernägel ebenso hell wie das Weiß in seinen Augen. Schöne Hände … Sie schluckte verlegen, als sie bemerkte, wie sie ihn anstarrte. Er lächelte und ließ ihren Blick nicht los. Dann sagte er:

»Du magst mich, Bella, stimmt's? In diesem Moment magst du mich sogar sehr. Du hast meine Hände betrachtet und dir gewünscht, dass sie dich berühren. Habe ich Recht?«

Bella konnte nichts erwidern. Ihr Mund konnte keine Worte bilden, ihr hübsches Gesicht glühte vor Scham.

»Du musst nichts sagen, ich weiß, dass es so ist. Und warum ist es so? Weil ich mit deiner Seele sprechen kann. Und genau das habe ich auch mit dem Fürsten und seinem Sohn gemacht. Die Tropfen sind ohne Wirkung, aber der Glaube daran macht sie wirkungsvoll. Und den Glauben habe ich ihnen gegeben. Das ist alles.«

»Also ist es kein Zauber?«, fragte das Mädchen ungläubig. Der Schwarze stand mit geschmeidigen Bewegungen auf. Er lachte herzlich.

»Nein, wirklich nicht, nein. Es ist eine Gabe. Sie war mir schon in die Wiege gelegt und hat nichts mit meiner Verkleidung zu tun.« Er sah sie eindringlich an. »Was meinst du, wie es dazu kam, dass ich Benedetto kennenlernte? Ich habe seinen Kummer gespürt … Und nun lass Momo und mich bitte allein. Wir haben etwas zu besprechen, und je weniger du weißt, desto sicherer bist du.«

Nwuma reichte Bella seine Hand und half ihr beim Aufstehen. Wieder trafen sich ihre Blicke. Eine Energie, von der sie bislang nicht gewusst hatte, dass sie existierte, durchströmte ihren Körper. Ich liebe dich, sprachen seine Augen. Und ich liebe dich, antworteten ihre. Dann löste sie ihre Hand aus seiner und ging langsam davon.

Bruder Angelo saß direkt neben dem großen Schrank, in dem das irdene Küchengeschirr aufbewahrt wurde. Von hier aus hatte er einen wunderbaren Überblick, was die Arbeit der Mägde betraf, und er konnte sich im entscheidenden Moment bemerkbar machen, wenn das Probieren und Abschmecken der Speisen anstand. Schließlich war alles, was hier zur Tafel gebracht wurde, einfach köstlich. Mit Bellas Lernfortschritten war er sehr zufrieden, auch wenn er sich hütete, das Mädchen zu loben. Sie war niedrigen Standes, und er wollte ihr nicht das Gefühl geben, nun etwas Besonderes zu sein, auch wenn er genau spürte, dass sie anders war als andere Mädchen ihres Alters. Vergnügt biss er in einen kleinen Kuchen.

»Donna Cassandra bleibt.«

Umberto hatte das mehr zu sich selbst gesagt, wie es

schien, kopfschüttelnd ließ er sich auf einen freien Stuhl fallen. Sofort war Massimo bei ihm. Ein Grinsen lief über sein Gesicht.

»Wie das? Hund und Katze in einem Bett? Wie soll das gehen?«

Er schob Umberto einen Becher Wein zu und stieß mit ihm an. Jetzt grinste auch der Leibdiener des Fürsten.

»Glaube versetzt Berge, oder etwa nicht?«

Wissend trafen sich ihre Blicke. Dieser Schwarze ist wirklich ein Zauberer, dachte der Koch. Er hätte noch vor ein paar Tagen seinen Kopf darauf verwettet, dass die beiden niemals zueinander finden würden. Und nun das.

»Da können wir uns wohl allesamt auf ein neues Regiment gefasst machen«, sagte Umberto leise. Es sollte beiläufig klingen, aber Massimo wusste die Worte sehr wohl zu deuten. Wie beim Leibdiener traten Sorgenfalten auf seine Stirn. Die junge Dame war eine Medici und gewohnt, dass alle nach ihrer Pfeife tanzten. Wer weiß, überlegte der Koch, wie sie sich in der Küche einmischen wird. Was würde dann aus ihm und aus Magdalena …

»Denkst du, was ich denke, Koch?«

Umberto war aufgestanden und zog sein Wams zurecht.

»Allerdings«, kam sofort die Antwort. »Ich denke wie du, dass sich am Hofe einiges ändern wird, und wer weiß – vielleicht auch in der Küche.«

Wie richtig Massimo mit seiner Einschätzung lag, sollte sich bereits am nächsten Tag zeigen. Es war am späten Vormittag; die Sonne stand wie eine gleißende weiße Scheibe hoch am Himmel. In der Küche war es ruhig. Jeder war an seinem Platz und in die Arbeit vertieft. Der Koch trat vor die Tür und wischte sich mit einem nassen Tuch Gesicht und

Hals ab. Es würde der erste richtig heiße Tag dieses Sommers werden. Bella und er hatten besprochen, auf alles zu verzichten, was leicht verderblich war. Leichte Speisen sollte es geben, eine kalte, scharfe Suppe, gebratenes Gemüse, dazu einen jungen Weißwein aus Valchiana, zum Abschluss kleine süße Eierkuchen.

»Wo ist der Koch?«

Massimo drehte sich irritiert um. Im nächsten Moment wusste er, wem die unbekannte Stimme gehörte: Cassandra. Sie trat neben ihn und verschränkte die Hände hinter dem Rücken. Dann sagte sie sanft:

»Umberto berichtete mir, was es zu essen gibt. Ich muss dir sagen, Koch, das gefällt mir nicht. Suppe und Gemüse und Eierkuchen. In Rom genießt man andere Speisen, zumindest in meiner Familie ist es so.«

Massimo sagte nichts, sondern schaute auf den Boden und hörte Donna Cassandra zu. Was sie wollte, entsprach überhaupt nicht der Jahreszeit. Sie verlangte nach Wild, nach Pasteten und Terrinen – alles Gerichte, die es im Sommer nicht gab und die dazu eine gewisse Vorbereitungszeit benötigten. Er wusste, es stand ihm nicht zu zu widersprechen, also schwieg er und hörte, wie sie sich umdrehte und raschen Schrittes davonging. Obwohl klein und rundlich war sie ausgesprochen wendig und schnell in ihren Bewegungen. Der Koch blickte hoch und seufzte. Das hatte er nun davon. Er selbst hatte Fabrizio den Rat mit dem Trank des Nubiers gegeben, und nun mischte sich die Frau in die Belange der Küche ein und brachte alles durcheinander. Er wusste, das war der Auftakt zu einer Machtprobe.

»Was sollen wir tun, Magdalena?«

Er hatte sie im Gemüsegarten gefunden und alles erzählt.

»Heute will sie Wild und morgen Pilze und im Winter

vielleicht Erdbeeren. Sie ist es gewohnt, ihren Willen zu bekommen, und sie hat den Principe und seinen Sohn auf ihrer Seite.«

Bella überlegte.

»Wenn wir uns gegen sie auflehnen, haben wir sie gegen uns. Deshalb müssen wir einen Weg finden, der sie nicht bloßstellt, sondern ihr im Gegenteil das Lob des Fürsten einbringt. Dann wird sie uns dankbar sein oder uns zumindest in Ruhe lassen.«

Massimo staunte. Das Mädchen hatte Ideen, auf die er nie kommen würde. Er stimmte ihr zu.

»Und heute?«

Bella zuckte die Achseln.

»Wir bringen zur Tafel, was wir gekocht haben. Sie ist klug genug, um zu wissen, dass wir in so kurzer Zeit nicht völlig neue Speisen bereiten können.«

Sie sah, dass der Koch sich nachdenklich den Kopf kratzte.

»Heute Nachmittag, nach dem Unterricht bei Bruder Angelo, werde ich mit ihrer Zofe sprechen. Sie kann mir bestimmt erzählen, was in Rom gegessen wird.«

»Und was soll das?«

Der Koch konnte ihr nicht folgen. Bella verdrehte die Augen und tippte ihm auf die Brust.

»Ganz einfach. Wir lassen Donna Cassandra über Umberto mitteilen, dass wir es wunderbar fänden, ein paar römische Speisen zuzubereiten, und dass es bestimmt eine herrliche Überraschung für den Fürsten sei. Und eine Ehrung durch sie. Glaub mir, sie wird den Faden aufnehmen. Hoffentlich.«

»Hoffentlich«, bekräftigte Massimo und ging schnellen Schrittes in seine Küche zurück. Bella überlegte. Sie würde Bruder Angelo bitten, ihr heute über Rom zu erzählen und über die vornehmen Familien der Stadt. Die Medici lebten dort zwar im Exil, aber sie waren durchaus einflussreich. Nicht ohne Grund hatte der Principe seinen Sohn schließlich in diese Ehe gedrängt. Nun, vielleicht wusste der Mönch Rat. Sie hatte sich mit ihm noch nie über private Dinge unterhalten, aber sie würde sich ihm anvertrauen. Sie überlegte. Es gab vieles, worüber sie gern gesprochen hätte. Über ihre leibliche Mutter, zu der kein Weg führte, über ihre Freunde in der Küche des Conte. Gabriella … Sie hatte sich mit allem arrangiert und war dankbar, in Ascarello und in der Gunst des Fürsten leben zu dürfen. Aber manchmal haderte sie mit ihrem Los.

»Bella.«

Nwumas Stimme ließ sie zusammenschrecken. Sie war so in Gedanken vertieft gewesen, dass sie sein Kommen nicht bemerkt hatte. Bevor sie ihn ansah, sammelte sie sich kurz. Sie ahnte, sie würde in seinen Augen ertrinken.

»Wir müssen weiterreisen, meine Bella.«

Der Nubier klang traurig. Er trat an das Mädchen heran und nahm ihre Hand. Bella erschauerte. Endlich traute sie sich, ihn anzusehen. Er lächelte, aber der Kummer über den bevorstehenden Abschied war ihm deutlich anzumerken.

»Warum?«

Bella fiel nichts anderes ein. Der Nubier zog ihre Hand an seine Lippen und küsste sie zärtlich.

»Wir können hier nichts mehr tun. Jetzt müssen wir weiterziehen. Verstehst du das?«

Bella schüttelte den Kopf. Nein, das verstand sie ganz und gar nicht.

»Kommt ihr zurück?«, fragte sie scheu. Zu ihrer Freude nickte Nwuma. Er betrachtete ihre Hand, küsste sie noch einmal und ließ sie los.

»Wenn alles so läuft wie geplant, werden wir uns bald wiedersehen. Glaub mir.«

»Und Momo?«

Der Schwarze wies mit dem Kinn zur Seite.

»Er sagt, er will keinen Abschied.«

Bella nickte. Sie konnte ihren Freund verstehen. Traurigkeit stieg in ihr hoch; sie gab sich Mühe, nicht zu weinen. Nwuma sagte nichts. Er griff an sein Handgelenk und zog einen der silbernen Armreifen herunter. Er streifte ihn dem Mädchen über.

»Als Pfand. Damit du weißt, dass ich wiederkomme – dass wir wiederkommen.«

Und er ging fort.

19. KAPITEL

Der Reiter stieg ab und übergab sein Pferd dem Stallknecht. Er atmete tief ein; die Reise war lang und anstrengend gewesen. Nun war es bereits spät am Abend. Keine gute Zeit, um dem Principe noch seine Aufwartung zu machen. Er klopfte sich den Staub aus den Kleidern und wartete, bis der Knecht einen Diener geholt hatte. Es dauerte nicht lange, und Umberto stand vor ihm. Mit geschultem Blick sah er sofort, dass er einen Mann hohen Standes vor sich hatte.

»So später Besuch ist ungewöhnlich, Herr. Um nicht zu sagen unpassend. Sua Altezza Andrea di Nanini hat sich bereits zur Ruhe begeben. Ich lasse Euch gern ein Nachtlager bereiten.«

Der junge Mann nickte. Es war ihm ganz recht, sich ausruhen zu können.

»Danke. Paolo di Cavalli, Sohn von Ascanio di Cavalli, Conte von Lucca, nimmt Eure Gastfreundschaft sehr gern an.«

Umberto, der dem Fremden gerade eine Geste machte, mit ihm zu kommen, ließ verwundert den Arm sinken. Was wollte der Sohn vom Conte di Cavalli hier in Siena? Vielleicht war es doch wichtig, dass sein Herr noch heute Abend von der Ankunft des Gastes erfuhr. Immerhin war der junge Adelige der Sohn seines Cousins.

»Bitte folgt mir in die Küche, dort könnt Ihr Euch etwas

stärken. Ich werde den Fürsten sofort von Eurer Ankunft unterrichten.«

Wieder nickte der junge Mann und begab sich ohne weitere Worte mit dem Leibdiener des Principe in den Palazzo. Umberto hatte es auf einmal sehr eilig und schlug den Weg zu den Wirtschaftsräumen ein. Massimo, der mit den Vorbereitungen für den nächsten Tag beschäftigt war, sah erstaunt auf. Es war ungewöhnlich, dass Umberto Fremde in die Küche brachte. Noch dazu um diese Zeit. Der Leibdiener kommentierte den Blick des Kochs mit Augenrollen und sagte nur knapp:

»Unser Gast ist müde und hungrig. Kümmere dich um ihn.«

Dann war er schon wieder zur Tür hinaus.

Massimo legte sein Messer zur Seite und wischte sich die Hände ab.

»Womit kann ich Euch erfreuen, Herr?«, fragte er mit ausgesuchter Höflichkeit. Wenn Umberto so aufgeregt war, musste dieser Gast ein wichtiger Mann sein.

»Massimo, hast du den Korb mit den Erdbeeren gesehen?«

Wie ein Wirbelwind stürmte Bella in die Küche. Ihre Augen suchten die Tische und Regale ab; den Fremden, der noch an der Tür stand, bemerkte sie offenbar nicht.

»Magdalena, wir haben einen späten Gast«, sagte Massimo ruhig und deutete auf Paolo. Der setzte sich an den Tisch und betrachtete das Mädchen mit wachsendem Interesse. Der Koch tat, als bemerkte er es nicht. Es war alles andere als ungewöhnlich, dass Männer Bella anstarrten.

»Ah, da sind sie ja.«

Bella hatte den Korb unter einem Tisch entdeckt und zog ihn hervor.

»Magdalena.«

Die Stimme des Kochs klang ungewohnt streng. Bella sah ihn direkt an. Was sollte das? Erst jetzt fiel ihr Blick auf den jungen Mann. Als er ihr sein Gesicht zuwendete, erkannte sie ihn sofort. Er sagte:

»Du bist Bella, die Ziehtochter von Gianni Fiore, Koch des Conte von Lucca, oder täusche ich mich? Mein Bruder hat mit dir in der Küche gespielt.«

Bella wurde schwindelig. Auf einmal war sie wieder lebendig, die Zeit am Hofe di Cavallis. Gabriella, Rocco, Gianni … sie waren im Laufe der Jahre zu Schemen geworden, zu lieb gewonnenen Erinnerungen. Sie schluckte. Lügen wollte und konnte sie nicht.

»Ja«, antwortete sie leise, »das bin ich.«

Paolo lächelte sie an.

»Uns fehlen deine Speisen, Bella, wirklich.«

Bella lächelte zurück. Paolo war seinem Vater im Äußeren recht ähnlich, dunkel und hochgewachsen, aber seine Augen, ebenso schwarz wie die Ascanios, blickten sanft und freundlich.

Bella sah den Koch an. Der verstand und richtete das Wort an den Adeligen.

»Was ist Euer Wunsch, Herr? Welche Speisen dürfen wir Euch bringen?«

Paolo winkte ab.

»Es ist schon sehr spät. Wenn du ein wenig kaltes Fleisch und einen kräftigen Roten für mich hast, freue ich mich, Koch.«

Massimos Miene entspannte sich. Er hatte schon befürchtet, die halbe Nacht in der Küche stehen zu müssen. Die Bescheidenheit dieses Mannes gefiel ihm. Erleichtert griff er nach dem steinernen Weinkrug und stieg in den Keller hinab, während Bella sich um die Speisen kümmerte.

»Wie geht es meinen Freunden, Herr?«, fragte sie leise. Paolo schüttelte den Kopf.

»Es gibt viel zu berichten, Bella, und das werde ich auch tun. Aber zunächst gilt meine ganze Aufmerksamkeit dem Fürsten.«

Bella errötete und senkte den Blick. Sie schämte sich für die alte Vertrautheit aus Kindertagen. Es stand ihr nicht zu, das Wort an ihn zu richten. Er war Nobile und sie die Tochter eines Buttero … zumindest in seinen Augen. *Was er wohl sagen würde, wenn er wüsste, dass seine Stiefmutter mich geboren hat?*, überlegte sie. Dann verscheuchte sie den Gedanken mit einem Kopfschütteln.

»Verzeiht mir«, beeilte sie sich zu sagen, »ich wollte mich nicht über meinen Stand erheben.«

Sie brachte ihm das gewünschte Bratenfleisch und verließ nach einem Knicks die Küche. Sie musste ein paar Momente allein sein. Bella trat in den Garten hinaus und lehnte sich an die Mauer. Ihr Blick wanderte über den sternenklaren Himmel. Bilder liefen vor ihrem inneren Auge ab, Bilder aus Giannis Küche in Lucca. Sie schämte sich dafür, so lange nicht mehr an ihre Freunde gedacht zu haben. Ein knackendes Geräusch schreckte sie auf. Es war der Koch.

»Wo ist der Gast?«, wollte Bella wissen.

Massimo lehnte sich ebenfalls an die Mauer und reckte das Gesicht nach oben.

»Der Sohn des Conte von Lucca ist beim Principe«, sagte er nachdenklich, »um diese Zeit. Sehr merkwürdig.«

»Woher weißt du, dass es di Cavallis Sohn ist?«, fragte Bella. Massimo atmete tief ein und streckte sich.

»Umberto hat es mir gesagt. Er hat ihn zum Fürsten gebracht und war gerade in der Küche, um sich ein paar Früchte zu nehmen.«

»Ich verstehe diesen Besuch auch nicht«, sagte das Mädchen, »damals ... in Lucca ... wurde vom Hofe hier und vom Fürsten so gut wie nie gesprochen, und wenn, nur mit Verachtung. Ich weiß es noch, weil Gianni mir einmal von einem fürchterlichen Wutausbruch des Conte erzählt hat. Er hat so getobt, dass er danach einen ganzen Tag im Bett bleiben musste, um sich zu erholen. Es war kurz vor ... der Niederkunft seiner zweiten Gemahlin. Gianni sagte, er habe sich die Schnallen und Spangen von seinem Gewand gerissen und vor lauter Zorn alles in seinem Gemach kurz und klein geschlagen.«

Der Koch nickte. »Sein aufbrausendes Wesen ist allgemein bekannt, selbst hier am Hofe weiß man davon. Bleibt nur zu hoffen, dass sein Sohn anderer Natur ist. Und nun lass uns schlafen gehen. Ich habe so das Gefühl, dass die nächsten Tage anstrengend werden.«

»Ich muss schon sagen, ich bin sehr überrascht, Paolo.«

Der Fürst hatte Fabrizio zu sich gerufen und mit seinem Sohn gemeinsam den Gast aus Lucca empfangen. Nun saßen die drei Männer in der Sala. Di Nanini blickte den jungen Mann fragend an.

Paolo überlegte kurz, dann entschied er sich dafür, die Wahrheit zu erzählen. Wenn er auf eine Allianz mit Siena hoffte, durfte er das Vertrauen des Fürsten nicht mit halbgaren Geschichten verspielen. So berichtete er von dem Disput mit seinem Vater, von seiner heimlichen Abreise. Er umriss in wenigen Sätzen seine politische Einstellung und zeigte mehrere unterschiedliche Szenarien auf, wie es um die Zukunft der toskanischen Stadtstaaten bestellt sein könnte.

Der Fürst und sein Sohn hörten aufmerksam zu, und ihnen war schnell klar, dass der junge Adelige in ehrenvoller

Absicht kam. Di Nanini verstand nicht, dass sich Ascanio den Überlegungen seines Ältesten gegenüber so verschloss, und das sagte er ihm auch. Er betrachtete den Sohn seines Cousins eindringlich. Die Statur, die Stimme … einst waren sie Freunde gewesen, Ascanio und er, bis zu dem Tag, als der Conte die junge Waise zu sich nahm … er, Andrea, hatte sich sofort in sie verliebt. Er hatte gegen das Gefühl angekämpft, bei Gott! Doch sie hatte ihn angesehen, wissend, und so liebten sie sich, lange bevor sie ein Paar wurden … das heilige Sakrament der Ehe beschmutzten … wie teuer war der Preis dafür. Sein Kind, seine Liebste … Doch das war alles Vergangenheit. Er konnte Paolo nicht hassen. Er konnte ihn nicht dafür verachten, dass er ein di Cavalli war. Laut sagte er:

»Erzähl mir mehr, Paolo.«

Dieser bekam einen noch ernsteren Gesichtsausdruck, als die Rede auf seinen Vater kam.

»Lucca geht es nicht gut. Der Bau der Stadtmauer verschlingt riesige Summen, und die Bedeutung als Seidenstadt geht immer mehr zurück, seitdem viele Schiffe direkt den Hafen von Talamone anlaufen.«

Fabrizio nickte. »Das stimmt. Unser Hafen macht einen weiten, gefährlichen Transport über Land überflüssig.«

»Dennoch«, warf Andrea di Nanini ein, »wir alle sind Nobili, wir alle haben Verantwortung für die Menschen in unseren Dörfern und Städten.«

»Eben darum bin ich hier«, sagte Paolo.

»Darüber freuen mein Sohn und ich uns sehr«, erwiderte der Fürst und stand auf. »Und nun Gute Nacht. Morgen früh unterhalten wir uns weiter.«

Fabrizio stand vor Cassandras Tür und zog die kleine Glasamphore aus seinem Ärmel, die ihm der Nubier gegeben hatte. In den ersten Tagen hatte er ständig mit den bitteren Tropfen daraus seine Handfläche benetzt, immer in der Angst, seine Zuneigung zu Cassandra könnte wieder nachlassen. Dann hatte er sich getraut, nur noch abends vor dem Zubettgehen ein paar Tropfen zu nehmen, und gestern hatte er keine Medizin genommen. Trotzdem hatten sie sich leidenschaftlich geliebt. Er würde es heute Nacht noch einmal ohne die Tropfen probieren. Vorsichtig verbarg er das Fläschchen wieder im Ärmel, dann öffnete er leise die Tür.

Cassandra erwartete ihn. Sie lag nackt auf dem großen, mit einem prächtigen Baldachin überdachten Bett und streckte die Arme nach ihm aus. Für einen Augenblick dachte Fabrizio an die schöne Marketenderin. Er grinste. Ja, er hatte sie für eine Zauberin gehalten und war sich sicher gewesen, nie wieder etwas so Köstliches zu erleben. Wie sehr er sich getäuscht hatte. Es verblasste im Vergleich zu dem, was Cassandra mit ihm machte. Inzwischen war es ihm egal, dass sie klein und rundlich war, älter als er und nicht sonderlich hübsch. Sie verstand es ganz einfach, ihn zur Raserei zu bringen. Mal berührte sie ihn, dann wieder nicht, mal küsste sie ihn, dann nicht. Die eine Nacht setzte sie sich auf ihn, sobald er sich zu ihr gelegt hatte, in der nächsten durfte er sie erst spüren, wenn sie zuvor unter seinen Liebkosungen in Wonne zerflossen war. Ihre Küsse waren gierig; sie biss und kratzte ihn, und er genoss ihre Leidenschaft und Hingabe in vollen Zügen. Umberto hatte ihm gestern einen strengen Blick zugeworfen, als er ihm aus dem Badezuber geholfen und die Spuren der Lust gesehen hatte. Wahrscheinlich hatte er es sofort dem Fürsten erzählt, aber egal. Fabrizio betrachtete sein Weib, das sich auf den frischen Laken räkelte.

»Es ist spät«, sagte sie mit gespielter Entrüstung, »du hast mich lange warten lassen.« Sie setzte sich im Bett auf und sah ihn ernst an. »Ich muss dir etwas sagen.«

Fabrizio zog sich ungerührt weiter aus.

»Es ist etwas Schönes.«

Ihre Stimme zitterte ein wenig. Fabrizio setzte sich zu ihr und nahm ihre Hand. Er spürte, wie das Blut in seinen Schläfen pochte. Er brachte keinen Ton heraus. Seine Augen stellten ihr die Frage, die ihm nicht über die Lippen kam. Sie verstand und nickte.

»Ja, ich bin mir sicher. Wir werden ein Kind haben.«

Paolo konnte in dieser Nacht nur schwer Schlaf finden. Fabrizio hatte ihm sein eigenes Gemach überlassen, und so genoss er jeden Komfort, den er aus Lucca gewöhnt war. Und trotzdem. Sein Herz schlug schnell, Gedanken rasten durch seinen Kopf wie Wolken im Herbststurm über den Himmel. Er hatte geahnt, dass er Bella hier finden würde, in der Küche in Lucca ging das Gerücht um, sie sei in Diensten des Fürsten von Siena – aber er hatte kein kluges junges Mädchen erwartet, ausnehmend hübsch und so stolz und selbstsicher, als wäre sie aus seinem Stand. Sie benimmt sich wie eine Nobile, dachte er. Wie kommt das nur?

Als sie noch in Giannis Küche war, hatte er keinen Gedanken an sie verschwendet. Natürlich waren ihm Reden über ihre Begabung für neue Rezepturen und ihren feinen Geschmackssinn zu Ohren gekommen, aber er hatte sich nie dafür interessiert. Aber da war sie auch noch ein Kind, überlegte er, und nun ist sie fast schon eine Frau. Und eine wunderschöne dazu. Mit den Gedanken daran, was er ihr alles vom Hofe di Cavallis berichten wollte, schlief er ein und wachte erst auf, als es heftig an seine Tür klopfte. Ein

Blick aus dem Fenster ließ ihn wissen, dass es mitten am Tag war. Wahrscheinlich wartete der Fürst bereits auf ihn und war ärgerlich. Schnell sprang er aus dem Bett und suchte nach seiner Kleidung, aber er fand sie nicht. Es klopfte noch einmal.

»Herein!«

Es war Umberto, der die frisch gereinigten Gewänder des jungen Adeligen bei sich hatte. Paolo grinste verlegen.

»Ich danke dir. Ich fürchte – ich war sehr schmutzig gestern.«

»Sehr schmutzig, das trifft es ganz gut, mein Herr.«

Umberto verneigte sich mit einem Lächeln und legte die Kleidung ab.

»Der Principe hatte Anweisung gegeben, Euch ruhen zu lassen bis zur Mittagszeit. Doch nun würde er Euch gern an seiner Tafel begrüßen.«

In Windeseile zog sich Paolo an. Ungeachtet der höflichen Formulierung war es ein Befehl, sofort in der Sala zu erscheinen. Nur kurze Zeit später fand er sich dort ein, wo neben di Nanini und seinem Sohn auch eine Frau am Tisch saß. Sie war klein und rund und nicht sonderlich hübsch, aber sie hatte wache Augen und eine gut gelaunte Miene. Anscheinend freute sie sich, ebenso wie der Principe und Fabrizio, über seine Anwesenheit.

Nachdem der Fürst einen Trinkspruch auf seinen Gast ausgegeben hatte, wandte er sich an seine Schwiegertochter.

»Du wolltest uns etwas erzählen, Cassandra. Nun, da unsere kleine Gesellschaft komplett ist, möchte ich dich bitten, das zu tun.«

»Sag du es ihm«, raunte sie ihrem Gemahl zu, der nun aufstand und den Pokal erhob.

»Gott hat es gefallen, uns miteinander zu verbinden, und

es gefällt ihm, uns ein Kind zu schenken. Zum Osterfest wird dieses Haus einen Erben haben.«

Bei den letzten Worten war Fabrizios Stimme fast gebrochen; er musste sich setzen, so berührte ihn das Gesagte. Paolo hob seinen Kelch und nickte Cassandra und Fabrizio höflich zu. Der Fürst dagegen saß wie erstarrt auf seinem Platz, sein Gesicht war völlig ausdruckslos. Drei Augenpaare sahen ihn verwundert an. Da, endlich, löste sich die Versteinerung, und ohne auf die Etikette in der Gegenwart eines Fremden zu achten, drückte und küsste er Sohn und Schwiegertochter wieder und wieder.

»Ostern«, sagte er leise, »ich kann es kaum erwarten.«

Momo und Nwuma waren gut vorangekommen, selbst in der dichten Macchia. Hector hatte sie wissen lassen, dass er sie in Principina a Mare erwartete. Von dort aus würden die Gaukler durch die Dörfer in Richtung Siena ziehen, wie jedes Jahr. Der Nubier war schweigsam, seitdem sie den Hof di Naninis verlassen hatten. Momo war klug genug, ihn nicht nach dem Grund dafür zu fragen. Zudem hing er seinen eigenen Gedanken nach. Er war ein Zigeuner und würde es immer sein. Bella dagegen hatte sich total verändert. Sie war ein kleines Mädchen gewesen, das in einer Küche aufgewachsen war, und nun konnte sie lesen und schreiben und benahm sich wie eine Dame.

»Du denkst auch an Bella, mein Freund?«, fragte Nwuma und legte dem Burschen neben sich die Hand auf die Schulter. Momo nickte. Er konnte dem Schwarzen nichts vormachen. Der Nubier konnte in alle Herzen sehen, wenn er wollte.

»Sie ist so anders, Nwuma.«

»Sie ist bald eine Frau, Momo.«

Der Zigeuner schüttelte den Kopf. Nein, das meinte er nicht. Natürlich waren sie beide keine Kinder mehr, aber …

»Was meinst du dann?«, wollte Nwuma wissen. »Vertrau deinem Gefühl, deiner Eingebung. Sag, was du denkst, auch wenn es merkwürdig klingt.«

Momo überlegte.

»Ich habe immer gedacht, die Küche ist ihr Zuhause, aber das stimmt nicht. Wie sie sich im Palazzo bewegt, wie sie spricht, ihre Vertrautheit mit dem Fürsten – ihr Platz ist bei Hofe, oder täusche ich mich?«

Der Schwarze lächelte.

»Du spürst dasselbe wie ich, mein Freund. Und du hast Recht. Genau so ist es.«

Nachdem sie die Ruine der Festung von San Rabano hinter sich gelassen hatten, schlugen sie den Weg zur tyrrhenischen Küste ein. Momo gruselte sich beim Anblick dieser verfallenen Bauwerke, von denen es viele in der Maremma gab. Zumeist waren es verlassene Festungsanlagen oder Wehrtürme, schon viele hundert Jahre alt. Die Mächtigen von Florenz und Siena hatten sie einst errichten lassen, um einen Angriff der Sarazenen vom Meer aus frühzeitig entdecken zu können. Inzwischen waren die Zeiten andere. Der Handel bestimmte das Denken in den toskanischen Städten, und niemand störte sich daran, ob der Kaufmann aus Burgund, Flandern oder Arabien stammte.

»Da sind sie!«

Nwuma hatte die Wagenburg als Erster entdeckt und trieb das Maultier an, schneller zu gehen. Momo rutschte unruhig auf dem Kutschbock hin und her. Er war noch nie so lange von seinen Eltern und der ganzen Familie getrennt gewesen, und nun spürte er, wie er sich auf das Wiedersehen freute. Auch im Lager hatte man offenbar die Reisenden ausgemacht, denn die Kinder kamen ihnen entgegengelaufen und schwenkten ihre Mützen. Dann folgten ein paar Erwachsene. Momo erkannte Hector und Benedetto, dann Alondra. Als er seine Mutter winken sah, hielt ihn nichts mehr. Er sprang vom Wagen herunter und lief lachend zu den Seinen.

Spät am Abend, als das Feuer schon weit heruntergebrannt war und die Frauen und Kinder in den Wagen schliefen, rief der Anführer der Zigeuner seine Vertrauten zu sich. Seine Miene war ernst, als er Benedetto und dem Nubier Wein in ihre Becher schenkte. Nwuma hatte sich seiner bunten Kleidung und des Silberschmucks entledigt und trug wieder seine alten Gewänder. Sie alle tranken, und sie tranken viel. Dann erzählten sie. Zuerst Benedetto von seinem Besuch bei Martini. Die beiden anderen nickten. Genau diese Reaktion hatten sie vom Vogt erwartet. Als Nächster begann Nwuma mit seinem Bericht. Die Tatsache, dass der Sohn des Principe und seine Gemahlin nun einander zugetan waren, ließ hoffen, dass im Falle eines Falles mit Hilfe aus Rom zu rechnen war.

»Und sonst?«, fragte Hector und drehte seinen Becher hin und her. Ihm war nicht entgangen, wie in sich gekehrt der Schwarze war. Nwuma verstand und nahm einen Schluck Wein.

»Man muss kein Zauberer sein, um zu sehen, dass das Mädchen eine Nobile ist«, sagte er dumpf. »Und sie hat Feinde. An beiden Höfen.«

Hector sah seinen Freund besorgt an.

»Willst du damit sagen, sie ist in Gefahr?«

»Wir wissen, was mit di Nanini passiert ist, wer den Überfall geplant und wer ihn ausgeführt hat. Was mit Petrucci geschehen ist, wissen wir auch, und wir kennen seinen Mörder. Ich fürchte, wir müssen davon ausgehen, dass sie in Lebensgefahr ist, auch wenn wir im Moment keine Beweise haben.«

Der Nubier seufzte. Benedetto steckte sich ein Stück Fleisch an einen Stock und legte ihn in die Glut.

»Ich hätte Martini mehr unter Druck setzen müssen. Wer weiß, was er gerade vorhat. Vielleicht hätte er etwas verraten.«

»Nein«, wehrte Hector ab. »Du hättest wohl nur schlafende Hunde geweckt. Der Vogt soll sich einigermaßen sicher fühlen, damit er einen Fehler macht.«

»Man sollte ihn zerquetschen wie eine Laus«, zischte Nwuma und ballte seine Hand zur Faust. »Ich könnte es nicht ertragen, wenn Bella etwas passiert.«

Die beiden anderen sahen sich an, sagten jedoch nichts. Benedetto stocherte in der Glut herum, Hector trank einen Schluck.

»Ich liebe sie«, flüsterte der Nubier, reichte Hector seinen Becher und stand auf. Er hob die Hand zum Gruß und ging wortlos davon. Ja, er konnte in die Herzen anderer Menschen sehen, doch es war gut, dass niemand in sein Herz hineinblicken konnte.

Am Morgen des nächsten Tages machte sich Benedetto auf nach Grosseto. Es war nicht schwer, den Stadtvogt zu finden. Der Zigeuner betrat die Schenke und grüßte den Wirt, der nur unwillig brummte. Benedetto drückte ihm drei Silberlinge in die Hand, das war genug, um den ganzen Tag das Beste zu essen und zu trinken, was Keller und Küche hergaben.

»Wein«, sagte er barsch und setzte sich zu Martini an den

Tisch. Der hob überrascht den Kopf. Für einen Moment stand jähes Entsetzen in seinem Gesicht. Doch sofort hatte er sich wieder in der Gewalt.

»Mein Freund«, sagte er mit aufgesetztem Lächeln, »wie schön.«

Der Zigeuner betrachtete ihn aufmerksam; der Vogt war nervös, Schweißperlen sammelten sich auf seiner Stirn. Er hat ein schlechtes Gewissen, überlegte Benedetto. Also führt er wieder irgendetwas im Schilde. Mit gleichgültiger Stimme sagte er:

»Es ist bald Neumond, Vogt, und wir haben einen Handel. Darum bin ich hier.«

Martini blickte ihn an, er schien überrascht zu sein. Er nahm einen Schluck von dem Wein, den Mario ihm hingestellt hatte, und nickte.

»So ist es recht, mein Freund, so ist es recht.«

Und der Zigeuner berichtete. Von der nun glücklichen Ehe zwischen Cassandra und Fabrizio und den Folgen dieser erstarkten Verbindung für die Allianz zwischen Siena und Rom. »Es ist bedauerlich, dass Petrucci sein Leben lassen musste, zumal es umsonst war, wie man jetzt sieht. Auch ohne ihn wird sich Siena unter der Führung von di Nanini gegen die Spanier wehren können«, beendete Benedetto seinen Bericht.

Martinis Augen funkelten gefährlich, aber er wusste, er durfte dem Zigeuner keinen Grund zum Misstrauen geben. Es wurde Zeit, endlich zu vollbringen, was notwendig war. Erst dann konnten die Karten neu gemischt werden, und er, Martini, war endlich wieder seines Lebens froh.

Benedetto wartete auf Fragen, auf irgendetwas. Aber der Vogt, der sonst plappern konnte wie ein Waschweib, starrte dumpf vor sich auf den Tisch. Auch gut, dachte der Zigeuner und machte sich ohne ein Wort des Abschieds auf den Weg zurück zum Lager.

Kaum hatte Bendetto die Schenke verlassen, brach auch der Vogt auf. Der Schweiß drang ihm aus allen Poren. Schnell begab er sich zu seinem Haus, wo ihm Francesca gut gelaunt die Tür öffnete. Barsch schob er sie zur Seite und stapfte in sein Schlafzimmer. In der großen Kiste neben seinem Bett verwahrte er ein paar Bogen Papier und Schreibzeug. Er wusste, schon einmal hatte ein Brief an den Conte den falschen Weg genommen. Diesmal würde er die Botschaft selbst nach Lucca bringen.

»Sag dem Koch, ich möchte ihn sprechen.«

Martini trug das einfache Gewand eines Bauern und führte einen beladenen Maulesel mit sich. Sein Pferd und seine Kleider hatte er in sicherer Entfernung bei einem Olivenhain versteckt. Er grinste selbstgefällig. Da war ihm wieder ein schöner Plan eingefallen, und es musste mit dem Teufel zugehen, wenn dieser nicht gelingen sollte. Als er Rocco auf sich zukommen sah, setzte er eine kummervolle Miene auf.

»Pietro Martini?«

Rocco traute seinen Augen kaum. Das war doch der Stadtvogt von Grosseto. Martini nickte und umarmte den jungen Koch.

»Was soll die Scharade, oder seid Ihr nicht mehr der Vogt?«

Er zeigte auf das Maultier und die Körbe mit Gemüse, die zu beiden Seiten befestigt waren.

»Ich muss unerkannt bleiben, mein Junge. Und ich habe nicht viel Zeit, aber ...«, Martinis Gesicht bekam einen noch traurigeren Ausdruck, »... du weißt doch noch, was ich dir damals gesagt habe, auf dem Marktplatz. Weißt du es noch?«

»Dass Ihr kommt und mich um einen Gefallen bitten werdet.«

Rocco konnte sich dem flehenden Blick dieser Augen nicht entziehen. Es musste etwas Schreckliches passiert sein, wenn der Vogt in der Sommerhitze nach Lucca kam, um ihn vertraulich zu sprechen.

»So ist es, Rocco.«

Martini spürte, dass er das Mitleid und das Interesse des Kochs geweckt hatte. Nun musste alles schnell gehen, bevor der andere auf den Gedanken kam, Fragen zu stellen. Er zog einen versiegelten Brief zwischen all dem Gemüse hervor und gab ihn Rocco.

»Dieser Brief ist für den Conte. Und nur für ihn. Du kennst mich nicht. Ich bin nur ein Bauer, der ihn dir gegeben hat. Das ist alles. Hast du mich verstanden?«

Rocco nickte verwirrt und verbarg den Brief unter seiner Schürze. Martini hatte inzwischen sein Maultier am Zügel genommen und wandte sich zum Gehen. Der Koch blickte ihn immer noch verwundert an.

»Nun geh schon«, sagte der Vogt, »beeil dich. Es geht um Leben und Tod!«

Er drehte sich grußlos um und hörte, wie Rocco zum Palazzo zurücklief. Zufrieden mit sich schnalzte er mit der Zunge. Er freute sich schon darauf, im nächsten Dorf einzukehren. Gebratenes Ochsenfleisch und Dolceforte … beim Gedanken daran lief ihm das Wasser im Mund zusammen.

Rocco musste nicht lange warten. Mahmut kam öfters in die Küche, um für seinen Herrn Früchte oder Wein zu holen. So auch heute. Als der Araber die Küche betrat, machte ihm Rocco ein Zeichen und trat mit ihm hinaus in den Kräutergarten.

»Gerade war ein Bauer da. Er hat mir diesen Brief gegeben und sagte, er sei für unseren Conte.«

Der Koch war froh, das Dokument los zu sein.

»Ein Bauer?«, fragte Mahmut nach. Rocco nickte.

»Mit einem Maultier und Gemüsekörben.«

Der Leibdiener des Conte sah den Koch prüfend an. Rocco hielt seinem Blick stand und wartete, was nun passieren
würde.

Der andere nickte und betrachtete immer wieder das Siegel des Briefes.

»Ein Bauer also«, sagte er mehr zu sich als zu dem Koch
und wandte sich mit einer Verbeugung zum Gehen. Kaum
war er außer Sichtweite, erbrach er das Siegel. Was er las, war
ungeheuerlich. Martini beschuldigte ihn, den Leibdiener des
Grafen, einen Überfall gegen seinen Herrn zu planen. Mahmut zerriss das Papier in viele kleine Fetzen. Diese Laus
wollte ihn verleumden. Es war an der Zeit, ihn endgültig
zum Schweigen zu bringen.

20. KAPITEL

Ascanio di Cavalli war bis nach Massarosa geritten. Der Weg durch die Versilia, eine Landschaft, ähnlich sumpfig wie die Maremma ein Stück weiter südlich, hatte ihn viel Kraft gekostet. Nun war er endlich angekommen. Der Lago di Massaciuccoli breitete sich einladend vor ihm aus.

Am frühen Morgen war er in aller Stille aufgebrochen, nicht einmal seinem Leibdiener hatte er etwas gesagt. Nun war es bereits Nachmittag. Nachdem er sein Pferd getränkt hatte, ließ er sich am Ufer der Lagune nieder und betrachtete das Spiel der Sonnenstrahlen auf den sanften Wellen. So konnte es nicht weitergehen. Erst der Tod Vivicas, dann der Verrat Donatas, und nun hatte sich Paolo von ihm abgewandt. Der Brief, den er ihm hinterlassen hatte, war voller Vorwürfe. Seit drei Wochen hatte er nichts von seinem Sohn gehört. Gewiss war er gut in Siena angekommen, aber Ascanios Stolz hatte ihn bislang davon abgehalten, einen Boten zu senden und sich berichten zu lassen.

Er betrachtete seine Hände. Mit diesen Händen hatte er etwas Schreckliches getan, einen Leichnam geschändet – er hatte auf eine Totgeburt eingestochen, den kleinen bläulichen Leib mit dem Dolch durchbohrt. Aber er hatte das Mädchen nicht getötet … das Kind der Ehebrecherin lebte, und Donata, diese Hure, wusste es. Die Hebamme hatte durch Gabriella von einer Familie erfahren, deren Kind tot zur Welt kam … Sollte er ahnen, dass es Gabriellas Nichte war, der Mahmut den Säugling überbrachte? Nein. Er war kein Weib, er dachte nicht so ... Und doch: Wurde es nicht endlich Zeit für Vergebung? Donata ... Wir haben so viele Jahre gelitten aneinander, ich habe sie verflucht und missachtet in meinem Zorn, und nun, wo meine Augen um Erlösung flehen, sieht sie durch mich hindurch, als gäbe es mich nicht.

Ascanio schaute seinem Pferd zu, wie es friedlich graste, und sofort war es da, das Bild, an das er so oft dachte. Vivica und er waren gern gemeinsam geritten; die Ausflüge zum Lago di Massaciuccoli zählten zu seinen schönsten Erinnerungen. Nicht weit von der Stelle, wo er nun saß, hatten sie Rast gemacht, gelacht, einander Geschichten erzählt. Sie hatten sich gehalten, einander Lust und Wonne geschenkt ... Vivica, dachte er bitter, warum hast du mich verlassen?

Bis spät in die Nacht hinein saß di Cavalli am Ufer der Lagune und dachte nach. Er war sich darüber im Klaren, dass man sich Sorgen um ihn machen würde, doch das scherte ihn nicht. Er suchte nach einer Antwort auf die Frage, wie er künftig mit di Nanini umgehen wollte; wenn Paolo den Kontakt erneuerte und vielleicht sogar über politische Themen mit ihm sprach, durfte er das nicht ignorieren. Weder als Vater noch als Conte. Morgen, dachte er, morgen richte ich das Wort an Donata und bitte sie um Vergebung. Und dann wird endlich alles gut.

Paolo hatte sich auf den Heimweg gemacht. Er wusste, bei aller Eigenmächtigkeit durfte er seinen Vater nicht gegen sich aufbringen – noch war er nicht Conte. Die Zeit am Hof in Ascarello bei Siena war viel zu schnell vergangen. Tag um Tag hatte er einen neuen Grund gesucht, um noch ein wenig zu bleiben. Es hatte ihm Freude gemacht, mit di Nanini und seinem Sohn über den künftigen politischen Zusammenhalt von Siena und Lucca zu diskutieren, auch wenn der Anlass ein ernster war. Der Fürst hatte ihm anvertraut, dass die Medici in Kürze den Angriff auf Florenz beginnen und sich damit erneut die Herrschaft sichern würden. Die französischen Hilfstruppen, die seit einiger Zeit die Stadt schützten, befänden sich bereits im Abzug. Cassandra hatte ein Dokument ihres Vetters Giuliano mitgebracht, in dem dieser die Loyalität der Sienesen und die Bereitstellung von Soldaten forderte. Im Gegenzug bot er an, eine mögliche Aggression der Spanier unter Ferdinand von Aragonien an der Seite Sienas, wie er es nannte, »niederzuwalzen«.

Paolo deutete daraufhin an, bei seinem Vater für eine große Allianz mit Siena einzutreten. Er wusste: Siena brauchte Lucca nicht, aber Lucca brauchte dessen Unterstützung dringend. Und sein Vater war erfahren genug, um das einzusehen – bei allen persönlichen Vorbehalten gegen di Nanini.

Doch bei allem Stolz auf seine ersten politischen Schritte wusste er ganz genau, dass es nicht die Gespräche mit den beiden Nobili gewesen waren, die ihn seinen Besuch hatten ausdehnen lassen. Nein, der wahre Grund war Bella. Er suchte ihre Nähe, wo er nur konnte, fing sie nach ihren Unterrichtsstunden ab, um sich mit ihr zu unterhalten und ihr vom Schicksal ihrer Freunde zu erzählen. Beim Bericht über Giannis Zusammenbruch hatte sie angefangen zu weinen. Wie gern hätte er sie fest an sich gedrückt, aber er wusste, es wäre nicht schicklich gewesen und unklug dazu.

Beim Abschied am Morgen hatte er sie lächelnd gebeten, mit ihm zu kommen. Der Principe hielt es für einen Scherz und lachte laut. Aber es war ihm ernst gewesen, und der Blick in Bellas Augen zeigte ihm, dass sie ihn verstanden hatte. Er wollte, nein, er musste sie wiedersehen.

Als er den Palazzo in Lucca erreichte, spürte er sofort, dass etwas anders war als sonst. Eine düstere Stille lag über dem ganzen Anwesen, und obwohl die Sonne schien, war ihm plötzlich kalt. Noch bevor er bei den Stallungen angelangt war, sah er Carlo auf sich zulaufen. Das Gesicht seines Bruders war ernst. Wortlos nahmen sie sich in den Arm, dann begann der Jüngere auch schon zu berichten.

»Vater ist seit gestern Morgen fort. Niemand weiß, für wie lange und wohin.«

»Nicht einmal Mahmut?«, fragte Paolo erstaunt. Carlo schüttelte den Kopf.

»Nein. Niemand.«

»So etwas hat er noch nie getan«, sagte der Ältere leise. »Hoffentlich ist er nicht überfallen worden.«

Carlo klang beunruhigt.

»Ich hätte ja nach ihm suchen lassen, aber sag mir: Wo?«

Paolo legte den Arm um die Schulter des Bruders und zog ihn mit sich in Richtung Colonnaden.

»Mach dir keine Sorgen«, versuchte er Carlo zu beruhigen, »Vater ist ein ausgezeichneter Reiter. Außerdem kann er gut mit dem Messer umgehen. Ich möchte nicht in der Haut des Räubers stecken, der ihn überfallen will. Und nun komm. Lass uns etwas essen, und dann erzähle ich dir von di Nanini. Es ist mehr als interessant, das kann ich dir versprechen.«

Carlo lächelte zaghaft. Die Worte Paolos taten ihm gut, und die Aussicht auf ein paar Geschichten ließ seine Angst um den Conte etwas in den Hintergrund treten.

Als Paolo endlich seinen Reisebericht beendete, war es bereits spät am Abend. Natürlich hätte er sich kürzer fassen können, und in einer anderen Situation hätte er es auch getan, aber er fühlte, wie die Ungewissheit um das Schicksal seines Vaters nun auch von ihm mehr und mehr Besitz ergriff, und er hoffte, sich durch einen langen Bericht ablenken zu können. Seine Kehle war trocken, und er nahm einen tiefen Schluck Wein. Carlo tat es ihm nach. Er sagte nichts, sondern schien ganz in Gedanken versunken zu sein. Dann hellte sich seine Miene plötzlich auf, und er grinste.

»Ist Bella wirklich so hübsch, oder sagst du das nur, weil du dich verliebt hast?«

»Sie ist wunderschön. Glaub mir. Und sie hat ein braunes und ein blaues Auge. Ist dir das damals aufgefallen? Mir nicht.«

»Doch«, erwiderte Carlo, »mir schon. Und auch unser Vater weiß davon.«

Nachdem der nächste Morgen ohne ein Lebenszeichen des Conte vergangen war, suchte Paolo seine Stiefmutter auf. Auch ihr war anzusehen, dass sie sich große Sorgen machte.

»Wir müssen ihn suchen, aber ich weiß nicht, wo.« Unruhig lief der junge Adelige vor den Fenstern ihres Gemaches auf und ab. »Wo würdet Ihr hingehen, Donata?«

Die Contessa überlegte. An die Küste, dachte sie, in die Dünen … Laut sagte Donata:

»An einen Platz, an dem ich glücklich war. Aber ich kenne deinen Vater zu wenig, um zu wissen, wo er glücklich war. Mit mir war er es wohl nirgends.«

Die letzten Worte klangen traurig. Paolo nahm ihre Hand.

»Es muss endlich aufhören, Donata. Ich habe immer geschwiegen aus Respekt vor meinem Vater, aber nun ist es genug. Wenn er wieder da ist, spreche ich mit ihm.«

Donna Donata lächelte. Ascanios Sohn stand ihr nahe.

»Vielleicht gibt es einen Ort, an dem deine Eltern glücklich waren«, überlegte sie laut.

Paolo blieb stehen. Er nickte heftig mit dem Kopf.

»Die Lagune. Die Lagune bei Massarosa.«

Mit schnellen Schritten ging er zur Tür, öffnete sie.

»Danke«, sagte er und lächelte Donata an, dann war er auch schon verschwunden.

Im Morgengrauen kehrte der Suchtrupp zurück. Sie hatten ihn gefunden. Donata lief sofort zum Fenster, als sie das laute Schreien der Männer hörte. Schnell warf sie sich eine Decke über und rannte in den Hof. Mahmut kam ebenfalls herbeigeeilt und betrachtete voller Bestürzung die provisorische Trage, auf der sein Herr lag. Er lebte, aber er war nicht bei Bewusstsein, das war schnell zu erkennen. Der Araber stöhnte auf und kniete neben der Trage, nahm die Hand des Conte. Sie war heiß wie die eines Fiebernden. Nun war auch Paolo da. Ohne ein Wort der Begrüßung trat er auf Donata zu und nahm sie in den Arm.

»Ich weiß, Ihr liebt ihn nicht, und Vater hat alles getan, damit das so ist, aber ich bitte Euch: Versöhnt Euch mit ihm. Seine Zeit läuft ab.«

Ungläubig starrte die Contessa ihren Stiefsohn an.

»Wir dürfen die Hoffnung nicht verlieren. Mahmut soll einen Arzt holen, und du erzählst mir inzwischen, was geschehen ist.«

Sie fasste seine Hand, so wie sie es in seinen Kindertagen gemacht hatte, und nahm ihn mit in ihr Gemach. Carlo sah ihnen voll wissender Traurigkeit hinterher.

»Wir haben ihn ungefähr zwei Stunden südlich von hier gefunden, in der Macchia. Er muss schon länger dort gelegen haben, verletzt. Sein Pferd hatte ihn unter sich begraben ...« Paolo schluckte. Dann fuhr er fort: »Keine Räuber, es war ein Unfall. Der Gaul hat ihm die Beine zerquetscht und den Rücken dazu. Und dann die Hitze, der Durst. Er hat uns nicht erkannt, als wir mit ihm sprachen.«

»In der Macchia?« Die Contessa runzelte die Stirn. Einen Menschen dort zu finden war so schwierig wie eine Nadel im Heuhaufen zu entdecken. »Wie habt Ihr ihn gefunden?«

Paolo stöhnte auf. Er war sichtlich bewegt.

»Ein Buttero kam uns entgegen. Er sagte, er habe jemanden entdeckt, könne aber allein nicht helfen. Ein glücklicher Zufall, denke ich.«

Das glaube ich nicht, dachte die Contessa, doch es war nicht der passende Zeitpunkt, über ihren Verdacht zu sprechen. Deshalb sagte sie nur: »Ein Glück, ja. Aber lass uns jetzt nach deinem Vater sehen.«

Als sie das Gemach des Conte betrat, nahm sie sofort den Geruch des nahen Todes wahr. Alles, was sterben musste, roch so. Bei Gabriella war es genauso gewesen. Mahmut saß am Lager seines Herrn und hielt seine Hand. Auf der anderen Seite des Bettes stand Carlo.

»Der Prete müsste gleich da sein«, sagte er leise. In seinen Augen glitzerten Tränen. Paolo trat auf ihn zu und umarmte den Jüngeren.

»Wir müssen stark sein«, flüsterte er ihm zu, »unser Vater erwartet das von uns.«

Carlo nickte und setzte sich ans Bett. Nun trat die Contessa an das Lager ihres Gemahls. Jede Farbe war aus seinem Gesicht gewichen; die Wangen waren eingefallen, die Lippen blutleer und schmal wie ein Strich. Er atmete ruhig. Seine schwarzen Augen, vor deren Blick Donata immer so viel Angst gehabt hatte, schauten ihr todesmüde entgegen. Der Conte wusste, dass er sterben würde. Donna Donata nahm die Hand ihres Mannes aus der des Arabers und kniete sich neben das Bett. Mahmut zog sich ans Fenster zurück.

»Ich … verzeih mir, Donata.«

Die Stimme des Conte war leise, aber klar. Selbst im Angesicht des nahen Todes verließ ihn seine Selbstbeherrschung nicht. Die Contessa nickte unter Tränen. Dann erhob sie sich, streifte langsam ihre Schuhe ab und legte sich vorsichtig zu ihrem Mann. Der Conte entspannte sich; seine Augen glänzten. Mahmut entfuhr ein erstaunter Laut, die beiden Brüder sahen einander an, sagten aber nichts.

»Lasst uns allein, bis der Pfarrer kommt«, befahl die Contessa und strich Ascanio über das Haar, »mein Gemahl und ich haben uns viel zu erzählen.«

Rocco stand vor der offenen Truhe in seiner Kammer und verharrte. Nun waren die Befürchtungen, die Lucca und den Hof di Cavallis so viele Jahre begleitet hatten, wahr geworden: Es gab Krieg. Giuliano de' Medici stand mit seinen Söldnern vor den Toren von Florenz – und Lucca, durch die Allianz mit Siena gebunden, musste nun Wort halten und Soldaten schicken. Rocco schluchzte auf, als er seine Habseligkeiten betrachtete. Sein Leben war so winzig und unbedeutend, dass alles in diese kleine Truhe passte. Er öffnete das samtene Säckchen, das er unter seinem Sonntagsgewand verborgen hatte, und nahm einen Ring heraus. Es war der Ring seiner verstorbenen Mutter, das Einzige, was er damals von zu Hause mitgenommen hatte. Er betrachtete den Ring eindringlich und drehte ihn hin und her. Sicher hatte er ihn verwahrt, all die Jahre, hatte niemandem etwas von seiner Existenz erzählt. In seinem Herzen hatte er gehofft, ihn eines Tages Bella an den Finger zu stecken, aber aus diesem Traum war er unsanft erwacht, nachdem Paolo vor einigen Wochen aus Siena zurückgekommen war und seitdem kein anderes Thema mehr kannte. Inzwischen wusste jeder am Hofe, dass der älteste Sohn des Conte in Bella verliebt war.

Leise schloss Rocco die Truhe und steckte den Ring ein. Von draußen hörte er Rufe und Stimmengeschrei, das immer lauter wurde. Alle kampffähigen Männer aus den Diensten di Cavallis sammelten sich, um zur Mittagsstunde angeführt von Paolo und Carlo gen Florenz aufzubrechen. Der Koch trat vor die Tür und kniff die Augen zusammen, um unter den vielen Menschen den einen zu entdecken, den er suchte. Und da sah er sie. Mit schnellem Schritt bahnte er sich einen Weg durch die aufgeregte Menge und zog Josepha mit sich, hinter das Tor zum Kräutergarten. Die junge Frau sah ihn aufmerksam an; ihr Blick schwankte zwischen Sorge und Wissen um das, was nun kommen würde. Rocco atmete tief ein. Er war kein Mann der großen Worte. Selbst die Rezepturen wollten nicht aus seinem Kopf heraus, ließen sich nicht in Sätze bändigen. Entschlossen griff er Josephas Hand und zog sie an sich.

»Ich hätte dich schon längst fragen sollen«, begann er seinen Antrag, »und nun ist es zu spät, um noch vor unserem Abmarsch zu heiraten. Aber ich bitte dich, Josepha: Warte auf mich.«

Schnell holte er den Ring hervor und steckte ihn an ihren Finger. Josepha lächelte. Dann geriet ihr Lächeln zu einem Strahlen. Sie drückte sich an ihn und umarmte ihn fest. Rocco lächelte auch, wenngleich etwas schüchtern. Er gab ihr einen ungeschickten Kuss auf den Mund und wollte sich aus ihrer Umarmung lösen, doch seine Braut ließ ihn nicht los. Sie betrachtete sein Gesicht, strich über seine Wangen, begann ihn zu küssen. Erst zart, dann immer leidenschaftlicher liebkoste sie ihn. Rocco spürte, wie sehr ihn diese Frau liebte. Und er in seiner von Bella beherrschten Traumwelt hatte es nie gemerkt. Sanft schob er sie von sich.

»Ich muss gehen, Liebste«, flüsterte er, »aber ich komme wieder. Glaub mir. Ich bin bald zurück.«

Die Contessa betrachtete die Szenerie des Aufbruchs vom Fenster aus. Sie hatte sich bereits zur None von ihren Stiefsöhnen verabschiedet. Als sie hinter sich ein Geräusch hörte, blickte sie sich um. Ascanio war aufgewacht. Donata warf noch einen Blick in den Hof, dann wandte sie sich zum Bett ihres Mannes.

Niemand hatte es für möglich gehalten, aber der Lebenswille des Conte hatte über den sicheren Tod triumphiert. Noch war es zu früh, um sagen zu können, ob er irgendwann einmal wieder würde gehen können, aber seine Genesung machte langsame Fortschritte.

Sie setzte sich zu ihm und nahm seine Hand. Ascanio schenkte ihr einen dankbaren Blick, dann schlief er wieder ein. Donata ließ die letzten Wochen vor ihrem inneren Auge noch einmal vorbeiziehen. Sie hatte sich zu ihm gelegt, nach seinem Unfall, und sie hatten geredet. Der Prete war gekommen und hatte ihm im Beisein der Söhne die heiligen Sakramente erteilt. Donata war bei ihm geblieben, die ganze Nacht und den folgenden Tag, hatte an seiner Seite gelegen und seinen Schlaf bewacht und auf das Ende gewartet. Aber Ascanio ging nicht von ihnen. Er schlief viel, und wenn er wach war und Donata neben sich spürte, begann er zu erzählen. Und er bat sie um Vergebung, immer wieder.

Als es ihm etwas besser ging, übergab er seine Herrschaftsprivilegien an Paolo, der sofort die Allianz mit Siena bestätigte. Hatte man wissen können, dass in so kurzer Zeit der Ernstfall eintreten und die Loyalität Luccas gefragt sein würde? Donata drückte die Hand ihres Mannes und sah in das entspannte Gesicht. Sie liebte ihn nicht, aber sie spürte etwas wie traurige Zärtlichkeit für ihn, weil sie beide ihr Leben aneinander vergeudet hatten in Hass und Gleichgültigkeit. Vorsichtig versuchte sie ihre Hand aus der des Schlafenden zu lösen, aber Ascanio murmelte etwas und hielt sie fest.

Donata blickte sich in seinem Gemach um. Die Besuche hier in den Jahren vor dem Unfall ließen sich an einer Hand abzählen, und sie war jedes Mal froh gewesen, wieder gehen zu können. Doch in der Zeit hier an seinem Bett hatte sie entdeckt, womit sich Ascanio in seinen einsamen Stunden beschäftigte. Auf dem großen Tisch in der Mitte des Raumes lagen viele Bücher; einige sogar aufgeschlagen. Es waren geografische Werke, Atlanten, philosophische Schriften. Daneben einzelne Blätter mit der Aufstellung von Steuern und den Abgaben für die Stadtmauer, peinlich genau nach Jahren geordnet. Briefe hatte sie gefunden, Briefe der Nobili, die so oft an ihrem Hof geweilt hatten. Manche enthielten politische Bekundungen, und allen war zu entnehmen, dass die Edlen dem Conte mit Unverständnis begegneten, weil er sich in all den Jahren keiner Allianz anschließen wollte. In einem mit Schlangenleder bezogenen Kästchen schließlich hatte sie die Briefe von Vivica entdeckt. Die Tinte war an vielen Stellen verblasst; an manchen Zeilen waren Flecken wie von Tropfen. Tränen, dachte die Contessa und schloss die Schatulle ganz vorsichtig, wie um den Briefen darin nicht wehzutun. Jeder Mensch hat nur eine große Liebe, ging es ihr durch den Sinn, und alles andere ist Einsamkeit.

Ein Klopfen an der Tür holte die Gräfin aus ihren Gedanken zurück. Es war Mahmut. Der Araber trat leise ein und verbeugte sich vor seiner Contessa. Dann ließ er eine Dienerin an sich vorbei in das Gemach treten. Sie trug eine Auswahl an Speisen und Getränken auf einem lederbezogenen Tablett und stellte alles, ohne laute Geräusche zu machen, auf dem Tisch ab. Nachdem sie das Zimmer wieder verlassen hatte, verbeugte sich der Diener des Conte mit einem Lächeln und wollte sich ebenfalls entfernen, doch Donata sprach ihn an.

»Ich glaube nicht an einen Unfall«, sagte sie geradeheraus und überzeugte sich mit einem Blick, dass ihr Gemahl schlief. Der Araber schaute überrascht und trat auf die Contessa zu.

»Was veranlasst Euch zu dem Gedanken, Donna Donata?«, fragte er leise. Seine Stimme klang besorgt.

»Ich kenne die Maremma und die Macchia gut genug, um zu wissen, dass es unmöglich ist, dort jemanden zu finden. Leider kann sich der Conte an nichts erinnern. Aber wer weiß – vielleicht kommt sein Gedächtnis zurück, und dann sehen wir weiter.«

Mahmut nickte, er schien nachzudenken.

»Weiß man, wer der Buttero ist, der meinen Gemahl gefunden haben will?«

In Donatas Ton lag eine Schärfe, die der Diener von ihr nicht kannte. Sofort konzentrierte er sich.

»Verzeiht mir, Contessa, in der ganzen Aufregung habe ich es versäumt, mich darum zu kümmern. Wenn der junge Conte wieder da ist …«

Hilflos hob er die Arme. Donata nickte und bedeutete ihm zu gehen. Bis Paolo wieder da ist, dachte sie, und ein Gefühl der Angst stieg in ihr hoch, das kann lange dauern.

Langsam stand sie auf und ging zu dem Tisch, auf dem die Speisen standen. Als sie das Leinentuch von einer der Schüsseln zog, stieg ihr der Duft von gebratenen Kalmaren entgegen. Sie lächelte. Immer wenn Rocco diese Speise kochte, musste sie an ihre Tochter denken und an das Rosenwasser, das sie sich dafür von Gianni ertrotzt hatte. Rocco hatte es ihr irgendwann einmal erzählt. Seitdem aß sie dieses Gericht mit besonderem Genuss. Bella … ein schönes Mädchen war sie geworden, sollte man dem verliebten Paolo glauben dürfen. Sollte der junge Conte erfahren, wer sie war … Nein, das war in der jetzigen Situation unmöglich. Ihre Tochter war am Hofe di Naninis in Sicherheit. Und der Kampf um Florenz würde nicht ewig dauern. Die Medici waren reich genug, um ein riesiges Heer an Söldnern zu bezahlen, und mit der Unterstützung von Siena und Lucca würde sich die Stadt schnell ergeben.

Sie sah zu ihrem Gemahl hinüber. Er schlief immer noch. Also würde sie sich jetzt erst einmal stärken, bevor sie sich um ihn weiter kümmerte.

Donata schenkte sich etwas Wein ein und trat an das Fenster. Heute war es schwül; tiefe Wolken hielten die Sonne dahinter verborgen. Grillen zirpten, ansonsten lag die Stille eines Spätsommertages über dem Anwesen. Hoffentlich regnete es bald. Die letzten Wochen waren heiß und trocken gewesen, und die Pflanzen und Tiere brauchten dringend Wasser. Sie strich sich die langen dunklen Haare zurück und flocht einen lockeren Zopf daraus. Dann öffnete sie die oberen Schlaufen ihrer Bluse und vergrößerte so den Ausschnitt. Donata sah an sich hinunter. Das Gewand war aus leuchtender hellroter Seide gearbeitet; die Ärmel und die Taille waren reich bestickt. Darunter trug sie eine dünne Bluse aus feinstem Leinen. Viel zu warm für diese Jahreszeit, aber Ascanio hatte sich gewünscht, sie in diesem Kleid zu sehen, und sie hatte ihm den Wunsch erfüllt, so wie sie ihm auch in allem anderen bereitwillig entgegenkam. Sie trank einen Schluck aus dem schweren Pokal und blickte sich im

Zimmer um, wieder einmal auf Entdeckungen eingestellt. Aber sie sah nichts, was ihr Interesse weckte. Also aß sie von den Kalmaren und trank den Wein von den Hängen ihrer Heimat Como.

»Es war kein Buttero.«

Erschrocken drehte sich Donata um. Sie hatte nicht gehört, dass Ascanio aufgewacht war. Sofort eilte sie an sein Bett.

»Es war kein Buttero«, wiederholte der Conte leise.

»Du erinnerst dich?«

Die Contessa spürte ihr Herz schneller schlagen. Vielleicht war ihr Verdacht nicht so unbegründet gewesen, wie Mahmut sie hatte glauben lassen wollen.

Di Cavalli schloss die Augen.

»Der Sattel ... es war nicht der Sattel eines Buttero.«

Donata nickte. Die Sättel der Viehtreiber waren kunstvoll gearbeitet und wurden vom Vater an den Sohn weitervererbt. Sie waren leicht an den steil hochgezogenen, reich verzierten Rücken zu erkennen.

»Hast du den Reiter erkannt?«

Der Conte schüttelte den Kopf und stöhnte leise auf, als er sich im Bett bewegen wollte.

»Er trug ein Tuch vor dem Gesicht, wie ein gemeiner Dieb.«

»Also war es kein Unfall«, sagte Donata ruhig.

Der Conte nickte und schlief wieder ein.

Paolo und Carlo kamen mit ihrer Truppe, die stetig anwuchs, gut voran. Vor drei Tagen hatten sie Boten in die Dörfer rund um Lucca und zum Stadtvolk geschickt, um die Männer Luccas zu den Waffen zu rufen. Die Bauern hatten sie fürs Erste verschont und von jedem Hof nur einen Mann in die Pflicht genommen; es war kurz vor der Erntezeit, und die Frauen und Kinder würden es allein nicht schaffen. Und was nützte heute ein Soldat mehr, wenn im Winter dafür seine Familie verhungerte. Der junge Conte war sich sicher, die letzten französischen Soldaten innerhalb von Tagen vertrieben zu haben. Eigentlich wäre die Hilfe Luccas nicht nötig gewesen, aber er hatte sich sofort dazu bereit erklärt, um Siena und Florenz seine Loyalität zu beweisen. Bald würden sie auf die Truppen von Fabrizio und Giuliano treffen. Ihm zur Seite ritt sein jüngerer Bruder; schweigsam war er bis jetzt gewesen und ungewöhnlich ernst.

»Du wirst sehen, bald sind wir wieder in Lucca«, versuchte er Carlo aufzumuntern.

Der lächelte schief.

»Wir genießen ja auch das Privileg, bei den Kämpfen hinter der Linie zu bleiben. Aber die armen Teufel hier ... was meinst du, wie viele von ihnen werden ihre Familien nie wiedersehen? Und alles nur, weil dieser Giuliano erneut in Florenz herrschen will.«

»Nein, nicht deshalb. Nicht nur.« Paolo spürte Wut in sich hochsteigen über die Kritik seines Bruders. »Die Allianz kann das Überleben Luccas retten. Florenz und Siena brauchen uns nicht, aber wir brauchen sie, versteh das endlich. Was sind ein paar Menschenleben im Kampf gegen all die Menschen Luccas, für die wir verantwortlich sind? Ohne Opfer geht es nie.«

Carlo sagte zunächst nichts. Dann fragte er in aufsässigem Ton:

»Aber du kämpfst trotzdem hinter den Linien, oder?«

Paolo schüttelte voll Unmut den Kopf. Er drängte sein Pferd so nah an das seines Bruders, dass sich ihre Beine berührten.

»Du hast nichts verstanden. Wir sind Nobili. Wir dürfen unser Leben nicht leichtfertig aufs Spiel setzen.« Er sah Carlo abschätzig an. »Du warst immer zu weich und mitleidig, und das bist du auch heute noch. Sieh dich an, wie du im Sattel hängst! Wie ein altes Weib.«

Der Jüngere zuckte ungerührt mit den Schultern und sah den neuen Conte direkt an. Sein Blick war voll Glut und Leidenschaft, aber es war nicht der eines Kriegers.

»Da hast du wohl Recht, Bruder«, sagte er ruhig. »Mein Platz ist nicht hier, das stimmt.«

»Dann geh doch ins Kloster, du Jammerlappen«, knurrte Paolo und gab seinem Pferd die Sporen. Sein Bruder schaute ihm ohne Regung nach und sagte leise:

»Genau das werde ich tun, wenn es Gott gefällt, mein Leben zu erhalten.«

21. KAPITEL

*Ü*bellaunig setzte sich Martini im Heu auf. Er zog sich sein Wams zurecht und wollte gerade aufstehen, da hielt ihn die Frau am Handgelenk fest. Ihr Griff war hart.

»Was ist mit meinem Lohn? Auch wenn dein kleiner Mann dich im Stich gelassen hat, so habe ich doch meinen Lohn verdient. Her damit, sofort.«

Der Stadtvogt brummte eine Verwünschung, dann warf er der Hure ein paar Kupferlinge auf den nackten Bauch. Sie lachte hell auf, gurrte wie eine Taube. Martini betrachtete sie kurz und spuckte vor ihr aus.

»Ich habe schon bei vielen Weibern gelegen, aber so ein ungeschicktes Ding, wie du es bist, habe ich noch nie getroffen. Und du willst eine Hure sein? Geh mir aus den Augen.«

Während er sich das Heu aus seinem Gewand klopfte, stand die Frau auf und schloss die Bänder ihres Hemds, bevor sie ihren Rock anzog. Sie grinste immer noch, bösartig irgendwie. Am liebsten würde ich dir das Grinsen aus deinem Gesicht schlagen, dachte der Vogt, bis da nur noch eine Fratze ist. Er war schon an der Scheunentür, da hörte er sie kreischen:

»Die Gaukler kommen nicht mehr. Und ihre Hexenweiber auch nicht. Dein kleiner Mann sollte sich damit abfinden.«

Martini überlegte kurz, dann drehte er sich um und schloss die Tür hinter sich. Die Frau schrie entsetzt auf, als sie den Vogt auf sich zukommen sah. Sie wich vor ihm zurück, Schritt um Schritt, bis sie die Wand im Rücken hatte. Martini sagte kein Wort. Er griff in ihre Haare und schleuderte sie zu Boden. Das Letzte, was sie sah, war sein Fuß. Es knackte. Und wieder trat er zu. Jetzt hast du die Fratze, die du verdienst, dachte Martini und ließ sie zurück. Ein schlechtes Weib weniger – niemand würde sie vermissen.

Obwohl Martini aufgewühlt war durch seine Tat, trugen ihn seine Füße nur langsam zurück nach Grosseto. Etwas in ihm sträubte sich, durch die vertrauten Gassen zu gehen. Und er wusste genau, woran das lag. Es war Marktzeit, doch niemand hatte sich eingefunden. Keine Händler, keine Bauern, keine Gaukler. Einzig Benedetto hatte ihn am Vorabend in seinem Haus aufgesucht und Neuigkeiten aus den toskanischen Städten übermittelt. Martini grunzte verärgert und trat nach einem Stein. Neuigkeiten. Pah! Dieser Bursche erzählte nur das, was er als Vogt sowieso in Erfahrung bringen würde, und nannte das auch noch frech »seinen Teil des Handels erfüllen«. Das Schlimme war: Er konnte sich nicht wehren. Er musste gute Miene zum bösen Spiel machen und der Zigeunerbrut ein Winterlager in Grosseto gewähren.

Ach, Grosseto, sein kleines Pflänzchen. Jahrelang war es bergauf gegangen, der Markt war zum Anziehungspunkt für viele Kaufleute geworden. Und nun – dieser verdammte Krieg um Florenz. Alle Männer fort, die Weiber in Angst. Da war es klar, dass niemand seinen Markt besuchen würde. Der Gedanke daran, dass der Wohlstand seines kleinen Städtchens schon bald schwinden könnte, ließ Tränen in ihm hochsteigen. Keine Händler, keine Gaukler, keine Scudos. Er seufzte und blickte hoch. Da war schon das Stadttor. Er würde jetzt in die Schenke gehen und etwas trinken.

Mario schob seinen dicken Bauch über den Tisch, als er dem Vogt Wein nachschenken wollte.

»Das ist schon dein vierter Becher, Vogt. Und schweigsam bist du wie eine stumme Nonne. Was ist los?«

Martini brummte etwas vor sich hin und hob seinen Becher. Er konnte dem Wirt schlecht erzählen, dass er das zertretene Gesicht der Hure nicht aus dem Kopf bekam. Deshalb sagte er:

»Ich mache mir Sorgen, Wirt. Um unser Grosseto. Kein Markt, keine Einnahmen.«

Er seufzte und nahm einen Schluck. Der Wirt setzte sich zu ihm und legte ihm vertraulich die Hand auf die Schulter.

»Im Augenblick, ja. Aber es wird nicht ewig dauern. Ein paar Wochen Stillstand werden uns schon nicht den Garaus machen. Sieh …«, er goss sich selbst großzügig ein und trank, »wenn es vorbei ist, wollen die, die überlebt haben, ihr Vergnügen haben. Das heißt Wein, Weiber, neue Kleidung, Viehzeug – alles. Du wirst sehen, Vogt, nach dem Kampf um Florenz geht es uns besser als je zuvor.«

Diese Worte machten Eindruck auf Martini. Er kniff die Augen zusammen und betrachtete den Wirt eindringlich.

»Wer hat dir das eingeflüstert?«, fragte er schließlich.

Mario wurde rot und stand auf.

»Jeder hier weiß das, Vogt, jeder«, sagte er möglichst gelassen und ging zurück an seinen Schanktisch.

In Martinis Ohren hallten die Worte nach. Vielleicht hatte der Wirt Recht, und er als Vogt musste einfach gelassener sein und darauf vertrauen, dass sich die Dinge so entwickelten, wie es zu wünschen war. Er legte ein paar Münzen auf den Tisch und stand auf. Zu Hause wartete Francesca, kein schöner Gedanke. Nachdenklich begab er sich zu seinem Haus. Das Bild von dem zerstörten Gesicht begleitete ihn hartnäckig.

Bella saß in der Mensa des Klosters und las. Die Bibliothek durfte sie nicht betreten, das war den Ordensbrüdern vorbehalten, aber der Abt hatte erlaubt, dass sie im Speisesaal studieren durfte. Bruder Angelo las ihr, was die Auswahl der Bücher betraf, jeden Wunsch von den Augen ab und schleppte willig alles hin und her. Jetzt, wo die Buchstaben nicht mehr vor ihren Augen tanzten, sondern sich zu Wörtern und Sätzen formten, machte ihr der Unterricht noch mehr Spaß als früher. Jeden Tag lasen sie einen Text aus der Heiligen Schrift, und Bruder Angelo erläuterte ihn. Danach schauten sie sich weltliche Bücher an mit Bildern von Tieren und Pflanzen, die sie noch nie gesehen hatte.

»Seid Ihr sicher, Bruder Angelo, dass es diese Tiere wirklich gibt?«

Der junge Mönch musste schmunzeln.

»Wenn es sie nicht gäbe, hätte unser Abt das Buch nicht im Scriptorium kopieren lassen. Er legt Wert darauf, das Wissen zu sammeln, nicht die Vorstellung davon, was Wissen sein könnte.«

Bella nickte, auch wenn sie nicht ganz verstand, was Bruder Angelo damit meinte. Unvermittelt sah sie ihn an und fragte:

»Wie lange wird es noch dauern mit Florenz? Die Woche, über die alle sprachen, ist seit geraumer Zeit um.«

Der Mönch sah sie ernst an.

»Das liegt in …«

»… in der Allmacht des Herrn, ja«, ergänzte Bella ungeduldig. Sie schätzte ihren Lehrer, konnte es aber nicht ertragen, wenn er tausend Umwege machte, anstatt direkt zu antworten. Bruder Angelo bekreuzigte sich.

»Magdalena, wir alle warten täglich darauf, frohe Kunde aus Florenz zu erhalten. Aber die Franzosen bekommen dauernd Nachschub. Der Teufel selbst scheint ihr Verbündeter zu sein. Es ist nicht einfach, die Stadt von ihnen zu befreien.«

»Ich verstehe das alles nicht«, sagte sie bekümmert.

»Das musst du auch nicht«, sagte der Mönch sanft. »Bete für den Sohn des Principe und für all die Männer, die ihm gefolgt sind. Möge Gott sie alle heil nach Siena zurückbringen.«

Der fromme Wunsch Bruder Angelos sollte sich nicht erfüllen. Auf den kühlen Herbst folgte ein früher Wintereinbruch, und die Belagerung dauerte immer noch an, ohne dass ein Ende in Sicht war. Der Principe tat, was er konnte, um an Informationen zu gelangen, aber die Lage war unverändert. Er machte sich bittere Vorwürfe, durch die Vermählung seines Sohnes diese Situation begünstigt zu haben. Und dann der harte Winter. Der Schnee lag wie ein Leichentuch über dem Hof in Ascarello.

Sorgenvoll betrachtete di Nanini den geschwollenen Leib seiner Schwiegertochter. Sie war aufgeblüht in ihrer Schwangerschaft; ihre Züge waren mädchenhafter geworden. Sie sah fast hübsch aus. In der Sala war es still. Wie so oft in den letzten Wochen nahmen der Fürst und Cassandra ihr Mahl gemeinsam, aber schweigend ein. Als es an der Tür klopfte, sahen sich beide erstaunt an. Di Nanini hatte ausdrücklich angeordnet, dass er nicht gestört werden wollte. Ohne auf Erlaubnis zu warten, trat Umberto in den Saal. Ihm war anzumerken, wie aufgewühlt er war. Er überreichte seinem Herrn einen versiegelten Brief und zog sich zur Tür zurück, auf Befehle wartend.

Di Nanini las, dann ließ er das Blatt sinken.

»Wo ist der Bote?«, fragte er mit brüchiger Stimme. Cassandra war aufgesprungen und schrie leise auf.

»In der Küche, mein Fürst. Er war lange unterwegs.«

»Schick ihn zu mir, sofort. Er kann sich noch die ganze Nacht hindurch den Bauch vollschlagen.«

»Fabrizio?«, fragte Cassandra leise. Ihre Augen füllten sich mit Tränen.

Der Principe nickte und sah sie an. Für einen Moment fühlte er wieder diesen tiefen, unbändigen Hass gegen die Medici, diese korrupten Aufsteiger, die glaubten, sich alles kaufen zu können. Können sie ja auch, dachte er traurig, sogar mich haben sie gekauft. Aber Cassandra kann nichts dafür, dass ich einen Fehler gemacht habe, überlegte er und schämte sich für seinen Zorn. Er drückte seiner Schwiegertochter mit stiller Miene die Hand. Im selben Moment öffnete sich die Tür, und Umberto kam in Begleitung eines jungen Mannes herein, der augenscheinlich mehr Angst hatte als Selbstbeherrschung.

»Was ist passiert?«, fragte er ruhig, um den Boten nicht noch mehr zu verunsichern. »Warst du dabei, als es geschah?«

Der Mann schüttelte den Kopf. Er sah vollkommen ausgezehrt und müde aus. An seinem Wams prangte das Wappen von Lucca. Er sei der Stallknecht des jungen Conte, erzählte er und verschluckte sich dabei fast vor Aufregung. Die Franzosen seien vertrieben, in den nächsten Tagen würden alle Soldaten wieder bei ihren Familien sein, aber Fabrizio sei einfach verschwunden. Er habe die ganze Zeit an der Seite der Brüder di Cavalli gekämpft, und dann, als Florenz endlich kapituliert habe und man in die Stadt eingeritten sei, habe ihn niemand mehr gesehen.

»Du bist sicher, dass er nicht gefallen und so entstellt ist, dass man ihn nicht mehr erkennt?«, wollte di Nanini wissen. In seiner Stimme klang etwas wie Hoffnung. Der Stallbursche nickte beflissen.

»Herr, ich ritt neben Eurem Sohn. Auf einmal war er wie vom Erdboden verschluckt.«

»Und wenn ich dir das nicht glaube?«

Der Fürst war aufgestanden und ging auf den Mann zu, der angstvoll zurückwich.

»Ich schwöre es, Herr.«

Der Principe nickte. Seine Darstellung glich der, die in Paolos Brief stand, bis ins Detail. Außerdem teilte der junge Conte dem Fürsten mit, er werde nach Fabrizio suchen. Er gehe davon aus, dass sein Verschwinden nichts mit dem Kampf zu tun habe, sondern dass es sich hier um eine Entführung handle.

Di Nanini winkte Umberto zu sich und gab Anweisung, dass der Bote für die nächsten Tage im Gesindehaus bleiben und dort ausruhen solle. Dann nahm er Paolos Brief und begab sich in sein Schlafgemach. Vorsichtig öffnete er die Schatulle, die auf dem kleinen Tisch am Kamin stand. Wie gut, dass er den Inhalt nicht vernichtet hatte, so wie Umberto es ihm versucht hatte einzureden. Ja, er hatte die Pilze schon fast vergessen gehabt. Aber heute Nacht, das wusste er, würde er keinen Schlaf finden ohne die bunten Bilder, die ihn so viele Jahre getröstet hatten.

»Bist du dir sicher?«

Carlo betrachtete seinen älteren Bruder mit Sorge. Doch der junge Conte nickte.

»Ja, ganz sicher. Du reitest mit unserem Tross nach Lucca, ich bleibe hier bei Giuliano und treibe die Suche nach Fabrizio voran. Sag unserem Vater, es ist alles in Ordnung. Ich stehe unter dem Schutz der Medici.«

Der Jüngere schlug die Augen nieder. Es bekümmerte ihn, dass sein Bruder ihm gegenüber nicht ehrlich war. Hier ging es nicht um Fabrizios Rettung. Sie war nur das Mittel zum Zweck. Es ging darum, die Gunst des Fürsten zu erlangen, ihn in seiner Schuld zu wissen. Bella … Carlo atmete tief durch. Es war an der Zeit, dass er seinen eigenen Weg ging. Er würde dem Conte und seiner Gemahlin berichten und sich dann in das Vallombrosanerkloster in Gaiole im Chianti begeben, von dem er schon so viel gehört hatte. Die Brüder dort lebten streng nach den Regeln des heiligen Benedikt von Nursia und waren für ihre hervorragenden Weine weit über die Toskana hinaus bekannt. Ihrem Kloster hatten sie den Namen »Badia a coltibuono« gegeben: Abtei der guten Ernte. Carlo wusste, dort würde er bei Gebet und Arbeit seinen Frieden finden.

»Carlo?«

Paolos Bruder zuckte zusammen. Er war in Gedanken weit fort gewesen.

»Ich sagte, es tut mir leid, dass ich dich einen Jammerlappen genannt habe. Ohne dich … wären viele von uns nicht mehr am Leben. Danke.«

Paolo drückte seinen Bruder an sich, der diese unverhoffte Geste der Zuneigung erstaunt über sich ergehen ließ. Dann stieg Carlo in den Sattel, gab seinem Stallburschen ein Zeichen und setzte sich an den Kopf der Truppe, die er nun zurück nach Lucca führte. Ohne ein Wort des Abschieds wendete er sein Pferd und gab das Signal zum Aufbruch. Die Soldaten jubelten. Der junge Conte sah ihm nach, bis die Reiter in einer Staubwolke am Horizont verschwunden waren. Er atmete ein, so tief er konnte. Die kalte Winterluft schnürte seine Brust zusammen. Energie durchströmte ihn, jetzt hieß es handeln. Er machte sich auf direktem Weg auf zum neuen alten Herrscher von Florenz. Siena und Lucca hatten ihm zum Sieg verholfen, nun war es an Giuliano und den Seinen, alles zu tun, um das Schicksal von Fabrizio di Nanini aufzuklären.

Als Fabrizio erwachte, wusste er nicht, was geschehen war und wo er sich befand. Sein Schädel dröhnte; seine Augen schmerzten, sobald er versuchte, irgendeinen Punkt zu fixieren. Wie lange war er schon hier? Er spürte das nasse, kalte Stroh unter sich, hörte das Trappeln und Fiepen der Ratten. Er horchte. Nirgendwo ein Laut, die Stimme eines menschlichen Wesens. Er versuchte, sich zu konzentrieren, doch es gelang ihm nicht, er sog die Luft ein, bemüht, in dem fauligen Geruch irgendetwas Vertrautes zu entdecken. Es roch nach Erde und Steinen. Er war also irgendwo in einem Keller oder in einem Verließ. Fabrizio wartete. Er wartete auf das Licht des neuen Tages. Irgendwann würde ein Lichtstrahl in diesen Kerker fallen, doch es geschah nichts. Die Dunkelheit blieb. Vielleicht bin ich ja erst ein paar Stunden hier, versuchte er sich Mut zu machen, und mir kommt es wie Tage vor. Das Licht muss kommen. Es muss …

Aber da kam kein Licht. Fabrizio schluchzte auf. Sie hatten den Sieg errungen, hatten in der Allianz ihre Loyalität bewiesen – es musste doch auffallen, dass er auf einmal nicht mehr unter ihnen war. Schnell griff er sich an sein Wams, ertastete sein Hemd, seine Hosen, die Stiefel. Es war schon mehr als einmal vorgekommen, dass man einen Nobile seiner Gewänder beraubt und eine unkenntliche Leiche damit gekleidet hatte, um eine unerwünschte Person zu beseitigen. Aber in seinem Fall? Nein, er war sich sicher, er trug noch seine eigenen Kleider, auch wenn er sie nicht sehen konnte.

Für einen Moment beruhigte sich sein Herz, doch dann geriet er erneut in Panik. Was hatte er getan oder erzählt, dass man ihn vor der Welt versteckte? Gut, er hatte mit den anderen Nobili abends am Feuer gesessen, und sie hatten sich zotige Geschichten erzählt von ihren Huren. Aber das war Brauch, um sich abzulenken. Er hatte Cassandras Vorzüge mit keinem Wort erwähnt, über das eigene Weib sprach niemand in seinen Kreisen; allein von der Marketenderin hatte er berichtet und wie sie ihn zum Mann gemacht hatte, und von Bella und ihren zweifarbigen Augen, ihrer Haut wie Milch. Er stutzte. Er hatte erzählt, dass er sie gern zu seiner Geliebten machen würde, irgendwann, wenn sein Weib mit den Kindern beschäftigt sei. Das war dumm gewesen. Vielleicht waren seine Worte Giuliano zugetragen worden, und der hatte, um die Ehre seiner Nichte zu retten … nein. Wenn einer der größte Hurenbock unter der Sonne war, dann der Sohn von Lorenzo dem Prächtigen. Für ihn waren Weiber nützlich, aber er verschwendete keinen Gedanken an ihr Wohlergehen, selbst wenn sie zur Familie gehörten.

Fabrizio stöhnte auf. So kam er nicht weiter. Er richtete sich auf und stellte erleichtert fest, dass er in seinem Kerker stehen konnte. Vorsichtig tastete er sich an der feuchten Mauer entlang bis zur nächsten Ecke. Und wieder bis zur nächsten. Sein Gefängnis war anscheinend einigermaßen groß. Er ging vorsichtig weiter und stieß an etwas, das sich wie Metall anhörte. Richtig, ein Eimer. Mit Wasser darin. Daneben lag ein Laib Brot, feucht und schon halb aufgefressen von den Ratten, die sich unter lautem Pfeifen davonmachten. Gierig biss er hinein. Als er spürte, dass irgendetwas nicht stimmte, schwanden ihm bereits die Sinne.

Die Nachricht, dass die Belagerung vorbei sei und Siena siegreich an der Seite von Lucca für Florenz gekämpft hatte, verbreitete sich wie ein Lauffeuer am Hof in Ascarello. Trotzdem war die Stimmung gedämpft; wenn sich auch die Mägde und Dienerinnen auf die Rückkehr ihrer Männer und Söhne freuten, so war es dem Respekt vor ihrem Fürsten geschuldet, an seinen Sohn zu denken und für eine baldige Rückkehr zu beten.

Cassandra hatte sich in ihr Gemach zurückgezogen und wollte niemanden sehen; ihr Schwiegervater gab sich auch am Tage dem Rausch hin und war nicht ansprechbar. Umberto wusste nicht mehr ein noch aus vor Sorge. Er verstand seinen Herrn – als Mensch und Vater –, aber ein Principe musste mehr sein als das, er trug Verantwortung und hatte ein herausragendes Beispiel zu sein an Kraft und Hoffnung, gerade in schlechten Zeiten.

Bella und ihre Küchenmägde waren gerade dabei, einen kräftigen Eintopf aus Hammelfleisch und Rüben zu kochen, als der Leibdiener die Küche betrat. Ohne Umschweife setzte er sich an den großen Arbeitstisch. Bella nickte den Frauen zu, die sofort verstanden und die Küche verließen.

»Ich weiß nicht mehr, was ich machen soll. Unser Fürst …«

Umberto klang vollkommen verzweifelt. Bella betrachtete ihn mit Skepsis. Der Diener hatte sie noch nie ins Vertrauen gezogen.

»Und warum kommst du damit zu mir?«, fragte sie geradeaus.

»Weil du der einzige Mensch in diesem Palazzo bist, der über Verstand verfügt«, erwiderte Umberto eindringlich. »Lassen wir das Vergangene. Ich war nicht immer gut zu dir. Ich hatte Angst, die Zuneigung meines Fürsten an dich zu verlieren. Doch selbst das wäre mir heute gleichgültig, wenn ich etwas für ihn tun könnte.«

Bella setzte sich zu ihm.

»Ich will dir nichts wegnehmen«, sagte sie leise. Es rührte sie, dass der Diener es geschafft hatte, offen das Wort an sie zu richten. »Ich bin dankbar, hier leben zu dürfen, lesen und schreiben zu lernen, in dieser Gemeinschaft zu sein. Das ist alles.«

Umberto nickte. Dann sagte er traurig:

»Unser Principe wird sterben vor Kummer, wenn er seinen Sohn verliert. Und die Pilze bringen ihn um. Jeden Tag geht ein Teil seiner Seele dahin.«

Bella nahm einen Apfel aus dem großen Weidenkorb unter dem Tisch und begann, ihn zu schälen. Dann reichte sie dem Leibdiener eine Hälfte und biss in die andere hinein. Der Apfel war schon etwas mehlig; es wurde Zeit, dass seine Brüder aus dem Korb verarbeitet wurden, bevor sich Fäulnis bildete. Umberto kaute an seinem Apfelstück, langsam schien es ihm wieder besser zu gehen.

»Hast du eine Idee, Magdalena?«

Das Mädchen dachte nach.

»Der Sohn des Conte sucht nach Fabrizio. Um ihn müssen wir uns also nicht kümmern. Wir sollten versuchen, den nubischen Heiler ausfindig zu machen. Wenn jemand unserem Herrn den Lebensmut zurückgeben kann, dann er. Schließlich hat er es schon einmal geschafft.«

»Wir können nicht die ganze Toskana nach ihm absuchen«, erwiderte Umberto ungehalten. »Wer weiß, vielleicht ist er weitergezogen nach Spanien oder in den Norden hoch. Das war kein guter Einfall, Magdalena.«

»Ich kann mir denken, wo er sich aufhält«, antwortete Bella. »Und ich weiß auch schon, wie wir ihn schnellstens benachrichtigen können.«

Bella stand vor dem Mönch im Scriptorium und erzählte. Bruder Angelo traute seinen Ohren nicht.

»Ich soll einen Novizen nach Grosseto schicken?«

Bella nickte. Sie wusste zwar, dass die Gaukler in den letzten Wintern ihr Lager bei Arezzo aufgeschlagen hatten, aber in Umbrien war der Winter dieses Mal noch unbarmherziger als in der Toskana. Und sie hatte aufgeschnappt, dass Momo von einem Winterquartier in Grosseto gesprochen hatte. Der Vogt ist ein geldgieriger Mann, überlegte sie, er würde jeden aufnehmen, solange genug Scudos dabei für ihn abfallen.

»Grosseto, ja. Unter den Gauklern ist ein Fremder, ein Heiler aus Nubien.« Sie sah, dass der Mönch mit den Augen rollte, und musste lächeln. »Unser Fürst schätzt ihn. Er möchte ihn sehen ... es ist dringend. Ich habe einen Brief an ihn geschrieben. Lest ihn, Vater. Ich habe keine Geheimnisse vor Euch. Außerdem ...«, sie errötete, »es ist mein erster Brief, und ich hoffe, es sind nicht zu viele Fehler darin.«

Mit strenger Miene nahm der Mönch das Schreiben entgegen: eine Einladung, in wenigen Worten abgefasst, fehlerfrei. Er sah sie freundlich an.

»Gut gemacht, Magdalena. Aber es fehlt die Signatur.«

Er reichte dem Mädchen einen Federkiel, und zum ersten Mal schrieb sie ihren Namen.

»Ich bin mir sicher, unser Abt wird diese Reise und ihre Dringlichkeit verstehen«, sagte er mit verschwörerischem Unterton, »unser Novize wird noch heute aufbrechen. Und nun komm mit mir in die Mensa. Ich habe schöne Bücher für uns ausgesucht.«

22. KAPITEL

*P*aolo war fasziniert von der Pracht, mit der sich die Familie Medici umgab. Gegen ihr Haus – Giuliano nannte sein Heim wirklich so – nahm sich der Palazzo, in dem er aufgewachsen war, klein und bescheiden aus. Hier dagegen gab es kaum eine Wand, die nicht durch einen Gobelin geziert oder mit Gemälden behängt war; Teppiche, auf denen die eingewebten Bilder Geschichten erzählten, überall buntes Glas und Silber – es dauerte ein paar Tage, bis sich seine Augen an all das gewöhnt hatten. Der Florentiner nahm es mit Heiterkeit, dass der junge Conte so beeindruckt war.

»Ob Ihr es glaubt oder nicht, mein Freund, auch ich erfreue mich jeden Tag aufs Neue an all dem Schönen, was mich umgibt. Wisst Ihr …«, er hielt seinen Pokal ins Kerzenlicht und betrachtete das Schimmern der eingesetzten Edelsteine, »… Ihr seid Nobile und mit Prunk und Pracht groß geworden. Für Euch ist es selbstverständlich, in einem weichen Bett zu schlafen und unter einem goldbestickten Baldachin aufzuwachen. Ich aber musste für all das hier hart arbeiten.«

Er lächelte und prostete Paolo zu. Der nickte und hob ebenso seinen Becher.

»Und trotzdem – Geld und Macht hin oder her –, die Medici sind nicht aus Eurem Stand, und glaubt mir, Sua Nobiltà, es sind nicht alle Edlen wie Ihr. Viele würden uns am liebsten von dieser Erde vertreiben. Sie verachten uns für unsere Macht und unseren Einfluss, halten uns für unwürdige Emporkömmlinge. Und da darf sich manch einer nicht wundern, wenn wir uns auch genau so verhalten.«

Auf die letzten Worte wusste sich Paolo keinen Reim zu machen, doch da der Hausherr das Gespräch bald auf andere Themen lenkte, vergaß er das Gesagte und beteiligte sich rege an der Diskussion. Er blickte sich um. So musste es früher bei seinem Vater zugegangen sein, bevor er sich aus der Gesellschaft zurückgezogen hatte: eine Tafel mit vielen interessanten Gästen daran, muntere Tischgespräche und elegante Damen. Wie schön wäre es, dachte er, Bella hier an meiner Seite zu haben.

»Wer da?«

Laut dröhnte die Stimme der Wache in die Nacht. Sofort kamen andere Männer herbei, Fackeln wurden entzündet. Der junge Mann rührte sich nicht, als Hector auf ihn zuging. Als dieser des Fremden ansichtig wurde, konnte er sich ein Lächeln nicht verkneifen.

»Zitterst du vor Angst oder vor Kälte?«

Er stellte sich breitbeinig vor den anderen hin und stemmte die Fäuste in die Seiten. Jetzt bebte der junge Bursche noch mehr, und Hector musste lachen.

»Komm mit zum Feuer und wärm dich auf. Aber sag mir … was sucht ein Mönch in einem Zigeunerlager?«

Der Angesprochene griff in sein Bündel und holte einen Brief heraus.

»Ein Brief? Was soll ich mit einem Brief, mein Sohn? Ich besitze viele Talente, aber aufs Lesen verstehe ich mich leider nicht.«

Hector hielt den Brief über seinen Kopf und wedelte damit belustigt hin und her, auch die Männer, die ihn umringten, lachten. Jetzt endlich begann der Bote zu sprechen.

»Unter euch soll ein Heiler sein. Aus Nubien. Sein Name ist Nwuma. Für ihn ist dieser Brief.«

Der Anführer der Gaukler brummte etwas in seinen Bart, dann sagte er zu dem Jungen:

»Den Brief kannst du ihm selbst geben. Und jetzt komm mit ans Feuer und iss etwas. Du siehst hungrig und müde aus.«

Nachdem sich der Novize gestärkt hatte, bat ihn Nwuma, ihm den Brief vorzulesen.

»Der Heiler aus Nubien, genannt Nwuma, wird eingeladen zu Andrea di Nanini. Magdalena.«

»Mehr steht da nicht drin?«, platzte es aus Hector hinaus. Nwuma und Benedetto, der sich ebenfalls zu ihnen gesellt hatte, sahen den Führer der Zigeuner fragend an und zuckten mit den Schultern.

»Wer hat dir den Brief gegeben?«, wollte Nwuma wissen.

»Bruder Angelo vom Kloster der Lieben Frau bei Ascarello.«

»Und wo soll das sein?«, wollte nun Benedetto wissen. In seinem Ton lag eine drohende Schärfe. Der Novize spürte das.

»Bruder Angelo ist Lehrer der Köchin Magdalena am Hofe von Sua Altezza Andrea di Nanini bei Siena. Der Fürst zahlt unserem Kloster Geld, damit Bruder Angelo sie unterrichtet.«

Er blickte angstvoll die drei Männer an.

»Wie sieht sie aus?«, fragte Nwuma, doch nun war es der Junge, der mit den Schultern zuckte.

»Ich bin erst seit Kurzem Novize bei den Brüdern. Ich habe sie noch nie gesehen. Aber Bruder Angelo spricht gut von ihr.«

Benedetto seufzte.

»Weißt du etwas über den Fürsten? Wie geht es ihm?«

Der Gefragte blickte unsicher auf seine Hände. Er schien zu überlegen, was er sagen durfte und was nicht.

»Hör mal«, mischte sich nun Hector ein, »wenn du uns nicht überzeugen kannst, dass du die Wahrheit sprichst, müssen wir dich leider am Spieß braten. Zigeuner machen das so. Also überlege gut, mein Sohn.«

Der Novize hakte nervös seine Finger ineinander. Dann redete er. Er berichtete von dem Verschwinden Fabrizios und davon, dass der Fürst sich aus Kummer Tag und Nacht dem Rausch der Pilze ergab. Und dass die Köchin erzählt habe, nur der Heiler aus Nubien werde den Fürsten retten können. Und dass Bruder Angelo ihm verboten habe, das alles preiszugeben. Bei Strafe. Als er geendet hatte, setzte er sich erschöpft hin und schlug weinend die Hände vors Gesicht. Benedetto beugte sich zu ihm und klopfte ihm kameradschaftlich auf die Schulter. Er ist noch ein Kind, dachte er, wie kann man ihm diese Reise zumuten? Mit aufmunterndem Blick reichte er ihm einen Becher Wein.

»Wie ist dein Name?«, fragte er vorsichtig. Der Junge hörte auf zu schluchzen, nahm den Becher und trank.

»Matteo. Mein Ordensname ist Matteo.«

Benedetto nickte.

»Gut gemacht, Matteo.«

Zu Nwuma gewandt sagte er:

»Ich gehe mit dir, Freund.«

Sosehr sich Bella auch darüber freute, dass die meisten der Männer aus Ascarello wohlbehalten zurückgekehrt waren und langsam wieder etwas wie Normalität einkehrte – froh war sie nicht. Ihre Gedanken kreisten um den Fürsten, der seit Tagen sein Bett nicht mehr verlassen hatte. Umberto hatte zwar in sorgenvoller Eigenmächtigkeit die fatalen Pilze entfernt, soweit er sie finden konnte, doch sein Herr schien einen geheimen Vorrat zu besitzen, aus dem er sich nun bediente.

Umberto saß niedergeschlagen in der Küche und kaute an einem Stück Wildschweinkeule herum. Es schmeckte ihm nicht. Seufzend legte er den Braten zurück in die Schüssel und schob sie von sich. Bella betrachtete ihn. Umberto war alt geworden; der Kummer hatte tiefe Falten in sein Gesicht gegraben.

Massimo trat an die beiden heran und stellte eine Schale mit Kompott vor sie hin. Seine Augen blickten traurig vom einen zum anderen. Schließlich war es Umberto, der als Erster die Sprache wiederfand.

»Vielleicht hat der Novize den Heiler doch nicht gefunden. Er müsste längst hier sein.«

Bella berührte vorsichtig Umbertos Hand. Es war das erste Mal, dass sie ihn mit einer vertrauten Geste bedachte, doch in ihrer Sorge um den Principe und seinen Sohn waren sie alle gleich und mussten sich gegenseitig Kraft geben.

»Vertrau mir, Umberto. Sie werden kommen. Viele reden schlecht von den Gauklern, aber sie halten Ehre und Gesetz sehr hoch. Du wirst sehen, alles wird gut werden.«

Der Leibdiener nickte und versuchte ein Lächeln. Es war ihm anzumerken, dass ihm die tröstenden Worte guttaten.

»Da hat sie Recht«, bestätigte Massimo und holte einen Krug mit Wein. »Hector ist ein Ehrenmann, und selbst wenn der Nubier nicht unter ihnen weilt, so schickt er seine Männer aus, bis er ihn findet.«

Bella nickte. Genau das dachte sie auch. Nwuma … die Aussicht, ihn bald wiederzusehen, ließ sie lächeln.

Da flog mit lautem Knall die Tür auf.

»Es ... es sind Reiter gekommen. Der schwarze Heiler ist auch dabei.«

Der Stallknecht kam aufgeregt in die Küche gelaufen.

»Siehst du«, sagte Massimo zum Leibdiener des Fürsten, »auf Hector und die Seinen ist immer Verlass.«

Dann stand er auf und ging in den Hof hinaus, um die Ankömmlinge zu begrüßen. Bella und Umberto folgten ihm.

Der Nubier blieb lange im Schlafgemach des Fürsten. Er hatte sich ausbedungen, allein mit di Nanini zu sprechen, und Umberto hatte das klaglos akzeptiert. Während sie alle in der Küche auf Nwuma warteten, ließen sie sich von dem Novizen berichten, wie es ihm auf der Reise ergangen war. Nach anfänglichem Zögern berichtete der junge Mönch bildhaft und ausführlich, ohne sich selbst in den Mittelpunkt zu stellen. Trotzdem war ihm anzumerken, wie stolz er darauf war, die ihm übertragene Aufgabe gemeistert zu haben. Er griff nach einer Scheibe Brot und wollte damit seine Schüssel auswischen, doch dann hielt er inne.

»Manchmal hatte ich das Gefühl, wir werden verfolgt.«

Umberto horchte auf. An den Zigeuner gewandt fragte er:

»Und was meinst du dazu?«

Benedetto winkte ab.

»Ich denke, unser Freund hier hat den Wind gehört. Glaub mir, Umberto, wir sind auf der ganzen Reise keiner Menschenseele begegnet.«

Er legte freundschaftlich den Arm um Matteo.

»Aber es ist gut, mit jemandem zu reisen, der aufmerksam ist.«

Der Novize strahlte. Bella sagte:

»Bruder Angelo wird gleich hier sein. Nach dem Unterricht nimmt er dich mit ins Kloster zurück. Solange kannst du in der Küche bleiben und dich stärken.«

Ihr war nicht entgangen, wie groß der Appetit des Jungen war. Wahrscheinlich wurde er bei den Mahlzeiten recht kurz gehalten, doch er war in einem Alter, wo ein Bursche essen musste. Wieder lächelte Matteo und griff nach einem weiteren Stück Brot.

Nwuma saß am Bett des Principe und hielt seine Hand. Sie war kalt, genauso wie der Leib und die Füße des Fürsten, deren Sohlen eine ungewöhnlich dicke, wuchernde Hornhaut bedeckte. Er wusste, hier würde seine Medizin kaum Wirkung zeigen. Die Vergiftung hatte dem Körper di Naninis schon zu sehr geschadet. Sein Schlaf war unruhig; er träumte, und im nächsten Moment erwachte er, vollkommen orientierungslos. Seine Augen blickten leer; er erkannte den Nubier nicht. Und solange sein Geist nicht klar war, konnte Nwuma keinen Zugang zu seiner Seele finden.

Der Schwarze war ratlos. Seltsam, dass die Pilze solche Symptome hervorriefen. Gewöhnlich verursachten sie rauschhafte Zustände, die sich bis zum Delirium steigern konnten, aber ein kalter Leib und kalte Füße? Und was ist, überlegte der Nubier, wenn es gar nicht die Pilze sind? Er sprang auf, er wusste, er war der Lösung nahe. Jemand wollte den Principe umbringen und nutzte dafür wohl ein langsam wirkendes Gift. Aber welches? Er durchsuchte das ganze Gemach nach verräterischen Kästchen und Phiolen, roch am Weinpokal des Fürsten. Nichts.

»Wie lange schon kann der Principe schlecht laufen?«

Nwumas Stimme schallte laut durch die Küche des Palazzo. Mit schnellen Schritten trat er auf Umberto zu.

»Du bist der Leibdiener und hilfst ihm beim Ankleiden – ist dir in der letzten Zeit nie etwas aufgefallen?«

Umberto schüttelte den Kopf. Aus seinem Blick sprach echtes Entsetzen. Der Nubier wandte sich an Bruder Angelo, der sich inzwischen im Palazzo eingefunden hatte und damit beschäftigt war, einen kleinen Kuchen zu essen.

»Habt Ihr medizinische Bücher in Eurer Bibliothek?«, wollte er wissen. Der Mönch nickte.

»Dann lasst uns keine Zeit verlieren. Wenn der Fürst an dem leidet, woran ich denke, ist höchste Eile geboten, wenn wir sein Leben retten wollen.«

Er zog den immer noch kauenden Mönch von seinem Schemel hoch und blickte zu Benedetto:

»Lass uns reiten, Freund, vier Augen sehen mehr als zwei.«

Ein lautes Murren ging durch die Reihen des Scriptoriums, als Bruder Angelo seinen beiden Gästen mit wiegenden Hüften in die Bibliothek vorauseilte. Der Abt hatte unter den besonderen Umständen die Erlaubnis erteilt, dass Nichtangehörige des Ordens die Räume betreten durften. Nun standen die drei Männer vor den riesigen, mit kunstvoll geschnitzten Motiven versehenen Bücherregalen.

»Wonach suchen wir eigentlich?«, fragte der Mönch. »Ich denke, es ist eilig. Also sagt schon.«

»Der Principe wurde vergiftet. Gibt es ein Buch über Gifte und wie sie wirken?«

Der Mönch lächelte.

»Nicht nur das. Auch welches Gegengift helfen kann, steht darin.«

Leichtfüßig stieg er auf eine Leiter und holte einen Folianten aus dem Regal. In der Hauptsache befasste sich das

Buch mit giftigen Pflanzen; sie waren in großen Abbildungen vortrefflich dargestellt.

»Der Fürst ist nicht bei Sinnen, er hat kalte Glieder und wuchernde Hornhaut an den Füßen. Und es muss ein Gift sein, das unauffällig in kleinen Dosen gegeben werden kann«, beeilte sich Nwuma zu sagen.

Gebannt schauten er und Benedetto zu, wie sich der Mönch gewissenhaft durch den Atlas arbeitete. Die Minuten wurden zur Ewigkeit. Unruhig schritten der Gaukler und der Nubier vor den Regalen auf und ab, während Bruder Angelo Seite um Seite betrachtete. Endlich schien er das Gesuchte gefunden zu haben. Er las etwas auf Lateinisch vor, doch sofort fiel ihm ein, dass seine Gäste dieser Sprache nicht mächtig waren, und er bemühte sich sogleich um eine Übersetzung.

»Arsenicum Album. Scherbenkobalt.« Jetzt wurde der Mönch ganz aufgeregt. »Und hier steht … Knoblauch. Dem Kranken soll regelmäßig frischer Knoblauch zugeführt werden, am besten als Saft.«

Die frohe Kunde ließ ihn über das ganze Gesicht strahlen.

»Und wo bekommen wir nun frischen Knoblauch her?«, brummte Benedetto.

»Macht euch keine Sorgen.«

Bruder Angelo klappte den Atlas fast liebevoll zu und stellte ihn zurück an seinen Platz. Dann winkte er die beiden Männer zu sich.

»In unserer Küche findet Knoblauch häufig Verwendung. Ich bin mir sicher, unser Abt wird euch genügend von unserem Vorrat überlassen.«

»Auch wenn es dem Fürsten etwas besser geht, so bleibt doch die Frage: Wie kam das Gift in seinen Körper?«

Nwuma wärmte sich die Hände an einer Schale mit Fleischbrühe. Vorsichtig trank er einen Schluck.

»Das ist gut«, sagte er an Bella gerichtet, die auf der Stelle errötete. Benedetto quittierte das mit Augenrollen und suchte nach einer Antwort.

»Von den Dienern hier wird es wohl kaum einer gewesen sein. Di Nanini genießt höchste Wertschätzung«, überlegte er laut.

»Hattet Ihr Gäste in der letzten Zeit? Oder Diebe?«

»Nein.«

Umberto zermarterte sich den Kopf. Es war seine Pflicht, sich um das Wohl seines Herrn zu kümmern, und er hatte kläglich versagt. Fieberhaft dachte er nach. Nein, er konnte sich an nichts Ungewöhnliches erinnern.

»Hat der Fürst in den letzten Monaten etwas gegessen oder getrunken, was er früher nicht zu sich genommen hat?«

Wieder dachte Umberto nach. Er wollte schon verneinend den Kopf schütteln, da fiel es ihm ein. Er sprang auf und schlug mit der Faust auf den Tisch.

»Das Gebäck«, flüsterte er heiser, und sein Gesicht verzerrte sich in Wut und Abscheu. Er ging in die Vorratskammer und kam mit einer prächtig verzierten Glasschale zurück. Vorsichtig nahm er den Deckel vom Gefäß und reichte es Nwuma.

»Gebäck aus Florenz. Donna Cassandra brachte es irgendwann einmal mit, und unser Fürst liebt den Geschmack der Mandeln und Nüsse. Nun schickt ihre Familie regelmäßig davon. Und er nascht. Jeden Tag.«

Benedetto besah sich die Gebäckstücke und runzelte die Stirn.

»Eines verstehe ich nicht. Bella ist eine ausgezeichnete Köchin. Warum der Aufwand? Ihr hättet die Rezeptur doch in Erfahrung bringen können. Die Medici werden nicht die Einzigen sein, die solches Süßzeug essen.«

»Magdalena durfte nicht«, antwortete der Leibdiener. »Der Fürst genoss das Gebäck täglich wie ein Ritual. Als würde er sich damit immer wieder an die Allianz erinnern.«

»Hat sie niemand probiert?«

»Doch, ich«, sagte Bella, »aber nur einen oder zwei. Und ich hätte gern mehr genommen. Sie sind köstlich.«

Kopfschüttelnd stellte Umberto die Glasschale wieder an ihren Platz.

»Da wir unter uns sind, frage ich in aller Deutlichkeit: Was meint Ihr – wer steckt dahinter? Sind es die Medici, oder will uns jemand glauben machen, dass es so ist?«

Nwuma trank einen tiefen Schluck von seiner Suppe, dann sagte er entschlossen:

»Wer es auch ist. Ihm wird nicht verborgen bleiben, dass sein Plan gescheitert ist. Und wenn wir Glück haben, verrät er sich.«

»Und dann gnade ihm Gott«, setzte Benedetto hinzu.

Fabrizio öffnete die Augen und blickte sich um. Das war nicht der Kerker. Er lag in einem großen, mit frischem Leinen bezogenen Bett. Vorsichtig versuchte er, sich zu bewegen. Sein Kopf schmerzte; es war, als würde ein ganzer Bienenschwarm in ihm wohnen und seine Ohren zum Sausen bringen. Die Fensterläden waren nicht ganz geschlossen, und schwaches Tageslicht drang herein. Endlich schaffte er es, sich aufzusetzen. Nun bemerkte er, dass er ein Nachthemd trug und dass seine Gewänder auf einem Stuhl neben dem Kamin lagen. Helle Flammen leckten an dem Holz; es sah aus, als sei das Feuer erst vor Kurzem entzündet worden. Der junge Nobile griff sich mit beiden Händen an den

Kopf und hielt ihn wie in einer Schraubzwinge. Doch es gelang ihm nicht, sich zu erinnern. Hatte man ihn aus den Fängen der Entführer gerettet? Oder gehörte das alles zum Plan? Und wenn ja, wer dachte sich so etwas aus? Er stöhnte auf vor Kopfschmerzen. Da öffnete sich die Tür, und leise trat eine junge Frau ein. Mit schnellen Schritten näherte sie sich seinem Lager.

»Wo bin ich?«, fragte Fabrizio, als sie ein Tablett auf das Tischchen neben dem Bett stellte. Sie lächelte ihn freundlich an; ihre mandelförmigen Augen wurden dabei noch schmaler. Sie verneigte sich wieder und wieder, zeigte zu dem Tablett und dann auf ihn und sprach etwas in einem Singsang von Lauten, die er nie zuvor gehört hatte. Fabrizio nickte ihr ebenso freundlich zu und wartete, bis sie den Raum verlassen hatte. Dann schwang er die Beine aus dem Bett und stand auf. Vorsichtig ging er die wenigen Schritte bis zu dem kleinen Tisch. Die Speisen, die er fand, dufteten köstlich, der Wein war schwer und dunkel. Fabrizio leerte den Becher in einem Zug. Mit Genuss nahm er von den Schälchen und Tellern, und mit jedem Bissen kehrten seine Lebensgeister mehr und mehr zurück. Satt und gestärkt ließ er sich zurück in die Kissen fallen und wartete darauf, was nun passieren würde. Irgendwann müsste sich sein Retter – wenn es denn einer war – ja zu erkennen geben. Doch es geschah nichts. Das Winterlicht draußen wich der Dunkelheit, das Kaminfeuer brannte langsam herunter, und niemand schien sich um ihn kümmern zu wollen. Fabrizio suchte das Gemach nach Zeichen ab; bei den Nobili war es Sitte, das Familienwappen darzustellen – auf Gobelins, an den Wänden, auf dem Geschirr. Aber hier war nichts zu finden, was auf seinen Aufenthaltsort hindeutete. Nun, er würde es schon herausfinden.

Zu seiner Überraschung war die Zimmertür nicht verschlossen. Leise stieg er die Treppe hinunter und hörte Stimmen. Es waren wohl mehrere Männer, die sich in einem angrenzenden Raum befanden. Wenn sie mich umbringen wollten, hätten sie das schon längst tun können, dachte er, also werde ich versuchen, mit ihnen zu reden. Entschlossen stieß er die Tür auf, hinter der er den Speisesaal und die Männer vermutete. Und wirklich. Fünf Männer, alle bewaffnet, saßen am Tisch und redeten laut durcheinander. Bei seinem Anblick verstummten sie auf der Stelle. Dann standen sie auf und traten ihm ruhig entgegen. Fabrizio erkannte sofort, dass er es mit Söldnern zu tun hatte – ihre Gesichter und die Narben darin zeugten von vielen Kämpfen, ihre Augen waren kalt und leer. Sie würden einer Mutter das Kind nehmen und es vor ihren Augen vierteilen, dachte er angewidert. Laut sagte er:

»Ich bin Fabrizio di Nanini, Sohn des Principe von Siena, und ich möchte mich bei dem bedanken, der mich aus dem Kerker befreit hat. Ist er unter euch?«

Die fünf sahen einander an und lachten schallend.

»Wir wissen, wer du bist«, fing der Erste an zu reden, »darum bist du ja hier. Und was deinen Retter anbetrifft – ich weiß nicht, ob das Wort trefflich gewählt ist.«

»Du bist nicht mehr im Kerker, aber frei bist du auch nicht und gerettet schon gar nicht«, sprach nun der Zweite.

»Wir sind da, damit du nicht auf den Gedanken kommst, uns vor der Zeit zu verlassen«, erklärte ein anderer Söldner. »Und nun geh in dein Gemach, Sohn Sienas, hier hast du nichts verloren.«

Fabrizio sah in die Runde und empfand nichts als Abscheu für dieses käufliche Gesindel. Also hieß es warten. Ohne ein weiteres Wort an die Männer zu verlieren, drehte er sich um und ging zurück in sein Zimmer. Verwundert sah er das Mädchen mit den Mandelaugen vor seinem Bett stehen. Sie trug nichts als ein zartes Tuch, das kunstvoll um ihren Körper gewickelt war. Ihr Haar war zu einem dicken Zopf geflochten, der tief bis in den Rücken reichte. In ihren Händen hielt sie einen kleinen Krug.

Fabrizio zog sich aus; das Mädchen kicherte schamhaft. Als er sein Nachthemd überwerfen wollte, schüttelte sie den Kopf und zeigte immer wieder auf das Bett. Wahrscheinlich war sie eine Hure, die man ihm zum Zeitvertreib beschafft hatte. Warum nicht. Gegen das Streicheln kundiger Hände hatte er nichts einzuwenden. Ohne ihren Blick loszulassen, legte er sich auf die Laken. Sie krabbelte neben ihn und versuchte, ihn dazu zu bewegen, sich auf den Bauch zu rollen. Fabrizio schmunzelte. Was sollte ihm schon geschehen? Mehr als ihm ein Messer in den Rücken jagen konnte sie nicht.

Er streckte sich erwartungsvoll aus. Und da waren schon ihre Hände, verteilten etwas Duftendes auf seinem Rücken; es war wohl Öl. Die kleinen Finger suchten die Stellen an seinem Hals, an seinem Rückgrat, die am meisten schmerzten. Mit festem Griff knetete sie sein Fleisch, drückte ihm die Ellbogen, dann auch die Knie und Füße in den Rücken. Fabrizio spürte, wie sich die Erlebnisse der letzten Tage – oder waren es Wochen? – in ihm auflösten, so wie ein übler Geruch verschwindet. Die Kleine hielt nun inne, und er konnte hören, wie sie ihr Tuch abstreifte. Dann spürte er sie. Sie legte sich mit ihrem ganzen Körper auf ihn, umschloss ihn mit ihren Armen. Sie küsste seinen Nacken, die Schultern, die Arme. Fabrizio stöhnte auf vor Genuss. Noch nie waren alle seine Sinne auf einmal dermaßen verwöhnt worden. Die Kleine schien es auch zu genießen, denn sie begann in hohen Lauten zu stöhnen und redete wieder in dieser Sprache, die so geheimnisvoll und fern klang. Sie setzte sich auf; er spürte, wie sie sich selbst streichelte. In ihm wurden Bilder wach von früheren Momenten der Lust. Dies hier war etwas ganz anderes. Und es gefiel ihm sehr. Er wartete, bis sich ihr Stöhnen ein wenig gelegt hatte und ihr Atem wieder ruhiger ging, dann drehte er sich um und zog sie auf sich. Und überließ sich ganz ihrer Fantasie.

23. KAPITEL

*W*ährend sich Nwuma und Umberto mit Knoblauchsaft und der Tinktur der Zigeuner um die Genesung des Principe kümmerten, war Bella damit befasst, einen Speisenplan für das nahende Weihnachtsfest zusammenzustellen. Wenn sie sich in ihre Rezepturen vertiefte, konnte sie alles um sich herum vergessen. In diesem Jahr würden zum ersten Mal Speisen an die Tafel kommen, wie sie sonst nur in Rom üblich waren. Seitdem Bella mit Cassandras Zofe über deren kulinarische Vorlieben gesprochen und von Bruder Angelo viel über die römische Lebensart erfahren hatte, konnte sie sich besser in die junge Adelige hineinversetzen, ihre Wünsche besser verstehen. Cassandra schien das zu spüren, denn sie war Bella gegenüber stets freundlich und gelassen. Nun also stand die Feier zur Geburt des Herrn bevor. Bella wollte alles bislang Dagewesene übertreffen und den Fürsten ein wenig über Fabrizios ungewisses Schicksal hinwegtrösten.

Sie sah sich in der Küche um; alle Mägde waren beschäftigt. Also nahm sie einen Korb und marschierte konzentriert zum Hühnerstall. In ihrem Kopf entstand gerade eine neue Rezeptur, und eine Unterbrechung ihrer Gedanken durch ein Gespräch oder eine Frage konnte alles zunichtemachen. Sie redete vor sich hin wie in Kindertagen, wenn sie und Rocco sich die Ideen wie Bälle zugespielt hatten, und sammelte so viele Eier ein, wie sie entdecken konnte. Als sie fertig war und den Riegel vor die kleine Tür legte, spürte sie, dass sie beobachtet wurde, und drehte sich um.

Der Schlag traf sie an der Halsseite und nahm ihr sofort das Bewusstsein. Als sie in sich zusammensank, fiel der Korb zu Boden, und die zerbrochenen Eier färbten den Schnee. Ihr Angreifer fluchte, hielt in seiner Bewegung inne und wandte sich nach allen Seiten um. Nein, offenbar hatte niemand etwas bemerkt. Sein Blick wanderte über die Lache aus Eiweiß und Dottern, doch er hatte keine Zeit, um Spuren zu verwischen. Eilends packte er Bella und hob sie hoch. Obwohl sie ein schlankes Mädchen war, wog sie schwer in ihrer Bewusstlosigkeit. Der Mann trug sie zu dem nahen Fischteich, der still und fast vollständig zugefroren unter einem weißen Tuch aus Schnee lag. Vorsichtig wagte er sich an den Rand, bemüht, eine eisfreie Stelle zu finden. Wieder blickte sich der Verbrecher um. Er legte das Mädchen am Ufer ab, zückte sein Messer und schnitt ihre Kleider entzwei. So würde sie noch rascher auskühlen. Als Bella, vor Kälte aus ihrer Ohnmacht erwacht, sich wehrte, schlug er noch einmal zu. Und noch einmal. Dann ließ er den reglosen Körper in den Teich gleiten. Zufrieden mit sich lachte er höhnisch auf. Wenn sie nicht schon tot war, würde das eisige Wasser den Rest erledigen. Er blickte sich ein letztes Mal um, dann verschwand er so schnell, wie er gekommen war. Es begann zu schneien.

»Ich habe auch Hunger.«

Der Nubier schritt entspannt neben Umberto die Treppe hinunter. Seine silbernen Reifen klingelten an den Armen. Sie kamen soeben vom Bett di Naninis. Der Fürst war bei Bewusstsein und hatte sie erkannt, außerdem hatte er nach Speisen verlangt. Und Nwuma war es gelungen, in die Seele des Nobile zu blicken und dessen Sorge um Fabrizio zu lindern. Allmählich machte es ihm Vergnügen, den Heiler zu spielen. Ihr Weg führte sie geradewegs in die Küche, wo ein aufgebrachter Massimo mit der Magd schimpfte.

»Der Fürst ist hungrig, Koch«, sagte der Schwarze gut gelaunt und zog sich einen Stuhl heran, »und wir sind es auch. Was hast du Schönes für uns, Freund?«

»Bella ist nicht da«, sagte Massimo leise und kratzte sich den kahlen Schädel.

»Sie wird schon wieder auftauchen«, wandte der Nubier ein und klopfte dem Koch besänftigend auf die Schulter.

Der Koch schüttelte den Kopf. »Sie wollte eine neue Rezeptur ausprobieren. Für das Weihnachtsfest. Sie rannte hinaus mit dem Eierkorb, vor sich hinplappernd, ich habe sie gesehen, als ich aus dem Garten kam.«

Der Nubier schien immer noch nicht besorgt zu sein. »Dann ist sie wohl beim Hühnerstall.«

»Nein«, sagte die Magd, »genau da ist sie nicht. Nur der Korb und viele kaputte Eier liegen im Schnee.«

Nwuma sprang vom Stuhl auf. »Und das sagst du erst jetzt, Weib?«

Nwumas Augen funkelten vor Zorn. Er stieß die Frau beiseite und lief in Richtung Hühnerstall. Umberto folgte ihm, sichtlich beunruhigt.

Das Winterlicht hatte keine Kraft, und es war dämmrig, aber die vom Schnee schon halb verdeckten Spuren ließen keinen Zweifel zu: ein Überfall. Der Nubier schloss die Augen und versuchte, die Geschichte zu erspüren, die dieser Ort zu erzählen hatte. Sein Herz schlug schnell. Er sah einen Mann vor sich, auf der Flucht. Aber wo war Bella? Wieder konzentrierte er sich. Nichts. Er öffnete die Augen. Hilflos drehte er sich um die eigene Achse. Die Spuren führten vom Hühnerstall weg.

»Was ist hier in der Nähe, Umberto? Könnte man sie irgendwo verstecken?«

Der Leibdiener schüttelte verneinend den Kopf. »Das Einzige hier ist ein kleiner Fischteich …«

Sein Blick traf den des Schwarzen. Nwuma nickte.

»Zeig mir, wo«, schrie er und lief dem anderen nach, in der Hoffnung, Bella lebend zu finden.

Als sie das Mädchen aus dem Wasser zogen, atmete es nicht mehr. Nwuma heulte auf vor Wut und Schmerz. Was zu tun war, wenn ein Mensch zu viel Wasser geschluckt hatte, wusste er von Unglücksfällen auf hoher See, wenn ein Mensch über Bord ging und dann halbtot aus dem Wasser geborgen wurde. Er drückte auf ihren Brustkorb, hauchte ihr seinen Atem ein. Eine Ewigkeit verging. Umberto stand stumm daneben, wie erstarrt. Dann, endlich. Bella bäumte sich auf, holte tief Luft, spuckte Wasser. Nwuma lachte und weinte zugleich, riss sich das Gewand vom Leib und wickelte das Mädchen darin ein. Dann nahm er Bella hoch und trug sie schnell in den Palazzo zurück. Bereits an der Tür zur Küche kam ihnen Massimo entgegengelaufen; er verstand sofort und riss die Truhen auf, um Decken herbeizuschaffen.

Sie betteten das Mädchen direkt vor die Feuerstelle auf den Boden und deckten sie zu. Nwuma hielt ihre Hand.

»Sieh mich an, Bella. Nicht wieder einschlafen. Alles ist gut. Hörst du. Alles ist gut.«

»Was ist hier los?«

Cassandra war in die Küche eingetreten und blickte voll Entsetzen auf die drei Männer, die um Bella herum knieten. Sie reagierte, ohne zu zögern:

»In das Zimmer meiner Zofe. Auf der Stelle.« Und an Massimo gewandt: »Bereite heißes Wasser und Kräutertee. Mit Honig, viel Honig, und dann sag den Mägden, sie sollen Leintücher in Streifen schneiden. Sie sollen sie in heißes Wasser tauchen. Wir machen Wickel daraus. Und nun spute dich, Koch!«

Massimo schluckte und nickte. Er war nicht fähig, klar zu denken. Gut, dass es jemanden gab, der ihm einen Befehl erteilte. Fabrizios Gemahlin rauschte hinaus, drehte sich jedoch noch einmal kurz um.

»Heiße Steine brauchen wir auch. Für ihr Bett. Und du, Nubier«, wandte sie sich an Nwuma, »bekleide dich.«

Obwohl Giuliano de' Medici von ausgesuchter Gastfreundschaft war und Paolo jeden Wunsch von den Augen ablas, wurde dieser von Tag zu Tag unruhiger. Er wusste, er war schon viel zu lange hier, und alle Bemühungen, etwas über Fabrizios Schicksal in Erfahrung zu bringen, waren bislang gescheitert. Manchmal hegte er den Verdacht, der Florentiner könnte etwas damit zu tun haben, doch dann schalt er sich einen Narren, auch nur an so eine Ungeheuerlichkeit zu denken. Selbst ein ausgekochtes Schlitzohr wie Giuliano würde es nicht wagen, in dieser Art mit seinen Verbündeten umzugehen. – Wirklich nicht?

Der junge Conte saß in seinem Gemach vor dem Kamin und blickte in die zuckenden Flammen. Vielleicht war ja gerade das Ausmaß der Ungeheuerlichkeit der Trick. Er schüttelte den Kopf. Welchen Grund sollte es dafür geben? Seine Nichte Cassandra bekam ein Kind; wenn er selbst auf die Vorherrschaft in Siena spekulierte, musste er nicht nur Fabrizio, sondern auch seinen Vater, seine Frau und den Erben beseitigen lassen. Andererseits waren die Medici für ihr skrupelloses Vorgehen bekannt. Sie nahmen sich, was sie wollten, und stopften denen, die ihnen gefährlich wurden, das Maul mit Silber oder ließen sie ganz einfach verschwinden. Vielleicht wollte Giuliano auch nur Zeit gewinnen. Paolo runzelte die Stirn. Sein Misstrauen gewann die Oberhand, und er beschloss, das Handeln seines Gastgebers von nun an noch genauer zu beobachten. Mit entschlossener Miene stand er auf und begab sich zum großen Saal des Hauses, wo sich wie an fast jedem Abend die bedeutendsten Herrschaften aus Florenz versammelten, um gemeinsam mit Giuliano zu speisen. Vielleicht waren es Blicke, versteckte Zeichen, die ihn warnten. Sei wachsam, sagte Paolo zu sich selbst und betrat den Saal.

Pietro Martini war aufgeregt, sehr aufgeregt sogar. Mit schnellen Schritten trippelte er in seinen neuen Stiefeln von seinem Haus zur Kirche. Gierig sog er die Luft ein. Ja, Grosseto war ein wunderbarer Ort. Und Mario, dieser Tölpel von einem Wirt, hatte wirklich Recht gehabt. Seitdem in Florenz wieder Frieden herrschte, war sein kleines Städtchen ein einziges Brummen an Geschäftigkeit. Vor seinem inneren Auge regnete es Gold- und Silberstücke. So viele Steuern! Und wie es das Recht des Vogts war, durfte er seinen Anteil behalten. Mit sich und der Welt vollkommen zufrieden eilte er durch den klaren Wintermorgen weiter voran. Gleich würde er den Fremden im Beichtstuhl treffen. Und er, Martini, würde heute die zweite Hälfte des Blutgeldes bekommen. Der Stadtvogt schmatzte laut vor Gier. Natürlich würde er der Kirche etwas spenden. Der arme Prete sah so unglücklich aus. Der Vogt grinste. Er war eben nicht der Einzige unter ihnen, der die bezaubernden Fertigkeiten des Zigeunerweibes vermisste. Aber nichts im Leben währt ewig, sagte sich der Vogt. Irgendwann würde eine andere kommen und dann …

»He, Pietro!«

Das war der Wirt. Martini seufzte. Später war genug Zeit, um zu trinken und zu reden, aber jetzt musste er sich sputen.

»Es ist wichtig«, schrie Mario ihm nach. Martini winkte ab und trippelte weiter. Der Wirt sah ihm nach, bis er die Kirchentür hinter sich geschlossen hatte.

»Dann leb wohl, du Gierschlund«, sagte Mario leise und trat in seine Schankstube zurück.

Der Stadtvogt wunderte sich, nirgendwo den Pfarrer zu entdecken. Morgen war die Nacht des Herrn, es gab viel für die Christmette vorzubereiten. Martini blieb stehen und horchte. Nichts. Immer noch frohen Mutes ging er geradewegs zum Beichtstuhl. Als er sich wie zum Gebet niederkniete, wurde von innen der samtene Vorhang beiseitegezogen, und er erkannte das Profil. Erleichtert seufzte er auf. Es war der Mann, den er erwartet hatte.

»Sie hat überlebt«, sagte der Fremde statt einer Begrüßung. Seine Stimme war nur ein leises Flüstern und gepresst vor verhaltenem Zorn. »Du hast versagt, Martini.«

Der Stadtvogt starrte auf das Gesicht hinter dem Gitter. Damit hatte er nicht gerechnet. Der raue Geselle, der sich um das Mädchen kümmern sollte, hatte ihm haarklein vom Ablauf der Tat berichtet.

»Sie ist ertrunken«, sagte er. Seine Stimme zitterte.

»Ist sie nicht«, sagte der andere kalt. Die Sporen an seinen Stiefeln klingelten.

Jetzt riss sich Martini die Mütze vom Kopf und warf sich vor dem Beichtstuhl der Länge nach auf den Boden. Er wimmerte vor Angst.

»Es ist nicht dein erster Fehler, Vogt. Du erinnerst dich an Petrucci? Wie ein Waschweib hast du geplappert. Das ist mir zu Ohren gekommen. Und glaube mir, Vogt, mir gefällt das ganz und gar nicht.«

Martini heulte auf. Er wusste, er war in Todesgefahr. Er wollte etwas zu seiner Entschuldigung sagen, doch der Fremde im Beichtstuhl kam ihm zuvor.

»Ich denke, wir sollten uns trennen. Das Geld kannst du behalten. Und nun geh.«

Verwirrt hob der Stadtvogt den Kopf. War es möglich, dass er davonkam? Langsam stand er auf, gewahr, dass hinter jeder Säule ein Mörder warten könnte. Er verneigte sich gegen den Beichtstuhl, nahm seine Mütze und lief, so schnell er konnte, zur Tür. Sie war verschlossen.

»Ich habe ihn doch gewarnt.«

Der Wirt hatte seinen besten Wein aus dem Keller geholt und goss sich und dem Prete großzügig ein. Martini war ein böser Mann gewesen, und es hatte schon seine Richtigkeit, wenn der Teufel ihn geholt hatte. Aber gewarnt hatte er ihn trotzdem.

»Gewarnt? Wovor denn?«

Langsam fand der Pfarrer seine Sprache wieder. Er hatte den Vogt gefunden, an der Kanzel aufgeknüpft, beide Augen ausgestochen, die Augäpfel in den Mund gestopft. Unter Schurken das Zeichen für Verrat. Mario schob dem Geistlichen eine Schale Suppe über den Tisch.

»Zwei Männer waren heute Morgen in der Schenke. Sie haben gegessen und getrunken und viel zu viel dafür gezahlt. Das ist immer verdächtig. Danach schlichen sie um die Kirche herum.«

»Das verstehe, wer will«, sagte der Prete nachdenklich

und blies in seine Suppe, »erst essen und trinken und dann morden. Ohne jede Vorsicht. Ohne Angst, dass sie jemand erkennt.«

Mario nickte zustimmend.

»Ich habe sie noch nie zuvor gesehen, und ich vergesse kein Gesicht, glaubt mir, Vater.«

Die Nachricht vom schrecklichen Ende des Vogts verbreitete sich mit Windeseile in Grosseto. Seine Schwester nahm es mit erstaunlicher Gelassenheit, etwas zu gelassen, wie die Weiber sofort tratschten. Noch am selben Abend wurde er begraben, ohne die Ehrerbietung der Bürger seiner kleinen Stadt. Ihr Vogt war ein gemeiner Verbrecher gewesen, und genauso war er gestorben. Es gab keinen Grund, um ihn zu trauern. Also waren es nur der Prete und Francesca, die ihm die letzte Ehre erwiesen, und wie der Pfarrer bemerkte, hatte sie es erstaunlich eilig, nach Hause zu kommen. Er konnte nicht wissen, dass dort ein Gast auf sie wartete.

»Mach kein Licht.«

Der Fremde stand am Fenster, sie konnte nur sein Profil sehen.

»Eure Schergen waren schon am Nachmittag hier und haben das ganze Haus auf den Kopf gestellt, und sie haben mir gesagt, dass Ihr mich sprechen wollt«, sagte Francesca ruhig. »Mein Bruder mag ein schlechter Mensch gewesen sein, aber er hat über seine Geschäfte nie ein Wort verloren, Herr. Das schwöre ich.«

»Ich bewundere dich für deinen Mut, so mit mir zu sprechen, Weib«, erwiderte der Fremde. »Es wäre ein Leichtes für mich, dich zu deinem verderbten Bruder in die Hölle zu schicken, aber ich habe den Verdacht, nein, den Wunsch, dass du mir lebend nützlicher bist.«

Francesca sagte zunächst nichts, dann antwortete sie:

»Wenn Ihr mein Leben nehmen wollt, nur zu. Es gibt nichts, was ich auf Erden vermissen würde.«

Dem Mann am Fenster entfuhr ein Laut des Erstaunens.

»Das tut mir leid, Francesca. Aber vielleicht beginnt ja jetzt eine gute Zeit für dich. Wohlstand. Freiheit. Unter einer Bedingung …«

»Die da wäre?«, wollte Martinis Schwester wissen, doch ihre Stimme klang gleichgültig, als hätte sie sich schon mit ihrem Ende abgefunden.

»Du bleibst dabei, dass du nichts weißt. Und zwar für immer. Dann ist dein Leben lang und sorgenfrei. Wenn nicht – du weißt, wie ich mit Verrätern umgehe.«

Der Fremde öffnete das Fenster und sprang hinaus. Francesca fühlte, wie kalter Wind in die Stube kroch und ihre Stirn kühlte. Ihr Herz pochte schnell und hart gegen ihre Brust. Es stimmte: Sie war frei. Francesca setzte sich auf einen Stuhl und spürte, dass sie zum ersten Mal seit vielen Jahren glücklich war.

»Ich habe Andrea di Nanini mein Wort gegeben.« Erregt schritt Paolo im großen Saal auf und ab. Giuliano betrachtete ihn aufmerksam. »Versteht Ihr nicht? Ich verliere mein Gesicht, wenn ich ohne jedes Ergebnis von hier zurückkehre.«

Sein Gastgeber streckte sich in seinem großen Sessel aus und barg die Füße auf einem dick gepolsterten Bänkchen. Dann nahm er sich einen großen Apfel aus der Obstschale und begann, ihn zu schälen.

»Ich weiß nicht, was Euch so in Aufregung versetzt«, begann Giuliano zu sprechen. »Wenn Ihr mir und den Meinen nicht traut, müsst Ihr Euch selbst auf die Suche machen.

Aber lasst Euch warnen. Das wäre kein kluger Schritt hinsichtlich bestehender Allianzen.«

»Wollt Ihr mir drohen?«

Paolos Stimme zitterte vor Wut.

»Aber natürlich«, entgegnete der andere leichthin und warf ihm ein Apfelstück zu, das Paolo reflexartig auffing. »Ihr würdet Euch an meiner Stelle genauso verhalten, Conte, also guckt nicht so verbiestert. Soll ich Euch ein Weib beschaffen lassen, damit Ihr wieder gute Laune bekommt?«

Paolo dachte nach und biss in den Apfel. Dieser Emporkömmling Giuliano de' Medici hatte Recht. Natürlich würde er sich genauso verhalten, aber er war schließlich ein Nobile.

Sein Gastgeber war aufgestanden und streckte sich.

»Oder meint Ihr, nur Ihr dürft so handeln, weil Ihr von höherem Stand seid?« Er lachte, und es klang herzlich. »Nein, mein lieber Freund, die Zeiten sind vorbei. Begreift das endlich. Mächtig ist, wer die Macht hat, nicht, wer von Adel ist.«

Er ging auf seinen Gast zu und legte ihm die Hand auf die Schulter.

»Wenn ich Siena unterwerfen wollte, würde ich wohl kaum den Sohn des Fürsten gefangen nehmen und die übrige Familie am Leben lassen. Das wäre, sagen wir, etwas ungeschickt.«

Der junge Conte sah betreten auf den Boden. Giuliano hatte seine Gedanken durchschaut.

»Grämt Euch nicht«, sagte der Florentiner und gab seiner Stimme einen munteren Klang, »Ihr seid noch nicht geübt im Herrschen und Taktieren. Wenn Ihr so alt seid wie ich, werdet Ihr viele Gespräche wie diese geführt haben. Glaubt mir. Und nun sagt mir, wo wir Fabrizio noch suchen sollen.«

Er ließ sich zurück in den Sessel fallen und schlug die Beine übereinander. Seine Augen blickten gespannt auf Paolo.

»Er ist verschwunden. Einfach so. Ich denke, dass er noch am Leben ist. Vielleicht sollten wir ein Lösegeld aussetzen.«

»Ich kann Euch nur zum Teil folgen«, sagte Giuliano, nun ebenfalls nachdenklich. »Ich teile Eure Vermutung, dass er noch lebt, aber mein Vorschlag wäre, dem Entführer den ersten Spielzug zu überlassen. Auch wenn es Euch schwerfällt: Wartet, bis sich die Halunken melden. Sie werden Fabrizio nicht ewig durchfüttern wollen.«

Das Argument leuchtete dem jungen Conte ein, doch seine Unruhe ließ sich damit nicht verscheuchen. Mit einer knappen Verbeugung zog er sich in sein Gemach zurück. Er wollte noch ein wenig nachdenken, bevor er sich seinem Gastgeber zum mitternächtlichen Kirchgang anschließen würde.

Di Naninis Sohn hatte jedes Zeitgefühl verloren. Er wusste, das Mädchen mit den zärtlichen Händen mischte ihm jeden Abend etwas in seinen Wein, und es wäre ihm ein Leichtes, ihre Tat aufzudecken. Doch das wollte er nicht. Die Lust auf ihre Bewegungen und auf den Duft, den sie ausströmte, hatte ihn zum willigen Gefangenen gemacht. Jeden Abend trank er, wohl wissend, seinen Vater und seine Gemahlin in Sorge zu lassen, aber er konnte nicht anders. Er schlief mit ihr ein, selig, Abend um Abend, in der Sehnsucht, sie morgens neben sich in den Laken zu finden: ein zartes, elfengleiches Wesen, das ihn so köstlich verwöhnte wie sonst keine Frau auf der Welt. Manchmal, wenn der Traum ihn schon mit sich nahm und er ihre Hand auf seiner Brust spürte, glaubte er, sie alle zu sehen: die erfahrene Marketenderin, die heißblütige Cassandra, sogar Bella, wie sie ihm fröhlich zulachte und ihren honigblonden Zopf nach hinten warf … All das war so weit entfernt, so weit … Doch mit jeder Nacht wurde die Sehnsucht nach Siena kleiner, und er ahnte, irgendwann würde er den Hof und seine Pflichten und alles, was ihm je Freude bereitet hatte, vergessen haben.

Das Mädchen schlief in seinen Armen, er hörte sie atmen. Vorsichtig zog er die Decke etwas zur Seite, um sie besser betrachten zu können. Sie war jung; ihre Liebkosungen waren jedoch so kunstvoll, als hätte sie jahrelange Erfahrung darin, einen Mann zur Ekstase zu bringen. Vielleicht konnte er sie ja mit sich nehmen, wenn er freikäme, irgendwann … Aber das muss nicht schon morgen sein, überlegte er. Jetzt lächelte sie im Schlaf. Er deckte sie wieder zu und schmiegte sich an sie. Dann schlief auch Fabrizio ein.

»Heda. Was macht Ihr in meinem Haus?«

Erschrocken fuhr der junge Adelige hoch. Irritiert bemerkte er, dass er allein im Bett lag. Jetzt war er schlagartig wach.

»Euer Haus?«, fragte er scharf und warf die Laken zurück, stand auf und zog sich vor dem Fremden an. »Wenn das Euer Haus ist, dann frage ich Euch: Warum haltet Ihr mich hier gefangen?«

Der andere schaute ihn ungläubig an. Dann lächelte er.

»Warum sollte ich Euch gefangen halten?«

»Euer Haus ist voll mit Verbrechern. Fünf Wachen geben Acht, dass ich nicht entkomme. Sogar eine Hure habt Ihr mir ins Bett gelegt, damit ich keine Lust verspüre zu fliehen.«

Fabrizio strich sich durch die Haare und trat vor den Mann hin.

»Ich bin Fabrizio di Nanini, Sohn von Sua Altezza Andrea di Nanini, dem Fürsten von Siena. Beim Einzug in das befreite Florenz wurde ich von der Seite meiner Verbündeten fortgerissen und entführt.«

Nun machte der angebliche Hausherr auch einen Schritt auf Fabrizio zu. Er war eine imposante Erscheinung mit langen rotblonden Locken und einem kunstvoll gestutzten roten Vollbart. Er stemmte beide Fäuste in die Seiten.

»Und ich bin Giovanni de' Medici, Sohn Lorenzos des Prächtigen und Bruder von Giuliano, dem Ihr in einer Allianz verbunden seid. Ich frage noch einmal: Was macht Ihr hier? Und was soll das Gerede von Wachen? Hier sind nur meine Diener, die alles für meine Ankunft vorbereiten sollten. Und auf Euch trafen.«

In Giovannis Augen blitzte etwas auf. Er schien die Geschichte von der Entführung nicht so recht zu glauben, denn er murmelte etwas vor sich hin. Versöhnlich sagte er:

»Mein Koch ist dabei, das Nachtmahl an die Tafel zu bringen. Ich wäre erfreut, Euch dort zu sehen. Ich bin neugierig, mehr über Eure Gefangenschaft zu erfahren.«

Damit drehte er sich zur Tür und stapfte hinaus; Fabrizio blieb verwirrt zurück. Wahrscheinlich ist das nur ein neuer Trick, dachte er, doch er wusste, er konnte es sich nicht erlauben, der Einladung keine Folge zu leisten. Noch einmal würde sich der Hausherr – wenn er es denn war – wohl kaum so wohlgesinnt zeigen.

»Ihr seid der Bruder von Giuliano de' Medici?«

Sie saßen in dem Saal, in dem Fabrizio vor nicht allzu langer Zeit Bekanntschaft mit den ungehobelten Söldnern gemacht hatte. Diese waren und blieben verschwunden, ebenso wie seine kleine Liebesdienerin.

Giovanni ließ es sich schmecken und schien in keinster Weise verärgert zu sein. Er nickte, dann fragte er unvermittelt:

»Warum habt Ihr niemandem gesagt, dass Ihr Euch für ein paar Tage in ein Liebesnest zurückziehen wollt? Meine Diener haben das Mädchen davonreiten sehen, konnten sie aber nicht mehr einholen. Kennt Ihr sie schon lange?«

Fabrizio atmete tief ein. Giovanni weigerte sich offenbar zu glauben, dass er nicht freiwillig hier war.

»Ich wachte in einem Kerker auf, schlief wieder ein, erwachte in dem Bett, in dem Ihr mich gefunden habt. Fünf Söldner haben über mich gewacht, eine Hure hat bei mir geschlafen und mich vor Wonne alles vergessen lassen, sogar meine Pflicht als Sohn von Siena. Das ist die Wahrheit.«

Giovanni hörte zu und nagte dabei an einem Hühnerbein.

»Seid Ihr gefoltert worden? Nein. Habt Ihr versucht wegzulaufen? Nein. Also, mein verehrter Fabrizio, ich denke, Ihr wolltet ein paar Tage lang nichts als Euer Vergnügen, und meinem Bruder werde ich dafür die Hammelbeine langziehen. Es ist mein Haus, und er muss mir sagen, wer darin nächtigt. Stellt Euch vor, ich hätte Euch umgebracht? Das wäre das Ende unserer Allianz, und das wollen wir doch nicht, oder?« Er griff noch einmal beherzt in die Schüssel mit Hühnerbeinen. »Außerdem … trägt unsere Nichte ein Kind von Euch unter dem Herzen. Ist es nicht so, Freund?«

Der junge Nobile nickte. Giovanni gab seinem Diener ein Zeichen, an die Tafel zu kommen.

»Reite sofort nach Florenz und überbring Giuliano die Nachricht, dass Sua Altezza Fabrizio di Nanini wohlbehalten in unserem Haus in Careggi aufgefunden wurde.«

Als sie wieder allein waren, nahm sich Giovanni Käse und Wein und fragte mit kindlicher Neugierde:

»Also noch einmal und von Anfang an. Wie war das mit Eurer Entführung?«

24. KAPITEL

Als Bella aufwachte, spürte sie die Arme eines Mannes, die sie fest umschlungen hielten. Erschrocken fuhr sie hoch. Nwuma zog sie vorsichtig zurück unter die Decke.

»Du hast lange geschlafen.«

Der Nubier strich ihr eine Strähne aus dem Gesicht und streichelte über ihre Wange.

»Was ist passiert?«, wollte sie wissen. Ihr Herz klopfte. Die Nähe Nwumas und die Wärme, die sein Körper ausstrahlte, fühlten sich wunderbar an. Verlegen wich sie seinem Blick aus.

»Jemand hat versucht, dich zu ertränken. Im Fischteich. Du bist fast erfroren. Donna Cassandra hat dir das Zimmer ihrer Zofe gegeben, damit du dich erholen kannst.«

»Und was machst du hier?«

Der Nubier lächelte.

»Ich habe dich im Arm gehalten und deinen Schlaf bewacht, dich gewärmt, dir all meine Energie gegeben.«

»Sonst nichts?«

Bellas Stimme klang klein und dünn. Der Schwarze betrachtete sie aufmerksam.

»Nein, Bella. Du weißt, dass ich dich liebe, es ist Vorsehung, und ich kann nichts dagegen machen. Aber ich würde nie etwas tun, was du nicht auch willst.«

Bella ließ sich aus seinem Arm gleiten und setzte sich auf.

»Wie lange habe ich geschlafen?«

»Fast drei Tage, davon den ersten Tag im Fieber.«

»Und was sagt Donna Cassandra dazu, dass du bei mir bist?«

»In den Augen der Menschen hier bin ich ein Heiler, vergiss das nicht. Auch wenn meine Methoden ungewöhnlich erscheinen mögen, so sind sie doch recht erfolgreich, oder?« Nwuma lachte kurz auf, dann wurden seine Augen ernst. »Ich liebe dich wirklich, Bella. Und ich weiß, dass du ebenso für mich fühlst. Komm mit mir, mit uns. Wir müssen nicht für immer bei Hectors Familie bleiben, wir können irgendwo leben, wo es uns gefällt.«

Bella schluckte. Der Nubier hatte Recht. Noch nie hatte sie etwas Ähnliches für einen anderen Menschen empfunden wie für ihn. Sie nahm seine Hand, spürte sofort die lebendige Kraft, die in seinen Adern pulsierte.

»Der Principe war immer gut zu mir«, sagte sie schließlich, »es wäre nicht richtig, ihn zu verlassen. Warum bleibst du nicht hier, in Ascarello?«

»Das geht nicht«, erwiderte Nwuma entschieden und schlug die Decke zurück, um aufzustehen. Bella sah ihn verwirrt an. Sie verstand seine heftige Reaktion nicht. Der Nubier schloss die Bänder seiner Stiefel und setzte sich zu dem Mädchen ans Bett.

»Entweder du kommst mit mir, oder wir haben keine gemeinsame Zukunft«, sagte er leise. »Wenn ich hierbleibe, bedeutet das meinen Tod, Bella. Das sagen mir die Sterne, und die haben mich noch nie getäuscht.« Er küsste sie zart auf den Mund und stand auf. »Denk darüber nach, aber denk nicht zu lange. Sonst ist es vielleicht zu spät.«

Verwirrt sah Bella ihm nach, wie er zur Tür ging und diese leise hinter sich schloss. Als wenig später eine der Küchenmägde ins Zimmer kam, um ihr die Kissen aufzuschütteln und einen kräftigen Eintopf zu bringen, war sie noch immer in Gedanken vertieft.

Benedetto hatte sich auf den Heimweg gemacht. Es gefiel ihm nicht, dass sein nubischer Freund am Hofe bleiben wollte, aber Nwuma war ein freier Mann. Dem Fürsten ging es von Tag zu Tag besser; der frische Knoblauchsaft schien das Gift nach und nach aus seinem Körper zu vertreiben. Umberto hatte ihm in di Naninis Namen zum Dank für die Hilfe einen Beutel mit Silberstücken überreicht. Der Zigeuner wog das samtene Säckchen in seiner Hand. Hector würde sich freuen. Mit dem Geld könnten sie ein paar dringend notwendige Anschaffungen machen und würden einen leichteren Winter haben als in den Jahren zuvor.

Als er die Tore von Grosseto erreichte, sah er viele Bauern und Marketender in das Städtchen strömen. Benedetto wunderte sich. Es war kurz nach Neujahr. Keine Zeit, um einen Markt abzuhalten, und doch war es so. Stände wurden aufgebaut, bunte Fahnen und Girlanden schmückten die Gassen.

Er konnte sich nicht erinnern, jemals so viele Händler auf einmal in Grosseto gesehen zu haben. Fast hatte er den Marktplatz erreicht, da erkannte er einen Gaukler aus seiner Familie. Im nächsten Moment erblickte er auch Hector und Momo, die dabei waren, ein Seil zwischen zwei Bäumen zu spannen. Die Freude darüber, die Seinen bald wieder um sich zu haben, ließ ihn lächeln. Er fühlte sich so leicht und frei, wie er sich immer fühlte, wenn er bei seinem Volk war. Glücklich lenkte er sein Pferd an den Ständen und Wagen vorbei und näherte sich den Männern geschickt von der rückwärtigen Seite, um sie zu überraschen.

»Ein Markt? Mitten im Winter?«

Momo schaute erstaunt hoch, drehte sich um. Als er Benedetto erkannte, strahlte er über das ganze Gesicht. Er trat ihm entgegen und wartete, bis der andere abgestiegen war. Dann warf er sich dem Zigeuner in die Arme. Nun war es Hector, der das Seil zu Boden sinken ließ und auf den Freund zuging.

»Es tut gut, dich wieder unter uns zu haben«, sagte er sichtlich gerührt, dann machte er eine ausladende Geste. »Und als ob wir deine Rückkehr erahnt hätten, haben wir zu deinen Ehren einen Markt aufgebaut.«

Beide Männer grinsten. Momo nahm Benedettos Pferd und führte es zur Tränke, der andere Zigeuner zog seine Mütze zum Gruß und ging gemächlich davon. Hector seufzte. Endlich war er mit Benedetto allein.

»Martini ist tot«, sagte er unvermittelt, »das Rabenaas. In der Kirche aufgeknüpft und die Augen ausgestochen.« Hector spuckte auf den Boden.

»Das machen Lumpen untereinander mit Verrätern«, erwiderte Benedetto. Er betrachtete seinen Freund, der nachdenklich das Seil aufwickelte.

»Es wundert mich nicht, dass man ihn umgebracht hat, aber mich wundert, dass es gerade jetzt geschehen ist. Kannst du dir einen Reim darauf machen?«

Benedetto schüttelte den Kopf. Der Anführer der Zigeuner legte ihm den Arm um die Schultern und zog ihn in die Gasse, von der aus sie mit wenigen Schritten zur Schenke gelangten. Mario, der Wirt, erwiderte knapp ihren Gruß, als sie eintraten. Obwohl es erst mitten am Tag war, gab es im Gastraum fast keinen freien Platz mehr. Die Marketender, erschöpft von der langen Anreise, waren hungrig und durstig – nach Brot und Wein und nach den neuesten Gerüchten. Hector fand einen etwas ruhigeren Tisch im hinteren Teil der Schankstube und setzte sich auf die Bank direkt an der Wand. Benedetto nahm ihm gegenüber Platz.

»Und warum ist heute Markttag?«

Benedetto hob Hector seinen Becher entgegen und stieß mit ihm an.

»Zu Ehren des neuen Vogts.«

»Aha. Wer ist es denn?«

Hector zuckte die Schultern.

»Siena hat die Herrschaft über Grosseto, also muss der Fürst einen neuen Stadtvogt bestellen. Der Bote ist noch nicht wieder zurück.«

Benedetto griff in die Schüsseln, die die Schankmagd vor die Männer hingestellt hatte. Erst jetzt, wo ihm die Kräuter des heißen Suds in die Nase stiegen, spürte er, wie hungrig er war.

»Di Nanini geht es wieder besser«, berichtete er mit vollem Mund, »aber Bella … man hat versucht, sie zu ermorden und sie in den Fischteich gestoßen. Sie wäre fast erfroren. Nwuma ist bei ihr geblieben. Er gibt ihr seine Energie, sagte er.«

Benedetto grinste schief und schob sich die Mütze aus dem Gesicht. Seine Augen unter den dichten Stirnfransen blitzten.

»Wenn du mich fragst, er ist verliebt.«

Hector grinste wissend zurück. Dann nahm auch er ein paar Bissen. Schweigend genossen sie das einfache Mahl, bis der Anführer der Gaukler wieder das Wort ergriff.

»Ich bin gespannt, ob das jetzt aufhört, dieses Morden und die Überfälle, nun, da Martini im Fegefeuer schmort.«

»Er war ein böser Mann, aber nicht wirklich schlau. Und gierig. Ich denke, er war nur ein Handlanger. Und der wahre Übeltäter ist noch irgendwo unter uns«, erwiderte Benedetto. Hector streckte sich und winkte nach der Magd, um einen weiteren Krug Wein zu bestellen.

»Erzähl noch ein wenig von Siena«, forderte Hector seinen Freund auf, »und dann sollten wir gehen. Unsere Weiber und Kinder warten sicher schon.«

In Ascarello glich die Betriebsamkeit im Palazzo der in einem Bienenschwarm. Die Gewissheit, dass der Fürst wieder genas, gab den Menschen am Hofe Mut und Kraft, allen voran Bella. Sie hatte sich ebenfalls erholt und versuchte mit ständig neuen Rezepturen, di Nanini den aufdringlichen Geschmack seiner Medizin ein wenig vergessen zu lassen. Sie hatte gerade mit Massimo die Speisenfolge des Tages besprochen, als lautes Hufgetrappel zu vernehmen war. Kurz darauf drangen Schreie und Rufe des Erstaunens zu ihnen in die Küche. Eilig liefen sie alle hinaus, dem Gebrüll entgegen.

Zwei Reiter warteten, von den Stallknechten umringt, in der Mitte des Hofes. Umberto kam bereits herbeigelaufen, dicht hinter ihm eilte, schon etwas schwerfällig, Donna Cassandra herbei. Das waren unzweifelhaft Boten, doch sie gehörten offenbar nicht zusammen. Der erste war bereits abgestiegen und entnahm seiner Satteltasche einen Brief, den er mit tiefer Verbeugung an den Leibdiener des Fürsten übergab. Er strahlte über das ganze Gesicht und nickte dem Diener freundlich zu.

Umberto erbrach das Siegel – ein Privileg, das ihm der Principe für die Dauer seiner Bettruhe verliehen hatte –, las und riss jubelnd die Hände hoch.

»Fabrizio lebt«, rief er laut in die Runde, »er ist wohlbehalten in Careggi bei Florenz aufgefunden worden. Und er wird bald zu uns zurückkehren.«

Cassandra hatte starr den Worten des Dieners gelauscht,

nun löste sich ihre Anspannung. Für einen kurzen Moment schwankte sie, doch dann sammelte sie sich und atmete tief ein. Bella betrachtete sie in diesem Moment aufmerksam. Cassandra hatte die Hände auf ihren Leib gelegt und schien an etwas zu denken. Ihr Gesicht war weich, fast schön. Sie liebt ihn also wirklich, ihren Mann, dachte Bella. Nwuma ist wahrlich ein Zauberer.

Nun näherte sich auch der andere Bote. Es war ein Torwächter mit dem Wappen Grossetos auf dem Wams. Auch er hielt ein Schriftstück in Händen. Nachdem Umberto es gelesen hatte, fragte er den Überbringer:

»Er ist also tot. Auf so grausame Weise umgekommen?«

Der Bote nickte. Umberto wandte sich an Bella.

»Gib ihnen Brot und Fleisch und sorge dafür, dass sie sich ausruhen. Ich werde Donna Cassandra zum Fürsten begleiten und ihm die gute Nachricht überbringen.«

»Euer Sohn lebt, Sua Altezza.«

Umberto konnte vor Freude kaum sprechen. Seine Stimme drohte ihm zu versagen. Donna Cassandra lief an ihm vorbei und setzte sich vorsichtig auf di Naninis Bett. Ihre Augen leuchteten.

Der Principe richtete sich im Bett auf und bedachte den Mann an seinem Lager mit einem kurzen, strengen Blick. Nwuma, der gerade den Fürsten untersucht hatte, verstand und zog sich sofort zurück. So muss es sich anfühlen, das Glück, dachte er und stieg langsam die Treppen hinab. Dann gesellte er sich zu den Boten in die Küche. Er war gespannt darauf, was sie zu berichten hatten.

Bella erschien es wie eine Ewigkeit, bis Umberto und Cassandra das Gemach di Naninis verließen. Sie war ein wenig enttäuscht darüber, dass der Fürst nicht nach ihr gerufen hatte, aber sie versuchte, ihren aufkommenden Missmut zu unterdrücken. Nach dem Mittagsmahl würde Bruder Angelo kommen und mit ihr lernen. Sie lächelte. Das waren die schönsten Momente des Tages, schöner waren nur die tiefen Blicke Nwumas.

Bella hatte gerade das Ragout aus geschmortem Kaninchen probiert, als Umberto in die Küche kam. Er sah verwundert aus, aber nicht unglücklich, und ließ sich auf den nächstbesten Schemel sinken. Der Mönch, der auch gerade eingetroffen war, warf Bella einen fragenden Blick zu, bevor er sich von der Magd eine Kostprobe des Ragouts reichen ließ. Bella spürte, irgendetwas war geschehen, aber was? Auch Massimo schien die Anspannung im Raum zu spüren; er blickte zu Boden und stieg in den Keller hinab, um Wein zu holen.

»Ich werde Stadtvogt von Grosseto«, sagte Umberto mit tonloser Stimme. Bella setzte sich zu ihm. Die Boten hatten ausführlich aus Florenz und Grosseto berichtet, und sie wusste, dass Martini einen schrecklichen Tod gestorben war. Der Leibdiener sah Bella mit ausdruckslosem Blick an. Aus seinem Gesicht war alle Farbe gewichen. Er konnte die Ehre, die ihm da zuteilwurde, wohl immer noch nicht fassen.

»Du sollst zum Fürsten kommen«, sagte er matt und griff nach dem Weinbecher, den Massimo ihm gerade gefüllt hatte.

Bella gehorchte und stieg mit schnellen Schritten die Treppen zum Gemach des Principe hoch. Erstaunt bemerkte sie, dass er allein war. Di Nanini sah glücklich aus; er wirkte um Jahre jünger. Mit vergnügter Miene winkte er das Mädchen zu sich heran.

»Ich muss dir nicht alles noch einmal erzählen, Magdalena, die Berichte der Boten waren bestimmt ausführlich genug. Also. Ich habe dich rufen lassen, weil ich eine neue Aufgabe für dich habe, nun, da Umberto in Grosseto nach dem Rechten schauen wird.«

Bellas Augen blickten fragend. Worauf wollte ihr Fürst hinaus? Di Nanini schob energisch das Kinn vor, dann sagte er knapp:

»Du wirst mein neuer Ratgeber sein. Du kannst lesen und schreiben, und klug bist du sowieso. Du kennst die Menschen hier, und sie achten dich. Ich brauche jemanden, dem ich vertrauen kann, und ich weiß, auf dich kann ich zählen, Magdalena.«

Er betrachtete sie mit prüfendem Blick und fuhr fort:

»Mein Sohn muss sich nach seiner Rückkehr auf seine Pflichten als Fürst vorbereiten; er hat anderes zu tun, als Umbertos Aufgaben zu übernehmen. Aber du, Magdalena, bist wie eine Tochter für mich, und ich weiß, du wirst in meinem Sinne handeln.«

Bella, die neben dem Bett am Fenster stand, entfuhr ein Laut, als hätte sie sich erschreckt. Sie spürte, wie ihr schwindlig wurde; das Blut rauschte wie ein wilder Bergbach durch ihre Schläfen. Ihr Herz klopfte. Ihre Augen sahen all die Pracht um sie herum, die Teppiche, die kostbaren Stoffe und Gobelins. Und doch nahm sie nichts wahr, vor ihrem inneren Augen stand Nwuma, der sie traurig anlächelte.

»Mir ist zugetragen worden«, sprach der Fürst weiter, »dass du dem Heiler aus Nubien zugetan bist, aber ich kann dir versichern: Liebe ist kein Pfand für eine Verbindung. Das wirst du nicht sehen wollen, aber doch ist es so.«

Bella wollte etwas erwidern, doch di Nanini gebot ihr zu schweigen.

»Du hast Nwuma dein Leben zu verdanken, so wie ich

ihm meines, und deshalb werde ich ihm immer dankbar sein. Und ja, er ist ein ganz besonderer Mann. Er wird uns bald verlassen, Magdalena, und du musst dich entscheiden: für Ascarello und deinen Fürsten oder für den Heiler. Und nun geh.«

Bella hatte die letzten Worte di Naninis wie Stockschläge empfunden. Wie konnten Ehre und Leid so nah zusammenliegen? Sie musste eine Entscheidung treffen, aber sie konnte keinen klaren Gedanken fassen. Mit einer Verbeugung verließ sie das Schlafgemach des Principe, doch anstatt in die Küche zurückzukehren und sich um das Wohl ihrer Herrschaft zu kümmern, lief sie zur Tür hinaus, immer weiter, an den Stallungen vorbei, bis sie keine Luft mehr bekam. Ihr war bewusst, dass sie mit diesem unbeherrschten Verhalten den Zorn di Naninis auf sich ziehen und alle ihre Aussichten am Hofe zunichtemachen könnte, doch es war ihr gleichgültig. Sie wollte allein sein und nachdenken.

Benedetto lag neben Habibi und spielte mit den Schleifen ihres Hemdes. Vorsichtig öffnete er die Bänder, ohne den Blick von ihr zu lassen. In seinen Augen stand Sehnsucht. Habibi lächelte; sie verstand es noch immer, die Wünsche eines Mannes zu erkennen, bevor sie ausgesprochen waren, auch wenn sie sich schon eine Ewigkeit keinem Geliebten mehr hingegeben hatte. Benedetto ließ sich Zeit, als sei es für ihn das erste Mal, dass er bei einem Weib lag. Er war vorsichtig und zärtlich, und Habibi begriff, dass er so um ihr Vertrauen warb. Als er sie endlich küsste, schlang sie wie erlöst die Arme um ihn und zog ihn auf sich. Sie machte ihm Lust, sie sah es an seinem Blick, und er gab ihr genau diese Lust zurück, nein, mehr noch, er machte sie hungrig. Sie hatten sich schon einige Male gegenseitig mit ihrer Glut angesteckt, doch das war lange her. Habibi fühlte, dass Benedetto zum ersten Mal nicht Jolande in ihrer Umarmung suchte, sondern dass er sie wollte. Und nur sie. Eine Wonne stieg in ihr hoch, weit über die Leidenschaft hinaus. Seine langen Stirnfransen fielen in ihr Gesicht und kitzelten sie; sie lachte und hob sich ihm entgegen, um ihn noch besser spüren zu können. Ihre Haut war nass; ihre großen Augen glänzten. Benedetto hielt sie an den schmalen Hüften fest und drehte sich auf den Rücken, betrachtete sie dabei, wie sie langsam ihr Hemd hob und es auszog. Es war dunkel im Wagen; er sah nur ihre Silhouette. Er überließ ihr den Rhythmus der Bewegung, fühlte, wie sich die Lust in ihr ausbreitete. Für einen Moment schloss er die Augen, versuchte, wie um sich zu prüfen, an Jolande zu denken. Aber da war nichts anderes als Habibis heißer Atem an seiner Wange, ihr Stöhnen, die Schweißperlen auf ihrem Bauch. Er wusste, endlich hatte er die Vergangenheit hinter sich gelassen. Jolande, seine schöne Gauklerin, konnte endlich in Frieden ruhen. Benedetto griff in Habibis Haare und zog ihr Gesicht zu sich herab.

»Ich liebe dich«, flüsterte er. Dann gab es keine Gedanken mehr und keine Worte.

»Ich komme mir vor wie ein Dummkopf«, sagte Fabrizio düster und hielt seinen Spieß ins Feuer. Nach einem langen Tag zu Pferde hatten er und Paolo beschlossen, hier ihr Nachtlager aufzuschlagen. Sie würden am nächsten Tag zur Mittagszeit in Siena sein. Paolo sah ihn aufmerksam von der Seite an. Er ähnelte seinem Vater sehr, zumindest, was das Äußere betraf. Seitdem er mit dem jungen Adeligen in der Allianz gekämpft hatte, fragte er sich, ob er Fabrizio mochte. Er wusste es immer noch nicht zu sagen. Und er wusste genauso wenig, was er von der Geschichte seiner Entführung halten sollte. Nachdenklich stocherte nun auch Paolo im Lagerfeuer herum.

»Es gibt keine Beweise, dass man dich gegen deinen Willen festgehalten hat. Allein die kleine Hure auf dem Pferd – sie ist das Einzige, was in deine Geschichte passt.«

»Und doch ist es so und nicht anders.«

Wütend hatte Fabrizio seinen Spieß von sich geworfen und war aufgestanden. Unruhig schritt er am Feuer auf und ab.

»Giuliano und sein Bruder haben dir jedenfalls nicht geglaubt«, setzte Paolo nach, »sie halten dich für einen Mann, der sich mit Weibern vergnügt, anstatt sich um seine Pflichten zu kümmern.«

Er provozierte den anderen damit, und genau das war seine Absicht. Ganz gleich, was es war, er wollte einfach nur die Wahrheit von Fabrizio hören. Der war stehen geblieben und blickte in die Flammen.

»Siehst du nicht, Paolo, dass mich jemand denunzieren will? Ich bin in einem Kerker aufgewacht; es stank und war kalt, und die Ratten haben mein Brot gefressen. Und dann …«, er hob die Hände in den klaren Nachthimmel, »dann wache ich auf in feinen Kissen, werde verwöhnt und betäubt. Und bewacht, von fünf Söldnern, das schwöre ich bei meiner Mutter.«

Nun war auch Paolo aufgestanden.

»Man hat dich nicht misshandelt. Kein Lösegeld gefordert. Wenn Giovanni nicht zufällig nach Careggi gereist wäre, wärst du vielleicht immer noch dort und würdest dich in süßem Nichtstun ergehen …«

Fabrizio stöhnte auf und nahm seinen Kopf in beide Hände.

»Vielleicht haben die Lumpen ihren Plan geändert? Vielleicht wollten sie mich erst töten und dann doch nicht mehr?«

Paolo sah ihn skeptisch an.

»Vielleicht hast du einfach nur Angst vor der Verantwortung. Dein Vater ist ein hoch geachteter Nobile. Es wird nicht leicht für dich werden, ihm ein würdiger Nachfolger zu sein.«

»So denkst du also von mir«, sagte Fabrizio matt. Es war ihm anzusehen, dass ihn die letzten Tage und Wochen viel Kraft gekostet hatten. »Als ich Cassandra heiraten musste, habe ich mich gebeugt. Ich habe tagelang mit meinem Vater gestritten – und ich habe meine Pflicht erfüllt. Auch wenn sie mir heute ein gutes Weib ist – die ersten drei Jahre waren die Hölle, glaub mir!«

Fabrizio nahm seinen Spieß wieder auf und setzte sich zurück ans Feuer.

»Und dann Bella. Sie ist ein wunderschönes, kluges Mädchen, und ich habe gesehen, wie sie zur Frau reifte ... und ich habe mich nach ihr gesehnt, nach ihrer Wärme und nach ihrem Kuss. Und doch habe ich mich ihr nie genähert, niemals.« Er sah Paolo an. »Wie oft habe ich Massimo beneidet, dass er so viel Zeit mit ihr verbringen kann. Glaub mir, Paolo, wenn ich ein einfacher Mann wäre, ich hätte Bella längst zu meinem Weib gemacht.«

Der junge Conte wusste nicht, was er auf diesen Gefühlsausbruch erwidern sollte. Er klopfte dem anderen etwas unbeholfen auf die Schulter, dann setzte er sich dicht neben ihn.

»Ich wollte dich nicht kränken, Fabrizio, verzeih. Aber was Bella betrifft: Ich werde beim Fürsten um ihre Hand anhalten.«

Fabrizio drehte sich langsam zu Paolo hin, dann packte er ihn blitzschnell am Mantelkragen.

»Was hast du gesagt?«, zischte er, und seine Augen waren zu Schlitzen verengt. »Das werde ich nicht zulassen, darauf hast du mein Wort.«

Paolo nickte und stand auf. Er hatte Lust, etwas zu erwidern, doch er wusste, es würde zu nichts führen. Also nahm er seine Satteltasche und eine Decke und streckte sich am Feuer aus. Noch ein paar Tage, dann hatte er es geschafft. Dann war er wieder in Lucca. Müde von den Strapazen des Tages schlief er ein.

Als die Männer zur Mittagszeit Ascarello erreichten, waren beide in Gedanken versunken. Den letzten Teil ihrer Reise hatten sie fast schweigend zurückgelegt; die Gefühle für Bella, die jeder von ihnen hegte, hatten einen Keil zwischen sie getrieben.

Umberto belud gerade einen Wagen, zwei Stallburschen halfen ihm dabei, die schweren Truhen zu verstauen. Als er in der schneebedeckten Landschaft zwei Reiter entdeckte, hielt er inne und wartete. Und richtig. Es waren Fabrizio und Paolo. Umberto stöhnte auf. Jetzt, da der Sohn des Fürsten zurück war, konnte er ruhigen Gewissens nach Grosseto gehen. Seine Beine zitterten ein wenig, als er den beiden entgegentrat. Paolo stieg als Erster ab und übergab die Zügel einem der Knechte, dann ging er schnellen Schrittes auf Umberto zu.

»Wir haben noch nicht mit Euch gerechnet, aber wir haben auf Euch gehofft«, versuchte der Leibdiener die Begrüßung nicht zu persönlich werden zu lassen. Er wusste, es stand ihm nicht zu, aber einem plötzlichen Impuls folgend, drückte er den jungen Conte an sich.

»Und ich?«

Das war Fabrizios Stimme. Umberto wandte sich um. Er

konnte die Tränen kaum zurückhalten. Ergriffen drückte er den Sohn seines Fürsten an sich.

»In die Sala, wenn ich bitten darf«, sagte er betont munter und lächelte. Dann begab er sich auf schnellstem Weg in die Küche des Palazzo. Das musste gefeiert werden.

Die Küche war heiß und feucht von Wasserdampf. Über dem großen Kessel hing ein Stock, an dem ein Braten im Schweinenetz garte. Es roch verführerisch nach Kräutern und Speck. Bella stand mit hochrotem Kopf an der Feuerstelle und probierte sich an einer neuen Nachspeise aus Äpfeln und Zucker. Umberto sog all diese Düfte genüsslich ein. Er würde vieles vermissen, am meisten jedoch die Köstlichkeiten, die hier mit Geschick und Verstand bereitet wurden.

»Hol von unserem besten Wein«, wies er ein Küchenmädchen an, das mit großen Augen vor ihm einen Knicks machte und wortlos im Keller verschwand. Der Leibdiener sah sich um. Gut ein Dutzend Menschen arbeiteten hier zum Wohl ihres Fürsten, dem heute wohl glücklichsten Menschen der Welt. Als die Magd zurückkam, ließ er Becher austeilen und ging selbst vom einen zum nächsten, um jedem von dem kostbaren Rebensaft einzugießen. Die Diener schauten einander verwundert an; niemand traute sich, das Wort an ihn zu richten.

»Auf unseren Principe«, sagte er laut und legte so viel Würde wie möglich in seine Stimme, »und auf seinen Sohn, der soeben zu uns zurückgekehrt ist. Es lebe Siena!«

Bella hob ihren Becher und prostete Umberto zu; sie konnte sich nicht erinnern, ihn jemals so gelöst gesehen zu haben. Nun war Fabrizio also wieder da. Und sie wusste, der Fürst würde bald nach ihr rufen lassen.

»Magdalena.«

Der Fürst saß am Kamin und winkte sie heran. Er trug sein prächtigstes Gewand; Haare und Bart waren frisch gestutzt. Bella sah sich um. Neben di Nanini standen sein Sohn und Paolo, weiter hinten am Fenster erblickte sie Nwuma. Die Gesichter der Männer waren ernst; auf Fabrizios Stirn standen Schweißperlen.

Der dicke Teppich dämpfte den Klang ihrer Schritte, als sie auf den Principe zuging. Sie hatte erwartet, auf eine fröhliche, von der Wiedersehensfreude trunkene Runde zu treffen, doch sie fühlte sich auf einmal wie in einer eisigen Gruft. Ihr Lächeln wich einem fragenden Blick. Der Fürst nickte ihr zu und erhob sich.

»Paolo di Cavalli hat um deine Hand angehalten.«

Entsetzt sah Bella zu Paolo hinüber, der ihr vorsichtig zulächelte.

»Und ich habe ja gesagt, unter der Voraussetzung, dass die Vermählung erst im Sommer stattfindet, denn du bist noch sehr jung.«

Bella wollte etwas erwidern, aber der Principe schüttelte ablehnend den Kopf.

»Paolo hat die Allianz mitgetragen, und er hat mir das Kostbarste, was ich habe, zurückgebracht: meinen Sohn. Ich schätze und achte den Conte sehr, und es gibt keinen Grund, ihm seinen Wunsch zu versagen. Du kannst gehen.«

Doch Bella blieb stehen und sah dem Fürsten offen ins Gesicht. Es war ihr gleichgültig, ob er sie für ihr Verhalten strafen würde, aber so konnte sie den Raum nicht verlassen. Di Nanini, der solchen Ungehorsam nicht gewohnt war, zog die Stirn in Falten.

»Ich bin nicht von seinem Stand«, sagte Bella mit Stolz in der Stimme, »als Kinder haben wir alle zusammen in der

Küche des Palazzo gespielt, aber nun sind wir keine Kinder mehr. Sua Nobiltà ist Sohn eines Conte, ich bin die Tochter eines Buttero.« Sie sah, wie sich das Gesicht ihres Fürsten zu einer zornigen Grimasse verzog. Sie hatte ihn noch nie so aufgebracht gesehen. Trotzdem sprach sie ruhig weiter. »Es gibt viele edle Damen, die glücklich wären, Contessa von Lucca zu werden, Herr. Lasst mich in Eurer Küche bleiben.«

Di Nanini war sprachlos. Er ballte seine Hände zu Fäusten.

»Wie kannst du es wagen«, sagte er leise, »dich gegen deinen Fürsten zu erheben und Widerworte zu geben. Du redest wie eine feine Dame. Aber merke dir: Paolo kann alles von mir haben, und wenn er dich in vier Stücken und geräuchert mit nach Lucca nehmen möchte, so soll mir auch das recht sein. Und nun aus meinen Augen!«

Erschöpft ließ er sich in den Sessel sinken; sein Sohn reichte ihm ein Glas Wein. Aus den Augenwinkeln sah sie, wie Nwuma sie staunend betrachtete. Bella drehte sich um und verließ ohne einen Gruß den Saal. Mit jedem Schritt fühlte sie sich einer Ohnmacht näher. Sie wusste nicht, wie es weitergehen würde, nur so viel war gewiss: Sie würde sich diesem Schicksal nicht so einfach ergeben. Und bis zum Sommer war noch viel Zeit.

25. KAPITEL

*W*ährend sich Umberto in Begleitung Nwumas nach Grosseto aufmachte, begab sich Paolo auf den Heimweg nach Lucca. Er hatte erwartet, diese Reise unbeschwert und glücklich antreten zu können, doch dem war nicht so. Di Nanini hatte sich über die Umstände von Fabrizios Rettung ebenso skeptisch geäußert wie er selbst vor ein paar Tagen, und es gab bittere Vorwürfe zwischen Vater und Sohn. Auch Cassandra schalt ihren Mann und schloss sich dann, anstatt am Ehrenmahl zu seiner Wiederkehr teilzunehmen, in ihrem Gemach ein. Und Bella … Di Nanini bat den Nubier zu sich und gab ihm im Beisein der beiden jungen Adeligen klar zu verstehen, dass er sich von dem Mädchen fernhalten solle. Dann nahm er seinen Antrag an und ließ Bella rufen. Paolo schüttelte in Gedanken daran den Kopf. In ihren Augen stand blankes Entsetzen, doch sie bewahrte Haltung.

Bellas Stolz und ihre Unbeirrbarkeit, ihre Widerworte beeindruckten ihn sehr. Sie gab ihm, dem jungen Conte, einen Korb, und er wusste, auch wenn er sie heiratete, hieße das noch lange nicht, dass sie auch sein Weib werden würde. Paolos Herz war schwer. In dieser Stimmung wollte er auf keinen Fall seinem Vater und Contessa Donata begegnen. Also lenkte er sein Pferd nicht auf direktem Wege zum Sitz der Familie, sondern zunächst in die Seidenstadt. Er wollte wissen, wie es den einfachen Menschen erging in diesem Winter, welchen Fortschritt die Stadtmauer machte und welche Neuigkeiten es sonst noch gab. Er wollte ein guter Herrscher sein und den Wohlstand der Menschen mehren. Doch dazu, so viel hatte er inzwischen gelernt, musste er zunächst ihr Vertrauen gewinnen. Froh, sich mit dieser neuen Aufgabe ablenken zu können, drückte er seinem Pferd die Absätze in die Seiten und preschte los.

Umberto saß in Decken gehüllt auf dem Kutschbock und bot Nwuma ein Stück Brot und etwas Pastete an, doch der lehnte ab. Sie kamen gut voran; am späten Nachmittag würden sie die Tore von Grosseto erreichen.

»Warum gerade sie?«, wollte der neue Stadtvogt wissen.

»Es steht in den Sternen«, war die knappe Antwort.

Umberto nickte, obwohl er nicht verstand, was der Nubier meinte. Herzhaft biss er in die Pastete, dann redete er weiter.

»Such dir ein anderes Mädchen, Heiler aus Nubien. Deine Hände scheinen gesegnet, sie werden auch einem anderen Weib guttun.«

Nwuma drehte langsam den Kopf zu Umberto und bedachte ihn mit einem Blick, der dem neuen Vogt das Blut in den Adern gefrieren ließ.

»Du verstehst nicht, Vogt«, sagte er betont ruhig, »wenn sie nicht mein wird, bin ich des Todes.«

Umberto war unheimlich zumute, aber seine Neugierde war stärker.

»Steht das auch in den Sternen, Nwuma?«

»Ja«, sagte der Schwarze nur und knallte mit der Peitsche, um das Gespann anzutreiben. Bald würde er bei Benedetto und Hector sein, und seine wunde Seele konnte sich etwas ausruhen. Ein Lächeln umspielte seinen Mund, als er an die Freunde dachte. Es tat gut, sie an seiner Seite zu wissen. Und

Bella, das wusste er, Bella würde er niemals aufgeben, auch wenn es sein Leben kosten sollte.

In Roccos Küche herrschte Aufregung. Der junge Conte war zurück, und die Contessa selbst hatte ihn beiseitegenommen, um über das festliche Mahl für den Abend zu sprechen. Der Koch freute sich; er wollte alles tun, um seine Herrschaft nicht zu enttäuschen. Josepha half ihm und band Kräutersträußchen für die Soßen; der kleine Lucio versuchte, es ihr nachzutun. Die Mägde hantierten mit schweren kupfernen Töpfen und Pfannen, und die Knechte saßen draußen im Hof und nahmen die frisch erlegten Rebhühner aus. Rocco liebte dieses geschäftige Treiben, besonders heute, wo der Anlass für das aufwendige Mahl ein so schöner war. Wenn Gianni das alles hier sehen könnte, dachte er, unser Küchenmeister hätte bestimmt seine Freude daran.

Während im Palazzo überall fleißig gearbeitet wurde, hatte sich die gräfliche Familie im Speisesaal versammelt. Es war unübersehbar, dass sich Ascanio und Donata durch den Unfall des Conte nähergekommen waren. Sie sprachen miteinander und behandelten sich gegenseitig mit Respekt, ab und zu berührten sich sogar ihre Hände. Auch Carlo machte einen zufriedenen Eindruck, stellte Paolo fest, aber er hatte eine völlig andere Ausstrahlung als noch vor wenigen Wochen. Paolo wusste, es war jetzt nicht der richtige Zeitpunkt, um über seine eigenen Emotionen zu sprechen. Seine Familie erwartete einen genauen Bericht, und er hatte sich auf der Reise ganz genau überlegt, wie er diesen interessant und unterhaltsam machen konnte.

»Nun spann uns nicht länger auf die Folter, mein Sohn«, forderte der Conte und machte es sich in seinem Sessel bequem. Er konnte – was niemand für möglich gehalten hatte – wieder gehen, doch jeder Schritt bereitete ihm Schmerzen, denn die Brüche waren bei Weitem nicht ausgeheilt. Er würde noch lange Schienen und Krücken brauchen, doch er trug sein Schicksal mit Fassung, dankbar, dass seine Füße ihm überhaupt noch gehorchten. Seine Gemahlin hatte es sich ihm zur Seite auf einem großen, gobelinbezogenen Kissen bequem gemacht, Carlo saß an der Tafel und naschte Zuckerzeug. Das also war Paolos Bühne, und er genoss die Spannung, die sich bei seinen Zuhörern aufbaute. Und er berichtete. Von den Erlebnissen im Hause di Naninis, von Florenz und den Eindrücken, die er in den Gesprächen mit Giuliano de' Medici bekommen hatte, von seinen Zweifeln an Fabrizios Geschichte und – natürlich – von seinem Antrag an Bella. Voll Stolz erzählte er, dass der Principe eingewilligt habe und die Vermählung für den Sommer festgesetzt worden sei. Paolos Augen funkelten, seine Wangen waren gerötet. Erregt griff er nach einem der schweren Weinpokale und nahm einen tiefen Schluck. Dass sein Vater aschfahl geworden war, bemerkte er nicht.

»Ich bin stolz auf dich, mein Sohn«, sagte Ascanio nach einer Pause mit feierlicher Stimme. »Es war richtig von dir, diese Allianz einzugehen. Verzeih mir, dass ich so starrköpfig war. Du hast umsichtig gehandelt, und ich weiß nun ganz sicher, du wirst ein guter Conte sein.«

Er drückte Donatas Hand, dann fuhr er fort:

»Mir geht es wieder besser, und ich fühle mich gesund genug, um als Conte zu herrschen, aber das will ich nicht. Nicht mehr allein. Du hast politisches Geschick und klaren Verstand bewiesen, und wir wollen gemeinsam, Seite an Seite regieren – solange es Gott gefällt.«

Paolo wollte etwas erwidern, doch nun war sein Bruder aufgestanden und neben ihn getreten.

»Es ist schön, dich wieder hier zu haben, Paolo«, sagte er ernst, »und du glaubst nicht, wie sehr ich mich auf diesen Tag gefreut habe. Nun kann auch ich meinen Weg gehen, denn für Lucca ist gesorgt.«

Drei Augenpaare blickten ihn fragend an. Carlo lächelte leise.

»Ich habe Paolo dafür gehasst, dass ich mit ihm gegen Florenz ziehen musste, aber ich habe dabei eines gelernt: Ich bin nicht dafür gemacht. Ich will kein Nobile sein, ich will nicht reiten und herrschen und kämpfen und über andere Menschen bestimmen.«

»Was ist das für ein Unsinn, Carlo?« Di Cavalli runzelte die Stirn. »Du willst kein Nobile sein. Was willst du dann sein, mein Sohn?«

Carlo atmete tief durch. Er wusste, die Antwort würde seiner Familie nicht gefallen.

»Ich werde mich den Benediktinern anschließen. In Gaiole gibt es ein Vallombrosanerkloster. Ich habe viel von den Mönchen dort gehört. Dorthin werde ich gehen.«

»Das wirst du nicht, Carlo«, sagte der Conte aufgebracht, »das werde ich nicht zulassen!«

Sein Sohn zuckte gelassen mit den Schultern.

»Ich habe in Eurem und in Paolos Sinne für diesen Hof und für Lucca gesorgt, als Ihr krank wart und mein Bruder nicht hier sein konnte. Doch nun ist Paolo zurück, und ich darf an mich denken.«

»Ich lasse dich einsperren wie einen gemeinen Hühnerdieb«, schimpfte di Cavalli. »Was bildest du dir ein? Unsere Familie ist wohlhabend. Auch der Zweitgeborene kann ein glückliches, freies Leben als Nobile führen. Hier. Bei seiner Familie.«

Carlo hob beschwörend die Hände. Es war ihm klar gewesen, dass sein Vater mit Unverständnis reagieren würde. Wenn ein Sohn aus edler Familie ins Kloster ging, dann nur, weil die Familie verarmt war oder der Bursche etwas ausgefressen hatte und dem weltlichen Gericht entzogen werden sollte.

Ascanio war immer noch wütend. Er stampfte mit seiner Krücke auf und schüttelte den Kopf.

»Dafür hat deine Mutter dich nicht geboren«, sagte er leise. »Die Geburt hat sie geschwächt, das Fieber aus dem Sumpf hatte leichtes Spiel. Ich habe sie geliebt, Carlo. Und das ist der Dank?«

Erschrocken blickte die Contessa ihren Gemahl an. In ihrer Gegenwart hatte er noch nie ein Wort über die Gefühle zu seiner ersten Frau verloren. Für einen Moment war es still im Saal, dann ergriff Paolo das Wort. Er legte den Arm um den Bruder und zog ihn an sich.

»Überleg es dir noch einmal«, versuchte er ihn umzustimmen, »du kannst auch Nobile sein, ohne zu kämpfen – wenn das dein Wunsch ist. Ich werde dich nie wieder zwingen, mich auf das Schlachtfeld zu begleiten, das schwöre ich dir.«

Carlo sah seinen Bruder nachdenklich an und nickte. Es war sinnlos. Hier verstand ihn niemand. Er würde irgendwann sein Bündel schnüren und verschwinden, wie ein Dieb in der Nacht.

Donna Donata war froh, dass sich die Aufmerksamkeit Ascanios in diesem Moment auf seine Söhne richtete. Sie konnte es kaum erwarten, wieder in ihrem Gemach zu sein. Bald sollte sie also ihre Tochter wiedersehen, mehr als das, sie würde hier bei ihnen leben – als Paolos Frau. Sind die Wege des Herrn nicht unergründlich, dachte sie, immer noch bemüht, sich ihre Erregung nicht anmerken zu lassen. Ihr Gemahl wusste über Bella Bescheid – trotzdem oder gerade deshalb hatte er geschwiegen, als Paolo stolz von seinem Antrag berichtete. War sie ihm inzwischen gleichgültig? Die Contessa schüttelte in sich gekehrt den Kopf. Da drangen Wortfetzen an ihr Ohr, ließen sie zusammenschrecken. Der Streit zwischen Ascanio und Carlo war wieder aufgeflammt, doch sie nahm nur die Stimmen der beiden Männer wahr, was sie sagten, vermochte ihr aufgeregter Geist nicht zu begreifen. Endlich war es still. Sie blickte sich um; die beiden Streithähne atmeten heftig, Paolo stand wie unbeteiligt daneben.

»Ich möchte mich zurückziehen«, sagte sie so unbefangen wie möglich, »schließlich feiern wir heute das Fest deiner Wiederkehr, Paolo.«

Sie bedachte den älteren Sohn des Conte mit einem Lächeln. Er nickte ihr zu, irgendwie abwesend.

Donata wartete ab, ob Ascanio etwas erwidern würde, dann erhob sie sich und ging, obgleich sie am liebsten gelaufen wäre, ruhigen Schrittes hinaus.

»Warum dieses Mädchen?«, fragte Ascanio unvermittelt. »Sie ist einfachen Standes.«

»Sie macht mich glücklich, wenn ich sie nur ansehe«, entgegnete Paolo und bemühte sich, nicht wie ein verliebter Gockel zu klingen. Sein Vater machte eine unwirsche Handbewegung.

»Und wenn du es nicht glaubst, Sohn, ich weiß, was es heißt zu lieben. Und was es heißt, einen Verlust zu erleiden. Aber ich dachte, du hättest in den letzten Wochen gelernt, wie ein Conte zu denken. Nicht nur im Kampf. Die Ehe ist auch eine Allianz. Vergiss die Kleine und nimm dir eine Frau aus dem Hause Medici. Soweit ich weiß, haben die den Stall voll mit Weibern.«

»Verzeiht, Vater, aber die Medici sind auch keine Nobili.«
Paolo sah seinen Vater provozierend an.

»Ich habe Nein gesagt«, schrie der Conte, »Nein zum Kloster und Nein zu dieser Verbindung. Nein und Nein und nochmals Nein. Und nun geht mir aus den Augen, alle beide!«

Betreten schlichen die Brüder davon. Jedes weitere Wort war überflüssig, wenn ihr Vater so wütend war.

»Komm«, sagte Paolo zu seinem Bruder, als sie die Halle des Palazzo erreicht hatten, »lass uns nach den Pferden sehen. Welches willst du eigentlich mitnehmen nach Gaiole?«

Carlo blickte seinen Bruder überrascht an. Dann lächelte er. Er hatte sich in Paolo doch nicht getäuscht; er konnte sich wie immer auf den Älteren verlassen.

Die Nachricht, dass der neue Stadtvogt in Grosseto angekommen war, verbreitete sich wie ein Lauffeuer in dem Städtchen. Neugierig betrachteten die Einwohner den schwer beladenen Wagen mit den beiden Reisenden, manche grüßten oder verneigten sich. Umberto selbst war überrascht von der Lebendigkeit, die hier herrschte, besonders von dem bunten Treiben auf dem Marktplatz. Er ließ sich von Nwuma bei der Kirche absetzen und verabredete sich mit ihm in der Schenke. Wie er von dem Nubier erfahren hatte, zählte der Prete zu den Menschen hier, die stets über die neuesten Informationen verfügten. Zudem machte ihn das Beichtgeheimnis zu einem vertrauenswürdigen Gesprächspartner.

Für einen kurzen Moment sammelte er sich, dann griff er entschlossen nach der schweren Türklinke und trat in das Gotteshaus ein. Er war schon lange nicht mehr in einer Kirche gewesen, und er konnte nicht von sich behaupten, dass er diese Besuche vermisst hätte. Doch das würde nun anders werden, und er würde seine Einstellung zu Klerus und Kirchgang ändern. Als Vogt musste er mit gutem Beispiel vorangehen und den Bürgern Grossetos zeigen, dass es nicht nur Lumpen gab, die dieses Amt bekleideten. Langsam schritt er durch den Mittelgang und wandte sich dann nach links zum Seitenaltar. Die Darstellung der Verkündigungsszene zog ihn in seinen Bann. Der Engel, der Maria die frohe Nachricht überbrachte, hatte riesige, weit ausladende Schwingen, die sich über das Altarbild hinaus in den Raum hinein auszubreiten schienen. Etwas Verstörendes war an diesem Engel, aber Umberto wusste nicht zu sagen, was es war. Er schloss die Augen und wollte beten, da spürte er eine Hand an seiner Schulter. Erschrocken blickte er auf. Es war der Pfarrer.

»Ich will Euch nicht stören, mein Sohn.« Der Prete sprach sehr leise. »Wir müssen uns unterhalten. Aber nicht heute. Kommt zu mir, wenn der Markt wieder abgebaut ist.«

Er machte das Segenszeichen über Umberto, dann war er auch schon in der Sakristei verschwunden.

Der neue Stadtvogt wunderte sich. So hatte er sich die erste Begegnung mit dem Kirchenmann nicht vorgestellt, aber es sollte ihm recht sein. Er hatte in den kommenden Tagen genug zu tun. Gedankenversunken machte er sich auf den Weg zur Schenke, wo Nwuma ihn bereits erwartete. Der dickleibige Wirt stand in Begleitung seines Weibes und der Schankmagd an der Tür, um ihn persönlich willkommen zu heißen. Umberto ließ die Begrüßung wohlwollend über sich ergehen, sprach ein paar verbindliche Worte und gesellte sich dann zu dem Nubier. Sofort war Mario bei ihm und tischte auf, was Küche und Keller zu bieten hatten.

Der Vogt, obwohl gute Speisen gewöhnt, war angenehm überrascht. Hier schien es sich leben zu lassen, und das war wichtig, denn er würde für die nächsten Tage oder Wochen in der Schenke wohnen, bis er ein eigenes Haus gefunden hatte. Doch wie zu allen anderen Dingen, hatte der Wirt auch hierzu eine eigene Meinung. Er setzte sich neben Umberto auf die Bank und rückte dicht an ihn heran.

»Martinis Haus gehörte einmal zum Grundbesitz der heiligen Mutter Kirche«, fing er an, und dabei sah er sich um, als sei das Folgende außerordentlich vertraulich, »aber der liebe Verstorbene hat es irgendwann gekauft, und nun wohnt seine arme Schwester ganz allein darin. Vielleicht könnt Ihr es Francesca abkaufen. Wie ich sie kenne, hängt sie so wenig daran wie an ihrem Bruder.«

Er lächelte Umberto aufmunternd zu und stand mit einem Seufzer auf. Als er an einem anderen Tisch ins Gespräch vertieft war, sagte Nwuma wie beiläufig:

»Ein unangenehmer Mann. Und einer von Martinis kleinen Spießgesellen, da bin ich mir sicher.«

Der neue Stadtvogt beobachtete den Wirt eine Weile schweigend, dann sagte er leise:

»Ja, aber die Idee mit dem Haus ist nicht schlecht. Wir sollten sie in den nächsten Tagen besuchen.«

»Besuchen? Du willst uns besuchen, Vogt? Immerzu!«

Die Stimme, laut wie Donnerhall, gehörte zu Hector. Er begrüßte Nwuma und Umberto herzlich und setzte sich dann zu den beiden an den Tisch.

»Ich wünsche dir von Herzen Glück, Vogt«, sagte er ernst und hob seinen Becher. »Und ich wünsche meinem Volk und mir, dass wir es unter deiner Herrschaft besser treffen werden als in der Zeit Martinis. Soll er in der Hölle verrotten, der Hundesohn.«

Umberto nickte. Er wusste, was Hectors Familie erlitten hatte – Nwuma hatte ihm von den Erpressungen und von

Jolandes Tod berichtet –, und so etwas durfte es nie wieder geben in Grosseto. Weder für die Gaukler noch für die Bürger der Stadt.

»Was wirst du nun tun? Wie gehst du das alles hier an?«, wollte der Anführer der Zigeuner wissen und nahm sich reichlich von den wohlschmeckenden Speisen, die vor ihm standen. Umberto sah ihn prüfend an, dann begann er zu erzählen. Davon, dass er die Meister der Zünfte zu sich bitten werde, die Bauern, die Butteri. Von ihnen allen wolle er erfahren, wie sie lebten, was gut und was schlecht an ihrem Leben war. Und dann werde er versuchen, wo nötig, Verbesserungen einzuführen. Hector war sichtlich beeindruckt, ebenso wie sein schwarzer Freund.

»Woher weißt du das alles?«, fragte er, und Bewunderung lag in seiner Stimme. Er war ein guter Anführer und lenkte seine Sippe mit Geschick und Erfahrung, aber er hatte auch Größe genug, um bei anderen Menschen eine Stärke zu bewundern.

»Vergiss nicht, Hector, ich war lange Jahre der wichtigste Ratgeber meines Fürsten. Was ich weiß, weiß ich durch ihn. Er ist mein Lehrer.«

Der Zigeuner nickte. Das war einleuchtend. Nach einem letzten Griff in die Fleischschüssel stand er auf und zog sein Wams zurecht. Dann warf er sich seinen schweren Umhang um die Schultern und hob die Hand zum Gruß.

»Und nicht vergessen, Vogt: Du bist bei uns jederzeit herzlich willkommen.«

Mit diesen Worten stapfte er hinaus. Hinter ihm begannen die Gäste zu tuscheln, dann schwollen ihre Stimmen zu Schimpftiraden an. Hector grinste. Nun wussten alle, dass sich der neue Vogt mit den Zigeunern verstand. Und genau das hatte er auch bezwecken wollen.

Francesca war dem Rummel der Markttage ferngeblieben. Seit dem Tod ihres Bruders hatte sie noch weniger Kontakt zu den Bewohnern Grossetos als zu seinen Lebzeiten, aber das machte ihr nichts aus. Ein paar Bürger hatten ihr einen Trauerbesuch abgestattet, und danach hatte sie niemanden aus dem Städtchen mehr zu Gesicht bekommen. Sie war etwas verwundert, als Mario am Abend vor ihrer Tür stand und ihr dringend etwas zu erzählen hatte. Sie kannte den Wirt gut genug, um zu wissen, dass er nichts aus Nächstenliebe tat, sondern nur, wenn es Aussicht auf einen kleinen Geldregen gab. Entsprechend nüchtern fiel die Begrüßung aus. Doch Mario ließ sich nicht abwimmeln und bat um Gehör.

»Also, du meinst, der neue Vogt will das Haus hier kaufen?« Francescas Mäuseaugen blickten den Wirt abschätzend an. Sie verzog unwillig den Mund und schenkte ihrem Besucher etwas Wein ein. »Von mir aus. Wenn der Preis gut ist – Pietro hat damals eine Menge Silberlinge für das Haus gegeben.«

»Wirklich?«

Mario grinste, aber es war ein böses Grinsen. Martinis Schwester zog sich unwillkürlich ihren Schal fester um die Schultern. Also hatte er doch eine Gemeinheit im Sinn. Er war genauso verderbt, wie ihr Bruder es gewesen war.

»Wirklich was?«, fragte sie unschuldig und knabberte etwas von dem Brot, das vor ihr lag.

Sie sieht nicht nur aus wie eine Maus, sie isst auch so, ging es Mario durch den Kopf, doch dann besann er sich und sagte:

»Wir alle kennen den Preis und Pietros Absicht, das Haus zu kaufen. Aber soweit ich weiß, ist niemals ein Scudo an die Kirche gegangen. Zumindest gibt es keinen Vertrag.«

Francesca schüttelte energisch den Kopf. Das stimmte nicht, was Mario da sagte.

»Mein Bruder mag viele Fehler gehabt haben, Wirt, aber Recht muss Recht bleiben. Ich selbst habe den Vertrag gesehen.«

»Das heißt aber nicht, dass es ihn noch gibt. Oder dass der Prete sich daran erinnern kann, ihn zu seinem Bischof geschickt zu haben. Lass mich überlegen … ich denke, für die Hälfte des Kaufpreises könnte ich mich erinnern. Und der Pfarrer auch.«

Wieder grinste er bösartig. Francesca musste sich beherrschen, um ihn nicht auf der Stelle hinauszuwerfen. Doch sie war sich ihrer Lage bewusst und versuchte auf Zeit zu spielen.

»Und wenn ich nicht will?«, fragte sie ruhig. Mario betrachtete sie von oben bis unten und verzog das Gesicht, als hätte er in einen faulen Apfel gebissen.

»Sagen wir mal so, liebe Francesca, wenn es den Vertrag gibt, bekomme ich die Hälfte vom Kuchen. Wenn es keinen Vertrag gibt, sitzt du morgen auf den Kirchenstufen und musst um Suppe betteln. Weil dir gar nichts gehört. Also: Ich bin dafür, der Vertrag findet sich irgendwo. Was meinst du?«

Er schob seinen dicken Bauch nach vorn und stand unter Mühen auf. Francesca zitterte vor Zorn. Mario klopfte zum Gruß auf den Tisch und wandte sich wortlos zur Tür. Francesca sah ihm nach. In ihrem Kopf arbeitete es. Erst der Fremde, der sie erpresste, und jetzt der Wirt. Das alles musste aufhören, und zwar schnell. Sie würde sich dem neuen Vogt anvertrauen.

Carlo hatte nur das Nötigste mitgenommen für seine Reise. Er würde das Pferd, sobald er in Gaiole angekommen war, zum Hof seines Vaters zurückschicken mit all seiner irdischen Habe. Es war schwer zu sagen, wie der Conte auf seine Flucht – denn das war es – reagieren würde. Carlo horchte, brachte sein Pferd zum Stehen. Nichts. Er atmete auf. Seitdem er die Stallungen des Palazzo hinter sich gelassen hatte, spürte er Unruhe in sich. Ob das sein schlechtes Gewissen war? Oder saßen vielleicht doch die Häscher des Grafen zwischen den Bäumen und warteten auf eine günstige Gelegenheit, um ihn zu schnappen und zurückzubringen?

Er kniff die Augen zusammen und versuchte, diese Gedanken loszuwerden. Die Sonne würde bald aufgehen, und er hatte bereits einen guten Teil der Strecke geschafft. Sobald es hell war, würde er Rast machen.

Carlo atmete die klare Winterluft ein und blickte sich um. Sanft rundeten sich die Hügel der toskanischen Landschaft vor ihm; die zarte weiße Schneedecke betonte ihre Formen. Wie ein schönes, wohlgeformtes Weib, ging es ihm plötzlich durch den Kopf. Erstaunt über seine Gedanken schüttelte er den Kopf. Solange er denken konnte, hatte nie ein Mädchen sein Herz berührt; er war noch nie verliebt gewesen. Er mochte Frauen, aber er hatte noch nie das Begehren gespürt, von dem Paolo so oft gesprochen hatte, dieses Verlangen nach Nähe und Zärtlichkeit, dem Rausch von Küssen und Umarmungen. Nein, er war sich sicher, er würde es auch in Zukunft nicht vermissen. Sein Platz war bei den Brüdern in Gaiole, und er würde sein Leben als Mönch und Weinbauer beschließen.

»Du hast ihm also geholfen!«

Ascanio di Cavalli schäumte vor Wut. Paolo stand vor ihm am Kamin und erwiderte nichts. Ungeduldig stampfte der Conte mit seiner Krücke auf den Boden.

»So sag endlich, wann ist er fortgeritten?«

»Gestern Abend, nach dem Nachtmahl«, antwortete Paolo leise. Das stimmte nicht. Carlo war erst gegen Mitternacht aufgebrochen. Aber wenn der Conte erfuhr, dass der Vorsprung so gering war, würde er vielleicht doch ein paar Diener hinter ihm herschicken. Paolo sah seinen Vater an. Der schien zu überlegen, was nun zu tun sei. Ascanio schwieg lange. Schließlich sagte er:

»So sei es. Mein Sohn Carlo ist tot. Nun habe ich nur noch dich, Paolo. Enttäusche mich nicht.«

Der junge Conte spürte die Verbitterung seines Vaters in diesen harten Worten. Er ging zu seinem Sessel und kniete sich neben ihn, nahm Ascanios Hand.

»Er geht seinen Weg, Vater. Wie jeder von uns.«

»Nein«, brüllte der Conte und zog seine Hand zurück, »er ist tot. Verloren für unsere Welt. Ich hasse ihn!«

Tränen liefen über seine Wangen, er zitterte am ganzen Körper. Die Tür flog auf; Mahmut kam herbeigelaufen und setzte sich ebenfalls an Ascanios Seite. Seine dunklen Augen funkelten. Paolo wandte sich ab. Dieser Araber war ein lebendiger Schatten seines Herrn. Wenn Vater ihm gebieten würde, sich selbst zu verbrennen, so würde er wohl auch das tun, überlegte er angewidert und ging zur Tür. Der Conte schluchzte immer noch; Mahmut hielt ihn wie eine Mutter im Arm und wiegte ihn hin und her. Als sich die Blicke der Männer trafen, lag nur Verachtung füreinander darin.

Du bist der Erste, den ich hier vom Hof jage, wenn ich die Macht dazu habe, dachte Paolo und schloss die Tür hinter sich. Er würde jetzt zu Donna Donata gehen. Das würde ihn auf andere Gedanken bringen. Vielleicht fiel ihr etwas ein, wie man seinen Vater trösten könnte. Carlo hatte versprochen, sich zu melden, wenn er im Kloster angekommen war. Paolo dachte in tiefer Verbundenheit an seinen jüngeren Bruder. Wie mutig von ihm, sich gegen den Willen des Vaters für einen solchen Lebensweg zu entscheiden. In den langen Gesprächen, die sie seit seiner Rückkehr miteinander geführt hatten, war klar geworden, dass es keine Laune, sondern der Herzenswunsch eines jungen Mannes war. So wie es mein größter Wunsch ist, Magdalena für mich zu gewinnen, dachte er und lächelte wehmütig. Er vermisste ihre Fröhlichkeit und den strahlenden Blick aus zweifarbigen Augen und … er sehnte sich nach ihrer Umarmung, nach einem liebevollen Kuss. Paolo seufzte und wandte sich der anderen Seite der Galerie zu, wo das Gemach der Contessa lag.

26. KAPITEL

*B*ella streckte beide Arme seitlich aus und versuchte, still stehen zu bleiben, damit der Schneider an ihr Maß nehmen konnte. Der rundliche Mann umtanzte sie mit schnellen kleinen Schritten, unablässig vor sich hin redend. Schließlich hielt er inne und rief seinem Gesellen ein paar Zahlen zu. Vor ihr auf dem Bett lagen einige Ballen mit Seide und leichter Wolle, daneben stapelten sich aufgerollte Spitzenbänder und Schleifen.

Der Fürst hatte ihr nach Umbertos Abreise nicht nur dessen Gemach überlassen, sondern auch die besten Handwerker aus Siena bestellt, um sie mit Gewändern, Schuhen und Wäsche auszustatten. Nachdem sich die beiden Schneider unter Verbeugungen zurückgezogen hatten, ließ sich Bella auf ihr neues Bett fallen und blickte hoch zum dezent bestickten Baldachin. In diesem Gemach war natürlich das Wenigste so prunkvoll gearbeitet wie in den Räumen der Nobili, aber auch hier hatte man Seide und edle Hölzer verarbeitet, und die Laken und Kissen waren wie beim Fürsten aus feinem Leinen. Sie schloss die Augen und strich über den zarten Stoff, erfühlte die aufgestickten Ornamente. Eigentlich sollte ich glücklich sein, dachte sie. Der Principe hatte Bella wirklich zu seinem Ratgeber ernannt und ehrte ihren neuen Stand mit kostbarer Kleidung und einem eigenen großen Zimmer. Bruder Angelo durfte sie ab sofort hier, in ihrem Gemach, unterrichten, und der Fürst hatte seinem Wunsch Ausdruck verliehen, der Mönch möge den Schwerpunkt der Studien künftig auf Geschichte und Mathematik legen.

Bella stand auf und ging zu dem Tisch, der sich in der Mitte des Raumes befand. Sie nahm Feder und Tinte und strich zärtlich über das Papier, als sie es vor sich ausbreitete. Sie würde damit beginnen, ihre Rezepturen aufzuschreiben, und zwar von der ersten an. Dann hatte sie den Kopf frei für andere Dinge. Bella dachte an ihre Kindheit in der Küche bei Gianni und Rocco, an die glänzenden Kalmare, den gefüllten Schwan, die raffinierten Soßen. Rosenwasser ... In Erinnerung an ihren Trotz dem Küchenmeister gegenüber musste sie lächeln. Wenn er mich so sehen könnte, überlegte sie, und eine Woge der Zärtlichkeit durchströmte sie, er wäre stolz auf mich ... Als es an der Tür klopfte, sah sie kurz hoch, hörte aber nicht auf zu schreiben. Es war Massimo. Verlegen trat er von einem Fuß auf den anderen. Die Situation schien ihm peinlich zu sein.

»Wenn man dich so sieht, denkt man, du hättest schon immer mit Feder und Tinte geschrieben«, sagte er nachdenklich. Bella stand auf und trat ihm entgegen.

»Wichtig ist doch nur – ich bin Magdalena, die Köchin, und das werde ich auch bleiben. Und nun sag mir: Was willst du hier um diese Zeit? Bruder Angelo kommt gleich, und du weißt, wie streng er ist.«

Sie grinste, und Massimo grinste zurück. Dann betrat er mit vorsichtigen Schritten den Raum und überreichte ihr einen Brief.

»Von Nwuma«, sagte er auf ihren fragenden Blick hin. Bella nahm das Schreiben und brach verwundert das Siegel auf.

»Ich wusste gar nicht, dass der Nubier schreiben kann«,

versuchte Massimo die Verlegenheit, die er bei Bella spürte, zu überspielen. Doch sie hörte ihm gar nicht richtig zu, sondern las die Zeilen wieder und wieder.

»Ich glaube, es gibt einiges bei Nwuma, von dem wir nichts wissen«, sagte sie schließlich und steckte den Brief in ihre Schürze. Im nächsten Moment erschien auch schon der Mönch in der offenen Tür, und der Koch empfahl sich mit einer Verbeugung.

Bella war schwindelig. So anstrengend hatte sie sich den Unterricht nicht vorgestellt. Wenn sie angenommen hatte, mit Schreiben und Lesen sei alles getan, so war das ein Irrtum gewesen. Bruder Angelo hatte sein Tempo um ein Vielfaches erhöht – zumindest schien es ihr so. Wahrscheinlich klingeln seinem Abt die vielen Silberlinge in den Ohren, dachte sie und war schon wieder nicht bei der Sache. Der Mönch bemerkte es sofort.

»Du kannst von Glück reden, dass du eine junge Frau bist, Magdalena«, sagte er streng und verschränkte die Hände hinter seinen breiten Hüften, »wärst du ein Knabe, hätte ich dir schon das eine oder andere Mal eine Schelle versetzt, glaub mir.«

Bella sah ihn neugierig an; warum war Bruder Angelo auf einmal so ehrgeizig? Sie klappte behutsam das Buch zu, das vor ihr lag, und sah ihn offen an.

»Es geht alles so schnell, Vater. Seitdem Umberto nicht mehr hier ist, soll ich alles drei- und viermal so schnell lernen. Mir brummt der Kopf, glaubt mir!«

Sie lächelte und legte den Kopf etwas schief. Der Mönch wich ihrem Blick aus und räusperte sich. Dann sagte er in freundlicherem Ton:

»Als Umberto noch bei uns war, hatte der Fürst in ihm

einen bewährten Ratgeber, der über großes Wissen verfügte, auch wenn er sich das nicht anmerken ließ. Umberto ist ein hochgebildeter Mann, Magdalena. Doch nun erfüllt er andere Aufgaben für Siena, und du musst so schnell und so viel lernen wie möglich, damit du ihn wenigstens zu einem Teil ersetzen kannst. Verstehst du mich?«

Bella nickte. Sie hatte die Verantwortung ihres neuen Standes unterschätzt. Nun zog sie ihre Brauen zusammen und sagte feierlich:

»Ich habe verstanden, Vater. Ich werde die beste Schülerin sein, die Ihr je hattet.«

Das ist keine Kunst, dachte der Mönch amüsiert, du bist das erste und einzige Weib, dem ich all das beibringe. Laut sagte er nur:

»Wo waren wir stehen geblieben?«

Für Fabrizio war es nicht leicht, sich am Hofe in Ascarello wieder einzuleben. Er trug das Unvermögen, sein Verschwinden zu erklären, wie eine schwere Last mit sich herum. Besonders schmerzlich empfand er das Misstrauen seiner Frau. Obwohl ihn die Fähigkeiten des Mädchens mit den Mandelaugen zu höchster Wonne gebracht hatten, wusste er genau, dass sein Platz hier in Ascarello war. Er schämte sich, dass er die Drogen, die sie ihm unverhohlen verabreicht hatte, so lange und so willfährig genossen und nicht den kleinsten Fluchtversuch unternommen hatte.

Er betrachtete Cassandra, wie sie neben ihm lag und schlief. Ihre Brüste, schon immer von imposanter Größe, hatten sich fast verdoppelt, schien es ihm, und ihr Leib war so angeschwollen, als trüge sie nicht eines, sondern ein Dutzend Kinder in sich. Vorsichtig legte er seine Hand auf ihren Bauch. Da war sie wieder, eine kleine Bewegung, zart wie ein Kuss. Mein Sohn, dachte er stolz, noch wenige Wochen und ich werde ihn in meinen Armen halten. Cassandra murmelte etwas im Schlaf und drehte sich von ihm weg; Fabrizio war noch nicht müde. Er schlug die Decke zur Seite und griff nach seinem Umhang. Er würde der Küche einen kleinen Besuch abstatten. Vielleicht traf er Massimo dort. Sie beide hatten sich seit seiner Rückkehr noch kein einziges Mal vertraulich gesprochen. Leise schlüpfte er in seine Schuhe und verließ das Schlafgemach.

Der junge Fürst hatte einen guten Zeitpunkt gewählt, denn der Koch war noch bei der Arbeit und bereitete einige Speisen für den nächsten Tag vor. Als er erkannte, dass Fabrizios Besuch privater Natur war, grinste er und ließ sein Arbeitszeug sinken. Er wies mit dem Kinn zur Tür, die in den Weinkeller führte, und ging wortlos voraus. Erst hier unten, im Schutz der Fässer und Krüge, umarmte er seinen jungen Herrn und goss ihnen beiden etwas Wein ein. Die beiden Männer tranken schweigend. Schließlich fragte Fabrizio:

»Bist du glücklich?«

Der Koch kratzte sich wie immer, wenn er verlegen wurde, den kahlen Schädel. Ja, er war glücklich mit seinem Weib und der Horde an kleinen hungrigen Mäulern, die ihn jeden Tag zum Lachen brachten. Er nickte und fragte zurück:

»Und Ihr, Herr?«

Der junge Fürst lächelte gequält.

»Meine unehrenhafte Gefangenschaft und die Tatsache, dass ich nichts zu meiner Entlastung sagen kann, nagen an mir, Freund.«

Massimo legte ihm die Hand auf die Schulter.

»Aber Ihr werdet bald Vater sein. Das ist wunderschön.«

Jetzt lächelte Fabrizio.

»Ich habe meinen Sohn schon gespürt. Er schlägt im Bauch seiner Mutter Purzelbäume, am liebsten zur Nachtzeit.« Er hielt dem Koch seinen Becher hin und ließ sich Wein nachschenken. »Aber er wird ein halber Medici sein, und ich weiß nicht, ob mir das gefällt. Die versuchte Vergiftung meines Vaters geht auf diese Rattenplage zurück, da bin ich mir sicher. Stell dir nur vor, er könnte auch so verderbt sein, und eines Tages sterbe ich an vergiftetem Zuckerzeug.«

Fabrizio leerte seinen Becher in einem Zug. Seine Kiefer mahlten. Erschrocken bemerkte der Koch, wie aufgebracht sein Herr auf einmal war.

»Solange ich hier der Koch bin, wird keine fremde Speise mehr an die Tafel gebracht, das schwöre ich Euch«, versuchte er ihn zu beruhigen. Die Antwort des Nobile war mehr ein Knurren.

»Du hättest es erleben sollen, Koch. Diese Medici sind hoffärtig und eitel, und sie sind stolz darauf, nicht zum Adel zu gehören. Sie wissen um ihre Macht und dass sie wohlhabender sind als viele von unserem Stande.« Er ballte die Fäuste. »Und es bereitet ihnen Vergnügen, uns das spüren zu lassen. Frag Paolo di Cavalli. Er wird dir das Gleiche erzählen.«

Massimo schüttelte den Kopf. Was sollte er dazu sagen. Abgesehen davon, dass er nicht über die Bildung verfügte, um etwas Gescheites zu erwidern, es war ganz einfach gefährlich, frei seine Meinung zu äußern.

»Vielleicht sollten wir jetzt zu Bett gehen«, erwiderte er leise und stand auf. Fabrizio schaute ihn an; in seinen Augen standen Enttäuschung und Traurigkeit. Als er wenig später wieder neben Cassandra lag, fühlte er sich genauso unverstanden wie vor seinem Gespräch mit Massimo. Zuerst war er zornig auf den Koch. Hatte er ihm nicht folgen können oder nicht folgen wollen? Fabrizio dachte nach. Die Zeiten waren andere geworden; sie beide hatten sich verändert, und jeder von ihnen war mit seinem eigenen Leben beschäftigt. Wir sind keine Freunde mehr, dachte er erschüttert. Sein Vater fiel ihm ein. Hatte er Freunde? Umberto war ein Ratgeber gewesen, kein Freund. Oder vielleicht doch? Unruhig wälzte sich Fabrizio hin und her. Nein, sein Vater war einsam, da war er sich sicher. So möchte ich nicht leben, überlegte er, niemals.

In Grosseto herrschte wieder Ruhe. Die Händler hatten ihre Stände abgebaut, die Girlanden und Fahnen waren abgehängt. Umberto richtete den breiten, mit Gold und Horn verzierten Gürtel, dann legte er seinen Umhang an. In den letzten Tagen hatte er viel erlebt, viele Menschen kennengelernt. Wirtschaftlich betrachtet ging es – soweit er es nach so kurzer Zeit zu beurteilen vermochte – nicht schlecht, aber die Bürger des Städtchens kamen ihm nur scheu und verhalten entgegen. Sie werden mit Martini so ihre Erfahrungen gemacht haben, überlegte er, dann trat er in den trüben Januarmorgen hinaus. Ein Blick in den Himmel ließ ihn aufseufzen. Schneewolken, eine so dicht und schwer wie die andere, hingen über den Dächern, und da war kein einziges noch so kleines Lüftchen, um sie zu vertreiben und der Sonne Platz zu machen. Nun, dann eben schlechtes Wetter. Er nahm es gelassen und machte sich auf den Weg zur Kirche. Der Prete hatte ihn gebeten, ihn nach der Morgenandacht aufzusuchen.

Als Umberto die Kirche betrat, fühlte er sich irgendwie unter Beobachtung, doch außer ihm und ein paar alten, klagenden Weibern konnte er niemanden entdecken. Wie beim ersten Besuch des Gotteshauses zog es ihn zum Seitenaltar. Er würde hier auf den Pfarrer warten und die mächtigen Schwingen des Verkündigungsengels bewundern. Lange konnte er jedoch nicht hinsehen, der Engel drohte sonst aus dem Altarbild herauszusteigen. Umberto kniff die Augen zusammen und versuchte weiterhin, das Geheimnis der Flügel zu lüften, als er die schnellen kurzen Schritte des Pfarrers vernahm. Sie klangen dumpf auf dem matten Steinboden. Wie schon bei ihrem ersten Aufeinandertreffen war der Geistliche anscheinend sehr aufgeregt, denn seine Hände bewegten sich ständig, und er trat von einem Bein aufs andere.

»Was ist nur mit diesem Engel«, wollte der Vogt nach einer kurzen Begrüßung wissen, »die Schwingen kommen direkt auf mich zu, wenn ich ihn länger betrachte, und ich meine fast, den Luftzug der Federn zu spüren.«

Er deutete fasziniert auf das Bild. Der Prete nickte heftig und bekam zu Umbertos Überraschung einen ganz weltlichen Gesichtsausdruck. Das Mildtätige war gewichen; er sah aus wie ein kluger Mann, der weiß, was er will.

»Ihr seid der erste Mensch, der mich darauf anspricht«, sagte er mit leuchtenden Augen, »ein Künstler aus Florenz hat es gemalt, vor zwei Jahren erst. Seht Ihr, das Haus? Das Fenster, an dem Maria sitzt?« Er reckte sich, um Umberto die Details zu zeigen. »Perspektive.«

Der Vogt sah den Geistlichen stumm an. Der Pfarrer versuchte es noch einmal.

»In der traditionellen Malerei gibt es eine versteckte Symbolsprache. Die erhobene Hand, die Lilie, die Art der Landschaft. Die Größe der Abbildung eines Hauses oder einer Blume hängt von ihrer Bedeutung ab. Doch hier«, er machte eine umfangende Geste, »bediente sich der Künstler eines völlig neuen Stilmittels: Er malte so, wie unsere Augen sehen.«

Umberto sagte immer noch nichts. Der Prete seufzte.

»Ein Haus ist für gewöhnlich größer als ein Mensch«, erklärte er, »aber wenn das Haus auf der Sichtachse viel weiter hinter dem Menschen liegt, erscheint es kleiner als der Mensch. Habe ich Recht?«

Der Vogt nickte.

»So. Das ist Perspektive. Und das hat der Künstler hier angewendet, in einer radikalen Form. Die Schwingen sehen aus, wie dein Auge sie bei einem Vogel sieht. Sie wirken plastisch, als könntest du sie greifen.«

»Wer ist der Künstler?«

»Ein alter Kauz. Malt und erfindet und reist in der Weltgeschichte herum. Leonardo ist sein Name, aus der Gegend von Vinci.«

Umberto nickte. Von diesem Mann hatte er schon gehört. Man sagte ihm einige Schrullen nach, etwa, dass er in Spiegelschrift schreiben würde, und es gab Stimmen, die bezichtigten ihn, Leichen aufgeschnitten und gezeichnet zu haben. Doch das waren nur Gerüchte.

»Wo hält er sich jetzt auf? In Florenz?«

Der Pfarrer nahm vor Umberto Haltung an. Nun trug er wieder sein mildtätiges Unschuldsgesicht. Er faltete die Hände vor dem Bauch und sagte leise:

»Mein Sohn, ich merke mit Sorge, dass du kein Kirchgänger bist. Sonst wüsstest du, dass er in Rom ist, im Vatikan. Er steht in den Diensten unseres Papstes.«

Der neue Vogt trug diese Schelte gelassen und erhob sich aus der Kirchenbank. Er nahm einen kleinen samtenen Beutel aus seinem Wams und hielt ihn dem Prete entgegen.

»Für die heilige Mutter Kirche«, sagte er mit Hochachtung in der Stimme, dann legte er den Kopf etwas schief und fragte freundlich: »Ihr wolltet mich sprechen, Vater. Was kann ich für Euch tun?«

Francesca hatte ihr bestes Gewand angelegt. Es war schlicht gearbeitet; allein die gebauschten Ärmel und die zarten Stickereien am Kragen sorgten für etwas Schmuck. Sie war nervös. Der neue Vogt hatte sich zum Besuch angemeldet und war damit ihrem Wunsch, ihn zu sprechen, zuvorgekommen. Sie nestelte an ihrem Rosenkranz herum und versuchte, sich ein wenig zu beruhigen. Und was war, wenn der Vogt mit dem Wirt unter einer Decke steckte? Sie trat an die Feuerstelle und nahm den Kessel vom Haken. Der Eintopf duftete köstlich. Pietro war immer ganz verrückt danach gewesen. Sie dachte an ihren Bruder und bekreuzigte sich. Ja, sie hasste ihn dafür, dass er so viel Schande über sie gebracht hatte. Wenn er Geld besessen hatte – inzwischen glaubte sie nicht mehr so recht daran –, dann hatte sie es noch nicht gefunden, oder es war nicht mehr da. Sie seufzte. Jeden Winkel hatte sie durchsucht, jeden losen Stein umgedreht. Nichts. Als es an der Tür klopfte, schüttelte sie den Kopf, wie um die bösen Gedanken zu vertreiben, und setzte eine freundliche Miene auf. Dann öffnete sie ihrem Gast.

Umberto, noch damit beschäftigt, wovon ihm der Pfarrer gerade erzählt hatte, machte eine kleine Verbeugung und trat ein. Das war also die Schwester des Vogts Martini. Er betrachtete die kleine, unsicher wirkende Frau mit Interesse. Sie hatte ihre besten Jahre hinter sich – falls sie jemals welche gehabt hatte –, und ihr Gesicht war freudlos und flach. Das Einzige, was ihrer Miene Ausdruck verlieh, waren die eng zusammenstehenden nussbraunen Augen. Auf ihren Wink hin legte er seinen Umhang ab und betrat die Küche, in der es köstlich nach Fleisch und Gewürzen duftete. Francesca setzte sich und machte ihm ein Zeichen, es ihr gleichzutun. Eine kleine Pause entstand, in der niemand sprach. Francesca füllte zwei Becher mit Wein und wartete darauf, dass

Umberto das Wort an sie richtete. Als Umberto das spürte, lächelte er, und zu seiner Überraschung bemerkte er, dass ihre Augen für einen Moment aufleuchteten.

»Ich freue mich, hier zu sein«, begann er die Unterhaltung. Francesca sah ihn aufmerksam an.

»Vom Wirt hörte ich, dass du nicht besonders an deinem Haus hängst. Ich interessiere mich dafür, und ich bin bereit, dir einen guten Preis zu zahlen. Was sagst du dazu?«

Er nahm einen Schluck und blickte sie offen an, und Francesca erwiderte seinen Blick ohne Scheu. Sie hatte inzwischen ihre Unsicherheit abgelegt. Irgendetwas sagte ihr, dass sie diesem Mann vertrauen konnte.

»Ich will nicht schlecht über Pietro reden, ich bin seine Schwester. Aber es hat ein böses Ende genommen mit ihm und ja, es stimmt: Ich hänge nicht an diesem Haus. Aber bevor wir über Geld sprechen – erzählt mir von Siena, Vogt.«

Umberto wunderte sich über die Klarheit, die von der Matrone ausging. Für einen Moment musste er an Cassandra denken. Irgendwie waren sich die beiden ähnlich in ihrer Ausstrahlung. Vielleicht, weil beide wissen, wie reizlos sie sind, ging es ihm durch den Sinn, und dass ihnen Koketterie nichts nützt? Er betrachtete Francesca, die aufgestanden war und in einem kupfernen Kessel herumrührte. Sofort verstärkte sich das Kräuteraroma in der Küche, und er atmete tief ein. Ihre Blicke trafen sich.

»Ihr erzählt, und dann essen wir von meinem Eintopf«, sagte sie mit Bestimmtheit, und Umberto glaubte, eine zarte Fröhlichkeit aus ihrer Stimme herauszuhören. Und er begann zu berichten. Wie er schnell feststellte, war Francesca eine gute und interessierte Zuhörerin. Sie kommentierte, fragte nach, zog Schlussfolgerungen. Und so redeten sie weiter. Während des Essens und danach. Umberto erinnerte sich nicht, wann er sich jemals so gut unterhalten hatte. Aber er konnte nicht den ganzen Tag bei dieser Frau sitzen. Die Geschäfte warteten.

»Ich muss gehen, und du hast mir noch keinen Preis genannt«, sagte er und erhob sich. Francescas Augen, die eben noch so lebendig geguckt hatten, drohten zu erlöschen. Einer inneren Regung folgend griff er schnell nach ihrer Hand und drückte sie leicht.

»Wir sollten unser Gespräch ein andermal fortsetzen – wenn du magst«, sagte er leise. Francesca erwiderte den Druck seiner Finger und sagte nur:

»Ja.«

Irgendwie beschwingt machte sich der neue Stadtvogt auf den Weg in die Schenke. Er hatte noch einen weiteren Besuch vor sich. Gegen Abend würde er sich zu Hector und Benedetto gesellen. Doch bis dahin war noch etwas Zeit. Die würde er nutzen, um mit dem Wirt zu sprechen. Mario tat zwar alles, damit es ihm an nichts mangelte, aber Umberto wurde den Verdacht nicht los, dass der Wirt ein äußerst berechnender Mensch war. Francesca dagegen … Umberto kniff die Augen zusammen, um sich zu konzentrieren. Aber es nützte nichts. Seine Gedanken schweiften immer wieder zu Pietros Schwester ab. Sie hat wirklich ein Mäusegesicht, dachte er und lächelte vor sich hin.

27. KAPITEL

*B*ella saß in ihrem Sessel am Kamin und hielt Nwumas Brief fest an die Brust gedrückt. Jeden Abend, bevor sie zu Bett ging, las sie seine Worte, bis die Buchstaben vor ihren Augen zu tanzen begannen. Manchmal, wenn die Sehnsucht zu groß wurde, weinte sie, so auch heute. Sie wusste, es war nicht nur Nwuma, der ihr fehlte. Sie vermisste das Leben, das sie kannte und liebte: die Arbeit in der Küche, das Wirtschaften und Kochen, das Lachen und Zusammensein mit der Dienerschaft. Aber der Fürst hatte bestimmt, dass sie sich zurückzog und stattdessen lernte. Bruder Angelo kam bereits am frühen Morgen, und gleich nach einer kurzen Andacht erteilte er ihr Unterricht. Eine kleine Pause gab es zur Mittagszeit, aber auch nur deshalb, weil der Magen des Mönchs sich dann durch lautes Knurren bemerkbar machte. Danach ging es weiter, Stunde um Stunde. Abends fiel sie erschöpft in die Kissen, träumte von Zahlen und Tieren und fernen Ländern.

Vorsichtig faltete Bella den Brief des schwarzen Mannes zusammen und versteckte ihn in der Truhe neben dem Bett. Hier bewahrte sie ihre kleinen Schätze, zu denen neben dem Brief auch der Silberreif vom Arm Nwumas zählte. Nachdenklich schlug sie die Decke zurück und legte sich hin. Der Januar war fast vorbei; wenn nicht ein Wunder geschähe, würde sie Paolo im Sommer wirklich heiraten müssen. Und dann? Sie versuchte, sich eine Zukunft am Hofe von Lucca vorzustellen, aber vor ihrem inneren Auge entstanden keine Bilder von einem gemeinsamen Leben. Donna Donata fiel ihr ein, aber auch wenn diese Frau sie zur Welt gebracht hatte, wie eine Mutter hatte sie sich bislang nicht verhalten, nicht ein einziges Mal. Paolo hatte ihr doch bestimmt erzählt, wen er da freite ... Nein, sie verstand das alles nicht. Ich kann später darüber nachdenken, dachte sie, dann schlief sie ein.

»Magdalena, schnell.«

Cassandras Zofe stand neben ihrem Lager und hielt ihr ein Talglicht vor das Gesicht. Bella schreckte auf; sie hatte tief geschlafen. Die Dienerin wirkte verzweifelt.

»Donna Cassandra liegt in den Wehen«, sagte sie knapp.

Sofort war Bella hellwach und sprang aus dem Bett. Wenn das Kind jetzt käme, so wäre das Wochen vor der Zeit. Während sie sich von der Zofe in ihre Kleider helfen und einen Zopf flechten ließ, berichtete diese vom genauen Zustand Cassandras. Die Dienerin, nur wenig älter als Bella, tat ihr Möglichstes, um die junge Ratgeberin zufriedenzustellen. Als sie geendet hatte, fing sie an zu schluchzen.

»Sie wird sterben, nicht wahr?«

Bella schüttelte den Kopf und zog die Zofe an sich. Sie spürte, wie sich der Körper der jungen Frau entspannte und das Weinen verebbte. Als sie sich von Bella löste, lächelte sie scheu.

»Lass uns gehen«, sagte Bella und eilte mit der Zofe zum Schlafgemach von Fabrizio und seiner Frau. Als sie eintraten, fanden sie Fabrizio hilflos am Kamin stehend vor. Cassandra lag mit schweißnasser Stirn in den Kissen. Ihr Gesicht, das war im Schein der vielen Kerzen gut zu erkennen, war wachsbleich. Bella wandte sich an die Zofe:

»Kümmere du dich um deinen Herrn, ich sorge für seine Gemahlin.«

Sie setzte sich zu Cassandra, nahm ihre Hand. Die junge Frau lächelte schwach. Selbst jetzt, im Kindbett, ist sie tapfer, dachte Bella. Sie hatte große Hochachtung vor der inneren Stärke dieser Frau.

»In meiner Familie kommen viele Kinder vor der Zeit«, sagte Cassandra leise und stöhnte unter einer Wehe, »ich habe Gott für jeden Tag gedankt, an dem er mein Kind in meinem Leib hat wachsen lassen, doch nun …«, sie bäumte sich auf und griff an ihren Leib, »nun ist es so weit. Bitte hilf mir.«

Bella sah zu Fabrizio hinüber, der mit ausdruckslosem Gesicht aus einem Becher trank, und fühlte Wut in sich hochsteigen. Dieser Mann war ein Jammerlappen und zu nichts zu gebrauchen. Wenn doch Umberto hier wäre, dachte sie, oder Nwuma. Nwuma wüsste, was zu tun ist … Sie fasste einen Entschluss.

»Geh und weck Massimo«, rief sie der Zofe zu, »sag ihm, er soll sofort zu mir kommen. Sofort.«

Die Dienerin sah sie erstaunt an, dann knickste sie und war im nächsten Moment verschwunden. Erst jetzt bemerkte Bella, wie herrisch sie geklungen hatte, aber das war egal. Sie brauchte Hilfe, und Massimo war der Einzige, der sich für diese Aufgabe eignete.

Sie hatte sich in dem Koch nicht geirrt. Wenig später stand er zerzaust und mit offenem Wams an der Schwelle des Gemachs. Bella drückte Donna Cassandra aufmunternd die Hand, dann stand sie auf und ging rasch auf Massimo zu. Sie zog ihn von der Türschwelle weg und trat mit ihm auf die Galerie. Hier waren sie ungestört.

»Donna Cassandra bekommt ihr Kind, Massimo. Reite zum Kloster und sprich mit Bruder Angelo. Einer seiner Mitbrüder ist erfahren, was Heilkräuter und Medizin angeht. Er soll alles mitbringen, was Cassandra und dem Kind von Nutzen sein kann. Hör gut zu, was er sagt, und dann komm mit dem Mönch so schnell wie möglich zurück. Und nun – geh!«

Massimo hatte gebannt auf ihre Lippen geblickt. Seine Antwort war ein knappes Nicken, dann lief er die Treppe hinab, der Eingangstür zu. Bella seufzte. Mit etwas Glück würden sie es schaffen. Betont ruhig ging sie in das Schlafgemach zurück. Sie winkte die Zofe zu sich:

»Dein Herr kann hier nichts tun. Bring ihn in die Sala.«

Ohne Fabrizio zu beachten, trat sie an ihm vorbei und setzte sich wieder ans Bett seiner Gemahlin. Die feuchten Haare klebten ihr am Kopf, Tränen liefen ihr über die Wangen. Sie griff nach Bellas Hand.

»Ich habe Angst, Magdalena«, sagte sie ruhig. Bella nickte und erzählte ihr, dass sie Bruder Angelo erwartete.

»Nur zwei Stunden, Donna Cassandra, und er wird hier sein. Mit Medizin und Kräutern. Haltet durch.«

Die junge Frau nickte.

»Warst du schon einmal dabei – bei einer Geburt, meine ich?«

Bella schüttelte den Kopf. Hier in Ascarello kamen oft Kinder zur Welt, aber sie hatte das noch nie miterlebt.

»Ich auch nicht.«

Cassandras Augen blitzten für einen Moment auf. Sie lächelte. Bella lächelte zurück und zuckte mit den Schultern.

»Wir schaffen das«, sagte sie voll Zuversicht.

Fabrizio hatte sich wirklich in die Sala begeben. Hier wartete er gemeinsam mit seinem Vater auf die Geburt seines Kindes. Für Bella war es unvorstellbar, dass ein Mann sein Weib in einem solchen Moment allein ließ. Ihr Vater war da ganz anders gewesen. Giacomo, der sie nie geliebt hatte ... Seit Jahren hatte sie nicht mehr an den Buttero gedacht. Wenn sie ehrlich war, hatte sie auch an ihre Schwestern und ihren Bruder nicht mehr gedacht. Ob sie noch lebten? Wer ist mein Vater, überlegte sie, Giacomo hat mich großgezogen, aber wer ist mein leiblicher Vater? Sie betrachtete die junge Nobile, die vor Erschöpfung eingeschlafen war, und wollte vorsichtig ihre Hand aus der Cassandras lösen, doch diese murmelte etwas und griff noch fester zu. Bella wandte ihren Kopf zum Fenster. Zwischen den schweren Vorhängen schimmerte ein dunkelgraues Licht. Die Nacht ging zu Ende. Bella schloss die Augen und dachte an Nwuma. Sie vermisste ihn jetzt ganz besonders. Gib mir deine Kraft, dachte sie, ich brauche deine Kraft für diese Mutter und ihr Kind ...

»Magdalena!«

Der Mönch hatte mit Schwung die schwere Tür zu Cassandras Gemach aufgestoßen und stand nun, begleitet von Massimo, nach Atem ringend mitten im Raum. Bella sah die beiden Männer fragend an. Massimo war der Erste, der wieder sprechen konnte.

»Die Heilkräuter sind in der Küche, meine Mägde und ich kümmern uns sofort um die Zubereitung. Bruder Angelo hat mir alles erklärt.«

Ohne eine Antwort abzuwarten, drehte er sich um und rannte davon. Der Mönch, der inzwischen auch wieder zu Atem gekommen war, trat auf Bella zu.

»Geh in die Küche und lass dir von Massimo berichten«, sagte er freundlich, »ich bleibe bei Donna Cassandra und bewache ihren Schlaf.«

Als Bella kurze Zeit später in die Hofküche kam, wurde dort eifrig gearbeitet. Massimo war ständig in Bewegung, ging vom einen zum anderen und erklärte, probierte, nahm Maß. Es war ihm anzumerken, wie stolz er darauf war, eine so wichtige Aufgabe zu erfüllen. Bella setzte sich auf einen Stuhl neben der Feuerstelle. Sie spürte, wie Müdigkeit in ihr hochzog, und gähnte herzhaft. Im nächsten Augenblick stand ein Küchenjunge vor ihr mit einer dampfenden Suppe. Dankbar blickte sie zum Koch hinüber und aß. Massimo nickte ihr zu und gab noch ein paar Anweisungen, dann zog er sich einen Schemel heran und setzte sich zu ihr.

»Die Mönche haben uns Kräuter mitgegeben, die für Frauen im Kindbett nützlich sind.« Er zeigte auf die verschiedenen Töpfe. »Ein Sud ist gegen die Schmerzen, ein anderer für den Milchfluss. Und in dem Kessel da hinten …«, er deutete mit dem Finger auf einen großen Kupferkessel, »… in dem da hinten werden Leintücher gekocht. Darin sollst du Cassandra einwickeln, wenn das Kind da ist, sagt der Mönch.«

Bella nickte. Es war die richtige Entscheidung gewesen, die Mönche um Hilfe zu bitten. Sie reichte Massimo ihr Schälchen und sagte leise:

»Es tut so gut, dass ich mich auf dich verlassen kann, Massimo. Kann ich noch etwas Suppe haben?«

Der Koch errötete vor Freude über das Lob und sprang auf, um Bellas Wunsch zu erfüllen.

Cassandra hatte von dem bitteren Sud getrunken, und es schien ihr etwas besser zu gehen. Bella bemerkte, dass die Angst aus ihrem Blick verschwunden war und der alten Entschlossenheit Platz gemacht hatte. Sie hatte die Vorhänge zur Seite gezogen. Noch immer war kein Morgenrot zu sehen, aber die Schneewolken hoben sich milchig grau vom dunklen Himmel ab. Es würde nicht mehr lange dauern. Die Wehen kamen in kurzen Abständen. Bruder Angelo hatte sich inzwischen auch in die Sala zurückgezogen, und so waren es nur Bella und ihre Zofe, die Cassandra beistanden.

Wieder nahm die junge Fürstin einen Schluck von der Medizin. Ihr Hemd war nass vor Schweiß. Sie schien die Welt um sich herum vergessen zu haben, atmete flach, stöhnte. Dann schob sie energisch die Laken zur Seite und setzte sich im Bett auf. Ein Beben durchzog ihren Körper, sie griff nach Bellas Hand. Noch einmal durchzog sie eine Welle des Schmerzes, dann ließ sie sich in die Kissen zurückgleiten. Die Zofe packte das blutverschmierte Bündel, das zwischen Cassandras Schenkeln lag, und schnitt die Nabelschnur entzwei. Das Kind wimmerte leise. Bella deckte Cassandra zu, strich ihr die Haare aus dem Gesicht.

»Es ist alles gut, Donna Cassandra«, sagte sie leise und sah, wie die Zofe ihrer Herrin das Kind in den Arm legte. Eine tiefe Sehnsucht durchströmte Bella. Sie beneidete Cassandra um diesen Moment des Glücks. Jetzt strahlte die Zofe über das ganze Gesicht.

»Euer Sohn ist klein, aber wunderschön«, flüsterte sie und ließ ihren Tränen freien Lauf. Bella spürte, dass auch sie weinte. Die Anspannung der letzten Stunden löste sich. Sie betrachtete das Neugeborene, wie es mit sicherem Instinkt die Brust der Mutter fand. Er ist genauso energisch wie Cassandra, dachte Bella, er wird es schaffen. Sie wischte sich die Tränen aus dem Gesicht und stand auf.

»Bleib du bei deiner Herrin«, befahl sie der Zofe, »ich werde dem Fürsten von der glücklichen Geburt seines Enkels berichten.«

Nwuma war der Letzte in dieser Nacht, der noch am Lagerfeuer saß. Seine Freunde hatten sich bereits vor Stunden in ihre Wagen begeben. Er nahm einen Stock und stocherte in der Glut herum, dann legte er ein paar Holzscheite nach. Seine Sehnsucht nach Bella ließ ihn keinen Schlaf finden, und das Wissen darum, dass sie in wenigen Monaten Paolo di Cavallis Gemahlin sein sollte, machte sein Herz schwer. Es musste doch eine Möglichkeit geben, diese Heirat zu verhindern. Aber wie? Mit beiden Händen umfasste er seinen Kopf. Seit seinem Abschied von Ascarello beschäftigte ihn nichts anderes. Er stand auf und starrte in die auflodernden Flammen. Eine Hand legte sich sanft auf seine Schulter.

»Was ist mit dir los, Bruder?«

Benedettos Stimme klang besorgt. Sein schwarzer Freund schlief kaum mehr, aß nicht, trank nicht … so konnte das nicht weitergehen. Der Nubier drehte sich zu dem Zigeuner um. Seine verhärteten Züge wurden etwas weicher.

»Du gehörst an die Seite deines Weibes, Freund. Leg dich wieder hin.«

»Und du gehörst an die Seite des Weibes, das du liebst«, entgegnete der andere. »Ich habe Jolande verloren und war jahrelang versteinert vor Trauer. Erst durch Habibi habe ich wieder lieben gelernt. Lass es nicht so weit kommen, dass du Bella verlierst. Kämpfe um sie.«

Der Nubier seufzte.

»Ich zermartere mir den Kopf, Benedetto. Es gibt nichts, was ich tun könnte.«

In den Augen des Gauklers blitzte etwas auf.

»Oh doch, mein Freund, es gibt etwas. Du reitest nach Lucca und versuchst, Paolo von seiner Idee abzubringen. Mit deiner Gabe, in die Seele der Menschen zu blicken, müsste das gelingen.«

Der Schwarze lachte bitter.

»Also ich marschiere an den Hof und spreche mit dem jungen Conte. Von Mann zu Mann. Pah!«

Wütend trat Nwuma nach einem Stein. Dann sagte er eine Weile nichts. Schließlich blickte er Benedetto entschlossen an.

»Kommst du mit mir?«

»Worauf du dich verlassen kannst, Bruder. Gleich morgen brechen wir auf. Und nun leg dich hin. Wir haben anstrengende Tage vor uns.«

Der Zigeuner klopfte Nwuma grinsend auf die Schulter und drehte sich um. Nach wenigen Schritten war er in der Dunkelheit der Nacht verschwunden.

Sie kamen gut voran. Eine milde Wintersonne begleitete ihren Weg, der sie an der tyrrhenischen Küste entlangführte.

»Was machen wir, wenn er Nein sagt?«

Nwuma schien immer noch nicht davon überzeugt zu sein, Paolo von seinen Heiratsabsichten abbringen zu können. Benedetto lenkte sein Pferd ganz nahe an das des Nubiers heran und reichte ihm einen Streifen Trockenfleisch.

»Dann reiten wir nach Florenz.«

Der Nubier sah ihn erstaunt an.

»Die Medici haben genug Mädchen, die unter die Haube müssen. Und Paolo ist durch die Allianz gebunden, zur Freundschaft verpflichtet, sozusagen. Giuliano wird ihm schon beibringen, dass es sich eher geziemt, eine Tochter aus seiner Familie zu heiraten als die eines Buttero.«

»Würdest du ihm damit drohen?«, wollte der Schwarze wissen. Er war immer wieder von der Schläue seines Freundes überrascht. Benedetto nagte an seinem Fleischstreifen und nickte heftig.

»Natürlich wird er sich auf die Hinterbeine stellen. Aber dann … glaub mir, er wird Bella freigeben. Eine Auseinandersetzung mit Giuliano kann er sich nicht leisten. Außerdem würde eine Vermählung mit einer Medici die Allianz stärken, und Paolo hätte seinerseits bei Giuliano etwas gut.«

Der Nubier war sprachlos. Schließlich sagte er:

»So läuft das also.«

»Genau so«, antwortete der Zigeuner und drückte seinem Pferd die Absätze in die Seiten. Endlich hatte Nwuma begriffen.

Als sie Hufgetrappel vernahm, eilte Donna Donata ans Fenster. Auch wenn es mehr als unwahrscheinlich war – sie hatte die Hoffnung noch nicht ganz aufgegeben, dass Carlo wieder nach Hause käme. Doch es war nicht ihr Stiefsohn, sondern zwei Männer, ein Schwarzer in bunten Gewändern und ein Zigeuner. Der Gaukler erinnerte sie an jemanden, aber ihr wollte nicht einfallen, an wen. Jetzt beobachtete sie, dass sich die Stallknechte zu den beiden Fremden gesellten. Sie kamen offenbar in guter Absicht, denn sie trugen keine Waffen bei sich. Nun trat Mahmut hinzu und nahm einen Brief entgegen, den der Schwarze aus seinem Umhang gezogen hatte. Während der Leibdiener des Conte sich wieder entfernte, sprachen die Fremden miteinander. Aber sie waren zu weit entfernt, als dass Donata etwas hätte verstehen können. Neugierig begab sie sich in die Gemächer ihres Mannes, wo neben Mahmut auch Paolo war.

Paolo hielt den geöffneten Brief in Händen und gab ihn an seinen Vater weiter. Er zitterte vor Wut. Sein Vater überflog das Schriftstück und sagte leise:

»Der Nubier ist uns willkommen. Der andere soll in der Küche warten. Lass ihm etwas zu essen geben.«

Kurz darauf öffnete sich die Tür erneut, und Nwuma trat ein, begleitet von Mahmut, der sich sofort wieder zurückzog. Der Schwarze sah wirklich beeindruckend aus. Die Muster auf seinem bunten Gewand schienen zu leben; bei jedem Schritt klingelten die Armreifen und Ketten, die er trug. Sein Kopf, wie immer kahlgeschoren, glänzte vor Öl. Er verneigte sich mit Hochachtung vor den Nobili und wartete darauf, dass der Conte das Wort ergreifen werde. Mit dem glücklichen Umstand, auch dem Vater des Bräutigams zu begegnen, hatte er nicht gerechnet. An der Körpersprache Paolos war abzulesen, dass er in dieser Unterredung nichts zu sagen hatte. Nwuma konzentrierte sich auf Ascanio und versuchte, Verbindung mit ihm aufzunehmen. Als sich ihre Blicke trafen, spürte er sofort die tiefe Verletztheit dieses Mannes, sein Sehnen nach Vergebung und Frieden. Der Nubier schloss für einen Moment die Augen und sammelte seine Kräfte. Dann schenkte er dem Conte einen langen, wissenden Blick und gab ihm alles an Energie, was er in sich trug. Ascanio seufzte kurz auf, dann begann er zu sprechen.

»Warum sollte ich meinen Sohn bitten, seine Braut freizugeben?«

»Weil ich sie liebe und sie zu meiner Frau machen möchte«, erwiderte der Schwarze und verneigte sich tief.

Der Conte zuckte mit den Schultern.

»Mein Sohn liebt sie auch.«

Nwuma sah zu Paolo hinüber, der immer noch stocksteif mit verzerrtem Gesicht zwischen seinem Vater und Donna Donata stand.

»Aber sie liebt Euren Sohn nicht, Sua Nobiltà.«

Wieder verbeugte sich der Schwarze. Er wusste, ein falsches Wort, und der Conte könnte ihn aufknüpfen lassen. Doch Ascanio war nicht wütend. Er schien nachzudenken.

»Ich möchte allein mit dir sprechen«, sagte er schließlich und machte seiner Gemahlin und Paolo ein Zeichen, sich zu entfernen. Als sie ungestört waren, trat Ascanio auf seinen Gast zu. Irgendetwas faszinierte ihn an diesem Mann.

»Du scheinst ein gebildeter Mann zu sein, Nubier«, sagte er mit Achtung in der Stimme. »Mein Sohn hat mir von dir erzählt, nachdem er aus Ascarello zurückkam. Darum gib mir einen Rat. Was soll ich tun, als Vater – und als Herrscher von Lucca?«

Einige Stunden später saßen die beiden Freunde am Lagerfeuer und stärkten sich. Nwuma hatte die Einladung des Conte, die Nacht im Palazzo zu verbringen, dankend abgelehnt. Ascanio hatte zur Verwunderung aller, die die Szene miterlebten, nicht mit einem seiner Wutanfälle reagiert. Vielmehr ließ er die Männer mit reichlich Proviant versehen ziehen.

Benedetto hatte gerade ein gebratenes Hühnchen aus einem Tuch ausgewickelt und biss herzhaft hinein.

»Und dann hast du ihm wirklich geraten, seinen Sohn mit einer Medici zu verheiraten? Du bist ein Teufelskerl.«

Der Schwarze nickte.

»Der Conte hatte Paolo die Heirat sowieso verboten, meine Angst war unberechtigt«, antwortete er. Seine Stimme klingt endlich wieder froh, dachte der Gaukler und schenkte seinem Freund etwas Wein nach.

»Woran denkst du, Nwuma?«

»Ich habe gerade gedacht, dass Bellas Mutter immer noch eine wunderschöne Frau ist.«

Jetzt war es Benedetto, der eifrig nickte.

»Für einen Moment habe ich erwartet, sie würde mich erkennen – aber es ist wohl zu lange her.«

»Vielleicht will sie sich auch nicht erinnern, Bruder«, sagte der Schwarze leise und nahm einen kräftigen Schluck.

Für eine Weile hingen beide Männer ihren Gedanken nach. Dann begann Nwuma zu sprechen.

»Ist es nicht eigenartig«, sagte er, »ich reite nach Lucca und will Paolo bitten, Bella freizugeben. Und dann ist er auf einmal da. Der Mann, den ich damals von der Kanzel aus gesehen habe, in Grosseto.«

Benedetto blickte seinen Freund entgeistert an. Es war unglaublich, aber Nwuma irrte sich nie, wenn es um Gesichter ging.

»Mahmut«, stieß er leise hervor, »du meinst, Mahmut hat mit dem ganzen Unheil etwas zu tun?«

Nwuma nickte bedeutungsvoll.

»Ich denke, wir sollten mit dem neuen Vogt von Grosseto über diese Entdeckung sprechen. Es wird Zeit, diesem Schurken das Handwerk zu legen.«

28. KAPITEL

*R*occo schämte sich seiner Tränen nicht, als er Benedetto in Begleitung des Fremden vom Hof reiten sah. Das unverhoffte Wiedersehen hatte ihn sehr bewegt. Er putzte sich die Nase und gab Josepha einen Kuss. Dann begab er sich zurück an die Feuerstelle, wo ein Ragout aus Hasen und anderem Wild darauf wartete, gewürzt zu werden. Der Koch versuchte sich zu erinnern, wann er Benedetto das letzte Mal gesehen hatte. Er wusste es nicht. Irgendwann war Giannis Sohn fortgelaufen, kurz nachdem Gabriella mit Bella zurück zu Anna gegangen war. Ein Lächeln spielte um Roccos Lippen. Wundervolle, unbeschwerte Zeiten waren das gewesen, Gianni und Benedetto und – Bella. Er blickte zu seinem Weib und nickte ihr zu. Der allwissende Gott hatte es eben anders gewollt. Keine Kalmare mit Rosenwasser, nein. Sein Leben bestand aus harter Arbeit und der immerwährenden Aufgabe, den Ansprüchen seiner Herrschaft zu genügen. Seine Josepha war ihm eine gute Frau, und bald würden sie ihr erstes Kind haben. Er freute sich sehr darauf.

Als Mahmut mit dem Zigeuner in der Küche aufgetaucht war, hatte er Benedetto sofort erkannt. Er war ein Mann, kein ungelenker Bursche mehr, aber unter den langen Stirnfransen leuchteten seine schwarzen Augen wild und ungezügelt wie vor vielen Jahren. Sie umarmten einander, lange. Dann setzten sie sich an den großen Tisch, der noch immer in der Mitte des Raumes stand, und sahen sich an, hin-

und hergerissen zwischen Lachen und Weinen. Josepha kam dazu, auch sie umarmte Benedetto und brachte den Männern Brot und kaltes Fleisch. Und Wein. Guten ligurischen Wein, wie Gianni ihn geschätzt hatte.

Endlich, als ihre Herzen ruhiger schlugen, ergriff Rocco Benedettos Hand.

»Wie geht es Bella?«

Der Koch atmete tief ein. Sein Freund aus Jugendtagen hatte viel erzählt und keinen Zweifel daran gelassen, dass Bella nicht mehr die bezaubernde Kleine war, an die er, Rocco, sich erinnerte. Das Getrappel der Pferdehufe war verstummt, und er stellte sich der Gewissheit, dass er Bella nie würde nahe sein können. Ein feiner Stich durchfuhr seinen Leib und seine Seele. Dann wandte er sich ruhig den Aufgaben zu, die er in der Küche zu erledigen hatte.

»Was hat er dir erzählt?«

Lautlos wie ein Schatten hatte Mahmut die Küche betreten. Der Koch wandte sich zu ihm um. Mit dem Araber verband ihn eine tiefe, gegenseitige Abneigung. Rocco war die hündische Ergebenheit zuwider, die der Leibdiener seinem Herrn gegenüber an den Tag legte, und als Einziger aus dem Kreis der Dienerschaft sprach er das offen aus. Mahmut zog sich einen Schemel heran und setzte sich mit eleganter Geste.

»Warum hast du ihn nicht selbst gefragt?«, antwortete Rocco und bemühte sich um einen unbefangenen Tonfall. »Du weißt, dass er Giannis Sohn ist, dass er mich in diese Küche gebracht hat, an diesen Hof. Wir haben uns viele Jahre lang nicht gesehen, und wir haben gemerkt, wie alt wir geworden sind in all der Zeit.«

Rocco versuchte ein treuherziges Lächeln und probierte

von dem Ragout. Was wäre Bella dazu eingefallen?, fragte er sich wie jedes Mal, wenn er eine Speise zubereitete. Er füllte ein Schälchen und stellte es vor den Araber hin.

»Was denkst du, Mahmut, wird es unseren Herrschaften munden?«

Benedetto und Nwuma saßen noch immer am Feuer und überlegten. Wie sie es auch betrachteten – Mahmut hatte einfach keinen Grund, um mit Martini oder sonst wem zu paktieren. Der Zigeuner schob seine Mütze aus der Stirn und rieb sich die Augen.

»So kommen wir nicht weiter, mein Freund. Ich werde umkehren und noch einmal mit Rocco sprechen. Vielleicht hat er etwas beobachtet, was uns nützlich ist.« Er klopfte dem Schwarzen auf die Schulter und stand auf. »Begib du dich ins Winterlager, ich bin in drei Tagen bei euch.«

Nwuma nickte und erhob sich ebenfalls. Dann trat er das Feuer aus und begann wie Benedetto, sein Pferd zu satteln. Er war verwirrt. Eigentlich hätte er doch allen Grund zur Freude gehabt. Eine Verbindung mit Bella schien wieder in greifbare Nähe gerückt. Aber er hatte das Gefühl, dass mit Mahmut eine neue Person aufgetaucht war, von der Gefahr ausging. Er war schon jetzt gespannt darauf, was Benedetto in Erfahrung bringen würde.

Am Hofe in Ascarello war die Stimmung ausgelassen und fröhlich. Dank der Medizin von Bruder Angelo und seinen Mitbrüdern erholte sich Cassandra schneller als erwartet, und sie konnte ihren Sohn mit genügend Milch versorgen. Der Fürst war außer sich vor Freude darüber gewesen, dass das Kind anscheinend gesund und lebensfähig war, und er ließ es sich nicht nehmen, die Wöchnerin ausgiebig zu besuchen. Fabrizio, der wohl endlich begriffen hatte, dass er Vater geworden war, hielt sich ebenfalls viel am Lager seiner Gemahlin auf und herzte sein Kind.

Die Einzige, die diese Freude nicht gut teilen konnte, war Bella. Di Nanini hatte ihr zwar überschwänglich für ihre Geistesgegenwart und Hilfe gedankt, aber sie wurde nicht gerufen, um an Cassandras Bett zu kommen oder den Kleinen zu pflegen. Sie gehörte nicht dazu, und zum ersten Mal in ihrem Leben spürte Bella Neid und Eifersucht in sich nagen. Warum war sie allein, warum hatte sie keine Familie? Sie sehnte sich nach Nwuma, nach dem Duft des Öls, mit dem er seine Haut einrieb.

Mit einem Seufzer griff Bella nach dem Buch, das der Mönch ihr vor ein paar Tagen mitgebracht hatte. Es handelte vom Drachenkampf des heiligen Giorgio. Sie sollte es lesen und ihm den Inhalt erzählen. Doch sosehr sie sich bemühte, sie konnte sich nicht konzentrieren. Die Buchstaben verschwammen zu kleinen Klecksen. Von der anderen Seite der Galerie hörte sie das Kind schreien, die Zofe sang ein Wiegenlied. Bella blickte hoch. Dann schlug sie das Buch zu und warf sich aufs Bett. Als einige Zeit später der Mönch ihr Gemach betrat, um den Unterricht zu beginnen, weinte sie immer noch.

Im Morgengrauen erreichte Benedetto Lucca. Er war müde, aber der Wille, die Wahrheit zu erfahren, bezwang seinen Wunsch nach Schlaf. Er versteckte sein Pferd so weit vom Palazzo entfernt, dass sein Wiehern dort nicht gehört werden konnte. Als er sich dem Hof von der Seite der Stallungen her näherte, drangen Stimmen an sein Ohr, laut und klagend. Lichter wurden entzündet, Diener liefen hin und her. Niemand schien den Fremden zu bemerken, der sich am Cortile vorbei zum Kräutergarten schlich. An der Tür zur Küche blieb er stehen. Sie war wie immer nur angelehnt, und er öffnete sie vorsichtig einen Spalt weit. Eine Magd saß am Tisch und heulte, eine andere hatte ihr die Hand auf die Schulter gelegt und weinte stumm. Rocco kam hereingelaufen, holte etwas, lief wieder hinaus.

Der Zigeuner spürte, irgendetwas Schreckliches war geschehen. Lautlos begab er sich in den Innenhof und presste sich eng an die Mauer. Überall war Licht; der hellste Schein kam aus dem Gemach des Conte. Am Fenster stand Donna Donata. An diesem Morgen würde er gar nichts erfahren, so viel war sicher. Er würde zu seinem Pferd zurückkehren und ein paar Stunden schlafen. Zur Mittagszeit wollte er einen neuen Versuch machen, Rocco zu sprechen.

Die Contessa stand noch immer am Fenster und betrachtete Ascanio, der bleich und fremd im Bett lag. Sie hatte ihn besucht, um mit ihm über den Besuch des Nubiers zu sprechen. Vor Paolo hatte sie das nicht tun wollen. Ihr Gemahl hatte sich gefreut, sie zu sehen. Es schien ihm gutzugehen, und er hatte Mahmut gebeten, ihnen Kräuterwein zu bringen. Tränen liefen über ihr Gesicht, als sie an den Moment dachte, in dem der Conte sich an die Brust griff. Dann sank er in sich zusammen, ohne ein Wort. Sie blickte zu Mahmut hinüber, der am Bett ihres Mannes kniete, und weinte wie ein Kind. Nun spürte sie Paolos Hand an ihrem Arm.

»Wir können hier nichts mehr tun«, sagte er leise, »er hat jetzt seinen Frieden.«

Donna Donata nickte und ließ sich von ihrem Stiefsohn an der Hand aus dem Gemach ziehen. Der Pfarrer würde gleich da sein. War das alles zu viel gewesen für Ascanio? Ein Sohn im Kloster, der andere ungehorsam und entschlossen, ein Mädchen aus einfachem Stand zu heiraten? Die Tochter eines Buttero … Meine Tochter ist eine Nobile, dachte sie, aber das weiß Paolo ja nicht. Ascanio dagegen … Konnte er die Vorstellung nicht ertragen, Bella tagtäglich um sich zu haben, die fleischgewordene Sünde seiner Gemahlin? War er deshalb gegen die Verbindung? Darf ich es ihm verübeln, wenn es so ist?, überlegte die Contessa. Nein, gab sie sich selbst die Antwort. Das konnte sie nicht.

Rocco wollte allein sein. Erschüttert vom plötzlichen Tod seines Herrn nahm er seinen Umhang und verließ die Kammer, in der er mit seiner Familie lebte. Lucio sprang auf und wollte ihn begleiten, aber Josepha hielt das Kind zurück und lächelte ihrem Mann zu. Der Koch trat vor die Tür und blickte in den Himmel. Es war später Nachmittag und schon fast wieder dunkel. Er hatte noch etwas Zeit, bis er die Speisen an die Tafel bringen musste; die Contessa hatte ihn wissen lassen, dass Paolo bei ihr das Nachtmahl einnehmen werde. Er ließ die Szenen des Tages noch einmal vorbeiziehen. Er verstand das alles nicht. Der Conte hatte sich nach seinem Unfall so gut erholt, er hatte sich mit seiner Gemahlin ausgesöhnt, und nun das … Rocco schüttelte den Kopf und ließ sich von seinen Füßen tragen, irgendwohin, Hauptsache weg vom Palazzo.

»Was ist geschehen?«, hörte er auf einmal eine altvertraute Stimme hinter sich. Langsam drehte er sich um. Benedetto war inzwischen ganz nah an ihn herangetreten. Der Koch sagte nichts. Wie versteinert stand er da. Erst als er die Arme des Zigeuners spürte, die ihn festhielten, löste sich seine Erstarrung, und er weinte. Der Gaukler hielt den anderen und wartete. Er wusste, es hatte keinen Zweck, ihn zu bedrängen. Rocco war schon immer von empfindlicher Natur gewesen. Es war besser, still zu sein, bis der Koch von selbst anfing zu sprechen.

»Der Conte ist tot«, sagte er matt und löste sich aus der tröstenden Umarmung. »Er hat sich noch von Mahmut Kräuterwein bringen lassen, und dann war es vorbei.« Rocco bekreuzigte sich. »Und warum bist du hier?«

Benedetto nickte. Er hatte den Pfarrer kommen und gehen sehen. Dann erzählte er. Von Nwumas Verdacht, von all den Begebenheiten, die mit Martini zusammenhingen.

»Fällt dir etwas dazu ein? Etwas Besonderes vielleicht?«

Rocco runzelte die Stirn, er versuchte, sich zu erinnern.

»War Martini jemals bei euch am Hofe?«

»Ja!«

Jetzt war Rocco aufgeregt. Er berichtete von dem Besuch des verkleideten Gemüsebauern, der ihm im vergangenen Jahr einen Brief für den Conte gegeben hatte.

»Hast du ihn deinem Herrn ausgehändigt?«, wollte der Gaukler wissen. Der Koch verneinte.

»Alle Briefe für den Conte gehen an Mahmut. Er kann lesen und schreiben und bringt die Briefe zu di Cavalli.«

»Alle Briefe?«

Rocco nickte.

»Schon immer?«

Rocco lächelte.

»Das müsstest du besser wissen als ich, Benedetto. Du bist hier geboren worden.«

Das stimmte zwar, aber Benedetto hatte sich nicht nur recht mäßig für die Küche interessiert, sondern noch weniger für das Leben am Hofe. Er hatte jede freie Minute genutzt, um draußen zu sein, in der Natur, immer in der Hoffnung, auf Zigeuner zu treffen.

Eine Weile trotteten beide nebeneinander her, dann

schlug Rocco wieder die Richtung ein, die ihn nach Hause führte.

»Wir werden uns wiedersehen«, sagte Benedetto zu ihm, »wenn die Zeiten glücklichere sind.«

Dann ging auch er seines Weges. Es drängte ihn, schnellstens wieder nach Grosseto zu kommen, um sich mit seinen Freunden zu beraten. Wenn wirklich alle Botschaften bei Mahmut landeten, war es sogar denkbar, dass jener Brief, den Martini ihm selbst damals aufgedrängt hatte, den er Donata übergab statt seinem Herrn, ebenfalls dem Araber in die Hand fiel. Womöglich, überlegte Benedetto weiter, gab der Leibdiener manche Nachrichten einfach nicht weiter, sondern nutzte sie, um sein eigenes Spiel zu spielen … Aber warum sollte er das tun? Wir werden es herausbekommen, dachte der Gaukler und schwang sich in den Sattel.

Zurück im Städtchen führte ihn sein erster Weg zum Winterlager der Seinen. Momo kam direkt auf ihn zugelaufen und nahm die Zügel seines Pferdes. Seine Lavendelaugen blickten zufrieden und glücklich. Benedetto sah sich um. Die Scudos des Fürsten hatten dafür gesorgt, dass die Familie sicher und gut ernährt durch den Winter kam. Die Kinder hatten rote Wangen und tobten ausgelassen inmitten der Wagenburg herum. Wieder einmal übermannten ihn die Gefühle; er spürte die Liebe zu den Zigeunern heiß durch seine Adern rinnen, und er dankte dem Herrn, dass er sein Volk gefunden hatte.

Während sich die Männer berieten, war Momo zur Schenke gegangen, um den neuen Vogt um ein Treffen zu bitten. Wie Mario berichtete, hatte Umberto das Gasthaus am Morgen verlassen und war noch nicht zurückgekehrt.

»Ich würde es bei Martini versuchen«, sagte er und zwinkerte anzüglich. Dann trat er in die Schankstube zurück und ließ den Jungen stehen. Momo konnte sich nicht zusammenreimen, was diese Geste zu bedeuten hatte, doch er machte sich auf den Weg zu Francescas Haus. Als er klopfte, wurde ihm sofort geöffnet. Martinis Schwester sah ihn überrascht an, bat ihn dann aber hinein. Neben der Feuerstelle stand Umberto, die Hände auf dem Rücken verschränkt. Genau wie Martinis Schwester machte er einen gut gelaunten Eindruck. Nachdem der junge Zigeuner seine Bitte vorgetragen hatte, klopfte er ihm auf die Schulter.

»Dein Vater und seine Freunde sind hier jederzeit willkommen. Sag ihnen das. Ich erwarte sie zum Nachtmahl.«

»Francesca hat euch etwas zu berichten.«

Umberto nickte der Schwester Martinis zu. Diese blickte in die Runde und spürte vier Augenpaare auf sich ruhen. Sie war so froh, dass sie sich dem neuen Vogt anvertraut hatte. In all ihrer Verbitterung hatte sie schon fast vergessen gehabt, was es bedeutete zu vertrauen. Doch Umberto hatte sie nicht nur ernst genommen, vielmehr schien es ihr, als hätte er nur darauf gewartet, so etwas von ihr zu hören. Sie sammelte sich und erzählte. Von dem Fremden, der sie nach der Beerdigung ihres Bruders besucht und versucht hatte, sie zu erpressen. Von Mario, der sie ebenfalls bedroht hatte. Die Männer hörten ihr gebannt zu.

»Langsam fügen sich die Dinge«, sagte Nwuma. Seine schwarzen Augen glänzten. Hector und Benedetto nickten zustimmend. Sie konnten sich denken, wer dahintersteckte.

»Hast du wirklich alles durchsucht, Francesca?«

Umberto wandte sich mit sanfter Stimme an die Frau, die auf einmal wie verjüngt schien und statt Verbitterung Lebendigkeit ausstrahlte. Vorsichtig berührte er ihre Hand;

den drei Besuchern entging diese Geste nicht, und sie wechselten Blicke. Der neue Vogt räusperte sich.

Francesca berichtete, dass sie das Haus von oben bis unten durchkämmt hatte – mehrmals. Aber sie hatte nichts entdeckt. Kein Silber, keine Urkunden, nichts.

»Vielleicht hatte Martini irgendwo ein Versteck«, überlegte Hector laut.

»Vielleicht bei jemandem, dessen Treue er sich sicher sein konnte«, setzte Benedetto nach.

»Du denkst an den Wirt?«, wollte Umberto wissen, doch der Zigeuner schüttelte den Kopf.

»Der Wirt ist dumm. Ich dachte an jemanden, der über jeden Verdacht erhaben ist. Ich dachte an den Prete.«

Kein einziger Sonnenstrahl durchdrang die schwere Wolkendecke, als sie Ascanio di Cavalli zu Grabe trugen. Fast eine Woche war seit seinem Tod vergangen, aber die Contessa hatte darauf bestanden, einen Boten nach Gaiole zu senden, um Carlo zu benachrichtigen. Wie sie gehofft hatte, war er gekommen. Er trug bereits die Tracht der Vallombrosaner; der weiße Überwurf wies ihn als Novizen aus. Als Donata die beiden ungleichen Brüder betrachtete, wie sie ergriffen am Sarg ihres Vaters standen, wurde ihr bewusst, wie schnell die Jahre hier am Hofe in Lucca vergangen waren. Den Jahren der Verzweiflung und des Schweigens war eine kurze, aber tröstliche Zeit der Versöhnung und des gegenseitigen Respekts gefolgt. Sie horchte in sich hinein. Nein, sie hatte ihren Gemahl nie geliebt. Trotzdem fühlte sie Trauer über den Verlust. Gemeinsam mit den Söhnen folgte sie dem Pfarrer in die Hauskapelle. Hier, unter den Steinplatten im Altarraum, würde Ascanio neben seinen Eltern und seiner geliebten Vivica die letzte Ruhe finden.

Nach der Zeremonie folgte das traditionelle Mahl, mit dem der Verstorbene geehrt wurde. Auch den Dienern war es erlaubt, sich von den Speisen zu nehmen und ihres Herrn zu gedenken. Donna Donata, die neben dem Pfarrer an der Tafel Platz genommen hatte, fühlte Unruhe in sich hochsteigen. Als der Koch auftauchte und Speisen und Getränke brachte, begriff sie: Mahmut fehlte. Sie hatte ihn schon während des Begräbnisses nirgendwo entdeckt. Mit einem Kopfnicken befahl sie Rocco zu sich.

»Hast du Mahmut gesehen, Koch?«

Rocco errötete. Er wusste, dass es sich für ihn nicht gehörte, den Herrschaften die Speisen vorzulegen, diese Aufgabe kam gewöhnlich dem Leibdiener des Conte zu, aber er hatte den Araber nirgendwo gefunden. Er blickte zu Boden und sagte leise:

»Ich konnte ihn nicht finden, meine Contessa. Deshalb seht Ihr mich hier an dieser Tafel. Ich weiß, dass es sich nicht ziemt, verzeiht!«

Donna Donata machte eine wegwischende Handbewegung. Es war noch nie vorgekommen, dass sich Mahmut mehr als ein paar Ellenlängen vom Hof entfernt hatte, ohne etwas zu sagen. Wenn ihm etwas zugestoßen war? Seine Erschütterung über Ascanios Tod hatte ihn in den vergangenen Tagen mehr und mehr zusammenfallen lassen; heute Morgen, als sie ihn das letzte Mal gesehen hatte, war sie über seinen Anblick erschrocken. Die Contessa bemerkte, dass Rocco immer noch neben ihr stand.

»Schick ein paar Stallknechte los. Sie sollen die Scheunen und Ställe durchsuchen. Er muss irgendwo sein. Und wenn du ihn gefunden hast, gib mir Nachricht.«

Wieder lief ein roter Schatten über das Gesicht des Kochs. Er freute sich, für seine Herrin etwas tun zu können.

Nachdem sie gegessen und getrunken hatten, machte sich Carlo auf den Weg zurück in sein Kloster. Donata hatte in seinen Augen ein ganz neues Feuer entdeckt, doch das war nicht von dieser Welt. Sie ahnte, sie würde ihn wahrscheinlich niemals wiedersehen.

»Lass uns ein paar Schritte gehen«, wandte sie sich an den neuen Conte von Lucca, »du wirst in den nächsten Wochen wenig Zeit für ein paar Worte mit mir haben.«

Sie lächelte ihn an. Er würde bestimmt ein guter Herrscher werden, das hatte er seit seiner Rückkehr aus Florenz öfter unter Beweis gestellt. Er interessierte sich für die Sorgen der einfachen Leute, für ihre Nöte. Vielleicht ist es ihm gegeben, das zu Ende zu bringen, was Ascanio nicht mehr geschafft hat, dachte sie, aber auf seine Weise.

»Soll ich wirklich auf Bella verzichten?«, fragte er offen, als sie allein waren. »Ich bin der Conte, und ich muss mich nach niemandem mehr richten.«

Die Contessa zog ihre Stirn in Falten und blieb stehen.

»Natürlich kannst du auf deinen Antrag bestehen, zumal Andrea di Nanini dir seine Erlaubnis gegeben hat. Aber weißt du …« Sie griff nach seiner Hand. »Liebe lässt sich nicht erzwingen, und so, wie der Nubier von Bella gesprochen hat, schlagen ihre Herzen füreinander. Selbst wenn du dein Recht durchsetzt und sie zur Frau nimmst, heißt das nicht, dass sie dein Weib sein wird.«

Sie holte tief Luft. Die folgenden Worte auszusprechen, fiel ihr schwer.

»Du warst noch ein kleiner Junge, als ich zu euch kam, und du hast gespürt, dass keine Liebe war zwischen deinem Vater und mir. Ich habe damals einen schweren Fehler begangen, doch er hat mir nicht verziehen und mich mit Verachtung gestraft. Erst in den letzten Monaten kamen wir uns wieder näher. Willst du auch so leben, Paolo? In einer kalten Welt, ohne Lachen, ohne Liebe?« Tränen rollten ihr über die Wangen. »Gib Bella frei und warte auf die Richtige. Sie wird kommen, das verspreche ich dir.«

Paolo sagte nichts. Er stand vor seiner Stiefmutter, den Kopf gesenkt, und scharrte mit den Stiefeln im Erdboden. Schweigend wartete Donata darauf, dass er das Wort ergreifen werde. Schließlich hob Paolo den Kopf, straffte die Schultern und schluckte. In seinen Augen schimmerte es feucht.

»Ihr habt Recht«, sagte er leise, »und ich habe in der nächsten Zeit anderes zu bedenken, als ein Mädchen für mich zu gewinnen.«

Er reichte der Gräfin den Arm, und gemeinsam kehrten sie in den Palazzo zurück. Paolo begab sich sofort in die Gemächer seines Vaters, um sich einen Überblick über anstehende Entscheidungen zu verschaffen. Die Contessa zog sich ebenfalls zurück. Der Gedanke, dass Ascanios harter Schritt nie wieder durch diesen Palazzo hallen würde, war ihr noch immer fremd. Sie setzte sich an den Kamin und schloss die Augen. Vieles würde sich ändern am Hofe; sie war nur noch die Stiefmutter des Conte und seinem Willen unterstellt. Aber sie hatte noch nie nach Macht gestrebt und wusste, es würde ihr nicht schwerfallen, in die zweite Reihe zu treten. Und langsam, ganz langsam, wuchs ein neues Gefühl in ihr, das ihr Herz schneller schlagen ließ. Erst traute sie sich kaum, es zuzulassen, doch dann gab sie sich einen Ruck. Es war kein Traum. Sie war frei.

Zum Ärger des Wirtes war Umberto in Martinis Haus gezogen. Die Kaufunterlagen hatten sich auf wunderbare Weise wieder eingefunden. Wahrscheinlich wollte sich der Pfarrer beim neuen Vogt einschmeicheln, aber irgendwann würde sich das Blatt wieder zu seinen Gunsten wenden, da war sich der Wirt sicher.

Umberto hatte Francesca kurzerhand zu seiner Wirtschafterin erklärt, um sie vor dem Gewäsch der Weiber in Grosseto zu schützen. Er mochte diese mausgesichtige Frau, in der so viel Stärke und Lebendigkeit steckte, und er wusste, seine Gefühle wurden erwidert. Aber sie waren beide zu alt, um sich romantischen Vorstellungen hinzugeben. Das Leben hatte bei ihnen beiden tiefe Spuren hinterlassen, und das kleine Pflänzchen Liebe, das vorsichtig keimte, bedurfte der Pflege und der Geduld.

Mehrmals hatten die Zigeuner, der Mann aus Nubien und er zusammengesessen und beratschlagt, wie man dem verlogenen Prete wohl beikommen könnte, aber bislang war ihnen nichts eingefallen. Benedetto hatte vorgeschlagen, ihm eine Falle zu stellen, doch auch das gestaltete sich schwierig. Wenn der Pfaffe einmal Verdacht schöpfte, konnten sie ihren ganzen Plan vergessen. Nein, es musste noch eine andere Möglichkeit geben. Umberto betrachtete Francesca, die dabei war, einen Leuchter zu putzen.

»Sagtest du nicht einmal, dass der Pfarrer nach Rom gepilgert ist, weil er mit einer Zigeunerin das Lager geteilt hat?«

Francesca errötete und vermied es, Umberto anzusehen. Sie dachte an die vergangene Nacht, als er sie gehalten hatte, und wünschte sich nichts mehr, als dass es heute Nacht wieder geschehen werde. Der Vogt schien ihre Gedanken zu erraten und lächelte sie an. Francesca stellte den Leuchter auf den Tisch und kniff die Augen zusammen. Schließlich sagte sie:

»Ja, es war die Kleine, die jetzt Benedettos Weib ist. Kaum ein Mann in Grosseto, der ihr nicht verfallen war. Mein Bruder hat sie mit Geschenken überhäuft für ihre Dienste … er dachte immer, ich weiß es nicht.«

Sie verzog spöttisch den Mund und nahm ihre Arbeit wieder auf. Ihr Bruder war ein verdammter Narr gewesen.

»Dann weiß ich jetzt, wie wir den Prete zum Reden bringen.«

Umberto gab Francesca einen herzhaften Kuss auf den Mund. Sie war wirklich eine bemerkenswerte Frau.

Zunächst hatte sich Benedetto gegen Umbertos Plan gesträubt. Dieser sah vor, dass Habibi als Lockvogel zum Pfarrer ging und ihm einen Trank einflößte, der ihm die Wahrheit entlocken sollte. Benedetto hatte Angst um seine Frau, doch als auch Hector ihm gut zuredete, gab er nach.

»Deinem Weib kann nichts geschehen«, versicherte ihm Nwuma, »ich werde in der Kirche sein und die beiden keinen Moment aus den Augen lassen.«

Benedetto nickte. Er hatte die Tatsache, dass Habibi einst eine begehrte Hure gewesen war, vollkommen aus seinem Herzen verbannt. Sie war seine Frau, und er liebte sie. Er wollte nicht mehr mit ihrer Vergangenheit konfrontiert werden.

»Gib deinem Herzen einen Ruck«, sagte Hector und legte den Arm um seinen Nachfolger, »der Herrgott wird es dir danken.«

Mahmut blieb spurlos verschwunden. Er hatte weder Kleidung noch ein Pferd mitgenommen. Donna Donata wurde das Gefühl nicht los, dass sein Verschwinden unmittelbar mit dem Tod Ascanios zusammenhing. Doch als die Tage vergingen und alle Nachforschungen erfolglos blieben, ließ sie die Suche nach ihm einstellen. Wahrscheinlich war er tot; vielleicht von Räubern oder hungernden Söldnern ausgeraubt und erschlagen.

Es war zwei Wochen nach dem Tod des Conte. Donna Donata hatte sich mit Paolo in ihr Gemach zurückgezogen, um zu speisen, als ein Bote vorsprach. Er hielt einen Brief in Händen, versehen mit dem Siegel der Vallombrosaner in Gaiole. Jäh überfiel sie Angst. War etwas mit Carlo geschehen?

Flehend sah sie ihren Stiefsohn an. Der war aufgesprungen und hatte das Siegel erbrochen. Die ersten Worte las er laut vor, doch dann stockte seine Stimme. Er ließ sich auf seinen Stuhl fallen und hielt sich das Blatt vor die Augen, als könnte er nicht fassen, was da zu lesen war. Schließlich gab er den Brief an seine Stiefmutter weiter.

»Lest selbst«, sagte er, und seine Stimme war leise vor verhaltenem Zorn, »Mahmut kehrt nicht mehr zu uns zurück.«

29. KAPITEL

*D*er Prete konnte sein Glück kaum fassen. Endlich, nach Jahren der Sehnsucht, hatte sich die Zauberin der Lüste in seine Kirche geschlichen und ihr Zeichen, die sieben Steine, in einer Reihe direkt vor dem Seitenaltar ausgelegt. Jeder Stein bedeutete einen Tag, den sie in Grosseto lagerten, und der Stein, den er fortnahm, stand für den, an dem sie ihn besuchen sollte. Die Lesart des Zeichens war von links nach rechts, wie in einem Buch. Der Pfarrer seufzte tief und nahm den zweiten Stein an sich. Eine Nacht noch – und er würde sie wieder in den Armen halten, die Frau mit Augen wie Kohlen und einem Leib, so süß und duftend wie frisches Brot. Gierig sog er die Luft ein und versuchte, sich das Aroma ihrer Haut vorzustellen. Er würde sündigen, aber waren nicht alle Menschen schwach und sündig? Und liebte Christus nicht am meisten diejenigen von ihnen, die am schwächsten und verderbtesten waren? Er blickte auf die Schwingen des Verkündigungsengels und meinte, eine Bewegung darin zu bemerken. Dieses Bild war ihm unheimlich. Er bekreuzigte sich und verließ die Kirche. Morgen, dachte er, morgen!

Als Habibi sich am nächsten Tag der Kirche näherte, hatte sich Nwuma bereits auf der Empore versteckt. Benedetto war in die Lumpen eines Bettlers gehüllt vorausgeeilt und hatte sich einen Platz nahe der Kanzel gesucht. Hier saß er, zusammengekauert und die Kapuze tief ins Gesicht gezogen. Er wusste, er würde nicht auffallen. An Wintertagen wie diesem zogen sich arme Teufel gern für ein paar Stunden in den schützenden Kirchenbau zurück, um ein wenig von ihrem harten Leben auszuruhen, und der Pfarrer war dafür bekannt, dass er sie gewähren ließ.

Die schwere Tür öffnete sich mit einem ächzenden Geräusch, als ahnte sie, was nun folgen würde. Flinke, kurze Schritte hallten über den Steinboden; es war die Zigeunerin. Aus den Augenwinkeln heraus sah ihr Mann, dass sie nun beim Beichtstuhl stand. Eine andere Tür fiel ins Schloss; wieselschnell kam der Prete hinzugelaufen und betrat das hölzerne Kämmerchen.

»Komm zu mir«, flüsterte er nah dem vergitterten Fenster. Seine Stimme war heiser vor Lust. Habibi lächelte ihn verführerisch an.

»Ich habe Euch etwas mitgebracht«, gurrte sie, »es stärkt die Manneskraft und lässt uns noch besser die Freuden der Leidenschaft genießen.«

Als sie keine Antwort bekam, setzte sie nach:

»Ich nehme den ersten Schluck, und dann komme ich zu Euch.«

Sie hielt sich ein kleines Glasfläschchen an den Mund und trank von der milchigen Flüssigkeit. Ein feines Rinnsal lief über ihr Kinn und verendete zwischen ihren kleinen Brüsten. Habibi hörte, wie der Prete keuchte.

»Komm endlich zu mir«, sagte er mit rauer Stimme.

Die Zigeunerin ließ sich Zeit und band sich ihr Tuch fest um die Schultern. Dann erhob sie sich und ging um den Beichtstuhl herum. Die Kirche war bis auf die beiden Beobachter der Szenerie vollkommen leer.

Sie zog ein anderes Fläschchen aus ihrem Kittel und öffnete es. Dann zog sie den dicken samtenen Vorhang beiseite und sank mit einem Seufzer dem Prete zu Füßen. Sie legte ihre Hände auf seine Knie und schob den Talar nach oben, langsam, so wie es ihre Art war. Sie wusste, gleich war der richtige Zeitpunkt, um ihm die Droge zu geben.

Der Pfarrer war vor Erregung den Tränen nah. Er griff hart nach den Schultern der Frau und zwängte sie zwischen seine Schenkel. Habibi hob den Kopf und lächelte ihn verheißungsvoll an. Dann reichte sie ihm wortlos das Fläschchen, während sich ihre Hände unter seinem Gewand immer mehr dem Zentrum seiner Lust näherten. Der Prete jaulte auf. Endlich! Und er trank die Flüssigkeit in einem Zug. Habibi beobachtete ihn gespannt, ohne in der Zartheit ihrer Berührungen nachzulassen. Sie glitt um seine Männlichkeit herum, berührte seinen Schaft jedoch nie. Der Pfarrer schien es für ein Spiel zu halten, denn er gab sich genussvoll hin und lächelte. Gleich, dachte er, gleich wird sie ihr Hemd öffnen und sich auf mich setzen und mich spüren lassen, was nur sie mir geben kann …

»Hört Ihr mich?«

Habibis Stimme klang wie aus weiter Ferne. Um ihren Kopf herum war ein Kranz aus Sonnenstrahlen, ihre Lippen glänzten wie Tautropfen.

»Ja …«

Er spürte, wie schwer es ihm fiel zu antworten, aber er fühlte sich so leicht und so frei wie noch nie in seinem Leben. Was waren das nur für merkwürdige Fragen, die Habibi ihm stellte. Unwillig runzelte er die Stirn, dann erzählte er weiter. Er spürte ihre Hände an den Innenseiten seiner Schenkel entlanggleiten, es war köstlich. Und dann wurde er müde. Aber diese Müdigkeit war wunderbar, und er fühlte sich wohl.

Als er aufwachte, lag sein Kopf in ihrem Schoß, und sie

lächelte. Der Strahlenkranz um ihren Kopf war verschwunden, aber ihr Gesicht war so schön wie das einer Madonna. Vorsichtig setzte er sich auf. Habibi schloss ihr Hemd und schaute ihn scheu an. Ihre Locken waren zerzaust, und als sie sich durch die Haare strich, lächelte sie wieder und gab ihm einen kleinen Kuss auf die Wange.

»Es war wunderschön, einfach wunderschön«, hauchte sie ihm ins Ohr und stand auf. Dann glättete sie ihren Kittel und nahm ihren Schal. Der Prete wusste nicht, was er sagen sollte. Sie hatten sich also wirklich der Lust hingegeben? Er konnte sich an nichts erinnern.

Ohne jede weitere Zärtlichkeit verließ Habibi den Beichtstuhl, und nach wenigen eiligen Schritten hörte der Pfarrer die Tür zufallen. Irgendwie benommen setzte er sich auf die Bank und versuchte, einen klaren Gedanken zu fassen, doch es wollte ihm nicht gelingen. Er schloss die Klappe des Fensters und zog den Vorhang zu. Und wenig später war er eingeschlafen.

Als die drei zum Lager zurückkehrten, wurden sie bereits erwartet. Umberto hatte sich zu Hector und Momo gesellt und blickte den Ankommenden ungeduldig entgegen. An ihren Gesichtern ließ sich ablesen, dass der Plan geglückt war und Habibi den Prete überlisten konnte.

»Nun?«, wollte der Anführer der Gaukler wissen und klopfte Benedetto auf die Schulter. Sein Freund grinste ihn an.

»In der Kirche ist nichts versteckt, was Martini gehörte. Er hat von seinem Blutgeld immer reichlich gespendet, sagte der Pfaffe, aber zum Verstecken hat er dem Prete angeblich nichts gegeben – was ich ihm auch glaube. Aber was viel interessanter ist …«, er machte eine genüssliche Pause und sah, wie sich die Augen seiner Freunde gespannt auf ihn richteten, »er war der Mittelsmann zwischen Martini und Mahmut. Er hat den Araber zwar nur einmal gesehen, aber er hat ihn treffend beschrieben. Es passt. Auch von Mahmut hat er einen Obolus für den Kirchensäckel bekommen, und dass es bei den Geschäften der beiden um Mord und Überfälle ging, hat er geahnt, aber auch gerne schnell wieder vergessen.«

»So ist es wahr«, sagte Hector leise. Er klang betroffen. Benedetto nickte.

»Im Laufe der Jahre haben Martini und sein Lumpenpack Menschen überfallen und umgebracht. Was dabei auf den Befehl von Mahmut geschah, wissen wir aber nicht.«

»Noch nicht«, erwiderte Umberto und sah in die Runde. »Ich denke, es ist an der Zeit, den Leibdiener des Conte von Lucca vor ein Gericht zu stellen. Die meisten Gräueltaten sind bei Grosseto geschehen, also werde ich als Vogt einen Boten senden, der ihn hierherbefiehlt. Er soll seiner Strafe nicht entgehen.«

»Aber eines liegt immer noch im Dunkel«, bemerkte Nwuma. Er blickte grimmig in den grauen Winterhimmel. »Warum hat Mahmut das alles getan? Was hat ihn getrieben? Er hatte selbst keinen Vorteil durch seine Taten.«

»Er wird es uns sagen, verlass dich drauf«, antwortete Benedetto. »Wir Zigeuner haben da unsere Mittel, um einen Lumpen zum Reden zu bringen.«

Bella und Bruder Angelo waren in ihre Studien vertieft, als ein Diener das Gemach betrat.

»Magdalena wird zum Fürsten gebeten«, sagte er knapp und war sofort wieder verschwunden. Bella und der Mönch wechselten Blicke. Bruder Angelo lehnte sich zurück und meinte:

»Das hört sich wichtig an. Geh du zum Principe, ich werde in der Küche nach dem Rechten sehen.«

Seine Augen blitzten. Bella konnte sich ein Grinsen nicht verkneifen. Selten war ihr ein Mensch begegnet, der so gern aß und trank. Wahrscheinlich würde er ihr sämtliche Bücher der Klosterbibliothek zum Studium vorlegen, damit er auf ewig in Ascarello bleiben könnte. Er wäre bestimmt ein hervorragender Koch geworden, überlegte sie und verneigte sich kurz. Dann machte sie sich auf den Weg in die Sala.

Seit der Geburt seines Enkels hatte di Nanini keine Zeit mehr für sie gehabt. Nun war sie gespannt darauf, welche Aufgabe er für sie hatte. Er war allein und ging vor dem Kamin auf und ab. Sein Körper strahlte Unruhe aus. Als sie die Tür hinter sich geschlossen hatte, drehte er sich zu ihr um. Sein gesundes Auge sah sie ernst an, aber seine Züge waren weich. Zum ersten Mal fiel Bella auf, wie schön sein Mund war. Ohne sie zu begrüßen, winkte er sie nah an sich heran und legte ihr die Hände auf die Schultern.

»Wir bekommen Besuch«, sagte er feierlich. »Paolo di Cavalli und seine Mutter, die Contessa von Lucca, werden sich in drei Tagen hier einfinden.«

Bella sprang einen Schritt zurück.

»Ich werde ihn nicht heiraten, und wenn Ihr mich für meinen Ungehorsam davonjagt«, sagte sie aufgebracht.

Der Fürst legte wieder die Hände auf ihre Schultern und schüttelte den Kopf.

»Darum geht es nicht. Darüber sprechen wir ein anderes Mal. Ich habe dich rufen lassen, weil ich von dir das beste und köstlichste Mahl erwarte, was du jemals gekocht hast. Es wird dein letztes sein, denn in Zukunft wirst du dich mit anderen Dingen befassen.«

Als er Bellas verwundertes Gesicht sah, lachte er kurz auf.

»Der Mönch hat mir berichtet, wie viel du inzwischen gelernt hast. Du kannst dein Wissen woanders besser einsetzen als in der Küche. Und nun an die Arbeit.«

Verwirrt eilte Bella davon. Sie würde ihre Mutter wiedersehen. Und Paolo. Beim Gedanken an den jungen Conte verzog sie widerwillig den Mund. Niemals würde sie ihm ihr Herz schenken. Das gehörte für alle Zeiten Nwuma.

In der Küche sah sie, wie Bruder Angelo gemeinsam mit dem Küchenmädchen die Suppe abschmeckte. Sie seufzte. Für einen Gast nahm er sich wirklich viel heraus, aber sie konnte ihm einfach nicht böse sein. Außerdem gab es nun ganz andere Dinge zu bedenken. Sie suchte nach Massimo, den sie bei den Stallknechten fand. Schon vom Weitem hörte sie die vier Männer lachen. Energisch trat sie auf die Burschen zu und winkte Massimo zu sich. Der rollte vielsagend mit den Augen und trollte sich. Gemeinsam gingen sie in die Küche zurück, wo sich der Mönch inzwischen an gezuckerten Kuchen gütlich tat. Bella erzählte Massimo von den Erwartungen des Fürsten. Die Augen des Kochs blitzten auf vor Freude über die schöne Aufgabe. Genau das hatte Bella erwartet. Massimo und sie würden sich gemeinsam ein wunderbares Mahl ausdenken.

Donna Donata zog ihren Schal fester um die Schultern. Am nächsten Morgen würden sie nach Siena aufbrechen. Ihr Herz schlug schnell, eine leichte Übelkeit stieg in ihr hoch. Ich bin aufgeregt, dachte sie, aufgeregt wie ein junges Mädchen. Ihre Zofe hatte bereits alles zusammengepackt. Die Nachricht aus Gaiole war erschütternd gewesen, und Paolo hatte sofort entschieden, dass di Nanini über den Inhalt des Schreibens informiert werden sollte. Und zwar durch ihn persönlich.

»Das bin ich der Ehre meines Vaters und meines Namens schuldig«, hatte er gesagt und sie gebeten, ihn zu begleiten. Und nun war es also so weit. Morgen würden sie ihre Reise beginnen. Donata stand im Hof und sog die Luft ein. Ein milder Wind streichelte ihre Wangen; das ließ ahnen, dass dieser Winter bald ein Ende haben würde.

Die Contessa gab sich ihren Gedanken hin. Sie würde ihre Tochter wiedersehen. Und nicht nur das. Sie würde sie vor allen Anwesenden als ihr Kind annehmen und sie um Verzeihung bitten … Und dann … sie traute sich kaum, den Gedanken zu denken, ihr Herz schlug schnell. Sie würde ihren Geliebten wiedersehen. Nach all den Jahren, nach einem halben Leben. Ob er wusste, dass Bella seine Tochter war?

Hufgetrappel und das Schnauben eines Pferdes ließen sie aufschrecken. Der Reiter trug das Wappen Grossetos auf seiner Brust; anscheinend ein Bote. Mit geschmeidigen Bewegungen glitt er aus dem Sattel und verneigte sich vor der Contessa. Er übergab ihr ein Schreiben des Stadtvogts und sagte leise, aber bestimmt:

»Sua Nobiltà, seid gegrüßt. Ich muss Euch höflich bitten, mir Euren Leibdiener Mahmut anzuvertrauen. Schwere Beschuldigungen liegen gegen ihn vor, und der Vogt von Grosseto schickt mich, um ihn in die Stadt zu bringen. Dort soll er sich vor einem Gericht verantworten.«

Er verbeugte sich tief und trat einen Schritt zurück. Sie ist wirklich so schön, wie alle sagen, überlegte er und wandte den Blick ab. Donna Donata betrachtete den Brief und faltete die Hände vor ihrem Bauch.

»Sag deinem Herrn, dass sich Mahmut der irdischen Strafe entzogen hat. Aber wir wissen um seine Taten und reisen morgen an den Hof des Fürsten von Siena, um von dem, was wir wissen, zu berichten. Und nun geh in die Küche. Meine Diener werden dafür sorgen, dass du dich stärken kannst.«

Ungläubig starrte der Bote sie an, dann setzte er sich in Bewegung und folgte der Contessa zurück zum Palazzo, wo ihn ein Diener in Empfang nahm. Donata raffte ihre Röcke und stieg die Treppe zum Gemach ihres Stiefsohnes empor. Paolo war gerade dabei, Schriftstücke zu ordnen. Sie übergab ihm den versiegelten Brief und sagte ruhig:

»Mahmut wusste, warum er sich das Leben nahm. Hier, der Vogt von Grosseto wollte ihn verhaften lassen.«

Der junge Conte erbrach das Siegel und las. Dann sah er sie an.

»Der Mann hat jahrelang unter uns gelebt. Wie konnte er nur so viel Leid über uns alle bringen?«

»Wie konnten wir uns alle so in ihm täuschen?«, setzte Donata hinzu. Wie gut, dass Ascanio das nicht erleben muss, dachte sie. Es hätte ihn zerbrochen.

Umberto schlug mit der Faust auf den Tisch vor Wut, als der Bote ihm die Nachricht aus Lucca überbrachte. Er hatte vorgehabt, ein Exempel zu statuieren, um den Bürgern von Grosseto zu zeigen, wie er mit Verbrechern umging. Und nun hatte sich dieser Araber selbst entleibt.

»Ascanio ist tot?«

Der Bote nickte.

»Und sein Sohn und seine Witwe reisen nach Ascarello, um den Fürsten um Verzeihung zu bitten?«

Wieder nickte der Mann vor ihm.

Umberto brummte etwas vor sich hin, dann drückte er dem Reiter ein paar Scudos in die Hand und griff nach seinem Umhang. Vielleicht war es das Beste, wenn sie auch nach Siena zögen, die Zigeuner, der Nubier und er. Er würde Hector im Lager einen kleinen Besuch abstatten.

Nachdem sie sich ausführlich beraten hatten, rief der Anführer der Gaukler seinen Sohn zu sich.

»Ich habe eine sehr wichtige Aufgabe für dich«, begann er. Momo runzelte die Stirn. Er kannte es nicht von seinem Vater, dass dieser so förmlich mit ihm redete. Aber er erwiderte nichts und wartete.

»Du nimmst diesen Brief, den Umberto geschrieben hat, und begibst dich nach Ascarello. Du kennst den Weg und weißt, worauf du achten musst. Übergib das Schreiben an den Fürsten und warte auf uns. Wir werden in zwei Tagen folgen.«

Momos Wangen glühten. Zum ersten Mal ließ ihn sein Vater eine lange Strecke allein zurücklegen. Er würde ihm beweisen, dass er dieses Vertrauen verdiente. Glücklich steckte er den Brief ein und wandte sich zum Gehen. Hector sah ihm nach, voll väterlichem Stolz. Um von seinen Gefühlen nicht übermannt zu werden, richtete er das Wort direkt an seine Freunde.

»Lasst uns unsere Sachen packen. Wir brechen morgen früh auf.«

Die Männer nickten und gingen in ihre Wagen; allein Umberto kehrte in sein Haus zurück. Er wusste, Francesca würde bereits auf ihn warten und ihn mit Zärtlichkeiten überhäufen.

Nwuma fand in dieser Nacht keine Ruhe. Unruhig wälzte er sich auf seinem Strohsack hin und her. Es war wunderbar, Bella wiederzusehen, doch Paolo würde auch da sein. Nun, da Ascanio tot war, konnte der junge Conte selbst entscheiden, wen er heiraten wollte. Er würde Bella bitten, mit ihm zu fliehen. Seine Freunde würden das verstehen. Sie beide könnten nach Florenz gehen oder nach Rom oder noch weiter in den Süden ... Er drehte sich von einer Seite auf die andere. Bella fehlte ihm unsäglich. Er hatte versucht, es zu verdrängen, aber nun, beim Gedanken daran, ihr bald gegenüberzustehen, schlug ihm das Herz bis zum Hals.

Donna Cassandra hatte Bella zu sich gerufen, um über den Ablauf der nächsten Tage zu beraten. Sie hielt ihren Sohn Andrea, der immer noch sehr zart, aber bemerkenswert lebhaft war, an ihren fülligen Körper gedrückt. Bella hatte noch nie eine Frau gesehen, die ihr Kind ständig bei sich trug. Doch Cassandra hielt den Kleinen, egal wo sie saß oder stand. Nachdem Bella von ihren Vorbereitungen berichtet hatte, klatschte Cassandra vergnügt in die Hände. Auf Bella konnte sie sich verlassen. Beschwingt trat sie zum Fenster und strich über die brokatgewirkten Vorhänge. Dann hielt sie in der Bewegung inne.

»Sieh nur«, sagte sie zu Bella, »da ist der Zigeunerjunge, der mit dem Heiler unterwegs war.«

Bella warf der anderen einen fragenden Blick zu, dann schaute auch sie aus dem Fenster. Momo stieg gerade von seinem Maultier und klopfte sich die Hosen ab.

»Ich muss hinuntergehen«, sagte Bella und machte einen Knicks, »und ihn fragen, was er hier möchte.«

Schon war sie zur Tür hinaus.

Momo war immer noch mit seinen Hosen beschäftigt, als Bella auf ihn zugelaufen kam. Sie wusste, das schickte sich nicht, aber es kümmerte sie nicht. Ihre Augen wanderten sehnsuchtsvoll umher. Momo grinste schief. Er mochte Bella sehr, aber im Gegensatz zu ihm sah sie schon sehr erwachsen aus.

»Wenn du Nwuma suchst, der ist nicht bei mir«, sagte er etwas grob. Bellas Miene verfinsterte sich sofort. Momo kramte in seinem Wams nach dem Brief und übergab ihn an das Mädchen. Das Schreiben war völlig zerdrückt. Bella musste lächeln. Der Zigeuner mit den Lavendelaugen lächelte zurück. Dann sagte er, dieses Mal mit sanfter Stimme:

»Aber in zwei Tagen wird er hier sein. Mit meinem Vater, Benedetto und Umberto. So steht es da drin.«

»Wirklich?«

Bella drehte sich vor Freude um die eigene Achse, dann umarmte sie Momo und drückte ihm einen Kuss auf die Wange. Sie griff nach seiner Hand und zog ihn hinter sich her, den Wirtschaftsräumen zu.

»Du kannst uns in der Küche helfen«, sagte sie fröhlich, »und mir erzählen, was passiert ist. Ich muss nur schnell das Schreiben zum Fürsten bringen.«

Sie überließ Momo der Obhut ihrer Küchenmädchen und ging zur Sala, von wo laute Stimmen zu hören waren. Nach dem zweiten Klopfen gewährte man ihr Einlass. Fabrizio stand neben seinem Vater; beide mit hochrotem Gesicht. Offenbar gab es zum wiederholten Mal Streit um die Geschichte seiner Entführung. Wortlos trat Bella ein und übergab das Schreiben. Sie wusste, sie störte hier, und war im nächsten Moment schon wieder fort.

Als sie die Küche betrat, war Massimo gerade dabei, Momo zu zeigen, wie man Gemüse in elegante kleine Streifen schneidet. Wie immer ging es trotz aller Betriebsamkeit ruhig und gelassen zu. Alle waren beschäftigt; zwei Mägde summten ein Lied, und der Mönch saß auf seinem Lieblingsplatz neben der Feuerstelle. Sie lächelte Momo zu und dachte an Nwuma. Was war das für ein Zufall – sie würde ihre Mutter sehen und Nwuma treffen. Eine vage Sehnsucht nach der Contessa stieg in ihr hoch, aber sie verblasste gegenüber ihrem Verlangen nach dem Mann mit den klingelnden Silberreifen. Ihre Mutter, die ihr nie eine Mutter gewesen war ... Vielleicht hat Nwuma Recht, dachte sie und begann, den Schwan zu füllen, vielleicht sollten wir wirklich weit fortgehen.

»Was willst du hier?«

Bella hatte Cassandras Zofe nicht eintreten hören. Sie hatte tief und fest geschlafen und von Nwuma geträumt. Nun stand die Frau mit einem Bündel Kleidung vor ihr.

»Donna Cassandra sagte, du sollst baden und dein bestes Gewand anlegen. Der Fürst will es so.«

»Mach keine Scherze«, entgegnete Bella und schlug die Decke zurück, »du weißt, dass ich gleich in die Küche gehen muss. Bis zum Nachmittag soll alles bestens vorbereitet sein. Dann kommen die hohen Gäste.«

»Wenn du mir nicht glaubst, kannst du ja meine Herrin fragen«, sagte die Zofe schnippisch und legte die Kleider auf Bellas Bett ab.

»In dem Gewand kann ich nicht kochen«, murmelte das Mädchen und betrachtete das prächtige Kleid. Es war nach der neuesten Mode gearbeitet. Erst letzte Woche hatte der Geselle des Schneiders an ihr Maß genommen. Die blaue Seide raschelte bei jeder Berührung, und die aufgestickten Sterne ließen das Kleid wie einen Abendhimmel leuchten. Die Zofe klatschte in die Hände und machte zwei Dienern Platz, die einen großen Badezuber trugen. Ihnen folgten zwei Mägde mit Wassereimern. Cassandras Dienerin legte nun ein dünnes Baumwolltuch in der Wanne aus, zog den Stoff bis zum Rand des Zubers hoch und befahl, das Wasser einzugießen. Bella wiederholte:

»Mit dem Kleid kann ich nicht kochen. Es wäre sofort verdorben. Das weißt du doch.«

»Meine Herrin hat gesagt, du musst nicht mehr kochen. Heute nicht und morgen auch nicht. Überhaupt nicht mehr.«

So, wie sie das sagte, schien sie sich selbst über Cassandras Worte zu wundern. Bella gab sich geschlagen. Die Rezepturen waren alle bereit; Massimo würde es auch ohne sie schaffen. Er hatte sie noch nie enttäuscht. Sie legte ihr Hemd ab und stieg in die Wanne. Natürlich badete sie ab und zu. Aber sie hatte noch nie ein Wannenbad allein für sich gehabt. Sie entspannte in dem warmen Wasser und genoss den Duft des Öls, das die Zofe hinzugab. Er erinnerte sie an die Essenz, mit der Nwuma sich die Haut einrieb, und der Wunsch, ihn endlich wiederzusehen, bereitete ihr körperlichen Schmerz.

Um die Mittagsstunde erklangen laute Rufe aus dem Hof bis hoch zu ihrem Gemach. Es waren vier Männer, und sie kannte sie alle: Hector, Benedetto, Umberto und Nwuma waren in Ascarello angekommen. Der Nubier war die imposanteste Erscheinung von allen. Er trug ein buntes Gewand, mit glitzernden Fäden durchwirkt. An seinen Armen und um seinen Hals glänzten silberne Ketten; kostbare Spangen hielten den Umhang. An seinem Gürtel hingen Dolch und Schwert in prächtig gearbeiteten Lederfutteralen. Er sprach mit den Freunden, lachte. Er ist wunderbar, dachte Bella. Ich werde ihm folgen, werde mit ihm gehen, wohin er will. Ganz wie er mich in seinem Brief gebeten hat …

Nun sah sie Fabrizio, der den Gästen entgegeneilte und sie zur Sala führte. Cassandra hatte ihr mitteilen lassen, dass sie in ihrem Gemach bleiben solle, bis der Fürst nach ihr schickte. Bella seufzte. Was war, wenn di Nanini sie vergaß? Wenn er Nwuma wieder fortschickte, ohne dass sie ihn getroffen hatte?

Die Stunden vergingen, und das Licht des Wintertages wurde bereits fahl und grau, als weitere Reisende den Hof erreichten. Bella wusste, dass es nur die Contessa und Paolo sein konnten, aber sie traute sich nicht, aus dem Fenster zu schauen. Es war so lange her, dass sie die Frau mit den blauschwarzen Haaren zum letzten Mal gesehen hatte.

Der kleine Tross hielt, und sie hörte, wie di Nanini selbst hinauskam, um seine hohen Gäste willkommen zu heißen. Nun wagte Bella doch einen Blick. Donata stand regungslos und schaute dem Fürsten entgegen. Ihre Arme hingen an den Seiten herab, als zerrten schwere Gewichte daran. Ihr Haar leuchtete noch immer wie Rabengefieder. Sie trug es ohne Kopfbedeckung, nur ein schimmerndes Netz hielt die lange Pracht im Zaum. Das Mädchen hielt die Luft an.

Der Fürst schritt würdevoll voran, das Haupt erhoben, den Blick auf die Frau gerichtet. Bella hörte die Steine unter seinen Sohlen knirschen, so still war es geworden. Nach einer halben Ewigkeit stand di Nanini vor Donata. Seine Arme, die eben noch bei jedem Schritt mitgeschwungen waren, öffneten sich zu einem Tor des Willkommens. Nach einem kurzen Zögern warf er den Kopf in den Nacken wie ein Kind, trat mit einem letzten Satz auf Donata zu und schloss sie in die Arme. Bella sah, wie ihre Mutter die Umarmung erwiderte. So standen sie, lange, ohne ein Wort, selbstvergessen im Moment des Wiedersehens.

Bella glaubte ihren Augen nicht zu trauen. Was dort geschah, widersprach jeder Etikette. Schließlich lösten sich die beiden voneinander und betrachteten sich, immer noch Hand in Hand. Ein kleines Lächeln lag auf Donatas Gesicht, als der Fürst ihr seinen Arm bot und sie in den Palazzo geleitete.

Vor der Sala angekommen wandte sich di Nanini an Paolo: »Bitte tretet ein und wartet auf mich, ich möchte die Contessa mit dem Mädchen bekannt machen, um das Ihr gefreit hattet, mein Freund und Retter meines Sohnes.«

Erstaunt blickte der junge Conte ihn an, dann betrat er den Saal, wo die anderen Gäste bereits ungeduldig auf den Bericht über Mahmut warteten.

Donna Donata zitterte vor Anspannung. Wie aus weiter Ferne hatte sie die Worte des Fürsten vernommen und war ihm gefolgt, nun standen sie vor der Tür zu Bellas Gemach.

»Nehmt Euch alle Zeit, die Ihr braucht«, sagte Andrea leise. Dann wandte er sich abrupt um und kehrte zu den Männern in die Sala zurück. Die Contessa sollte nicht sehen, wie nah ihm dieser Moment ging. Es regte sich eine Ahnung in ihm, sie war gewachsen in den letzten Monaten, aber er wollte von Donata hören, dass er sich nicht täuschte.

Seine Schritte entfernten sich. Zeit, dachte die Contessa, was ist schon Zeit – und öffnete vorsichtig die Tür. Nur ein lächerlich kurzer Weg trennte sie noch von Bella, die wie versteinert an ihrem Bett stand. Sie sah ihrer Mutter mit hartem Blick entgegen.

»Mein Kind«, sagte Donna Donata, »ich habe dir viel zu erzählen. Und ich hoffe, dass du mir vergeben kannst.«

30. KAPITEL

*D*ie Stimmung in der Sala war aufgekratzt, die Männer redeten viel und lachten zu laut, als wollten sie damit ihre Nervosität unterdrücken. Nachdem der Fürst einen Trinkspruch ausgebracht hatte, bat er Paolo um seinen Bericht. Der junge Conte zog zwei Briefe aus seinem Hemd. Der eine trug das Siegel der Vallombrosaner, der andere war in arabischer Schrift verfasst.

»Mahmut trauerte sehr um meinen Vater, doch auf einmal war er wie vom Erdboden verschluckt. Wir ließen ihn suchen, wohl eine Woche lang. Vergeblich. Dann, ein paar Tage später, erreichte uns eine Botschaft von Carlo, der sich dem Orden in Gaiole angeschlossen hat, um nach den Regeln des heiligen Benedikt von Nursia zu leben. Mein Bruder schrieb, Mahmut sei zu den Mönchen geflohen und habe dort die Beichte abgelegt. Diese Beichte gibt es auch als Brief. Er lag auf dem Tisch der Kammer, in der ihn Carlo am nächsten Morgen auffand. Mahmut hatte sich seinen Dolch ins Herz gestoßen. Mein Bruder ließ den Brief übersetzen und bat mich, dafür zu sorgen, dass alle Menschen, die unter Mahmuts Taten leiden mussten, von seiner Beichte erfahren. Deshalb sind wir hier, mein Fürst.«

Paolo verbeugte sich und begann zu lesen.

Dies ist die demütige Beichte von Mahmut bin Abdul Aziz, genannt Mahmut der Araber. Mein Leben ist verwirkt, es gibt für mich keine Hoffnung mehr. Doch bevor ich zu den Vätern gehe, will ich der Welt von meinen Taten erzählen, die böse waren, obwohl ich sie aus Liebe beging, damit meine Seele Frieden findet, wenn Allah es will.

Ich wurde in Rom geboren. Meine Eltern starben früh, und ich wäre wohl auch umgekommen, wenn nicht die Amme einer reichen römischen Familie mich aus Mitleid mit sich genommen hätte. So wuchs ich als ihr Sohn auf; sie kümmerte sich um die Kinder von Cesare Caspari, nährte sie mit ihrer Milch. Als Casparis Tochter Vivica geboren wurde, war ich fünf Jahre alt. Ich verliebte mich in das zarte Wesen, und je älter ich wurde, desto mehr liebte ich Vivica. Aber es war eine reine Liebe, wie die zu einer Schwester. Ich wusste, dass sie niemals meine Frau werden würde, trotzdem liebte und beschützte ich sie. Sie war meine Rosenblüte, meine Königin. Keine andere berührte je mein Herz. Als Ascanio di Cavalli um sie warb und sie Contessa von Lucca wurde, begleitete ich sie in ihr neues Leben. Der Conte ernannte mich zu seinem Leibdiener, und ich erlebte eine glückliche Zeit. Den beiden wurden zwei Söhne geboren, und ich liebte sie wie meine eigenen Kinder. Dann starb die wunderbare Vivica am Fieber, und ich spürte, wie auch meine Lebenskraft zu vergehen drohte. Aber da waren der Conte und seine Söhne, und so lebte ich für sie weiter, versuchte, alles zu tun, damit sie über den Tod der Mutter hinwegkamen. Die Trauer blieb in unseren Herzen, aber es tat nicht mehr so weh, von Vivica zu erzählen.

Und dann kam der Tag, an dem mein Unglück begann. Der Conte von Lucca verliebte sich in ein junges Mädchen aus Como, die Tochter eines angesehenen Dottore, der bei einem Unfall gestorben war. Sie wurde sein Mündel, und als sie alt genug war, nahm er sie zur Frau. Doch sie liebte

ihn nicht. Mein Herr war verzweifelt, und das umso mehr,
als er entdeckte, dass sie ihn betrog. Wie ich sie dafür hasse!

Ein ungläubiges Raunen ging durch die Sala.

»Soll ich weiterlesen, Sua Altezza?«, fragte Paolo den
Fürsten. Di Nanini nickte. Sein Gesicht war wie aus Stein
gemeißelt. Der junge Conte fuhr fort:

Das Paar war schlau, und es gelang mir nicht, den Liebhaber
ausfindig zu machen. Doch dann empfing sie sein Kind, und
der Conte sann auf Rache. Als sie niedergekommen war, gab
die Hebamme der Mutter einen Schlaftrunk und nahm das
Kind fort. Sie legte eine Totgeburt in die Wiege, einen Tag
alt. Der Conte stach auf den toten Leib ein und ließ seine
Frau glauben, er habe ihre Tochter getötet. Doch dazu wäre
er nie fähig gewesen! Ich brachte den Säugling der Contessa
zu den Eltern des totgeborenen Kindes, einem Buttero und
seiner Frau. Ich wusste um ihr Schicksal; die Tante der un-
glücklichen Mutter arbeitete bei uns am Hofe. Ich gab ihnen
Geld und gebot ihnen zu schweigen. Sie zogen das Mädchen
groß. Mein Conte verstieß seine Gemahlin und schwor, nie
wieder ein Wort mit ihr zu sprechen. Aber sein Herz war ge-
brochen. Er liebte diese Frau, die ihn so hintergangen hatte,
noch immer. Ich aber hasste sie und ihre Tochter, und wenn
mir mein Herr ein Schwert gegeben hätte, wären sie wohl
damals beide durch meine Hand gestorben.

   Als die Frau des Buttero an den Hof in Lucca kam, er-
kannte di Cavalli in dem Mädchen das Kind seiner Gemah-
lin, aufgezogen von Anna, der Frau des Buttero, Nichte der
alten Gabriella. Die zweifarbigen Augen des Kindes reichten
ihm als Beweis, erinnerten sie ihn doch an die Augen seines
Vetters Andrea. Er hatte gehofft, nie mehr mit der Vergan-

genheit konfrontiert zu werden, doch nun war sie wieder da. Mein Herr wurde ruhelos, er konnte sich an nichts mehr freuen. Da beschloss ich, zu handeln und die zu strafen, die für das Leid meines Conte verantwortlich waren. Liebe allein bewegte mich dazu.

In Pietro Martini, dem Stadtvogt von Grosseto, fand ich einen gefügigen Knecht. Er war durch ein missglücktes Unternehmen fast ruiniert und hatte sich am Zehnten vergriffen. Ich konnte ihn schnell überreden, meinen Befehlen zu folgen. Der Pfarrer, dem ich eine großzügige Spende für seine Kirche gemacht hatte, half mir dabei. Unter einem Vorwand lockte er ihn in die Kirche und führte ihn zum Beichtstuhl, in dem ich mich befand. So konnten wir miteinander reden, ohne uns zu sehen. Ich wusste, dass der Vogt gerade eine Zigeunerin hatte töten lassen, um von den Gauklern eine Steuer für das Bleiberecht zu erpressen. Das zeigte mir, wie skrupellos und gierig er war. Auch vom Untergang des Seidenschiffes wusste ich und davon, wie Martini mit seinem künftigen Reichtum geprahlt hatte. Er gab zu, das Geld genommen zu haben, er war verzweifelt. Ich versprach, ihm die verlorenen Silberlinge zu geben, damit er den Zehnten zurückzahlen konnte. Allerdings erwartete ich von ihm eine Gegenleistung – einen Überfall auf den Fürsten von Siena. Was blieb ihm für eine Wahl? Ich war sein Retter!

Doch ich hätte es besser wissen müssen. Er trieb ein böses Spiel und wollte meinem Herrn durch den Sohn des Kochs einen Brief zukommen lassen. Benedetto aber übergab den Brief an Donna Donata, und diese gab ihn mir, ohne das Siegel zu erbrechen. Er wollte mehr Geld, andernfalls drohte er, di Nanini zu warnen. Er konnte nicht wissen, dass ich ohne das Wissen meines Herrn handelte, noch dass ich den Brief lesen würde. Ich ließ ihn in dem Glauben, der Conte sei der

Auftraggeber, und täuschte vor, erpressbar zu sein. Ich hinterlegte in der Kirche reichlich Scudos für ihn, fast all mein Erspartes, und Martini hielt seinen Teil der Abmachung. Seine Schergen überfielen Andrea di Nanini und stachen ihm ein Auge aus. Er sollte leiden, so wie mein Herr gelitten hatte, sollte jeden neuen Tag verfluchen. Und das Augenlicht war nur der Anfang. Als es vollbracht war, machte ich mich daran, nun auch das Leben Andrea di Naninis zu zerstören.

Martini und seine Mordgesellen töteten Pandolfo Petrucci, einen hochgeschätzten Freund di Naninis. Spanier und Franzosen stritten sich um die Vorherrschaft in der Toskana, und der Fürst brauchte jeden guten Mann an seiner Seite. Mit Petruccis Tod war er dem politischen Chaos ein Stück näher. Ich sorgte dafür, dass sein Sohn entführt und gefangen gehalten wurde, und ich war es, der durch Martinis Gesindel vergiftetes Backwerk nach Siena bringen ließ, um di Nanini langsam und qualvoll sterben zu lassen. Doch nicht nur um seinen verschollenen Sohn sollte er trauern. Auch um das Mädchen, das er so lieb gewonnen hatte, jenen Wechselbalg, der in seiner Küche feinste Speisen zauberte und neuartige Rezepturen erdachte. Er ahnte wohl, wer sie war, aber er traute sich nicht, es sich einzugestehen, war zu feige für die Wahrheit. Aber ich hatte ein Gespräch zwischen der Contessa und Rocco, dem Ziehsohn Giannis, belauscht und wusste schon lange, dass es Bella war, die Vater und Sohn in Ascarello mit Kochkunst und Liebreiz den Kopf verdrehte. Sie musste verschwinden, und zwar für immer! Martini sollte sich darum kümmern, einen seiner rauen Gesellen schicken. Doch der Plan schlug fehl, und mein Glück verließ mich, denn sie überlebte. Sie überlebte ebenso wie der Fürst, den ein Mann aus Nubien von seiner Vergiftung heilte. Auch der Sohn kehrte wohlbehalten nach Hause zurück, weil die

Wachen kein Geld von Martini bekommen hatten und davongelaufen waren.

Meine Wut auf den Vogt war grenzenlos, und ich erschlug ihn. Um den Verdacht auf das Lumpengesindel zu lenken, mit dem Martini sich ständig umgab, nahm ich ihm zudem seine Augen. Ich war es auch, der Martinis Schwester bedrohte und das Blutgeld stahl, das ihr Bruder im Haus versteckt hatte. Ihr werdet es dort finden, wo der Conte und seine erste, einzige Gemahlin beigesetzt sind. Doch einen Menschen gab es noch, den ich beseitigen wollte, für meinen Herrn und für meine geliebte Vivica. Ich wollte die Contessa zur Hölle schicken, sie hat es mehr als verdient ... Aber dann kam ein Brief von Martini an meinen Herrn, darin bezichtigte er mich, Verrat am Conte zu planen. Ich war ein Narr, zerriss die Zeilen. Ich Elender! Mein Herr blieb nach einem Ausritt verschwunden, und als wir ihn fanden, rang er mit dem Tod. Martini, du sollst in der Hölle schmoren ... Ich war so glücklich, als er wieder zu Kräften kam, es war wie ein Wunder. Und dann geschah etwas Ungeheuerliches: Mein Herr richtete nach Jahren der Verachtung wieder das Wort an diese Hure, schien sich mit ihr aussöhnen zu wollen. Ich hatte ihn für seine Stärke bewundert, doch wenn er zu schwach war, diesem Teufelsweib länger zu widerstehen, wollte ich dafür sorgen, dass sie sich nicht mehr an ihn heranschmeicheln konnte mit ihren Alabasteraugen. Also bereitete ich einen Trank, wie vom Conte befohlen, und gab Gift in Donatas Becher. Doch mein Herr verschüttete seinen Wein und trank aus ihrem Becher – so hatte ich nun meinen Conte umgebracht, ihn, den ich so liebte, dass ich für ihn zum Mörder wurde. Doch die Hure und ihre Tochter leben, genauso wie der Vater des Bastards. Ich habe versagt. Möge mein Gott mir vergeben.

Inschallah.

Totenstille. Niemand in der Sala sagte ein Wort, alle hingen ihren Gedanken nach. Schließlich war es di Nanini, der seine Stimme erhob.

»Meine Freunde. Es ist erschütternd, dass selbst das köstlichste Geschenk Gottes, die Liebe, den Keim des Bösen in sich trägt. Doch wer bin ich, dass ich über diesen Mann richte. Meine eigenen Sünden wiegen schwer genug. Gott sei seiner armen Seele gnädig.«

Er stand auf und ging zur Tür. Bevor er hinaustrat, wandte er sich an Umberto, wie in alten Zeiten. Er lächelte, als er ihm auftrug, nach den Speisen zu schicken. Endlich war die Wahrheit ausgesprochen, und seine Seele würde Ruhe finden. Er konnte es kaum erwarten, Bella und Donata in seine Arme zu schließen. Festen Schrittes eilte er die Galerie entlang. Von unten aus den Wirtschaftsräumen stieg köstlicher Bratenduft empor. Wie lange habe ich diesen Moment herbeigesehnt, dachte er, als er die schwere Türklinke niederdrückte. Donata sprang auf und ging ihm entgegen; sie war allein.

»Sie ist fort«, sagte sie leise und konnte den Blick nicht von ihm lassen. So viele Jahre ... so viele Tränen ... di Nanini umfasste ihre Hand und zog sie an sich.

»Fort?«

Seine Stimme zitterte. Wieder hatte er einen Fehler begangen. Es war nicht richtig gewesen, sie zu einer Heirat mit Paolo di Cavalli zwingen zu wollen. Er würde mit dem jungen Conte sprechen. Donata schaute ihn unverwandt an.

»Sie ist in der Küche, bei Massimo, dem Koch. Sie meint, sie kann ihn unmöglich heute allein lassen. Und dass niemandem die Sahnewaffeln besser gelingen als ihr.« Sie lächelte und setzte hinzu: »Sie ist Eure Tochter, kein Zweifel – und genauso eigensinnig, wie Ihr es seid.«

Di Nanini betrachtete das Gesicht, von dem er so viele Jahre geträumt hatte. Ihm schwindelte vor aufwallender Zärtlichkeit und dem Bedürfnis, ihren Mund zu küssen. Stattdessen berührte er vorsichtig ihr schwarzes, glänzendes Haar und nickte.

Ohne ein Wort nahm die Contessa seinen Arm und folgte dem Principe in den großen Saal. Hier war bereits alles angerichtet, und der Tisch bog sich unter den vielen Köstlichkeiten, die einmal mehr so verführerisch dufteten. Gefüllten Schwan gab es, Crostini mit Milz, dazu ein Castagnaccio, auch als Kastanientorte bekannt, und gebratene Enten mit einer Soße aus gekochtem Most, der Sapa. Und das war nur der Anfang, wenn man die Wohlgerüche aus der Küche richtig deutete. Alle, die dem Fürsten zugetan waren, hatten sich an der Tafel versammelt und warteten auf einen Trinkspruch. Di Nanini hob seinen Pokal und schenkte jedem von ihnen einen innigen Blick. Er betrachtete die Contessa, die neben ihm Platz genommen hatte, und sprach, mehr zu ihr als zu den anderen:

»Alles, was gesagt werden musste, ist gesagt. Ein gnädiger Gott hat uns wieder zusammengeführt, und nichts soll uns je wieder trennen.«

Umberto erhob sich ebenfalls. Er erbot sich mit einem Blick zum Principe das Recht zu sprechen und sagte bewegt:

»Lasst uns diesen Tag feiern. Einen Tag der Wahrheit und der Vergebung. Einen Tag, der einen edlen Sohn dieser Stadt noch edler gemacht hat. Lang lebe unser Fürst!«

»Ja, wir wollen feiern«, erwiderte di Nanini und sah Umberto bedeutungsvoll an, »aber erst, wenn unsere Tafel komplett ist.«

Der neue Stadtvogt verbeugte sich und verließ die Sala, um wenige Augenblicke später zurückzukehren – mit Bella an seiner Seite. Donna Donata schenkte ihrem Stiefsohn einen zärtlichen Blick. Sie wusste, es würde dauern, bis er seinen Liebeskummer überwunden hatte. Er schüttelte traurig den Kopf. Doch dann galt die ganze Aufmerksamkeit ihrer Tochter. Ihr blauseidenes Kleid war mit Mehl bestäubt, an einigen Stellen klebte Teig. Sie servierte einen großen Teller mit Waffeln für die Gäste und lächelte. Sie sah bezaubernd aus. Bella war sich ihres ungewöhnlichen Auftritts vollkommen bewusst, aber es war ihr gleichgültig. Sie kannte die Wahrheit, wusste endlich, wer sie war und wo sie hingehörte. Und sie hatte endlich die Familie, nach der sie sich immer gesehnt hatte. Ihre zweifarbigen Augen blitzten vor Vergnügen.

»Komm zu mir, Tochter«, hörte sie den Fürsten sagen und gehorchte. Alle Blicke ruhten auf ihr.

»Deine Mutter hat dich schon um Verzeihung gebeten, und darum bitte nun auch ich. Vergib mir, Magdalena, vergib mir all die Jahre, in denen ich dir kein Vater war.«

Stumm nahm er sie in die Arme. Fabrizio drückte die Hand seiner Frau, Paolo blickte zu Donata hinüber. In Momos Augen schimmerten Tränen. Es war ein bewegender Augenblick für alle Menschen in diesem Saal. Als der Fürst sich gesammelt hatte, löste er sich von Bella.

»Einst sagte ich zu dir, Liebe sei kein gutes Pfand für eine Verbindung. Doch nun weiß ich, dass ich mich geirrt habe. Darum entlasse ich dich aus jeder Verpflichtung, die du als meine Tochter und als Tochter Sienas hast. Du bist frei, mein Kind, und du kannst tun, was dir beliebt – hier und an jedem anderen Ort auf der Welt.«

Bella legte den Kopf etwas schief. War das etwa alles? Wollte er ihrer Liebe nicht den Segen geben? Er wusste doch, was sie für den Nubier empfand. Der Principe räusperte sich.

»Ich sagte dir, du müsstest dich entscheiden zwischen deinem Fürsten und dem Mann, den du liebst. Auch das war falsch von mir.«

Sein Blick richtete sich auf Paolo. Dieser verstand und nickte. Dann wandte er sich an Nwuma, der reglos in seinem Sessel saß. Als der Nubier die Aufmerksamkeit di Naninis spürte, spannte sich sein geschmeidiger Körper wie der einer Raubkatze vor dem Sprung. Die Stimme des Principe klang rau.

»Wenn du sie nicht glücklich machst, lasse ich dich vierteilen, Nwuma aus Nubien. Das verspreche ich dir.«

Ungläubig starrte der Schwarze ihn an, dann hielt ihn nichts mehr. Ungestüm sprang er hoch und warf dabei seinen Sessel um, der einen Kandelaber zum Wanken brachte; die silbernen Ketten und Armreifen klingelten hell. Mit einem Satz sprang er über den Tisch, mit einem weiteren stand er vor Bella. Sein betörender Blick drang bis in ihr Innerstes und erfüllte sie mit einem Schauer tiefsten Glücks.

Ich liebe dich, sagten seine Augen.

Genau wie ich dich, sprach ihr Blick. Laut sagte Bella:

»Lass uns von hier fortgehen, morgen schon.«

Nwuma nickte und strich über ihr Haar.

»Wie es die Sterne für uns bestimmt haben.«

IM JAHRE DES HERRN 1515

*A*m Ende des Pinienwaldes wurde die Ebene weit, und sanfte Hügel bestimmten die Landschaft. Der Sommer war noch jung und tauchte die Blätter der Olivenbäume in sattes Grün. Andrea brachte sein Pferd zum Stehen und ließ sich aus dem Sattel gleiten. Er streckte seine Hand nach Donata aus und half ihr beim Absteigen. Sie strahlte ihn an; ihre Augen waren noch immer so lichtgrau wie vor einer Ewigkeit. Sie warf ihre bestickten Schläppchen von sich und ließ sich von ihm übermütig um die eigene Achse drehen, wieder und wieder. Er fing sie auf, küsste ihr Haar: blauschwarz wie Rabengefieder mit feinen silbernen Fäden darin.

»Wo sind wir?«, fragte sie ganz außer Atem und lachte. Sie spielten dieses Spiel jedes Mal, wenn sie hier waren. Die schaumkronigen Wellen leckten an ihren nackten Zehen. Er zog sie an sich, ergriffen von der Schönheit dieses Augenblicks.

»Im Paradies, Liebste. Wir sind im Paradies.«

Dankeschön

Von der ersten Idee bis zum Moment, wo der Leser in die Geschichte eintaucht, vergeht eine lange Zeit. Viele Menschen haben mich während dieser vielen Monate begleitet und dafür gesorgt, dass ich nie die Lust am Stoff verloren habe, dass die Figuren des Buches lebendig und bunt geraten sind.

Danke an Dr. Barbara Heinzius, die immer an meine Contessa geglaubt und mich so wunderbar motiviert hat und an Maria Runge für die harmonische Begleitung des ganzen Ablaufs. Großer Dank gilt natürlich Marion Voigt, die im Lektorat wieder und wieder alles gegen den Strich gebürstet hat, bis es stimmig war.

Gabriele A. Paetz sei gedankt für das wunderbare Coaching durch Höhen und Tiefen in all der Zeit.

Lieben Dank auch für all die Unterstützung, die Anregungen und Ideen aus dem Kreis meiner Freundinnen: Anja, Bettina, Heike, Meike, Tanja, Ulla, Ute!

Christian: Danke, dass du mich zum Schreiben gebracht hast. Es gibt nichts Erfüllenderes für mich.